VIRALS

KATHY REICHS

VIRALS

TOTE KÖNNEN NICHT MEHR REDEN

Aus dem Amerikanischen
von Knut Krüger

Weltbild

Die amerikanische Originalausgabe erschien 2010 unter dem Titel
Virals bei Razorbill, an imprint of Penguin Group, New York.

Besuchen Sie uns im Internet:
www.weltbild.de

Genehmigte Lizenzausgabe für Verlagsgruppe Weltbild GmbH,
Steinerne Furt, 86167 Augsburg

Übersetzung: Knut Krüger
Umschlaggestaltung: Alexandra Dohse – www.grafikkiosk.de, München
Umschlagmotiv: plainpicture, Hamburg (© whatapicture);
mauritius images, Mittenwald (© Glasshouse; © Richard Mayer)
Gesamtherstellung: GGP Media GmbH, Pößneck
Printed in the EU
ISBN 978-3-86800-995-8

2015 2014 2013 2012
Die letzte Jahreszahl gibt die aktuelle Lizenzausgabe an.

Dieses Buch widme ich allen netten Leuten
und Hunden von Charleston.
Danke, dass ihr mich so gut aufgenommen habt.

PROLOG

Ein Gewehrschuss ist das lauteste Geräusch des Universums.

Vor allem, wenn die Kugel dir entgegenfliegt.

Peng! Peng!

Kugeln rissen das Blätterdach des Waldes auf. Über mir flüchteten kreischend die Affen.

Ich rannte davon.

Blindlings, mit trommelnden Füßen, jagte ich durch das Gestrüpp.

Kopflos. Panisch.

Du musst den Pfad finden!

Schemenhafte Gebilde schossen aus dem Dunkel auf mich zu. Bäume. Büsche. Aufgeschreckte Kreaturen. Bewaffnete Killer? Ich wusste es nicht. Mein Herz hämmerte, ich hetzte weiter. Ins Nirgendwo.

Eine Wurzel riss mich zu Boden. Der Schmerz explodierte in meinem Bein.

Steh auf! Steh auf! Steh auf!

Ein großer schwarzer Schatten huschte durch das Dunkel. Ich erstarrte.

»Ben?!?«

Keine Antwort. Absolute Stille.

Warten heißt Tod. Beweg dich!

Ich rappelte mich auf und stürzte in die Nacht.

War Hi vor mir? Shelton war nach links gelaufen, hinein ins Laubwerk.

Bitte lass es Ben sein, der an mir vorbeigelaufen ist.

Wir hatten keinen Plan gehabt. Warum auch? Niemand wusste, dass wir hier waren oder was wir taten.

Verdammt, wer schießt denn da auf mich?

Ich schnappte nach Luft, ausgepumpt.

Später, nach der Veränderung, hätte ich ewig laufen können. Schnell. Unermüdlich. Mein geschärftes Sehvermögen hätte die nächtlichen Schatten durchdrungen. Kein Keuchen, keine Orientierungslosigkeit im Dunkeln.

Gegen unsere entfesselten Kräfte hätten diese Banditen – wer auch immer sie waren – keine Chance gehabt. Mein Rudel hätte ihnen aufgelauert wie kleinen Kätzchen. Hätte sie instinktiv aufgespürt – und in Stücke gerissen.

Aber nicht in dieser Nacht. Ich war in Schwierigkeiten. Hatte eine höllische Angst.

Also rannte ich, was ich konnte. Zweige peitschten gegen meine Glieder und rissen mir die Haut auf. Endlich erreichte ich eine offene Fläche.

Der Strand! Jetzt war es nicht mehr weit.

»Tory! Hier!«

Shelton.

Gott sei Dank.

Im Sternenlicht konnte ich gerade so das Boot ausmachen. Ich schwang mich über die Reling, ließ mich auf das Deck fallen, drehte mich um und suchte mit den Augen die Küstenlinie ab. Nichts Verdächtiges zu sehen. Für den Augenblick.

»Hi? Ben? Wo seid ihr?«, flüsterte ich außer Atem, schweißnass. Ich war mit meinen Kräften definitiv am Ende.

»Hier bin ich.« Ben tauchte aus dem Dunkel auf. Ein schneller Sprung und er war im Boot.

Mit dem Schlüssel in der Hand glitt er hinter das Lenkrad und hielt inne.

Wagte nicht, den Motor anzulassen. Wagte nicht, es bleiben zu lassen.

Hi war immer noch da draußen.

Wir setzten uns hin, angespannt, warteten. Mein Mut sickerte förmlich aus mir heraus.

Komm schon, Hi. Bitte, oh bitte, bitte, bitte …

TEIL 1

INSELN

KAPITEL 1

Alles begann mit einer Erkennungsmarke. Oder einem Affen mit einer Erkennungsmarke. Wie ihr wollt. Ich hätte mir gleich denken können, dass die uns in Schwierigkeiten bringen würde. Hätte es spüren müssen. Doch meine Wahrnehmungsfähigkeit war damals nicht so gut entwickelt. Noch nicht.

Aber der Reihe nach.

Es war ein typischer Samstagmorgen bei mir zu Hause, abgesehen davon, dass an meinem Zuhause überhaupt nichts typisch ist. Es ist einzigartig – sogar ziemlich merkwürdig. Also genau der richtige Platz für mich.

Da, wo ich wohne, gibt es viele interessante Dinge, vorausgesetzt ihr seid genauso gern in der freien Natur wie ich. Ach, ihr seid keine Naturliebhaber? Dann werdet ihr die Gegend vielleicht ein bisschen … *abgelegen* finden.

Ich lebe nämlich auf einer verlassenen Insel. Einer schönen einsamen Insel, wollte ich sagen.

Morris Island. Meine Heimat fern jeder anderen Heimat. Endstation. Ein Ort im Nirgendwo. Der Hinterhof von Charleston. Eigentlich gar nicht so übel, wenn man nicht dazu neigt, sich einsam zu fühlen. Was ich tue. Aber was soll's. Ich kann zumindest meine Beinfreiheit genießen.

Morris ist nicht so eindrucksvoll wie andere Inseln. Vier Meilen im Quadrat, das ist alles. Die nördliche Hälfte besteht aus einer unspektakulären, sanft geschwungenen Kette sandiger Hügel. In der Mitte werden die Sandhügel zehn bis zwölf Meter hoch und erstrecken sich weiter in Richtung Süden, wo die Insel sich weitet. Der westliche Teil besteht aus ödem Marschland, das von flachen, den Gezeiten unterworfenen Buchten gesäumt wird. Und im Osten: der unermessliche Atlantik.

Dünen, Sümpfe, Strände. Und Stille. Unbegrenzte Stille.

Auf unserem kleinen Eiland gibt es zwei von Menschenhand geschaffene Dinge. Das eine ist unsere Wohnanlage, das andere eine Straße. *Die* Straße. Unsere einzige Verbindung zur Welt da draußen. Es handelt sich um eine einspurige, nicht markierte schmale Asphaltpiste, die sich südwärts durch Marschland und Dünen hindurchschlängelt, ehe sie Morris verlässt und an Lighthouse Creek vorbei nach Rat Island führt. Irgendwann trifft sie dann bei Folly Beach auf den Highway, der sich an Goat Island vorbei in Richtung Stadt zieht.

Rat. Goat. Folly. Wer sich über die Namen wundert, sollte mal bei der Charleston Historical Society nachfragen, wer sich diese hübschen Bezeichnungen ausgedacht hat. Und es gibt noch viel mehr davon.

Das alles war neu für mich. Bis letztes Jahr bin ich noch nie südlich von Pennsylvania gewesen. Dann brach ich in das Leben meines Dads ein.

Was meinen »Mitbewohner« angeht …

Christopher »Kit« Howard ist mein Vater.

Das wissen wir beide jetzt seit genau sechs Monaten. Damals bin ich nach South Carolina gezogen, um mit ihm zusammenzuleben.

Nach dem, was mit meiner Mom passiert war, blieb mir keine andere Wahl.

Nach dem Unfall.

Ich weiß nicht genau, warum, aber Mom hat Kit nie von

mir erzählt. Er hatte keine Ahnung, dass er Vater ist, und das schon seit vierzehn Jahren.

Über diesen Schock ist er immer noch nicht hinweggekommen. Manchmal sehe ich es seinem Gesicht an. Wenn er nach einem kurzen Schläfchen erwacht oder nach vielen Arbeitsstunden endlich wieder frische Luft schnappt, zuckt er regelrecht zusammen, wenn er mich sieht. *Das ist meine Tochter,* denkt er dann. *Ich habe eine 14-jährige Tochter, die bei mir wohnt. Ich bin ihr Vater.*

Ich bin nicht weniger geschockt, Paps, aber ich arbeite daran.

Wie soll ich meinen frisch entdeckten Vater beschreiben? Kit ist einunddreißig, Meeresbiologe und Forscher am Institut von Loggerhead. Ein Workaholic.

Als Erzieher ist er ziemlich hilflos.

Vielleicht ist alles noch zu neu für ihn – ihr wisst schon, das Erstaunen darüber, plötzlich mit einem eigenen Teenager konfrontiert zu werden. Oder ich erinnere ihn an seine eigene wilde Jugend. Jedenfalls hat er keine Ahnung, wie er mit mir umgehen soll. An einem Tag behandelt er mich wie einen seiner Kumpel, am nächsten wie ein kleines Kind.

Um ehrlich zu sein, trage auch ich einen Teil der Verantwortung dafür, dass alles nicht ganz einfach ist. Ich bin keine Heilige. Und die Entdeckung, einen Vater zu haben, hat mich total aus der Bahn geworfen.

Hier sind wir also. Gemeinsam. Am Ende der Welt.

An jenem Tag war ich gerade dabei, Seemuscheln zu klassifizieren. Langweilig? Vielleicht. Aber ich bin eine begeisterte Wissenschaftlerin. Ich liebe es, Dingen auf den Grund zu gehen, Antworten zu finden. Mom hat schon immer Witze darüber gemacht, wie schwierig es sei, ein Kind großzuziehen, das schlauer ist als die meisten Hochschuldozenten.

Mein Motto: Ich bin, wie ich bin.

Berge von Muscheln bedeckten den Küchentisch. Sundial-Muscheln, Haiaugen, Truthahnflügel. Frisch gereinigt und poliert schimmerten sie im frühen Morgenlicht.

Ich fischte eine neue Art aus dem Eimer zu meinen Füßen und achtete darauf, dass nichts von dem Bleichwasser auf meine Kleider tropfte. Unverkennbar eine Scotch Bonnet: weiß, eiförmig, die geriffelte Oberfläche von einem gleichmäßigen Muster rotbrauner Flecken überzogen. Zufrieden mit meinem seltenen Fund, legte ich die Muschel zum Trocknen beiseite.

Das nächste Objekt war mir ein Rätsel. Herzmuschel oder Arche-Noah-Muschel? Beide Arten sind an der Küste von South Carolina weit verbreitet.

Obwohl die Muschel fast zwei Stunden im Bleichwasser gelegen hatte, war ihr Äußeres immer noch von hartnäckigen Ablagerungen übersät. Seepocken und verkrusteter Schlick verdeckten jedes Detail.

Großartig. Endlich hatte ich eine Gelegenheit, mein elektrisches Werkzeug zu benutzen. Ein Geschenk meiner Großtante Tempe.

Vielleicht habt ihr schon mal von ihr gehört.

Ich war total von den Socken, als ich es herausgefunden habe. Ich bin mit Dr. Temperance Brennan verwandt, der weltbekannten forensischen Anthropologin. Sie war schon immer mein Idol. Als Kit es mir erzählt hat, wollte ich es zuerst nicht glauben, aber an der Sache gibt es nichts zu rütteln. Tempes Schwester, Harry, ist meine Großmutter.

Wir haben also eine echte Berühmtheit in unserer Familie. Eine renommierte Wissenschaftlerin. Wer hätte das gedacht.

Okay, ich war meiner Tante Tempe erst ein Mal begegnet. Aber das war nicht ihre Schuld. Schließlich wusste auch sie erst seit sechs Monaten von meiner Existenz, so wie Kit.

Tante Tempe hat einen echt spannenden Job. Sie identifiziert Leichen. Kein Witz. Egal ob ein toter Körper verbrannt, verfault oder mumifiziert ist. Von Maden zerfressen oder nur noch ein Skelett. Tante Tempe stellt fest, wer das ist. *War.* Dann versucht sie gemeinsam mit der Polizei herauszufinden, was mit ihr oder ihm passiert ist.

Cooler Job, wenn man einen robusten Magen hat. Hab ich.

Das Wissen um die Verwandtschaft mit meiner Tante hat mir geholfen, mich selbst zu verstehen. Warum ich auf jede Frage eine Antwort finden muss. Warum ich mich lieber mit fossilen Raubvögeln oder der globalen Erderwärmung beschäftige, als shoppen zu gehen.

Ich kann nichts dafür. Das liegt an meiner DNA.

Tante Tempe hat sich darauf spezialisiert, Knochen zu analysieren und aus ihrem Zustand spezifische Schlussfolgerungen zu ziehen. Warum sollte ich also meine Begabung nicht dazu nutzen, die Schale von Weichtieren zu reinigen?

Denn Muscheln sind im Grunde nichts anderes als Knochen.

Ich nahm den kabellosen elektrischen Minischleifer aus meinem Werkzeugkasten, befestigte den Bürstenkopf daran und entfernte behutsam die Verschmutzungen, die an der Schalenoberfläche hafteten. Danach tauschte ich den Bürstenkopf gegen einen kleinen Schleifstein aus, um die Verkrustungen abzuschmirgeln.

Nachdem die größeren Seepocken verschwunden waren, schloss ich mein Sandstrahlgerät an meinen Druckluftkompressor an und benetzte die Muschel vorsichtig mit Aluminiumoxid. Als Nächstes benutzte ich einen Dentalreiniger, um die hartnäckigsten Partikel zu beseitigen. Ich spülte den verbliebenen Sand mit einer Mundddusche ab und nahm ein weiteres Mal mein Multielektrogerät zur Hand, diesmal mit einem Polierkopf. Fertig.

Eine glänzende ovale Muschel lag vor mir auf dem Tisch. Außen braun getupft, innen purpurn. Zehn Zentimeter lang. Die zahlreichen radialstrahligen Rippen ließen keinen Zweifel aufkommen.

Ich schaute vorsichtshalber noch mal in meinem Handbuch der Küste South Carolinas nach. Richtig, die *Dinocardium robustum,* eine Herzmuschel.

Rätsel gelöst. Ich legte die Muschel auf den entsprechenden Haufen und streckte meine Hand erneut in den Eimer. Leer.

Zeit für eine andere Beschäftigung.

Ich beschloss, mir einen kleinen Snack zu machen. Die Auswahl war äußerst dürftig, da Kit schon seit über einer Woche nicht mehr eingekauft hatte. Ich unterdrückte einen Anflug von Verärgerung. Der Supermarkt befand sich dreißig Minuten entfernt auf James Island, da kam er schließlich nicht jeden Tag vorbei.

Wir leben hier wie Schiffbrüchige. Es ist wirklich ein Elend.

Also begnügte ich mich mit ein paar Karottenstangen, die nicht mehr ganz frisch waren, und konnte der Versuchung nicht widerstehen, mir eine Cola Light aufzumachen. Ich bemühe mich durchaus, mich gesund zu ernähren – Hauptsache, ich kriege genug Koffein. Ich brauche das.

Ich warf einen Blick auf mein Handy. Schon ziemlich spät, und sie waren immer noch nicht da. Auch keine SMS.

Ich ging meine verschiedenen Möglichkeiten durch. Nix in der Glotze – immer nur dasselbe. Der Stapel meiner ungelesenen Bücher lockte mich nicht. Das Internet langweilte mich. Nichts Neues auf Facebook.

Keine Hausaufgaben an diesem Wochenende. Es war Ende Mai, und den meisten Lehrern fiel es offenbar ebenso schwer wie den Schülern, das Jahr anständig zu Ende zu bringen.

Ich saß hier fest. Als Vierzehnjährige kann ich mich ja nicht einfach ins Auto setzen und von hier verschwinden. Und wo sollte ich auch hinfahren? Etwa in die Stadt, um dort mit meinen Freunden abzuhängen? Toller Witz! Alle, die mich mögen, sind ebenfalls einsame Inselbewohner. Blieben also die Möglichkeiten vor Ort, die, gelinde gesagt, begrenzt sind.

Aber trotzdem – wo steckten sie bloß?

Habe ich schon erwähnt, dass wir die entlegenste Wohnanlage in Charleston bevölkern? Auf der ganzen Welt? Niemand, absolut niemand wohnt in unserer Nähe. Auf den meisten Karten ist nicht einmal verzeichnet, dass Morris Island überhaupt bewohnt ist. Unsere komplette Nachbarschaft besteht aus zehn Wohneinheiten, die sich alle innerhalb eines 130 Meter langen Gebäudes aus Stahlbeton befinden. Insgesamt vierzig Leute. Das ist alles.

Von hier aus sind es zwanzig Minuten mit dem Auto, ehe man das erste Straßenschild erblickt. An diesem Punkt ist man der Zivilisation noch fern, aber immerhin auf dem richtigen Weg. Normalerweise verlassen meine Freunde und ich dort die Straße und nehmen das Schiff.

Was, ihr seid nicht beeindruckt? Schade eigentlich. Denn mal ehrlich – wie viele Leute kennt ihr denn, die in umgewandelten Militärbaracken wohnen? Und ich rede nicht von irgendeiner Kaserne aus dem 20. Jahrhundert. Das Gebäude ist uralt.

Während des Amerikanischen Bürgerkriegs hat Morris Island den Hafen von Charleston vor Angriffen aus dem Süden geschützt. Die Konföderation hat damals eine Festung namens Fort Wagner errichtet, um feindlichen Soldaten den Zugang zur Nordspitze der Insel zu verwehren. Keine schlechte Idee. Die Rebellen hatten dort schwere Kanonen postiert. Fort Wagner zog sich quer über die Insel und riegelte diese komplett nach Norden hin ab.

Fort Wagner, Fort Moultrie auf Sullivan's Island und Fort Sumter, ein riesiger Betonklotz an der Einfahrt in die Bucht, bildeten gemeinsam den Befestigungsring, der Charleston gegen die Angriffe von See her verteidigen sollte. 1863 unternahmen die Unionstruppen einen Versuch, Fort Wagner zu erobern. Die 54th Massachusetts Volunteer Infantry, eines der ersten amerikanischen Regimenter, das ausschließlich aus schwarzen Soldaten bestand, führte den Angriff an. Es war eine brutale Schlacht. Und leider ein totales Fiasko. Sogar ihr Befehlshaber fiel.

Ich habe mal einen Spielfilm darüber gesehen. Ich glaube, Denzel Washington erhielt für seine Rolle den Oscar. Völlig zu Recht. Er hat mich zu Tränen gerührt, und ich weine nicht oft. Eigentlich hätte ich ja für die Soldaten von Charleston sein sollen, aber schließlich bin ich ein Girl aus Massachusetts. Außerdem bringt mich nichts und niemand dazu, für diese Sklavenhalter Partei zu ergreifen, sorry.

Fort Wagner wurde nach dem Krieg sich selbst überlassen, aber die grundlegenden Strukturen sind noch vorhanden. Heute ist Morris Island ein Naturschutzgebiet, das von der University of Charleston verwaltet wird. Sie ist der Arbeitgeber meines Vaters und all der anderen, die hier leben. Als die Universität die ehemaligen Militärbaracken von Fort Wagner renovierte, hat sie den Lehrkräften von Loggerhead Island – ihrer externen Forschungseinrichtung im Meer – angeboten, dort kostenlos einzuziehen. Loggerhead ist noch kleiner und abgelegener als Morris.

Mein Dad hat das Angebot natürlich sofort angenommen. Schon mal versucht, von einem Forschergehalt zu leben?

Ich wartete immer noch ungeduldig. Ich wollte unbedingt nach Folly Beach, aber von denen, die mich hinbringen wollten, fehlte weiterhin jede Spur. Es sah so aus, als hätten sie mich versetzt.

Also entschloss ich mich, joggen zu gehen, eines der Dinge, die man auf Morris Island hervorragend tun kann. Ich ging in mein Zimmer, um mich umzuziehen. Alle Wohneinheiten in unserer kleinen Welt sehen haargenau gleich aus. Vier Stockwerke, mehr hoch als breit. Nur der persönliche Geschmack und die individuelle Raumaufteilung der einzelnen Bewohner sorgen für gewisse Unterschiede.

In unserem Fall dient das Erdgeschoss zugleich als Büro und Garage. Im ersten Stock befinden sich Küche, Ess- und Wohnzimmer. Die nächste Etage beherbergt zwei Schlafzimmer, von denen Kits nach hinten, meines nach vorne hinausgeht, sodass ich das Grundstück überblicken kann.

Das oberste Stockwerk besteht vor allem aus einem großen Raum, in dem Kit seine Mediathek untergebracht hat. Ich nenne ihn Kits Höhle. Von dort gelangt man auf eine Dachterrasse, die einen sagenhaften Blick auf den Ozean bietet. Im Grunde eine ganz ansehnliche Behausung, in der man allerdings ständig Gefahr läuft, die Treppen hinunterzufallen und sich das Genick zu brechen.

Während ich meine Adidasschuhe schnürte, warf ich einen Blick aus dem Fenster meines Zimmers. Eine mir sehr vertraute Person spurtete den Bootsanleger hinauf. Hiram in Höchstgeschwindigkeit. Ehrlich gesagt kein besonders imponierender Anblick.

Hi rannte, was das Zeug hielt, das heißt, er kämpfte sich tapfer die Steigung hinauf, die zum Hauptgebäude führt. Seine Wangen waren knallrot, die Haare klebten an seinem Gesicht.

Hi würde nie aus Spaß laufen.

Ich schnappte mir meinen Schlüsselbund und sauste los.

Irgendwas stimmte da nicht.

KAPITEL 2

Draußen wartete ich auf Hi.

Ich stand vor der Front unserer Wohnanlage. Die Sonne brannte auf die Rasenfläche, die etwa halb so groß wie ein Fußballfeld ist. Der einzige grüne Fleck weit und breit.

Jenseits unseres Grundstücks erheben sich drei stolze Palmettopalmen aus dem Sand, die der ganzen Szenerie vermutlich ein bisschen Charakter verleihen sollen. Ohne sie hätte man von hier aus einen freien Blick aufs Meer.

Ich schirmte meine Augen vor der Sonne ab und blinzelte in westliche Richtung. Ein sanfter Morgendunst hatte einen feinen Schleier über das Meer gelegt. Irgendwo da draußen ist Loggerhead, dachte ich. Und Kit, der ein weiteres Wochenende seiner Arbeit widmete.

Aus den Augen, aus dem Sinn. Wie auch immer. Er verbringt ohnehin kaum Zeit mit mir.

Hi ließ weiter auf sich warten.

Es war zwar erst Mai, aber die Temperaturen lagen bestimmt schon über 30 Grad. Die Luft war gesättigt vom Duft nach Gras, salzigen Sümpfen und heißem Beton.

Ich gebe zu, dass ich zu heftigen Schweißausbrüchen neige. Auch in diesem Moment. Wie halten das diese Südstaatler nur aus?

In Massachusetts sind die letzten Frühlingstage immer noch angenehm kühl. Perfekt, um am Kap zu segeln. Das waren Moms Lieblingstage im ganzen Jahr gewesen.

Endlich tauchte Hi prustend am Rande des Vorplatzes auf.

Haare und Hemd waren schweißnass. Man musste kein Hellseher sein, um zu erkennen, dass er sehr erregt war.

Hi schlurfte auf mich zu, offenbar total aus der Puste. Ehe ich etwas sagen konnte, hob er die Hand, um mir Einhalt zu gebieten. Dann stützte er die Hände auf die Knie und versuchte zu Atem zu kommen.

»Einen.« Keuch. »Moment.« Keuch. »Bitte.«

Ich dachte, er würde jeden Moment ohnmächtig werden.

»Hier raufzurennen … war 'ne Schnapsidee.« Er hechelte nach Luft, aber es klang wie ein Schluckauf. »Sind bestimmt 40 Grad … meine Shorts platzt gleich vor Hitze.«

Typisch Hi, nie um eine geistreiche Bemerkung verlegen.

Hiram Stolowitski wohnt drei Einheiten von Kit und mir entfernt. Sein Vater, Linus Stolowitski, ist Labortechniker auf Loggerhead. Ein ruhiger, würdevoller Mann. Hi kommt gar nicht nach ihm.

»Lass uns von hier verschwinden.« Hi schnappte immer noch nach Luft, wenn auch etwas weniger als zuvor. »Wenn meine Mutter mich sieht, schleppt sie mich gleich in den Tempel oder so was.«

His Befürchtung entsprang keiner Paranoia. Mrs Stolowitskis gelegentliche Frömmigkeitsanfälle ziehen häufig eine vierzigminütige Autofahrt zur Kahal Kadosh Beth Elohim Synagoge in Downtown Charleston nach sich. Wir Morris-Insulaner mögen in der Gottesfrage nicht unbedingt einer Meinung sein, doch eines ist gewiss: Wir leben einfach zu weit in der Peripherie, um regelmäßig die Kirche oder die Synagoge zu besuchen.

Fairerweise sollte ich hinzufügen, dass die Presbyterianische Kirche, der ich eigentlich angehöre, um einige Meilen näher von hier entfernt liegt als His Synagoge. Kit und ich haben ein Mal an einem Gottesdienst teilgenommen. Nach weniger als zehn Sekunden war mir klar, dass er zum ersten Mal dort war. Wir haben keinen zweiten Versuch unternommen.

Aber der Große Junge da oben soll ja sehr verständnisvoll sein. Ich hoffe es jedenfalls.

Ruth Stolowitski zeichnet auch für das Neighborhood-Watch-Programm der Gemeinde verantwortlich, die unseren Wohnblock nicht aus den Augen lässt. Unnötig? Absolut. Aber das sollte man Ruth lieber nicht sagen. Sie ist davon überzeugt, dass nur ständige Wachsamkeit Morris Island vor einer Welle der Gewalt bewahren kann. In meinen Augen ist unsere totale Isolation in dieser Hinsicht völlig ausreichend. Wer sollte uns schon ausrauben? Eine Krabbe auf Crack? Eine Junkie-Qualle?

Um dem allgegenwärtigen Blick seiner Mutter zu entgehen, zogen Hi und ich uns auf die Seite des Gebäudes zurück, die gnädigerweise im Schatten lag. Die Temperatur fiel sofort um zehn Grad.

Hi ist nicht dick, aber auch nicht gerade schlank. Stämmig? Untersetzt? Irgend so was. Mit seinen wallenden braunen Haaren und einer Neigung zu geblümten Hemden fällt er in jeder größeren Gruppe aus dem Rahmen.

An diesem Morgen trug Hi ein Hemd, das gelbe und grüne Weinranken zierten. Darunter eine hellbraune Shorts, deren linke Tasche ausgerissen war. Wehe, wenn seine Mutter das sah!

»Geht's wieder?«, fragte ich. His Gesichtsfarbe wechselte von Pflaume zu Himbeere.

»Mir geht's glänzend«, antwortete er, immer noch ein wenig kurzatmig. »Danke der Nachfrage. Ich weiß deine Besorgnis zu schätzen.«

Hi Stolowitski ist ein Meister der Ironie.

»Was hat dich dazu gebracht, den weiten Weg vom Bootsanleger bis hierher zu laufen?« Noch während die Worte meinen Mund verließen, wurde mir die Hinfälligkeit meines eigenen Joggingplans bewusst.

»Ben ist mit seinem Boot verunglückt, als er im Schooner Creek nach Flusstrommlern geangelt hat. Er ist in zu seichtes Wasser geraten und auf Grund gelaufen.« Hi war wieder zu Atem gekommen. Die Verzweiflung stand ihm ins Gesicht geschrieben. »Er wurde durch die Luft geschleudert und hat sich dann irgendwie das Bein aufgeschlitzt. Sieht ziemlich böse aus.«

Ben Blue wohnt ebenfalls in unserem Block, ist aber auch manchmal bei seiner Mutter in Mount Pleasant. Ich hatte auf Ben und Hi gewartet, um mit ihnen nach Folly Beach zu fahren.

»Wie böse? Wann? Wo ist er?« Vor lauter Besorgnis brabbelte ich wild drauflos.

»Er hat das Boot zum Bunker manövriert, wo ich war, aber dann ist der Motor abgesoffen.« Er lächelte reumütig. »Also bin ich mit dem alten Kanu hierher gepaddelt, um Shelton zu finden. Ich dachte, das ginge schneller. Blöde Idee. Das hat ewig gedauert.«

Jetzt wusste ich, warum Hi so erschöpft war. Kanufahren auf dem Meer ist extrem anstrengend, vor allem, wenn man gegen die Strömung ankämpfen muss. Der Bunker ist nur anderthalb Meilen von hier entfernt. Er hätte laufen sollen. Aber das rieb ich ihm nicht unter die Nase.

»Und jetzt?«, fragte er. »Sollen wir Mr Blue Bescheid sagen?«

Bens Vater, Tom Blue, ist für die Schiffsverbindung zwischen Morris und Loggerhead Island verantwortlich und kümmert sich außerdem um die Fähre, die zwischen Morris und Charleston verkehrt.

Wir schauten uns an. Ben besitzt seinen kleinen Flitzer seit knapp zehn Monaten. Und sein Vater ist ein Pedant, wenn es um die Sicherheit an Bord geht. Wenn er etwas von dem Unfall erfuhr, dann war Ben sein Lieblingsspielzeug gleich wieder los.

»Nein«, antwortete ich. »Wenn Ben die Hilfe seines Vater wollte, dann hätte er dir das gesagt.«

Sekunden verstrichen. Am Strand schrien sich die Möwen die Nachrichten des Tages zu. Über unseren Köpfen legte sich eine Schar von Pelikanen mit weit gespannten Flügeln in die morgendliche Brise.

Ich traf eine Entscheidung. Ich wollte versuchen, Ben eigenhändig zusammenzuflicken. Doch wenn die Wunde zu groß sein sollte, würden wir ärztliche Hilfe in Anspruch nehmen müssen – zornige Eltern hin oder her.

»Wir treffen uns auf dem Weg.« Ich war schon unterwegs zum Hauseingang, um meinen Erste-Hilfe-Kasten zu holen. »Lass uns mit den Fahrrädern zum Bunker fahren.«

Fünf Minuten später jagten wir auf einem harten Sandstreifen, der sich zwischen den hohen Dünen dahinzieht, in nördliche Richtung. Auf meinen erhitzten Wangen fühlte sich der Wind angenehm kühl an. Meine wie immer hoffnungslos verfilzten Haare wehten wie eine rote Fahne hinter mir her.

Zu spät dachte ich an Sonnencreme. Meine blasse New-England-Haut kennt nur zwei Färbungen: weiß oder krebsrot. Und Sonnenlicht lässt die Anzahl meiner Sommersprossen regelrecht explodieren.

Okay, ich bekenne: Die Modellagenturen stehen nicht gerade Schlange, um mich unter Vertrag zu nehmen, aber ich sehe wirklich nicht übel aus. Ich bin ziemlich groß und habe zudem die feingliedrige Gestalt meiner Mutter geerbt. Das zumindest hat sie mir hinterlassen.

Unser Weg schlängelte sich der Landspitze unserer Insel entgegen, der Cummings Point heißt. Linkerhand die hohen Dünen, zur Rechten der abfallende Strand, dann das Meer.

Hi trat hinter mir in die Pedale und schnaufte wie eine Dampflokomotive.

»Soll ich langsamer fahren?«, rief ich über die Schulter.

»Versuch's, und ich fahr dich über den Haufen«, schrie er. »Ich bin Lance Armstrong.«

Wenn du Lance Armstrong bist, bin ich Lara Croft, dachte ich und drosselte so langsam das Tempo, dass er es nicht merkte.

Da ein Großteil von Morris Island aus Marschland oder Dünen besteht, kommt nur die nördliche Hälfte als Bauland infrage. Hier wurde Fort Wagner errichtet. Desgleichen die anderen alten Militäreinrichtungen, überwiegend simple Schützengräben, Furchen und Erdlöcher.

Mit unserem Bunker sieht's jedoch anders aus. Der ist der helle Wahnsinn. Wir sind auf ihn gestoßen, als wir einmal nach unserem Frisbee suchten. Totaler Zufall. Das Ding liegt so gut versteckt, dass man genau wissen muss, wo er sich befindet. Niemand scheint sich mehr an ihn zu erinnern. Und das soll auch so bleiben.

Nachdem wir fünf Minuten weitergestrampelt waren, bogen wir vom Weg ab, umkurvten eine riesige Düne und schossen nach unten in eine tiefe Mulde. Von dort kann man nach knapp dreißig Metern eine Mauer erkennen, die zwischen den Sandhügeln verborgen liegt.

Ungefähr zehn Meter rechts vom Eingang des Bunkers führt ein schmaler Trampelpfad zum Strand hinunter. Ich erkannte Bens Motorboot, das an einem halb im Wasser stehenden Pfahl festgemacht war. Es hob und senkte sich in der sanften Dünung.

Ich stieg ab und ließ mein Fahrrad in den Sand fallen. In diesem Moment drang ein dumpfes Fluchen aus dem Bunker.

Beunruhigt zwängte ich mich durch die niedrige Öffnung.

KAPITEL 3

Ich zwinkerte. Der Übergang von gleißendem Sonnenlicht zu dämmrigem Halbdunkel ist immer ein Schock.

Ein besseres Versteck kann man sich kaum vorstellen.

Der zentrale Raum ist vielleicht fünf mal neun Meter groß. Holzbalken erstrecken sich drei Meter hoch bis zur Decke. Gegenüber dem Eingang ist ein länglicher Sehschlitz in die Wand eingelassen und bietet einen großartigen Blick auf den Hafen von Charleston. Ein schmaler Holzvorsprung sorgt dafür, dass der Schlitz von außen nicht zu erkennen ist.

Durch einen engen Gang zur Linken gelangt man in einen zweiten, kleineren Raum. Auch hier muss man sich durch eine schmale Öffnung quetschen. An der hinteren Wand dieses Raumes nimmt ein eingestürzter Schacht seinen Anfang, der tiefer in den Hügel hineinführt. Echt gruselig. Keiner von uns hat sich da bisher reingetraut.

Ben kauerte im ersten Raum auf einer alten Bank, sein verletztes Bein ruhte auf einem Stuhl. Blut sickerte aus einer klaffenden Wunde am Schienbein.

Er warf mir einen kurzen Blick zu. »Du solltest Shelton holen.« Ben redet nie um den heißen Brei herum.

Freu mich auch, dich zu sehen.

Ich bemerkte, wie Hi hinter mir mit den Schultern zuckte. »Tory hat mich zuerst gesehen. Und hast du schon mal versucht, sie von etwas abzubringen?«

Ben verdrehte die Augen. Seine schönen dunklen Augen mit den unwiderstehlichen Wimpern.

Ich hob eine Braue, um ihnen zu zeigen, was ich von ihren Kommentaren hielt. »Ich hab meinen Erste Hilfe-Kasten dabei. Lass mich dein Bein ansehen.«

Ben folgte meinen Bewegungen mit finsterem Blick. Ich durchschaute sein Machogehabe. Er hatte Angst, dass ich ihm wehtue, wollte sich das aber nicht anmerken lassen.

Mach dir bloß nicht in die Hose, du Memme.

Im Gegensatz zu uns anderen hat Ben bereits das magische Alter von sechzehn Jahren erreicht. Shelton wird diese Grenze im Herbst überschreiten, und Hi ist dieses Frühjahr fünfzehn geworden. Unser hartes erstes Highschooljahr haben wir drei also fast hinter uns, während Ben schon ein Jahr weiter ist.

Statt sich irgendein Fahrzeug mit Rädern zuzulegen, wie alle anderen, hat Ben sein gesamtes Geld in ein 16 Fuß langes Motorboot gesteckt, das er auf den Namen *Sewee* getauft hat.

Den Namen schon mal gehört? Ich auch nicht.

Ben behauptet, ein Nachfahre der Sewee-Indianer zu sein. Ich bin skeptisch, da die Sewee-Indianer schon vor einem Jahrhundert im Stamm der Catawba aufgingen. Wie kann man da heute noch seine Herkunft von ihnen ableiten? Aber bei Bens Temperament hat es keinen Sinn, mit ihm darüber zu diskutieren.

Ein Boot ist natürlich besser als nichts. Ein Boot, das kein Wrack ist, versteht sich.

»Gibt es einen Grund, warum du mit deinem schicken Flitzer bei Ebbe bis in die Bucht gefahren bist?« Ich tupfte sein Schienbein mit Jod ab. Die Wunde musste Gott sei Dank nicht genäht werden, sie sah nur hässlich aus.

»Ich wollte näher an die Küste rankommen, dort, wo die Fische sind. Hab die Wassertiefe falsch eingeschätzt.« Ben stockte der Atem, als ich ihm einen Verband anlegte.

»Und, hast du was gefangen?«, fragte ich unschuldig.

Bens Blick wurde noch finsterer. Ich hatte richtig geraten.

»Könntest dir übrigens mal ein Hemd überziehen«, stichelte Hi.

Ben starrte ihn mürrisch an.

Hi kehrte die Handflächen nach oben. »Ich meine, schließlich ist das hier ein nobler Bunker, und du machst echt einen ziemlich abgerissenen Eindruck.«

Nachdem Hi seine Meinung zur Kleiderordnung in unserem Klubhaus kundgetan hatte, schlenderte er zum einzigen Tisch des Raumes hinüber und setzte sich hin. Der klapprige Stuhl bog sich unter seinem Gewicht. Hi überlegte es sich anders und nahm doch lieber auf der Bank Platz.

Ben, dessen dichte schwarze Haare ihm über die Ohren reichen, lehnte eine muskulöse Schulter an die Wand des Bunkers. Von mittlerer Größe, ist nicht ein Gramm Fett an ihm. Seine Augen sind dunkelbraun, sein Teint changiert zwischen Kupfer und Bronze, je nach Jahreszeit.

»Ich dachte, Shelton könnte sich mal das Boot ansehen«, sagte er.

Wie diplomatisch. Er versuchte sich zu entschuldigen, ohne sich zu entschuldigen.

Das Boot ist sein Ein und Alles. Da ich spürte, dass er sich größere Sorgen um den Schaden machte, als er sich anmerken lassen wollte, akzeptierte ich sein Friedensangebot.

»Wenn jemand das reparieren kann, dann Shelton«, sagte ich.

Ben nickte.

Bens Mutter, Myra Blue, lebt auf dem Festland in einer nahe dem Yachthafen von Mount Pleasant gelegenen Eigentumswohnung. Ben und sein Dad teilen sich ein Appartement in unserem Block.

Obwohl Bens spärliche Äußerungen zu diesem Thema manche Frage aufwerfen, wird es von den meisten Leuten geflissentlich unter den Teppich gekehrt.

Meine Vermutung: Ben hat sich sein Motorboot angeschafft, weil er damit am schnellsten nach Mount Pleasant gelangt.

»Ich hab mein Handy dabei«, erklärte ich. »Ich schreib Shelton mal eine SMS.«

»Viel Glück mit der Verbindung«, entgegnete Hi, als ich zur Tür ging. Ben schwieg, doch spürte ich seinen dunklen Blick auf meinem Rücken.

Hi hatte recht. Der Netzempfang auf Morris Island ist reine Glückssache, und im Bunker hat man schon gar keine Chance. Nachdem ich gut zehn Minuten kreuz und quer durch die Dünen gestapft war, konnte ich endlich meine Nachricht an Shelton absetzen. Auf dem Weg nach unten hörte ich erfreut das Signal für eine empfangene Textmeldung. Shelton war unterwegs.

Als ich mich durch die Öffnung zwängte, dachte ich an Ben. Ein süßer Typ, keine Frage, aber mein Gott, war der launisch. Vor sechs Monaten war ich hierher gezogen. Seitdem hatten wir uns fast täglich gesehen, doch war er mir immer noch ein Rätsel.

Ob ich Ben lieber mochte, als mir eigentlich klar war? Vielleicht wäre das ja eine Erklärung für all unsere Wortgefechte. Ein getarnter Flirt? Oder war Ben nur der einzige Fisch in einem viel zu kleinen Becken?

Vielleicht war ich ja bescheuert, darüber auch nur nachzudenken.

Mit diesem aufmunternden Gedanken ploppte ich schließlich durch die Öffnung.

Hi döste vor sich hin. Ben hockte immer noch auf seiner

Bank. Ich schlenderte zum schmalen Fenster, sprang auf den Sims und schmiegte mich an eine der alten Schießscharten für die Kanonen.

Von hier aus sah das vor dem Hafenbecken liegende Fort Sumter wie ein Camelot in Miniatur aus. Ein graues, heruntergekommenes Camelot. Meine Gedanken schweiften zu König Artus und seinen Rittern. Zu Kit. Zur armen Guinevere.

Zu meiner Mutter. Dem Unfall.

Jetzt tief Luft holen. Die Erinnerung daran war immer noch eine offene Wunde, in der ich nicht stochern wollte.

Mom wurde letzten Herbst von einem betrunkenen Autofahrer getötet. Ein Automechaniker namens Alvie Turnbauer missachtete eine rote Ampel und fuhr dem Corolla meiner Mutter direkt in die Seite. Sie war auf dem Weg nach Hause, nachdem sie eine Pizza abgeholt hatte. Turnbauer kam direkt von Sully's Bar and Grill, wo er den Nachtmittag hindurch ein Bier nach dem anderen getrunken hatte.

Turnbauer kam ins Gefängnis. Mom auf den Resthaven Memorial Garden. Ich nach South Carolina.

Nein. Immer noch zu früh.

Ich dachte an andere Dinge. An Sandalen, die ich auf dem Markt gesehen hatte. An Farben, in denen ich mein Zimmer streichen könnte. An den dunklen Fleck auf meinem Backenzahn, von dem ich fürchtete, es könnte sich um Karies handeln.

Endlich dröhnte eine Stimme vom anderen Ende des Eingangs. »Hat hier jemand einen Mechaniker gerufen?«

Ich holte Shelton herein, der ein Benutzerhandbuch und eine Mappe in der Hand hielt, die von Papieren nur so überquoll. Ben lebte sofort auf.

Shelton Devers ist klein und dünn und trägt eine dicke,

runde Brille. Seine schokoladenbraune Haut verdankt er seinem afroamerikanischen Vater, während seine Augenlider und Wangenknochen von seiner japanischen Mutter zeugen. Sheltons Eltern arbeiten beide auf Loggerhead Island, Nelson als IT-Spezialist, Lorelei als Tierarzthelferin.

»Eine kluge Entscheidung, einen Experten zurate zu ziehen.« Shelton hob beide Arme. »Sei gegrüßt, Bruder Ben. Ich werde dein Boot erretten.«

Ein Klaps auf die Schulter, dann verwandelte sich Sheltons feierlich-spöttische Miene in ein breites Grinsen. Mit einem schnaubenden Lachen kam Ben auf die Beine, begierig darauf, ans Werk zu gehen.

Kein Wunder, dass Ben unbedingt Sheltons Hilfe haben wollte. Er ist ein Genie, wenn es darum geht, irgendwas zusammenzusetzen. Shelton liebt das Beheben schwieriger Probleme, das Lösen kniffliger Fälle und das Dechiffrieren rätselhafter Codes. Auch alles mit Zahlen und Computern fasziniert ihn. Er ist sozusagen unser Technikguru. So nennt er sich jedenfalls selbst.

Sheltons Schwäche? Seine Angst vor allem, was kriecht und krabbelt. Ihm zuliebe haben wir stets eine Dose mit Insektenvertilgungsmittel im Bunker. Und zum Athleten des Jahres wird er auch nicht gewählt.

Ben und Shelton breiteten das Handbuch und die Papiere auf dem Tisch aus. Und schon im nächsten Moment zankten sie sich über die Ursache des Problems und seine Behebung.

Wer weiß? Hätten sie das Boot nicht repariert, wären wir an diesem Nachmittag nicht mehr nach Loggerhead Island gefahren. Dann wäre alles andere nicht geschehen.

Aber wir sind gefahren.

Und es geschah.

KAPITEL 4

»Gib's einfach zu, wenn du das Problem nicht findest.« Bens Stimme hatte einen gereizten Unterton. »Nicht dass noch mehr kaputtgeht.«

Shelton war über Bens Mangel an Vertrauen offenbar ziemlich verärgert. Sein Körper war angespannt. Zumindest die untere Hälfte. Kopf und Schultern steckten im Boot.

»Ich gehe Schritt für Schritt die verschiedenen Möglichkeiten durch.« Sheltons Kopf tauchte wieder auf. »Also immer mit der Ruhe.« Mit dem Schaltplan in der Hand tauchte er wieder zwischen die Kabel des Elektrosystems hinab. Ben stand über ihm und hatte die Arme verschränkt.

»Kann ich irgendwas für euch tun?«, fragte ich.

»Nein.« Zwei Stimmen, eine Antwort.

Dann eben nicht.

Während Hi immer noch im Bunker herumlungerte und Ben und Shelton sich am Boot in die Haare kriegten, saß ich am Strand. Ging ihnen aus dem Weg.

Vor unserem Klubhaus zieht sich eine geschwungene Linie flacher Felsen bis ins Meer hinein und bildet eine kleine, geschützte Bucht. Die Felsen schirmen die Küstenlinie ab, entziehen Bens Boot den Blicken vorbeifahrender Schiffe und sorgen vor allem dafür, dass wir einen eigenen, knapp fünf Meter langen Privatstrand haben.

Ich betrachtete den schmalen Pfad, der zu unserem Unterschlupf führt. Selbst aus so geringer Entfernung war die Öffnung nicht zu erkennen. Einfach unglaublich.

Shelton sagt, unser Bunker sei während des Amerikanischen Bürgerkriegs ein Teil des als *Battery Gregg* bekannten Systems von Schützengräben gewesen. Einst errichtet, um den Hafen von Charleston zu schützen, ist dieses Labyrinth in weiten Teilen unerforscht geblieben.

Das ist unser Platz. Wir müssen ihn schützen.

Ich wurde von aufgeregten Stimmen aus meinen Gedanken gerissen.

»Ist die Batterie eingeschaltet?«

»Natürlich. Aber es riecht nach Benzin. Vielleicht ist der Motor abgesoffen. Geben wir ihm eine Minute Zeit.«

»Nein, nein, nein. Vielleicht hat der Motor nicht *genug* Benzin. Benutz die Gummiballpumpe.«

»Das kann nicht dein Ernst sein. Pass lieber auf, dass der silberne Kippschalter gedrückt ist, sonst passiert überhaupt nichts.«

Ich hatte die Nase voll, fühlte mich nutzlos und beschloss, Hi erneut Gesellschaft zu leisten. Egal, wie heiß es draußen war, der Bunker blieb immer angenehm kühl. Als ich den Pfad zum Bunker halb zurückgelegt hatte, hörte ich, wie der Außenbordmotor brüllend zum Leben erwachte, gefolgt von den Jubelschreien der Hobbymechaniker. Ich machte wieder kehrt. Ben und Shelton klatschten sich enthusiastisch ab und grinsten wie Geisteskranke.

»Gut gemacht, ihr Genies«, sagte ich. »Ich bin beeindruckt.«

Doppeltes Echte-Kerle-Nicken. *Männer reparieren Boot! Männer sind stark!*

»Und jetzt?«, fragte ich in der Hoffnung, die beiden davon abzuhalten, sich auf die Brust zu trommeln.

»Wir sollten eine kleine Spritztour machen, um uns zu vergewissern, dass alles in Ordnung ist«, schlug Ben vor. »Vielleicht nach Clark Sound?«

Keine schlechte Idee. Wir hatten ja sowieso mit dem Boot fahren wollen. Dann kam mir ein anderer Gedanke.

»Wie wär's mit Loggerhead?« Vielleicht konnten wir die Wolfshunde ausfindig machen. Das Rudel war schon seit Tagen nicht mehr gesehen worden.

Bekenntnis: Ich bin ein Hundefan. Ich liebe Hunde, vielleicht mehr als Menschen. Das *Vielleicht* kann man eigentlich streichen. Hunde ziehen nicht hinter deinem Rücken über dich her. Schikanieren dich nicht, weil du die Jüngste in der Klasse bist. Fahren auch keine Autos und werden getötet.

Hunde sind aufrichtig. Was sich über die meisten Menschen nicht sagen lässt.

»Warum nicht?«, entgegnete Shelton. »Ich würde mir auch gern mal wieder die Affen ansehen.«

Ben zuckte die Schultern. Ihm war die Fahrt wichtiger als das Ziel.

»Ich kann gar nicht glauben, dass ihr Einfaltspinsel das hinbekommen habt.« Hi bahnte sich seinen Weg zum Strand hinunter.

»Wieso? Zu viel Hirnschmalz schadet nur.« Shelton, immer noch enthusiastisch, machte ein weiteres Mal High five mit Ben.

»Verstehe.« Hi streckte sich gähnend. »Ich nehme an, es waren eingehende technische Kenntnisse nötig, um den Schaden zu beheben. Ihr habt doch bestimmt nicht nur ein Kabel geflickt oder einen Schalter umgedreht.«

Ben errötete. Shelton war plötzlich sehr an seinen Turnschuhen interessiert.

1:0 für Hi.

»Hättest du Lust auf eine kleine Tour nach Loggerhead?«, fragte ich.

»Klar. Affen sind doch immer lustig. Was soll da schon

schiefgehen?« Hi machte eine Pause. »Es sei denn, ein Affe trachtet dir nach dem Leben, ist drogenabhängig oder so was.«

Er ließ sich in das Boot fallen und ignorierte unsere Blicke.

Kurz darauf schossen wir über die schäumenden Wellen. Wirklich extrem cool. Selbst für jemand, der so viel Zeit auf dem Wasser verbringt wie ich.

Im Gegensatz zu den meisten anderen Menschen müssen wir auf unserem Schulweg das Schiff benutzen. Zwei Mal am Tag, quer durch das Hafenbecken. Montag bis Freitag. Es ist der einzig sinnvolle Weg für uns.

Meine Clique und ich besuchen die Bolton Preparatory Academy in Downtown Charleston. Todschicke Gegend, die Häuser stammen aus der Zeit vor dem Bürgerkrieg, und an den Bäumen hängt Louisianamoos. Mit ihren von Efeu bewachsenen Mauern und von Tauben verschandelten Statuen ist die Bolton Prep genauso High Class wie die ganze Gegend.

Doch ich sollte mich nicht beklagen. Es handelt sich um eine der besten Privatschulen im ganzen Land. Kit allein hätte das Schulgeld niemals aufbringen können, aber die Universität kümmert sich auch darum. Eine weitere Vergünstigung für UC-Eltern, die auf Loggerhead arbeiten.

Unser klitzekleines Problem: Die anderen Schüler können uns nicht ausstehen. Sie kommen alle aus stinkreichen Familien und bringen uns das auch ständig in Erinnerung. Sie wissen genau, wie wir an diese Schule gelangt sind und warum wir dort jeden Tag als Gruppe in Erscheinung treten. Ich habe schon den Überblick über all die Ausdrücke verloren, die sie uns ständig an den Kopf werfen.

Boatpeople. Sozialfälle. Arme Schlucker.

Lackaffen. Blasierte Armleuchter. Snobs.

Ehrlich gesagt wäre ich an diesem Tag überall lieber gewesen als in der Schule.

Wir Morris-Insulaner halten zusammen. Die Jungs klebten schon aneinander, als ich dort ankam. Vor allem Shelton und Ben. Hi ist schon ein komischer Kauz. Manchmal habe ich das Gefühl, dass niemand so recht was mit ihm anfangen kann, aber er hält uns definitiv auf Trab.

Die Jungs haben mich sofort akzeptiert. Sie können es sich ja auch nicht leisten, besonders wählerisch zu sein. Außerdem – falls ich mich mal selber loben darf – war von Anfang an klar, dass ich ein helles Köpfchen bin. So wie sie.

Im Gegensatz zu unseren Mitschülern macht es uns Spaß, neue Dinge zu lernen. Das muss an unseren Eltern liegen. Die Begegnung mit Gleichaltrigen, die sich auch für wissenschaftliche Sachen interessieren, war für mich, als hätte ich einen vergrabenen Schatz gefunden.

Kit war zwar nicht gerade begeistert, dass meine einzigen drei Freunde allesamt Jungs sind, aber ich habe ihn darauf aufmerksam gemacht, dass es auf Morris keine anderen Highschoolschüler gibt. Und dass er all ihre Eltern persönlich kennt. Dem konnte er nichts entgegensetzen. Whitney, Kits Freundin, ist die Einzige, die immer noch diese Platte auflegt.

Obwohl wir uns also erst mal aus praktischen Gründen angefreundet haben, sind wir inzwischen eng miteinander verbunden. *Wie* eng wir einst miteinander verbunden sein würden, konnte ich damals natürlich nicht ahnen.

Ben nahm den Umweg nach Loggerhead, um dem seichten Wasser auszuweichen. Es dauert zwar länger, aber der direkte Weg zwischen den Sandbänken hindurch ist bei Ebbe einfach zu riskant.

Shelton stand vorne und hielt nach Delfinen Ausschau, während Hi und ich hinten saßen.

Bug und Heck, sagte ich mir. Die Jungen verbrachten Stunden damit, nautische Begriffe zu lernen. Zukünftige Piraten? Es heißt ja, dass es sie wieder gibt.

Hin und wieder stieg der Bug in die Höhe und klatschte krachend auf die Wasseroberfläche. Dann sprühte die Gischt über uns hinweg, salzig und kühl. Ich liebte jeden einzelnen Wassertropfen.

Ich spürte das Lächeln auf meinem Gesicht. Es würde doch noch ein schöner Tag werden.

Nach einer zwanzigminütigen Fahrt über das offene Meer konnten wir am Horizont einen blaugrünen Fleck ausmachen. Er wurde größer und offenbarte sich als Landmasse.

Wir fuhren näher heran, drosselten das Tempo und glitten an einem zuckerweißen Strand entlang.

Der Sandstreifen war gut drei Meter breit, dahinter erhoben sich Bäume mit hohem Blätterdach. Das dichte Unterholz verdeckte jede Sicht auf das Innere der Insel. Wellen leckten am Strand. Insekten und Frösche führten eine Summ-und-Quak-Symphonie auf. Ab und zu raschelte ein Zweig und schrie irgendein Tier über unseren Köpfen.

Nichts war zu sehen, das von Menschenhand geschaffen worden wäre.

Das Boot schaukelte sanft in der Dünung, während wir schweigend die Landschaft in Augenschein nahmen.

Eine geheimnisvolle Stimmung nahm uns gefangen. Etwas Ursprüngliches. Ungezähmtes. Wildes.

Loggerhead Island.

KAPITEL 5

»Hey, wir sind zu schnell. Hau die Bremse rein!«

Shelton prallte zurück, als die *Sewee* mit dem Anlegesteg kollidierte. Ich verlor das Gleichgewicht und landete unsanft auf meinem Hintern.

Das Boot schabte mit quietschendem Protest am Anleger entlang. Ein harter Tag für das stolze Schiff. Eine echte Materialprobe.

Ich rappelte mich auf und schaffte es irgendwie, mir das Tau zu schnappen, das mit dem Anleger verbunden ist. Das Boot kam zum Stehen. Anlegemanöver beendet.

Nicht gerade sehr sanft, Herr Kapitän.

Ben verzog das Gesicht, enttäuscht von seinen seemännischen Fähigkeiten. »Das Anlegen ist echt nicht einfach. Aber ich arbeite daran.«

»Das will ich auch hoffen.« Hi rieb sich das Knie. »Da wartet nämlich noch eine Menge Arbeit auf dich.«

»Also ich hätt's auch nicht besser hingekriegt«, sagte ich in der Hoffnung, dass Ben jetzt nicht eingeschnappt war.

Doch er lachte nur in sich hinein. »Ich weiß schon, war keine Glanzleistung, aber das Boot ist jedenfalls okay.«

Ein kräftiger Klaps auf die Schulter. »Komm schon, Hiram. Ist ja nichts weiter passiert.«

Hi zeigte unmissverständlich auf sein lädiertes Bein.

Ben zuckte die Schultern. »Ist doch gar kein Blut zu sehen.«

»Wenn du wüsstest, wie sehr mein Rücken wehtut.«

Shelton sprang an Land und machte mit ein paar professionellen Handgriffen das Boot fest.

»Fertig.«

»Also los, Leute. Keine Zeit zu verlieren!« Hi hievte sich mit grünem Gesicht über die Reling und ließ sich auf den Steg plumpsen. »Ich schlage mich mal kurz in die Büsche, um einem natürlichen Bedürfnis nachzukommen.«

Klarer Fall von Seekrankheit.

Ich stieg aus und folgte den anderen.

Verglichen mit Morris ist Loggerhead nur ein kleiner Fleck, eine halbe Meile im Quadrat. Keine Einwohner. Keine Straßen. Kein Starbucks. Nur eine kleine Ansammlung von Gebäuden am südlichen Ende. Aber lasst euch nicht täuschen, dies ist ein bedeutender Ort. Hightech. Topmoderne Labore. Modernste Ausstattung. Rund um die Uhr bewacht. Klein, aber fein.

Das Loggerhead Island Research Institute. LIRI. Aber Loggerhead hat noch mehr zu bieten.

Die Insel ist nach den gleichnamigen Schildkröten benannt, die am Ostufer ihre Eier ablegen. Die ersten europäischen Einwohner waren Piraten. Sie sahen die Insel als einen großartigen Ort an, um sich vor den Kolonialmächten zu verstecken. Blackbeard und seine Männer lagerten dort ihre Beute, bevor sie das nächste Handelsschiff überfielen. Oder andere Piratenschiffe. Mag sein, dass sie sich gelegentlich auch mit anderen Piraten zusammengeschlossen haben.

Jedenfalls hat diese Phase nicht lange gedauert. Schließlich haben die Briten die Piraten verjagt, und irgendeine dieser gepuderten Perücken hat eine Baumwollplantage gegründet. Die Arbeit ließ er natürlich von seinen Sklaven verrichten. Trottel. Irgendwann haben sie sich dann an ihm gerächt. Ist doch logisch: Wenn du eines dieser Arschlöcher bist, die andere Leute kaufen, dann bist du verloren, falls das Blatt sich wendet. Wenn deine Sklaven mit dem Arrangement nicht mehr einverstanden sind, dann endest du als Fischfutter.

Als Nächstes fiel Loggerhead in die Hände des Militärs. Danach blieb Loggerhead für mehrere Jahrzehnte sich selbst überlassen, ehe man der University of Charleston das Verfügungsrecht über die Insel zusprach. Die Universität siedelte dort Primaten an.

Kein Witz. Ein Großteil von Loggerhead Island beherbergt heute frei lebende Rhesusaffen. Hunderte von ihnen klettern in den Bäumen oder laufen auf dem Boden herum. Entkommen können sie nicht. So weit können sie nicht schwimmen.

Das Forschungsgelände ist natürlich eingezäunt, damit die Primaten draußen bleiben, aber der Maschendrahtzahn erfüllt nur zum Teil seinen Zweck. Irgendwie gelingt es den cleveren kleinen Kerlchen immer wieder, sich Einlass zu verschaffen. Wie Ninjas im Taschenformat.

Die Insel ist wirklich ein abenteuerlicher Ort. Wenn Affen sich in die Haare kriegen, machen sie einen ohrenbetäubenden Krach. Und wer hat nicht manchmal Lust, sich in einem riesigen Affenkäfig aufzuhalten?

Um eins klarzustellen: Auf Loggerhead werden keine Produkte getestet oder so etwas. Die Forscher beschäftigen sich ausschließlich mit Tiermedizin und Verhaltensforschung. Sonst würde ich keinen Fuß auf die Insel setzen. Und Kit dazu überreden, sich einen neuen Job zu suchen.

Faszinierend, oder? Auf dem ganzen Kontinent gibt es nur wenige Orte wie diesen. Die Forscher kommen von überallher. Normalerweise braucht man Vitamin B oder eine Sondergenehmigung, um sich dort aufzuhalten.

Normalerweise. Wir kommen auch uneingeladen.

Vom Anleger betrat ich den schmalen Strand, der von hohen Klippen gesäumt wird. Seemöwen flatterten schreiend auf. Ich blickte mich um.

Loggerhead hat die Form eines Pinguins, dessen Kopf nach Nordwesten zeigt. In der Mitte geht der Pinguin ein wenig auseinander, was ihm ein gedrungenes Aussehen verleiht. Die Anlegestelle befindet sich auf der Südseite, am imaginären Hinterteil des Seevogels. Dort, wo ich in diesem Moment stand, engte der Küstenverlauf, der die Füße des Pinguins bildete, meine Sicht ein.

Zur Rechten erstreckte sich ein konisch geformter Schnabel vom südöstlichen Punkt der Insel aufs Meer hinaus. Tern Point. Zur Linken erhob sich ein dicht bewaldetes Plateau ungefähr sechs Meter über dem Meer. Die schmale Bucht, in der wir angelegt hatten, wölbte sich zwischen Tern Point und dem Plateau. Hier konnte die raue See weder dem Strand noch dem Anlegesteg etwas anhaben.

Kein Wunder, dass dieser abgeschiedene Ort bei Piraten so beliebt war. Notfalls konnte man hier glänzend sein Schiff verstecken. Ho ho ho!

Der Norden der Insel besteht aus Marschland, das in ein flaches, den Gezeiten unterworfenes Gebiet mündet. Die letzten knapp hundert Meter kann man nicht laufen, weil das Gebiet zu sumpfig ist. Nicht dass irgendjemand das tun wollte. Krokoland. Schnapp, schnapp.

Kopf und Fuß von Loggerhead sind also ziemlich unwirtlich, die Flanken der Insel dafür umso einladender. Nichts als weißer Sand. Der lange Streifen im Westen hat seiner Form den Namen Chile Beach zu verdanken. Alteingesessene nennen ihn Dead Cat. Wenn ihr nur einmal das Schnurren der Brandung zwischen den Sandbänken hören könntet, dann wüsstet ihr, warum. Aber das Ostufer toppt alles: Turtle

Beach. Er ist kürzer und breiter, ein Paradies. Der schönste Strand auf der ganzen Welt.

Im Innern besteht die Insel aus dichtem, von kleinen Bächen durchzogenem Wald. Plus Affen.

Von unserer Anlegestelle aus zieht sich ein Pfad in nordöstliche Richtung über einen steilen Hügel hinweg, der das LIRI-Gebäude verdeckt.

Hi hatte ihn offenbar schon halb zurückgelegt.

»Bootfahren ist einfach nichts für ihn«, sagte Ben.

Stimmt. Hi wurde selbst auf der Fähre schlecht.

»Geben wir ihm noch einen Moment Zeit«, sagte ich.

»Der sucht halt einen geeigneten Ort zum Kotzen«, fügte Shelton unverblümt hinzu. »In seinen schwachen Momenten braucht ein Mann ein bisschen Privatsphäre.«

Niemand widersprach. Wir alle hatten schon His große Kotzshow erlebt. Und Wiederholungen enttäuschen ja meistens.

»Willst du wirklich die Hunde ausfindig machen?« Shelton zog an seinem Ohrläppchen, ein nervöser Tick. »Mit denen ist nicht zu spaßen, Tory. Letztes Mal hast du echt Glück gehabt.«

Stimmt eigentlich. Ich *war* leichtsinnig gewesen. Wilde Hunde sind unberechenbar und können zur tödlichen Gefahr werden. Vor allem Wolfshunde. Und ich hatte mich wirklich in Gefahr gebracht. Doch glaube ich nicht, dass Glück bei der Sache eine große Rolle gespielt hat.

Es ist eine Tatsache, dass ich mich in meinem ganzen Leben noch nie von einem Hund oder Wolf bedroht gefühlt habe. Aus irgendeinem Grund fühle ich mich ihnen nahe. Als sprächen wir dieselbe Sprache. Ich kann es nicht erklären.

Das Rudel machte mir keine Angst. Ich freute mich darauf, es zu sehen. Doch ich wusste, dass die anderen ein mulmiges Gefühl bei dem Gedanken hatten, ihm zu nahe zu kommen.

»Shelton hat recht«, sagte Ben. »Ob Hundeflüsterin oder nicht, du darfst nicht noch mal solch ein Risiko eingehen.« Er ließ einen flachen Stein über das Wasser hüpfen. »Ich dachte echt, du wärst nicht mehr zu retten. Ich konnte es kaum glauben.«

»Die ganze Szene war total unwirklich«, stimmte Shelton ihm zu.

Hier kommt die Story:

Vor ein paar Jahren entdeckte ein Student, der bis dahin für eine Forschungseinrichtung in Montana gearbeitet hatte, eine halb tote junge Wölfin, die sich nicht aus einer Schneewehe befreien konnte. Weil ihm keine andere Wahl blieb und entgegen alle Regeln schmuggelte er den Welpen mit zu seiner nächsten Forschungsstätte – Loggerhead Island. Aus irgendeinem Grund verlor er sein »Pflegekind« anschließend aus den Augen. Nach Beendigung seines Projekts verließ er die Insel, ohne das Jungtier wiedergefunden zu haben.

Im Lauf der Zeit wurde die Wölfin für das Forschungsteam von Loggerhead zu einer Art Haustier. Sie wurde Whisper genannt, bewegte sich auf leisen Sohlen, erschien lautlos zu ihren Mahlzeiten und verschwand danach ebenso unauffällig wieder im Wald.

Whisper wuchs heran und wurde geschlechtsreif. Stets wohlgenährt bewahrte sie ihr Zutrauen zu den Menschen und legte auch den Affen gegenüber kein aggressives Verhalten an den Tag. Obwohl eine offizielle Genehmigung nach wie vor fehlte, durfte Whisper sich weiterhin aufhalten, wo sie wollte, und konnte sich auf der Insel frei bewegen.

Etwa ein Jahr nach Whispers Ankunft betrat aus unbekannten Gründen ein Deutscher Schäferhund die Bühne. Niemand wusste, wie er nach Loggerhead gekommen war. Keine Partnerschaftsvermittlung wollte später die Verantwortung übernehmen.

Doch Miss Whisper fand offenbar Gefallen an dem jungen Kerl. Jedenfalls kam wenige Monate später das erste Wolfshundbaby zur Welt. Ein Jahr lang bildete die junge Familie ein Trio. Dann wurde der nächste Welpe geboren. Ich war die Erste, die das neue Familienmitglied bemerkte. Das war zwei Monate nach meiner eigenen Ankunft im November. Ich habe ihm sogar einen Namen gegeben.

Wie wir uns begegnet sind?

Meine Kumpel und ich vertrieben uns gerade die Zeit am Turtle Beach, als seltsame Geräusche aus dem Wald zu uns herüberdrangen. Neugierig geworden, bahnte ich mir meinen Weg durch das Unterholz und vermutete, dass es sich um Affen handelte, die irgendeinen Unfug anstellten. Doch stattdessen sah ich, wie drei Hunde jaulend ein Loch umkreisten. Ein leises Winseln stieg aus der Tiefe empor.

Ob sie mich nun gehört oder gewittert hatten, jedenfalls bewegte sich das Rudel plötzlich nicht mehr vom Fleck. Sechs Augen fixierten mich.

Ich blieb wie angewurzelt stehen, bewegte nicht einen Muskel.

Whisper starrte in meine Richtung, hob die Schnauze und schnüffelte in die Luft. Ein mächtiges Tier, die Anführerin des Rudels. Eine Vollblutwölfin. Die sich gestört fühlte. Durch mich.

Schluck.

Meine Schweißdrüsen leisteten ganze Arbeit.

Ein dumpfes Brummen drang aus der Tiefe ihrer Kehle. Whsiper kam langsam auf mich zu, die Ohren aufgestellt, das Rückenfell gesträubt.

Jede vernünftige Person hätte den Rückzug angetreten. Doch was Hunde angeht, bin ich nicht zurechnungsfähig. Ich wusste genau, dass ein Wesen in diesem Erdloch meine Hilfe brauchte.

Behutsam setzte ich einen Fuß vor den anderen, wollte Whisper zu verstehen geben, dass sie keine Angst zu haben brauchte.

Vertrau mir. Ich bedrohe dich nicht.

Whispers Augen waren so groß, dass ich das Weiße darin erkennen konnte. Ihre Lefzen verzogen sich und offenbarten leuchtende Schneidezähne. Das Brummen wurde zu einem Knurren.

Zweite Warnung.

»Schhh«, flüsterte ich. »Ich bin dein Freund.« Zentimeter um Zentimeter schob ich mich voran. »Nur ein kurzer Blick, ich will euch nichts Böses.«

Aus dem Augenwinkel heraus nahm ich eine Bewegung wahr. Ich blickte verstohlen zur Seite.

Meine Freunde starrten mich aus sicherer Entfernung ungläubig an.

Ich achtete nicht auf sie, sondern wagte einen weiteren kleinen Schritt.

Whisper machte einen Satz nach vorn.

Ein drittes Knurren, aus voller Kehle. Diesmal fielen die anderen Hunde in das Knurren ein. Es war ein aggressives, furchteinflößendes Geräusch.

Ein Adrenalinstoß pulste durch meinen Körper.

Vielleicht war das doch keine so gute Idee.

Ich senkte meinen Blick und öffnete langsam die Hände. Bewegte mich nicht vom Fleck, versuchte Whisper eine Nachricht zukommen zu lassen. Ich wusste, dass meine Sicherheit am seidenen Faden hing.

Kein Geräusch. Keine Bewegung.

Blut pochte in meinen Ohren. Schweiß lief mir den Rücken hinunter. Ich hielt mein Kinn gesenkt und hob meine Lider. Whispers Augen begegneten meinem Blick. Sie schien zu zögern, auf Wolfsart mit sich zurate zu gehen.

Dann, plötzlich, drehte sie ab und ging wieder zu ihrem Gefährten und ihrem Kind. Gemeinsam blickten sie zu dem Erdloch, dann zu mir.

Sie gaben mir die Erlaubnis. Dachte ich. Hoffte es.

Ich riskierte einen weiteren tastenden Schritt nach vorn. Die drei ließen mich nicht aus den Augen, blieben aber an ihrem Platz.

Schnell, Tory, solange du die Gelegenheit hast.

Ich schob mich vorwärts und warf einen Blick in das Erdloch. Es war ein ehemaliger Schacht, der vermutlich nur notdürftig abgedeckt gewesen war. Offenbar hatte das morsche Holz nachgegeben.

In gut drei Metern Tiefe gab ein kleines Fellbündel ein klägliches Kläffen von sich. Zwei eisblaue Augen blickten himmelwärts. Ein Wolfshundwelpe.

Als der Kleine mich sah, kam er auf die Beine und begann mit seinen kleinen Pfoten an den Erdwänden zu kratzen.

Ohne nachzudenken ließ ich mich auf den Bauch sinken, hielt mich an einer elastischen Kletterpflanze fest, ließ meine Beine ein Stück in die Tiefe gleiten und stemmte meine Füße gegen die Wände des Schachts. Während meine Hände sich um die Schlingpflanze krampften, seilte ich mich Stück für Stück ab.

Eins. Zwei.

Ein Schatten fiel über mich. Drei Tiergesichter hingen über der Öffnung und folgten mit Argusaugen jeder meiner Bewegungen.

Mit größter Behutsamkeit gewann ich an Tiefe.

Drei. Vier. Fünf.

Auf halber Strecke spürte ich plötzlich einen Halt unter meinen Füßen. Es waren mehrere, dicht aufeinander folgende Absätze, die ich als Treppenstufen benutzte. Ich überwand das letzte Stück, das mich von dem verängstigten Welpen trennte. Er bellte erregt, der Rettung nahe.

Ich hockte mich neben ihn und atmete tief durch. Mein neuer Freund kauerte auf einer Tonne mit der Aufschrift *Cooper River Boiled Peanuts.* Er kroch auf meinen Schoß. Leckte mein Gesicht. Wie wunderbar.

In diesem Moment taufte ich ihn auf den Namen Cooper.

Ein scharfes Bellen über mir. Whisper wurde ungeduldig.

Ich nahm meine Fracht behutsam auf den Arm und überschlug meine Möglichkeiten. Die Wände des Schachts waren so uneben, mit vorspringenden Steinen und Wurzeln, dass man leicht hätte hinaufklettern können.

Wäre da nicht ein Rudel wilder, ausgehungerter Tiere gewesen, das nur darauf wartete, mich in Stücke zu reißen.

Den Welpen in einer Armbeuge, stemmte ich mich mit dem anderen Arm nach oben, abwechselnd die Füße setzend. Stemmen. Ziehen. Treten. Stemmen. Ziehen. Treten.

Mein Passagier drückte sich an mich und gab ein lustiges kleines Bellen von sich.

»Find ich auch, Coop. Gleich haben wir's geschafft.«

Meine Arme brannten, als ich die Oberfläche erreichte – und mich plötzlich Nase an Schnauze mit einem Wolf befand.

Whisper. Ihre Zähne nur Zentimeter von meiner Kehle entfernt.

Mit langsamen Bewegungen setzte ich Coop vorsichtig ab. Mama Wolf nahm ihn mit den Zähnen am Genick, hob ihn hoch und war im Nu im Unterholz verschwunden.

Zwei ebenso schnelle Bewegungen, und das Rudel war nicht mehr zu sehen.

Zitternd stemmte ich mich aus dem Schacht heraus und klopfte mir den Dreck von den Kleidern.

Ich grinste. Auftrag erledigt und lebend überstanden.

Während ich immer noch Staub abwischte, blickte ich zu meinen Gefährten hinüber. Hi hyperventilierte. Ben und Shelton schüttelten langsam ihre Köpfe. Ihre kollektive Erleichterung war mit Händen zu greifen.

Ich musste allen drei schwören, nie wieder ein solches Risiko einzugehen. Ich versprach es ihnen, aber nur, um sie zu beruhigen. Denn ich wusste, dass ich ganz genauso handeln würde, wenn die Umstände es noch mal erforderten.

Als wir zum Strand zurückkehrten, nahm ich ein Rascheln zu meiner Rechten wahr. Im Grunde spürte ich es mehr als dass ich es hörte. Ich spähte ins Dickicht. Zwei goldene Augen glühten im Dunkel. Whisper. Sie beobachtete mich noch für einen Moment, dann verschwand sie im Dickicht.

Vielleicht mein stolzester Augenblick.

Monate waren seither vergangen. Ich hatte Whisper und ihr Rudel kaum mehr zu Gesicht bekommen.

Doch wenn ich ihnen begegnete, würden sie mich wiedererkennen? Würde Coop sich erinnern können?

Ja, da war ich ganz sicher.

Mit diesem glücklichen Gedanken war ich zu weiteren Entdeckungen bereit.

Nachdem ich Hi noch ein paar Sekunden Zeit gegeben hatte, seinen Mumm wiederzufinden, marschierten wir den Hügel hinauf und spazierten zur Forschungsstation hinunter.

Mitten hinein ins Schlamassel.

KAPITEL 6

Hi war dem Feind in die Hände gefallen.

Okay, ich übertreibe. Aber nur ein bisschen.

Als wir den höchsten Punkt der Erhebung erreicht hatten, erblickten wir den LIRI-Komplex am Fuße des Hügels. Es handelte es sich um ein Dutzend dicht beieinander stehender Gebäude, die von einem zweieinhalb Meter hohen Maschendrahtzaun umgeben sind. In den Bauten aus Glas und Stahl befinden sich die Labore. Die Aluminiumhütten dienen als Vorratslager für Ausrüstungsgegenstände, Affenfutter, Proviant und Fahrzeuge. Der Zaun hat nur zwei Öffnungen. Durch den Haupteingang gelangt man zur Anlegestelle in unserem Rücken. Ein schmaleres Tor führt zum Turtle Beach.

Hi stand am Haupteingang. Er war nicht allein.

»Das gibt Ärger«, sagte Shelton, während er, die Hand über den Augen, den Hügel hinabblickte.

»Verdammt!« Bens Stimme war angespannt. »Es ist Karsten.«

Natürlich, dachte ich. Wer sonst?

»Er winkt, dass wir runterkommen sollen«, sagte Shelton. »Will noch jemand weglaufen?« Reine Ironie. Weglaufen hatte keinen Sinn. Professor Karsten wusste, wer wir sind. Noch schlimmer: wer unsere Eltern sind.

Seufz.

»Also los.« Ich bemühte mich um eine selbstbewusste Stimme. »Karsten weiß genau, dass wir hier sein dürfen, solange wir uns an die Regeln halten. Ich verstehe einfach nicht, warum der immer so ein Theater macht.«

Unbefugten Personen ist der Zugang zu Loggerhead untersagt. Aber da unsere Eltern dort arbeiten, hat uns die Institutsleitung erlaubt, uns auf der Insel aufzuhalten, solange wir bestimmte Areale meiden und keine Probleme verursachen.

»Dr. K hatte von Anfang an etwas dagegen, dass wir uns hier aufhalten«, entgegnete Shelton. »Mein Vater hat mir erzählt, dass er ständig beantragt, uns keinen Zutritt mehr zu gewähren, aber nie die nötigen Stimmen bekommt. Der Schwachkopf hält uns wohl für Terroristen oder so was.«

»Du hast ja schließlich diesen Geländewagen kaputt gemacht«, sagte Ben, ohne eine Miene zu verziehen.

»Na klar.« Shelton rollte mit den Augen. »Shelton hat ihn allein kaputt gemacht, weil Ben sich schnell in die Büsche geschlagen hat.« Er haute Ben auf die Schulter. »Aber ich vergebe dir, Blue.«

»Hab ja gesagt, dass du noch was guthast bei mir.«

Wir schlenderten den Hügel hinab. Zu beiden Seiten waren nichts als Bäume zu sehen. Kein Wunder. Außer der Forschungseinrichtung existiert kein einziges Gebäude auf Loggerhead. Ein paar unebene Wege durchziehen die Insel. Das LIRI war von Anfang an als Institut fern aller menschlichen Zivilisation geplant gewesen. Und die Realität kommt dieser Planung sehr nah.

Ich dachte an all die spannenden Forschungsprojekte, die hier stattfanden. Am liebsten waren mir die Primaten, doch es gab auch eine meeresbiologische Abteilung. Dort studiert Kit seine geliebten Schildkröten und Delfine. Das Naturschutzgebiet ist für Ornithologen und Botaniker. Und für Schmetterlingsliebhaber. Die Sümpfe führen natürlich jeden

Krokofan in Versuchung. Außerdem haben Archäologen verschiedene Seiten des Plateaus und einen Teil des Inselinneren in Beschlag genommen.

Ein elitärer Klub von Nerds. Genau meine Kragenweite.

Als Shelton, Ben und ich am Haupteingang ankamen, hatte Karsten Hi schon ins Innere der Anlage gezerrt. Und als wir durch das Tor schritten, fuhr er herum und winkte uns zornig zu sich heran.

Wir gehorchten. Was blieb uns anderes übrig.

Dr. Marcus E. Karsten: Professor und Dekan des Charleston University College of Veterinary Medicine und Leiter des Loggerhead Island Research Institute.

Ein Oberarschloch, wenn ihr mich fragt.

Berühmt für seine Forschungsergebnisse zum Ebolavirus, besaß er einen erstklassigen Ruf als Tierepidemiologe. Er beaufsichtigte sämtliche Forschungsarbeiten, die auf Loggerhead durchgeführt wurden.

Ein Wissenschaftler durch und durch.

Äußerlich machte er nicht viel her. Ende fünfzig, mager, Brille, seine dunklen spärlichen Haare – der Klassiker! – quer über die Glatze gekämmt. Sein Laborkittel war so exakt gebügelt, dass man mit den Bügelfalten vermutlich Käse hätte schneiden können.

Doch eins muss man ihm lassen: Er behandelte uns nicht wie Jugendliche. Er behandelte uns wie Kriminelle.

Karsten und Hi standen vor Gebäude 1, dem größten der gesamten Anlage. Darin befinden sich die aufwendigsten und teuersten Labore. His Vater arbeitet hier. Und Kit. Auch der Sicherheitsdienst war hier untergebracht. Super.

»Kommt her und gebt mir eine Erklärung.«

Seiner ersten Aufforderung kamen wir nach, der zweiten nicht.

Karsten wandte sich an Hi. »Mr Stolowitski. Warum schleichen Sie hier durch die Wälder?«

»Mein Flugzeug ist abgestürzt. Ich lebe schon seit Monaten hier im Dschungel.«

Lass das lieber, Hi.

»Wie schrecklich.« Karstens Stimme war eisig. »Aber Ihre Mutter wird sehr erleichtert sein, dass Sie überlebt haben. Sollen wir sie gleich anrufen?«

His Augen weiteten sich, bevor er den Blick niederschlug. »Mir war nicht gut. Die Überfahrt war ziemlich bewegt.«

Er tat mir leid. Hi sah wirklich elend aus.

»Und ihr anderen? Ist euch auch übel? Oder wollt ihr euch in tierärztliche Behandlung begeben?«

»Dr. Karsten, haben wir irgendwas Unerlaubtes getan?«, fragte Shelton betont höflich. »Wir haben die Erlaubnis, die Insel zu besuchen. Sie können gern auf der Liste der befugten Personen nachschauen. Wir warten solange.«

»Netter Versuch.« Karsten ließ sich nicht auf den Arm nehmen. »Ihr dürft euch hier nur aufhalten, solange ihr euch anständig aufführt.« Er schaute uns durchdringend an. »Aber ihr macht nichts als Ärger.«

Mir schoss die Zornesröte ins Gesicht.

Eine lächerliche Behauptung. Hüte deine Zunge, Tory!

»Professor Karsten. Ich bin hier, um meinen Vater zu besuchen. Ich komme direkt vom Bootsanleger. Und mein Impfausweis ist vollständig. Wenn ich sonst nichts für Sie tun kann, halten Sie mich bitte nicht länger auf.«

Kennt ihr das Geräusch, wenn eine Nadel über eine alte Schallplatte kratzt? Genau das passierte in diesem Moment.

Die anderen wichen einen Schritt zurück.

Karsten musterte mich. Sekunden vergingen. Qualvolle Sekunden. Dann lächelte er süffisant. »Ah, Miss Brennan. Immer wieder ein Vergnügen.« Er betrachtete mich für einen weiteren Moment. Dann, geflüstert: »Ganz anders als Ihr Vater.« Pause. »Aber *genau* wie Tempe.«

Das war nicht für meine Ohren bestimmt. Aber es machte mich stolz. Dr. Karsten kannte Tante Tempe aus beruflichen Zusammenhängen, doch wusste ich nicht, ob mich das in seinen Augen auf- oder abwertete.

Plötzlich wirkte Karsten wieder sehr geschäftsmäßig. »Haltet euch von Turtle Beach fern. Dort finden gerade ökologische Untersuchungen statt. Chile Beach dürfte zugänglich sein. Tern Point ist euch wie immer strengstens verboten.« Er warf einen Blick auf die Uhr. »Vor allem aber bleibt uns vom Hals.«

Dr. Karsten stapfte davon, blieb abrupt stehen.

»Miss Brennan.«

Schluck.

»Ja, Sir?«

»Dr. Howard ist gerade mit einem Patienten beschäftigt. Eine Schildkröte, die den Kanal durchqueren wollte, ist von einer Schiffsschraube verletzt worden. Ihr Vater darf unter keinen Umständen gestört werden.« Er machte auf dem Absatz kehrt und war verschwunden.

Puh.

Drei Augenpaare starrten mich an.

»Was ist?«, fragte ich.

»Ich staune nur, was du Karsten gegenüber für eine große Klappe hast.« Shelton schien tief beeindruckt.

Hi gluckste. »Die hat echt Eier, die Frau.«

»Danke, Hi, ich werd's mir merken.«

»Jedenfalls hat's geklappt«, sagte Ben. »Gut gemacht, Tor. Vor allem der Vorwand mit deinem Vater.« Er blickte kurz zur Rückseite des Instituts. »Aber vielleicht sollten wir die Sache mit den Hunden lieber sein lassen.«

»Wolfshunde«, verbesserte ich. »Jedenfalls zwei von ihnen.« Ich betrachtete mein Spiegelbild in der Fensterfront von Gebäude 1. Ich hätte Kit zu gerne einen Besuch abgestattet, wollte das Schicksal aber nicht herausfordern.

Tut mir leid, Kit. Keine Stippvisite.

»Seinlassen kommt nicht infrage«, entgegnete ich dann. »Los, lasst uns das Rudel suchen.«

»Und die Affen. Ich will die Affen sehen.« His gute Laune war zurückgekehrt. *»Won't-you-take-me-to-Monkey Town!«* Er machte ein paar funky Tanzbewegungen mit Armen und Beinen.

»Natürlich, Hi«, antwortete ich, meine Augen immer noch auf das Labor gerichtet. »Aber sing dieses Lied bitte nie wieder.«

»Geschmacklos«, stimmte Ben mir zu.

Hi nickte ernst. »War wohl keine Glanznummer.«

»Sattelt die Pferde!« Shelton ließ einen Finger in der Luft kreisen, zum Abmarsch bereit.

Wie Schneewittchens Zwerge marschierten wir hintereinander durch den Hinterausgang.

Hei-ho, hei-ho …

KAPITEL 7

Der Mann blickte aus dem Fenster von Dr. Karstens Büro. Seine eng stehenden Augen flankierten eine knollige Nase, die von feinen Adern durchzogen war. Er beobachtete, wie die vier Jugendlichen durch den Turtle-Beach-Ausgang verschwanden, und ließ seine Fingerknöchel knacken. Ebenso nervös wie verärgert.

Was wollten diese Rotzlöffel hier?

Der Mann stapfte zum Schreibtisch und ließ seinen massigen Körper auf den glänzenden Lederstuhl sinken. Lehnte sich zurück. Zündete sich eine Zigarre an.

Höchste Zeit, Dr. Karsten daran zu erinnern, wer hier das Sagen hatte.

Im nächsten Moment eilte der Direktor in sein Büro, ohne sich der Gegenwart des anderen Mannes bewusst zu sein. Er nahm den Geruch brennenden Tabaks wahr und blieb abrupt stehen.

Als er den Besucher hinter dem Schreibtisch sah, erstarrte er.

»Was haben diese Kinder hier zu suchen?«, fragte der Mann mit kühler Stimme.

»Ich kann ihnen den Zugang nicht verwehren.« Karsten schluckte. »Angehörige von LIRI-Angestellten haben die offizielle Erlaubnis, sich an den Stränden aufzuhalten.«

»Sind Sie nicht der Direktor? Haben Sie Ihre eigene Einrichtung nicht unter Kontrolle?«

Karsten war gereizt, entgegnete jedoch nichts.

»Ich will, dass alle unbefugten Personen von der Insel verschwinden«, sagte der Mann. »Und zwar sofort.«

»Was tun Sie hier? Wir dürfen unter keinen Umständen zusammen gesehen werden.«

»Ich habe meine Vorkehrungen getroffen, es kann nichts passieren.« Die Stimme des Mannes wurde noch kühler. »Und achten Sie auf Ihren Ton. Ich bin hier, weil Sie keine Fortschritte machen. Haben Sie etwa unsere Abmachung vergessen?«

»Ich arbeite daran.«

»Sie haben Versprechungen abgegeben. Jetzt müssen Sie Ihren Verpflichtungen nachkommen.«

»Was Sie wollen, ist extrem kompliziert. So etwas kann man nicht überstürzen.«

Der Mann starrte ihn unverwandt an.

»Geben Sie mir noch etwas Zeit«, flehte Karsten. »Ich bin ganz nah dran.«

»Das sollten Sie auch sein. Ich achte darauf, dass meine Partner ihre Verpflichtungen einhalten. Darauf können Sie sich verlassen.«

Der Mann stand auf, zog an seiner Zigarre und ließ sie brennend in den Papierkorb fallen.

»Ich will Resultate sehen«, sagte er. »Sie haben nicht mehr viel Zeit.«

Damit ging er aus der Tür, ohne Dr. Karsten eines weiteren Blickes zu würdigen.

KAPITEL 8

Ein Licht blitzte auf.

Flash. Und war wieder verschwunden.

Was war das?

Es war das dritte oder vierte Mal, dass ich so etwas gesehen hatte. Der Lichtstrahl schien direkt aus den Bäumen zu kommen. Mein Blick wanderte entlang den Baumkronen, um einen Hinweis zu erhalten.

Als mich eine stachelige Frucht an der Stirn traf, wusste ich Bescheid.

»Au!« Meine Hand schnellte nach oben. »Ein Affe hat mich angegriffen.«

Den Rücken an einen Baum gelehnt, saß ich auf einer Lichtung. Wir waren weit vom LIRI entfernt, in einem selten besuchten Abschnitt des Waldes. Hi streckte sich neben mir wohlig im Schatten.

Ben und Shelton suchten nach dem Pfad. Mal wieder.

Diese Gegend war für uns eigentlich tabu, aber was soll's? Dem Weg nach Dead Cat zu folgen, war reine Routine. Als Ben einen Durchgang in Richtung Norden erblickte, beschlossen wir, den offiziellen Weg zu verlassen.

Du kannst uns mal, Karsten!

Das Rudel hatten wir nicht entdeckt. War auch kein Wunder. Die Tiere waren schließlich auf der ganzen Insel zu Hause und Meister darin, sich zu verbergen. Sie konnten überall sein.

Letztes Jahr hatte ein findiger Labortechniker in einer

Höhle unterhalb von Tern Point einen Futterautomat mit Zeitschaltung aufgestellt. Whisper und ihre Familie haben ihn sofort in Besitz genommen und sich seither beim Institut kaum noch blicken lassen.

Bis das große Geheul losging.

Vor Kurzem hatte das Rudel damit begonnen, den Maschendrahtzahn des LIRI Nacht für Nacht zu umkreisen und ein Riesenspektakel aufzuführen. Niemand wusste, warum sie das taten. Der Wachmannschaft war die Sache nicht geheuer.

Diese Änderung ihres Verhaltens beunruhigte mich. Wenn die Tiere weiterhin solch einen Radau machten, würden sie womöglich zu viel Aufmerksamkeit auf sich ziehen. Schließlich durften sie eigentlich gar nicht auf der Insel sein.

Doch ich hatte noch ganz andere Bedenken. Denn es waren nur drei Mitglieder der Familie, die jeden Abend am Institut auftauchten. Coop fehlte.

Trotz unserer fehlgeschlagenen Mission genoss ich unseren Ausflug. Irgendwann hatten wir eine Horde Affen aufgescheucht, die sich um eine Futterstelle geschart hatte. Einigermaßen an Menschen gewöhnt, hatten sie sich in die Bäume geflüchtet und beobachteten uns aus sicherer Entfernung.

Junge Männchen kreischten und zogen dort ihre Show ab. Babys klammerten sich an die Rücken und Bäuche ihrer Mütter und schauten neugierig zu uns herüber. Große Ohren. Große Augen. Total süß. Die weiblichen Affen lausten sich gegenseitig, als wollten sie sich für eine Party herausputzen.

Bis zu diesem Zeitpunkt war unser Ausflug ein voller Erfolg.

Doch nach der Begegnung mit den Primaten hatte sich der Weg zusehends verengt, bis er nur noch ein schmaler Strich und schließlich ganz verschwunden war. Beklommen mussten wir uns eingestehen, dass wir uns verlaufen hatten. In der Hoffnung, den Weg wiederzufinden, schlugen wir uns bis zu einer Lichtung durch, die wir in der Ferne wahrgenommen hatten.

Ohne Erfolg.

Da saß ich nun also und wurde von einem Affen unter Beschuss genommen.

Schließlich erblickte ich meinen Widersacher. Es war ein großes Weibchen mit graubraunem Fell und einem eingekerbten Ohr. Auf ihre Brust war das Kürzel Y-7 tätowiert.

Y-7 war nicht gerade bester Laune. Ruhelos sprang sie von Ast zu Ast, hielt manchmal inne und machte aggressive Gesten in unsere Richtung. Vor lauter Zorn und Angst zog sie ihre Lippen zurück und zeigte uns ihr komplettes Gebiss.

Y-7 ließ ein neues Geschoss auf mich zufliegen. Zog sich wieder zurück.

Gut gezielt! Ich rieb mir die Schulter. *Und scharfe Munition.* Ich ging hinter dem Stamm in Deckung.

»Du scheinst einen neuen Fan zu haben.«

»Schnauze, Hi.« Ich spähte hinter dem Stamm hervor und versuchte, einen Blick auf meine Kontrahentin zu erhaschen. »Ich habe noch nie ein Weibchen gesehen, das sich so benimmt.« Mit einem pfeifenden Geräusch zischte ein weiteres Raketengeschoss an meinem Ohr vorbei. »Was soll der Blödsinn? Hat sie etwa ihr Baby dabei? Ich kann keins sehen.«

Ich riskierte einen weiteren Blick, musste aber schon im nächsten Moment wieder den Kopf einziehen.

»Die ist völlig außer sich.« Meine Warnung an Hi war eine Untertreibung.

»Was du nicht sagst.« Hi bewegte sich nicht vom Fleck. Selber Schuld. *Zosch!* Volltreffer.

Hi rollte sich fluchend zur Seite. »Außer sich? Das ist eine blutrünstige Furie. Die hat's auf mein lädiertes Knie abgesehen.« Er griff nach einer Stachelfrucht, die vom Baum gefallen war. »Das bedeutet Krieg.«

Hi stand auf und nahm seine Gegnerin ins Visier. »Na warte! Man sollte sich nie mit Stärkeren anlegen!«

Y-7 wich lässig seinem lahmen Geschoss aus und ging zum Gegenangriff über.

Hi zuckte zusammen, total aus der Puste. »Okay, okay, ich geb mich geschlagen. Lass uns Verstärkung anfordern.«

Whoosh.

Da war er wieder! Ein heller Lichtblitz.

»Hast du das gesehen?«, fragte ich ihn.

»Ja.« Er hockte sich neben mich und spähte nach oben. »Miss King Kong hat irgendwas an ihrem Handgelenk.«

Y-7 flog mit ausgestreckten Armen durch die Luft und ließ die Äste erzittern.

Ein weiterer Blitz.

Es klickte. »Die hält was in der Hand. Etwas, das reflektiert.«

»Stimmt«, sagte Hi. »Scheint aus Metall zu sein. Oder aus Glas.«

Wir zwängten uns Schulter an Schulter hinter den Stamm einer Eiche. Doch er war zu schmal, um uns beide zu schützen. Sardinen in der Dose. Eine leichte Beute.

Plötzlich sprang unsere Widersacherin auf einen Ast, der sich direkt über unseren Köpfen befand. Sie ließ sich nach unten hängen, zog die Lippen nach hinten und kreischte.

Ich ließ mich ängstlich nach hinten fallen und rollte mich zusammen. Affenbisse sind kein Vergnügen.

Y-7 schleuderte uns den Gegenstand entgegen, der sich in ihrer Hand befunden hatte.

Zweige raschelten.

Stille.

Ich setzte mich auf und nahm die Arme von meinem Kopf. Mein Shirt war verdreckt, Dornen steckten in meinen Haaren. Wie hübsch.

»Leg dich nie wieder mit einem Affen an, Hi!«

»War doch nur so ’ne kleine Stachelfrucht.«

Hi war einen kleinen Abhang hinuntergerutscht, richtete sich auf und begutachtete seinen aufgeschürften Ellbogen. »Oh, Mann, heute ist wirklich nicht mein Tag.«

Neugierig hob ich das Y-7-Projektil vom Boden auf.

»Was macht ihr da, ihr Pappnasen?«, rief Shelton. Die Pfadfinder waren zurück und hatten unser kurzes Feuergefecht verpasst.

»Angriff der Killeraffen.« Hi kämpfte sich wieder den Abhang hinauf. »Der Feind hatte die Lufthoheit, aber wir haben es überlebt.« Er haute Ben auf die Schulter. »Keine Sorge. Ich habe ihnen eine Nachricht zukommen lassen. Die werden sich hüten, noch mal hier aufzutauchen.«

»Jungs, schaut euch das mal an.« Ich hielt das Affengeschoss in der Hand und rieb daran, um den Schmutz zu entfernen. Es war dünn und flach und hatte an einem Ende ein winziges Loch.

Shelton kam zu mir rüber. Hi schilderte Ben in leuchtenden Farben, wie viele Schläge er hatte einstecken müssen, ehe er dem Oberprimaten den Garaus gemacht hatte. Sein Zuhörer schaute ihn zweifelnd an.

Die Lieblingswaffe von Y-7 war etwa fünf Zentimeter lang und zweieinhalb Zentimeter breit. Obwohl zirka 90 Prozent der Oberfläche von einer verkrusteten Schmutzschicht überzogen war, schimmerte eine Ecke in der Nachmittagssonne.

»Das Ding ist definitiv aus Metall«, stellte ich fest.

Shelton nickte. »Sieht aus wie versteinert. Wahrscheinlich lag es lange Zeit unter der Erde.«

Ich hielt meine Nase darüber und begutachtete das Fundstück. Es roch nach Rost und eingelagertem Schmutz.

»Ziemlich verwittert, aber ich sehe hier eine Markierung«, sagte ich. »Könnte ein Schriftzug sein.«

Shelton lächelte. »Komm schon, Tory. Denk nach. Ein metallenes Rechteck, in das etwas eingeprägt ist.« Der Wichtigtuer wusste offenbar schon Bescheid.

»Eine Art Stempel?« Ich hasste es zu raten. Aufs Geratewohl im Nebel zu stochern. »Oder ein Tacker?«

Sheltons Grinsen wurde noch breiter. »Benutz dein Gehirn. Wer druckt etwas auf kleine Metallstücke?«

Natürlich! Und das Loch!

Unsere Blicke trafen sich. Mein Grinsen spiegelte seins wider.

»Du hast es!« Wir klatschten uns ab. »Ratet mal, was wir gefunden haben?«

»Eine Erkennungsmarke«, kam ich ihm zuvor. »Dient als Ausweis beim Militär.«

Shelton nickte. »Kein Zweifel.«

»Wie kommt die denn hierher?«, fragte Ben. »Wieder mal aus dem Civil War?«

»Unsinn«, entgegnete Shelton. »Erkennungsmarken aus Metall gibt es erst seit dem Ersten Weltkrieg. Seitdem waren sie Standard. Diese hier stammt jedenfalls aus dem zwanzigsten Jahrhundert.«

Ich gab Shelton die Marke. Er war dran.

»Wenn wir die Beschriftung entziffern, können wir die Marke datieren«, fügte er hinzu. »Die Art der Beschriftung hat sich im Lauf der Zeit verändert.« Ein weiterer Gedanke. »Das Material, das man benutzt hat, sicherlich auch.«

Ich runzelte die Stirn. »Aber Loggerhead war doch jahrzehntelang unbewohnt, ehe die Universität die Insel gekauft hat. Den größten Teil des vergangenen Jahrhunderts hat sich hier kein Mensch aufgehalten.«

»So die offizielle Version«, entgegnete Hi. »Trotzdem werden sich im Lauf der Zeit die verschiedensten Leute hier rumgetrieben haben.«

Guter Punkt.

»Ist doch alles Zeitverschwendung«, sagte Ben. »Wir werden nie in der Lage sein, die Schrift zu entziffern. Die Verwitterung ist zu weit fortgeschritten.« Er warf einen Blick auf die Uhr. »Wir sollten jetzt los. Ich hab einen Rückweg gefunden.«

»*Wir* haben den Weg gefunden.« Shelton zuckte die Schultern und warf die Marke weg.

Die Jungs zogen los.

Ich betrachtete die Trophäe von Y-7, die zwischen den Blättern lag.

Warum nicht versuchen, sie zu reinigen? Ist doch so ähnlich wie bei einer Muschel.

Auf der Marke stand ein Name. Und der sollte nicht zu entziffern sein? Dass ich nicht lache. Ich hob sie auf und lief den anderen hinterher.

Männer.

Hätte ich dies nicht getan, wäre alles anders gekommen. *Alles.*

Dieser Einfall veränderte mein Leben.

Stieß die Tür zur Zukunft auf.

Machte mich zum Monster.

KAPITEL 9

Zu Hause wartete das Grauen auf mich.

Horror. Terror.

Sie.

Die Konversation war immer die Gleiche. Erst kam das Blabla, dann die stupiden Vorwürfe, gefolgt von hirnlosen Bemerkungen. Der Ton klebriger als Sirup.

Und dann war sie nicht mehr zu stoppen.

»Aber warum nur, Tory? Sieh dich nur an! Du wirst so entzückend aussehen! Wie ein Engel!«

Oh Gott.

»Was hast du gegen ein Sommerkleid? Ein Mädchen, das so hübsch ist wie du, sollte nicht ständig in Shorts und T-Shirt rumlaufen.«

Stopp.

»Ich kann es kaum erwarten, dir eine hübsche Frisur machen zu lassen. Da'Nae, meine Friseurin, wird schon wissen, was sie mit deinen verfilzten Haaren anfangen kann.«

Ich glaub, ich sterbe.

Die Pläne fürs Abendessen hatten eine verhängnisvolle Wendung genommen. Kits Freundin komplettierte die Gästeliste. Ich war nicht um Zustimmung gebeten worden, wahrscheinlich, weil meine Meinung zum Thema Whitney bekannt ist.

Ich warf Kit einen angeödeten Blick zu. Er schaute starr auf seinen Teller.

Danke für die Unterstützung, Blödmann.

Ladies and Gentlemen, machen Sie die Bekanntschaft von Whitney Rose Dubois.

»Hast du darüber nachgedacht, was ich letztes Mal gesagt habe, Schätzchen?«, erkundigte sich Whitney mit verlogenem Lächeln.

»Ja, Whitney, hab ich.« Ich versuchte es mit Diplomatie. »Ich denke, dass passt nicht zu mir.«

»Passt nicht zu dir?«

Mascaraschwere Wimpern klimperten. Blondierte Haare wogten. »Passt nicht zu dir?« Eine manikürte Hand legte sich auf die gepushten Brüste. »Aber natürlich passt das zu dir!« Kuhaugen starrten mich fassungslos an.

Verdammt, wie kam ich aus der Sache nur wieder raus?

»Die ganze Idee ist lächerlich. Sinnlos.«

Bingo. Oprah Winfrey wäre stolz auf mich.

»Tory, das reicht!«, wies Kit mich zurecht.

Ich widerstand der Versuchung, theatralisch aufzuseufzen. »Vielen Dank für das Angebot, Whitney, aber dein Debütantinnen-Plan ist einfach nichts für mich.«

Seit einem Monat versuchte mich Whitney zu überreden, mein Debüt als Dame der feinen Gesellschaft zu geben. Ich hatte null Interesse. Weiße Kleider. Satinhandschuhe. Vorgeführt zu werden wir ein Stück Vieh. Danke, darauf konnte ich verzichten.

Fieberhaft suchte ich nach einem neuen Gesprächsthema, doch mein Kopf war leer.

»Aber du wirst doch bald fünfzehn, Liebes. Da *musst* du einfach in die Gesellschaft eingeführt werden.«

Whitney richtete ihre babyblauen Augen auf Kit.

Was sie wollte, lag auf der Hand.

»Die Gesellschaft kann warten.«

»Unsinn! Außerdem bist du wirklich ein Glückspilz, dass

du mich hast, Tory.« Selbstzufrieden legte sie ihre Hand auf die von Kit. *Würg.* »Die Saison dauert nur noch sechs Monate, doch habe ich zufällig einen *bedeutenden* Einfluss auf das Komitee. Deine Aufnahme ist so gut wie sicher.« Die Frau bekam vor Erregung einen roten Kopf.

»Whitney bietet dir eine besondere Gelegenheit, Tory!« Kit versuchte, die Wogen zu glätten. »Du könntest ein paar neue Kontakte knüpfen. Es handelt sich um die angesehensten Familien in Charleston.«

Ich verspürte einen Anflug von Mitleid mit dem guten Mann. Das hier war nicht seine Idee gewesen, und er machte sich Sorgen darüber, ob ich auch genug Kontakt zu anderen Mädchen hatte.

Dennoch machte ich sein Ansinnen auf einen Schlag zunichte. Ein gemeinsames Essen mit Whitney erinnerte mich stets daran, dass ich meine Mutter unwiederbringlich verloren hatte. Whitney hatte kein Recht, in ihre Rolle zu schlüpfen. Unter keinen Umständen.

»Ich gehe mit diesen Mädchen zur Schule, Kit. Die sind nicht so nett, wie du glaubst.«

»Aber das lässt sich ändern!« Whitneys Feuereifer bereitete mir Übelkeit. »Ich kenne die Etikette. Ich kann dir sämtliche Tänze beibringen. Ich finde wunderschöne Kleider für dich.« Sie beugte sich mir vertraulich entgegen. »Ich bringe dir alles bei, von A bis Z.«

Themenwechsel.

»Wie … ähem … geht's eigentlich der Schildkröte, Kit?«

Er zwinkerte. »Der was? Ach so. Der Schildkröte, die in die Schiffsschraube geraten war. Der geht's gut. War nur ein Kratzer. Diese Panzer sind ziemlich hart.«

Kit schob sich eine Gabel mit Whitneys Lasagne in den Mund. Die, zugegeben, exzellent war.

Grrr.

»Meeresschildkröten sind so wunderbare Tiere«, warf ich einen erneuten Köder aus. Kit biss an.

»Absolut. Die Leute müssen mit ihren Booten einfach besser aufpassen. Aber der Mann hat das verletzte Tier ja immerhin zu uns gebracht, war also keiner von der üblen Sorte. Die Operation hat über eine Stunde gedauert und …« Er hielt inne. Zeigte mit seiner Gabel auf mich. »Moment mal! Wer hat dir von der Schildkröte erzählt?«

Treffer.

»Wer mir … das erzählt hat?«, stotterte ich.

»Wie hast du von der verletzten Schildkröte erfahren?«, fragte Kit so langsam, als spräche er mit einem Kleinkind.

»Wir sind heute Nachmittag mit dem Boot nach Loggerhead rausgefahren. Coop ist schon lange nicht mehr aufgetaucht, und ich wollte herausfinden, warum das Rudel in letzter Zeit so aufgebracht …«

»Stopp! Wer ist *wir?*«

»Nur ich und die üblichen Jungs. Hi, Ben und Shelton.«

Whitney stieß ein missbilligendes Geräusch aus. Es gefiel ihr ganz und gar nicht, dass ich mich allein mit anderen Jungs herumtrieb.

»Ich habe dich gar nicht gesehen«, sagte Kit.

»Wir sind direkt nach Dead Cat gefahren. War nur ein kleiner Ausflug.« Und weiter. »Vorher haben wir ein bisschen mit Dr. Karsten geplaudert.«

»Und?« Misstrauisch.

»Und was? Du kennst ihn doch. Wir haben nichts getan, aber Karsten glaubt natürlich, wir würden nichts als Ärger machen und vermutlich die ganze Insel in Brand stecken. Wir waren einfach nur ein bisschen am Dead Cat, das ist alles.«

Zumindest nah dran.

»Dr. Karsten wird mir damit bestimmt wieder in den Ohren liegen.«

»Ach was«, wiegelte ich ab. »Warum soll er dir denn in den Ohren liegen?«

Ich wusste genau, warum.

»Was wollt ihr nur immer auf dieser stinkenden kleinen Insel?« Whitney rümpfte angeekelt ihre perfekte kleine Nase. Dann konnte man förmlich sehen, wie ein neuer Gedanke von ihr Besitz ergriff. »Ich meine, solange ihr nicht einer ähnlichen Arbeit nachgeht wie dein Vater.« Erneut warf sie ihm einen treuherzigen, babyblauen Blick zu. »Einer sehr wichtigen Arbeit!«

»Wie ich schon sagte, ich wollte nach den Wolfshunden schauen. Coop ist schon seit einiger Zeit verschwunden, und das Rudel ist total unruhig.«

Whitney setzte ihre entnervte Leidensmiene auf. Wie eine Mutter, die mit der Halsstarrigkeit ihres Kindes konfrontiert wird. »Ich dachte, das Hundethema ist ein für alle Mal erledigt«, sagte sie pikiert. »Dein Vater hat alles dazu gesagt.«

Okay, wahrscheinlich sollte ich sie doch abmurksen. Vielleicht verleiht man mir eine Medaille dafür.

»Ich hab ja auch nicht gefragt, ob ich einen Hund haben kann, Whitney.« Kit hat meine wiederholten Bitten stets abgelehnt, und ich glaube, Whitney steckt hinter dieser Haltung. Sie kann Haustiere nicht ausstehen. »Ich hab von den Wolfshunden auf Loggerhead gesprochen. Der Welpe wird vermisst.«

»Der taucht bestimmt wieder auf.« Ein wenig sanfter. Kit wusste, dass ein Hund mein allergrößter Wunsch auf Erden war. »Es ist doch eine große Insel. Wahrscheinlich streunt er nur allein in der Gegend herum.«

»Aber das ergibt keinen Sinn. Wölfe gehen enge soziale

Bindungen ein und erhalten sie ein Leben lang aufrecht. Die Gemeinschaft bedeutet ihnen alles. Sie würden sich sogar für ihr Rudel opfern.« Es quälte mich schon, darüber zu reden. »Die anderen hätten Coop bestimmt nicht allein gelassen. Er ist ja noch nicht ausgewachsen.«

»Wölfe?« Whitneys Augen wurden zu Untertassen. »Du treibst dich mit Wölfen herum?« Ihr Kopf drehte sich in Kits Richtung. »Das ist ja grässlich! Sie könnte in Stücke gerissen oder gefressen werden!«

Kit saß in der Klemme. Zwei aufgebrachte Frauen. Ein schweres Los.

»Also, eigentlich ist es nur *eine* Wölfin«, sagte er zu Whitney. »Und die ist völlig harmlos.«

»Eine harmlose Wölfin?«

»Sie ist schon seit Jahren auf der Insel. Ihr Gefährte ist ein normaler Deutscher Schäferhund.«

»Ihre gemeinsamen Nachkommen werden als Wolfshunde bezeichnet«, klärte ich sie auf. »Halb Hund, halb Wolf. Coop ist der Jüngste von ihnen.« Ich versuchte, an Whitneys kaum zu bemerkenden warmen Kern zu appellieren. »Er ist noch ein Welpe, nur wenige Monate alt.«

»Du sprichst von einem wilden, räudigen Bastard! Man sollte die Behörden davon in Kenntnis setzen. Solche Tiere dürfen bestimmt nicht frei herumlaufen.«

Das war's. Ich hab genug.

»Danke für das Abendessen.« Ich sprang auf. »Muss noch Hausaufgaben machen.«

Ein lässiges Abschiedswinken.

Ich sprang die Treppe hinauf, ehe einer von beiden ein weiteres Wort äußern konnte.

Immer zwei Stufen auf einmal nehmend.

KAPITEL 10

Schäumend vor Wut schloss ich die Tür hinter mir ab. Unten diskutierten Kit und Whitney garantiert über *Das Problem Tory.* Das taten sie jedes Mal. Ich lauschte nicht. Ich bin sicher, mein Kopf wäre explodiert.

Räudige Bastarde? Was wusste sie denn schon?

Wölfe sind edle und soziale Tiere. Schönen Dank auch. Die rangierten auf meiner persönlichen Liste jedenfalls weit über Whitney Dubois. Und obwohl ich das noch niemand erzählt hatte, wollte ich mich mein Leben lang mit diesen »räudigen Bastarden« beschäftigen. »Ich lass mich von der doch nicht zum Zirkuspferd machen«, versicherte ich den Hundefiguren, die in einer Reihe auf meinem Buchregal standen.

Ganz ausgeschlossen. Diesen albernen Scheiß mach ich nicht mit. Njet.

Ich schlug auf mein Kopfkissen ein.

Von Whitney lasse ich mir schon gar nicht helfen.

Okay. Zugegeben, sich ab und zu mal in Schale zu werfen, wäre kein Weltuntergang. Ich trage gerne Weiß. Und Perlen sind wirklich schön. In der Schule hatte ich gesehen, wie meine Mitschülerinnen sich Entwürfe von Abendkleidern angeschaut hatten. Die würden mir bestimmt auch stehen. Vielleicht würde sich sogar der eine oder andere Junge nach mir umdrehen.

Außerdem – schock! – wies mein sozialer Terminkalender tatsächlich noch ein paar Lücken auf.

»Wer weiß«, sagte ich zu dem leeren Raum. »Vielleicht

wählt ein attraktiver aristokratischer Junggeselle in der Nacht der Nächte ja ausgerechnet *mich* aus dem Jungfrauenpool aus!«

Schon wieder so ironisch. Was ist an einem Debütantinnenball eigentlich so schlimm? Und ich könnte wirklich die eine oder andere Freundin gebrauchen. Um ehrlich zu sein, ich hab keine einzige.

Ich wusste, dass Kit sich Vorwürfe wegen der Ebbe an der Mädelsfront machte, aber das war ja nicht seine Schuld. Zwischen mir und den einheimischen Gören hatte es einfach noch nicht Klick gemacht.

Ganz im Vertrauen: Es lag auch ein klein wenig an mir, dass ich links liegen gelassen wurde. Natürlich waren die Mädchen an der Bolton Prep unausstehliche, nervtötende Barbie-Roboter, die mich gnadenlos aufzogen. Die meisten von ihnen fand ich oberflächlich und langweilig. Ich zeigte nie das geringste Interesse an ihrer vordergründigen Welt. Die Abneigung beruhte also auf Gegenseitigkeit. Außerdem bin ich nicht auf den Kopf gefallen und ziehe den Notendurchschnitt meiner Klasse nach oben. Das hat mich nicht gerade beliebter gemacht.

Hinzu kommt, dass ich mit meinen gerade mal vierzehn Jahren die Jüngste in der Klasse bin. Als ich zwölf war, fand ich es toll, eine Schulklasse zu überspringen. Aber damals habe ich nicht daran gedacht, was passieren würde, wenn ich auf die Highschool komme. Jetzt hatte ich die Kehrseite kennengelernt. Bis zum Ende des dritten Highschooljahres würde ich keinen Führerschein machen dürfen.

Ich kannte die Spielregeln. Um Freundinnen zu gewinnen, musste ich so tun, als sei ich an den dämlichen Hobbys der Spatzenhirne interessiert. Jungs. Shopping. Realityshows, in denen reiche Hohlköpfe ohne jedes Talent auftreten.

Wenn ich so drüber nachdachte, verschaffte mir mein Außenseiterdasein zumindest hinreichend Gelegenheit zum Lesen.

Dass ich auf der sozialen Leiter ziemlich weit unten rangierte? Was soll's.

Bei noch weiterem Nachdenken bot ein Tanzkurs mir allerdings die Möglichkeit, an monatlichen Events teilzunehmen, die schließlich im großen Novemberball münden würden, und das konnte mir unter den Debütantinnen ein paar Freunde mit Doppel-X-Chromosom bescheren.

Aber dann hätte Whitney gewonnen. Und das konnte ich nicht zulassen. Oder doch?

Ich ließ mich auf mein Kissen sinken, während verschiedene Sorgen um die Vorherrschaft in meinem Innern kämpften. Coop. Whisper. Kit. Whitney.

An Whitney zu denken, war stets schmerzvoll, weil ich dann auch an Mom denken musste.

Meine Mutter, Colleen Brennan, wuchs in einer kleinen Stadt in New England namens Westborough auf. Sie und Kit haben sich in einem Segelcamp am Cape Cod kennengelernt. Beide waren damals sechzehn. Vielleicht ist ihm Mom zunächst aufgefallen, weil sie denselben Nachnamen trug wie die Familie seiner Mutter. Vielleicht auch nicht. Den Namen Brennan gibt's häufig genug. Wahrscheinlich ist sie ihm aufgefallen, weil sie eine Schönheit war. Das reicht bei den meisten Jungs.

Kit und Colleen haben sich bestimmt vergewissert, dass sie nicht miteinander verwandt waren, bevor sie sich zusammentaten. Mit großem Erfolg. Neun Monate später kam ich auf die Welt.

Ich weiß nicht, warum Mom meine Existenz vor Kit geheimgehalten hat. Sie hat ihn nie wiedergesehen. Wahrscheinlich hat sie ihm die Vaterrolle nicht zugetraut. Nun ja, da mag sie gar nicht so falsch gelegen haben.

Die ersten Jahre haben Mom und ich mit ihren Eltern zusammengelebt, doch sie starben, als ich noch ein Kleinkind war. Ich erinnere mich nur noch an graue Haare und Kekse und den Geruch von Zigaretten. Ihre Lungen waren wie Schweizer Käse, was sie aber nicht vom Rauchen abgehalten hat. Darüber will ich mich gar nicht erst auslassen.

Ein Kind allein großzuziehen muss für Mom ganz schön anstrengend gewesen sein. Sie hat die Highschool nie zu Ende gebracht. Bestimmt wegen mir. Sie hat gekellnert, bei Walmart gejobbt und dann in einem Kino gearbeitet, ehe es dichtmachte. In dieser Zeit habe ich einen Leistungskurs nach dem anderen besucht, weil meine Lehrer mich für ein Genie hielten. Mom hat nie zu erkennen gegeben, dass ihr das irgendwas ausmachte.

Ich war so in meinen Erinnerungen befangen, dass ich das Signal meines Handys erst gar nicht wahrnahm. Aufgeschreckt wühlte ich mich aus meiner Bettwäsche, fand es schließlich und drückte auf den Knopf.

Zu spät. Meine Mailbox hatte sich bereits eingeschaltet.

Ich warf einen Blick auf das Display: *Entgangener Anruf – Jason Taylor.*

Mein Herz pumpte schneller.

Abgesehen von meinen Kumpels von der Insel war Jason mein einziger Mitschüler auf der Bolton Prep, den ich im weitesten Sinne als »Freund« bezeichnen konnte. Wir besuchten zwei Kurse miteinander, was den Anruf vermutlich erklärte. Da Jason beim Klingeln der Schulglocke immer sofort aus dem Raum stürzte, bekam er oft nicht richtig mit, was wir aufhatten.

Doch es überraschte mich schon sehr, dass Jason Samstagabend um 20.30 Uhr an die Schule dachte. Er gehörte zu den absolut angesagten Typen. Warum war er nicht gerade auf irgendeiner Party, die viel zu cool für mich war?

Mit seinen blonden Haaren und blauen Augen hätte Jason in einem Spielfilm locker eine nordische Gottheit spielen können. Den mächtigen Thor. Außerdem war er ein Lacrosse-Star. Nicht schlecht für einen Highschoolschüler aus dem zweiten Jahrgang.

Mit anderen Worten, Jason spielte in einer anderen Liga als ich. Halb so wild. Er war auch nicht wirklich mein Typ. Keine Ahnung, warum. Es hat eben nie gefunkt.

Trotzdem war er ziemlich nett. Wenn ich im Unterricht etwas sagte, hörte er zu. Und das war nicht die höhnisch-belustigte Aufmerksamkeit, die mir von den anderen geschenkt wurde. Er schien meine Beiträge tatsächlich zu schätzen.

Mein Handy piepte. Ich hatte eine SMS bekommen.

Tory. Party @ Charleston Harbour Marina. Chance Boot. Interessiert? J

Schon wieder Jason. Yeah!

Ich las die Nachricht noch mal. Die Worte waren immer noch da. Die Nachricht war Realität.

Ich war gerade zu einer Party eingeladen worden. Einer Party für A-List-People. Unerwartet, gelinde gesagt. Erstaunlich.

Ich stürzte an meinen Mac und machte den Ort ausfindig. Patriot's Point, Mount Pleasant. *Verdammt, verdammt, verdammt!* Ich hatte keine Möglichkeit, dorthin zu gelangen.

Kit würde mich fahren, wenn ich ihn fragte, aber es war undenkbar, mich dort von meinem Vater absetzen zu lassen. Außerdem würde die Fahrt eine Dreiviertelstunde dauern.

Vielleicht konnte mich Ben mit dem Boot übersetzen.

Und dann? Sollte er etwa am Kai stehen bleiben und auf mich warten?

Kam nicht infrage.

Ich dachte so fieberhaft über eine Transportmöglichkeit nach, dass es eine Zeit lang dauerte, bis ich die gesamte Botschaft realisiert hatte.

Ich las den Text ein weiteres Mal. Chance Boot? Was sollte das denn heißen? Ob ich die Möglichkeit hatte, mit dem Boot zu kommen?

Dann fiel der Groschen. Natürlich!

Das Boot von Chance Claybourne. Die Party fand sicher auf der Yacht seines Vaters statt, die unten im Hafen lag.

Es war also nicht irgendeine x-beliebige Party. Es war *die* Party.

Und die würde ohne mich stattfinden. Ich war am Boden zerstört.

Und ziemlich erleichtert.

Ich brauchte dreißig Minuten für eine angemessene Antwort. Las mir die letzte Version laut vor. »Tut mir leid. Heute geht nicht. Habt nicht zu viel Spaß. Smiley. Ausrufezeichen.«

Nach einer weiteren Überprüfung drückte ich auf *Senden*. Nach zehn Sekunden bereute ich den dämlichen Smiley. Nach weiteren zehn Sekunden hasste ich die ganze verfluchte Nachricht.

Ich dachte angestrengt über einen SMS-Rückruf nach, als eine weitere SMS bei mir eintraf. Vor Aufregung ließ ich den Apparat fallen. Dann schnappte ich ihn mir und fürchtete das Schlimmste.

Schade. Dann nächstes Mal ;).

Grins?

»Was soll das?« Ich lächelte, fühlte mich schon besser.

»Idiot!« Ich meinte uns beide.

Dann runzelte ich die Stirn. Moment mal. Wollte Jason etwas von mir?

Reiß dich zusammen und hör auf, die paar Wörter zu analysieren.

Ich schaute nach der Fernbedienung, wollte mich irgendwie ablenken. Doch auch sie entzog sich mir, hatte sich irgendwo in meinem Bett verkrochen. Ich drehte mich zur Seite, um in der Ritze zwischen Bett und Wand zu suchen, als ein scharfer Gegenstand in meinen Hintern stach.

Ich griff in meine Tasche und zog die verkrustete Erkennungsmarke hervor.

»So sehen wir uns wieder.«

Ich ging zu meinem Badezimmer hinüber, füllte das Waschbecken mit warmem Wasser, legte die Marke hinein und fügte eine halbe Flasche Body-Shop-Handlotion mit Papayageruch hinzu. Sehr stilvoll.

Zurück in meinem Schlafzimmer, schaltete ich den Discovery-Kanal ein. Thema der Woche: Haie. Sehr schön!

Nach einer Stunde Meeresgemetzel erinnerte ich mich an die Erkennungsmarke. Die Flüssigkeit im Waschbecken war schokoladenbraun geworden. Igitt.

Ich zog den Stöpsel, worauf sie gurgelnd im Abfluss verschwand. Die Marke blieb im Porzellanbecken zurück, immer noch dreckverkrustet und nicht entzifferbar.

Ich ließ das Wasser so heiß laufen, wie ich es ertrug, und kratzte unter dem Strahl vorsichtig an der Oberfläche. Keine Chance. Auch unter meiner Schreibtischlampe waren die Buchstaben unleserlich.

Hmmm.

Ich hätte mein elektrisches Werkzeug benutzen können, doch wollte ich die Oberfläche des Metalls nicht beschädigen. Und das Sandstrahlgebläse hätte vielleicht die

Schrift zerstört. Diese Aufgabe erforderte besondere Maßnahmen.

Dabei hätte ich es bewenden lassen können. Hätte die Marke wegwerfen können. Aber das tat ich nicht. Ich wollte ganz einfach wissen, was es damit auf sich hatte. Ich *musste* es wissen.

So bin ich eben.

Ich fing an zu recherchieren, und nur wenige Minuten später wurde meine Vermutung bestätigt. Eines der LIRI-Labore hatte alles, was ich brauchte. Das Ganze würde nur zwanzig Minuten dauern. Maximal.

Ich mailte meine Gang an. Kurz darauf hatte ich drei Antworten. Alle positiv. Morgen in aller Frühe würden wir starten.

In geheimer Mission.

TEIL 2

ANSTECKUNG

KAPITEL 11

Feuchte Böen zerrten an meinem dünnen Gap-Regenumhang. Das stetige Nieseln erzeugte auf der Kapuze, die ich mir über den Kopf gezogen hatte, einen leisen Technobeat. Einmal mehr bereute ich es, meine North-Face-Jacke nicht angezogen zu haben. Zu spät. Ich war völlig durchnässt.

Klatschnasse Haare klebten mir in der schwülen Hitze an Gesicht und Schultern. Ich schwitzte aus allen Poren.

Ich ignorierte meine missliche Lage und versuchte mich auf die Aufgabe des Augenblicks zu konzentrieren. Überwachung.

Kits Fernglas in der Hand, kauerte ich hinter einem Felsblock am Turtle Beach und behielt den Hintereingang des LIRI im Auge. Jenseits des Zaunes, knapp vierzig Meter von mir entfernt, schien sich kein Mensch aufzuhalten.

»Alles klar!«, rief ich

Die Jungs kamen nacheinander hinter ihren Felsbrocken hervor.

Der frühe Morgenhimmel und der tosende Atlantik waren aschgrau. Die Sonne hatte den flachen Nebel noch nicht durchdrungen. Lausiges Wetter, aber eine exzellente Tarnung. Wie geschaffen für unsere Spionageaktion.

Die kabbeligen Wellen hätten unsere Mission fast zunichte gemacht. Doch die Wettervorhersage hatte nur von vorübergehenden Böen gesprochen und das Heraufziehen eines Sturms ausgeschlossen. Wenn wir heute nicht rausgefahren wären, hätten wir eine ganze Woche warten müssen.

Und dazu war meine Neugier einfach zu groß.

Shelton hatte zugestimmt und Bens Entschluss ins Wanken gebracht. Hi stand am Ende allein da und gab ebenfalls nach. Die Kotztüte, die er mitgenommen hatte, erfüllte ihren Zweck. Gleich zwei Mal. War eine heftige Überfahrt.

Wir fuhren an der Hauptanlegestelle vorbei und legten an einer wenig benutzten Plattform am Tern Point an. Schildkrötenforscher benutzen diesen Ort hin und wieder, um zu beobachten, wie die Schildkröten ihre Eier am Strand ablegen und vergraben. Nach dem Ende der Brutsaison ist diese Gegend wieder einsam und verlassen. Die Plattform ist vom Gebäudekomplex aus nicht zu sehen, und niemand würde sich an einem Tag wie diesem dort aufhalten. Unserer Geheimaktion stand nichts im Wege. Hoffentlich.

Der Hintereingang des LIRI war erwartungsgemäß abgeschlossen. Am Sonntag wurde nicht gearbeitet. Das Shuttleboot fuhr deshalb nur mittags und am Abend. Die wenigen Mitarbeiter, die heute hier auftauchen würden, mussten sich vermutlich um ihre Patienten kümmern. Wir erreichten das Gebäude um kurz nach neun und hofften, es vollkommen leer vorzufinden.

Auch wenn das LIRI einer Geisterstadt glich, würde zumindest eine Gestalt anwesend sein. Denn Sam und Carl, die beiden Wachmänner, wechselten sich an den Wochenenden mit ihrem Dienst ab. Einer von beiden würde also an seinem Platz sein und womöglich ein Auge auf die Monitore richten. Falls er nicht beide geschlossen hatte.

Wie dem auch sei, wir wussten, wie wir uns seiner Aufmerksamkeit entziehen konnten. Zumindest glaubten wir das. Schließlich waren wir das erste Mal drauf und dran, unsere Theorie in die Praxis umzusetzen.

Ein Einbruch *sollte* ein Kinderspiel sein.

Unser Ziel war das Labor 6, am hintersten Ende des Gebäudekomplexes. Hi hatte zufällig mit angehört, wie sein Vater darüber meckerte, dass Dr. Karsten das Gebäude schon vor Wochen ohne jede Erklärung zugemacht hatte. Jetzt waren die Türen für immer verschlossen.

Komische Geschichte. Die Labore auf Loggerhead sind normalerweise voll ausgelastet, und die Aufträge stehen Schlange. Die Schließung schob ganzen Projekten einen Riegel vor, ließ teures Equipment ungenutzt und sorgte für Unmut bei den Mitarbeitern.

Doch was auch immer Karstens Beweggründe sein mochten, sie kamen uns jedenfalls zugute. Ich wollte wissen, was auf dieser Marke stand, also musste ich in das Labor hineinkommen.

Reinschleichen, rausschleichen, nicht geschnappt werden.

Hi las meine Gedanken. »Wir können immer noch den Rückzug antreten. Meine Eltern flippen aus, wenn sie uns erwischen. Meine Mutter fällt vielleicht sogar tot um.«

»Eine weitere Standpauke von Karsten können wir uns nicht leisten«, fügte Shelton hinzu. »Der verbannt uns für immer von der Insel.«

»Die erwischen uns nicht.« Ich versuchte, so überzeugend wie möglich zu klingen. »Unser Plan ist absolut wasserdicht.«

Obwohl Shelton und Hi die Besorgnis ins Gesicht geschrieben stand, wollte sich keiner in Gegenwart des anderen eine Blöße geben.

Ben ließ sich wie immer nichts anmerken.

Ich ließ das Fernglas auf die Brust sinken und sprach meiner Truppe Mut zu. Schließlich war ich hier der Einsatzleiter.

Zunächst wandte ich mich an meinen Türöffner. »Du kriegst doch jedes Schloss im Handumdrehen auf, Shelton.« Ich klopfte ihm auf die Schulter. »Ich weiß, dass du das kannst. Ich habe das schon so oft gesehen.«

Beklommenes Nicken.

»Ben, du hast doch gesagt, dass das Aufzeichnungsgerät für die Sicherheitskameras defekt ist, richtig? Und dass dein Vater das neue Gerät erst nächste Woche liefert. Es wird also vom heutigen Tag kein Aufzeichnungsband geben.«

Das war der entscheidende Punkt. Karsten würde uns niemals anhand einer Bildaufzeichnung überführen können. Wir mussten nur darauf achten, nicht in flagranti erwischt zu werden.

Ben machte sich mit spöttischem Lächeln über meine »professionelle« Detektivarbeit lustig.

Dann hob ich das Fernglas und warf einen weiteren prüfenden Blick auf das Gebäude. Nichts zu sehen.

»Das Boot kommt erst in zweieinhalb Stunden. Auf der Insel ist kein Mensch außer den Typen von der Security, und die passen sowieso nicht auf. Wir werden nur für wenige Sekunden auf offener Fläche zu sehen sein, maximal.« Ich straffte meine Schultern. »Die Sache funktioniert.«

Regen platschte auf die Felsen, die Blätter und die Zweige über unseren Köpfen. Da die anderen immer noch zu zweifeln schienen, versuchte ich es mit dem berühmten Jedi-Psychotrick, um sie zu überzeugen.

»Ich könnte nach dem Boot Ausschau halten«, schlug Hi hoffnungsvoll vor.

»Wir brauchen dich.« Shelton war wieder dabei. »Du warst schon mal im Labor 6. Im Gegensatz zu uns.«

»Ein einziges Mal«, gab Hi kleinlaut zurück. »Mein Dad hat irgendwas geholt und wir sind gleich wieder verschwunden.« Seine erhobene Hand erstickte meinen Einwand im Keim. »Ich weiß, was du sagen willst. Dass ich der Einzige bin, der mit dem Ultraschallgerät arbeiten kann. Ich Glückspilz.« Großer Seufzer. »Na gut, dann soll's wohl so sein.«

»Also los«, sagte ich, um weitere Rückzugsgefechte zu unterbinden.

»Ich hätte ein Testament schreiben sollen.« Er ging in die Hocke, schnürte seine Turnschuhe enger und nahm die Pose eines Sprinters beim Start ein. »Okay, ich warte auf den Startschuss.«

»Rückt mir am Zaun nicht auf die Pelle.« Sheltons Hände krampften sich um die Werkzeuge, dass ich fürchtete, er könnte sie zerbrechen. »Ich brauche Platz zum Arbeiten.«

Ich wandte mich an Ben. »Fertig?«

Ben nickte. Hatte er auch nur ein Wort gesprochen, seit wir unsere Füße auf die Insel gesetzt haben? Vermutlich nicht. Aber ich war mir absolut sicher, dass er bereit war.

Ein letzter Blick auf den Weg. Alles klar.

»Los!«

Wir rannten den Weg entlang, während das Wasser zur Seite spritzte.

Zwanzig Sekunden bis zum Eingang. Der Maschendrahtzaun war mit grünem Kunststoff beschichtet und oben mit Stacheldraht besetzt. Wir konnten also nicht darüber hinwegklettern. Das Tor bestand aus zwei Hälften, die sich auf Rollen befanden und zur Seite schieben ließen. Gesichert wurde es durch ein schweres Vorhängeschloss. Simpel, aber effektiv.

Shelton setzte ein Knie auf den Boden, um das Schloss zu begutachten. Ich war dazu ausersehen, die Anlage im Auge zu behalten, während Ben und Hi sich hinter ein paar Büsche zurückzogen. Ich drückte mein Gesicht an den Zaun und spähte mit einem Auge hindurch.

Shelton packte sein Werkzeug aus, das er vor ein paar Monaten bei eBay ersteigert hatte. Er übte jeden Tag damit und behauptete, jedes Schloss binnen dreißig Sekunden knacken zu können. Doch angesichts der aktuellen Aufgabe schien sein Selbstbewusstsein ein wenig gelitten zu haben.

Während ich an meinem Daumennagel knabberte, beobachtete ich, wie Shelton einen hauchdünnen, L-förmigen Eisenschlüssel einführte und hin und her bewegte. Dann fügte er einen zweiten Dietrich hinzu und übte mit dem ersten Eisen ein wenig Druck aus.

Aus dem strömenden Regen wurde wieder ein Nieseln, doch die Temperaturen kannten kein Erbarmen. Vor Hitze und Anspannung schweißnass, sehnte ich mich nach einer kalten Dusche.

In meinem Kopf hörte ich eine Uhr ticken. Shelton und ich konnten jeden Moment entdeckt werden. Falls Sam oder Carl in einem Anfall von Verantwortungsbewusstsein mal einen Blick auf den Kontrollmonitor warfen, waren wir erledigt.

»Beeil ich!«, flüsterte ich. »Ist schon über eine Minute.«

Die Zunge zwischen den Zähnen, die Augen halb geschlossen, konzentrierte sich Shelton auf seine Arbeit. Er ruckelte und drückte und plötzlich machte es Klick.

Shelton lächelte. »Ich hab's!« Er zog die Werkzeuge heraus und das Schloss sprang auf.

Ich schob das Tor zur Seite. Hi und Ben kamen hinter dem Gebüsch hervor und drängten sich hinter mir zusammen. Ich nahm das Vorhängeschloss ab, um das Tor auf unserem Rückweg sogleich wieder abschließen zu können.

Jetzt kam der gefährliche Part.

Tief einatmen.

Nachdem wir uns die gehobenen Daumen entgegengehalten hatten, streckte ich meine Finger in die Luft und formte die Worte stumm mit den Lippen. *Eins. Zwei. Drei.* Wir schlüpften durch das offene Tor und hasteten am Zaun entlang.

Für fünf grauenhafte Sekunden befanden wir uns auf der offenen Rasenfläche. Erkennbar für die Überwachungskameras und für jeden, der sich auf dem Hauptplatz befand. Wie aufgeschreckte Mäuse trippelten wir unserem sicheren Versteck entgegen.

Während das Adrenalin durch unsere Körper pumpte, eilten wir um die Ecke des Gebäudes, in dem sich das Labor 6 befand, und hielten inne.

Mit pochenden Herzen lauschten wir nach Geräuschen, die uns signalisierten, dass man uns entdeckt hatte.

Stille.

Nachdem wir bis sechzig gezählt hatten, klatschten wir uns ab, zufrieden, die erste Hürde genommen zu haben. Jetzt waren wir außer Reichweite der Kameras.

Ich ging vor und schlich an der Rückseite des Gebäudes entlang, bis wir eine kleine Nische erreichten, in der sich der Hintereingang befand.

Phase zwei.

Shelton war auf Touren gekommen. Obwohl es sich um ein simples Türschloss handelte, war der Riegel ziemlich tricky. Shelton drückte, drehte und ruckelte, um ihn in die richtige Stellung zu bekommen.

Minuten verstrichen.

»Bingo.« Shelton drehte den Bolzen zur Seite.

Die Tür schwang nach innen, dahinter nichts als Dunkelheit.

KAPITEL 12

Kühle Luft schlug uns entgegen. Man konnte die Klimaanlage und Desinfektionsmittel riechen.

Wir schlüpften hinein und schlossen die Tür hinter uns.

»Mach das verdammte Licht an.« Shelton war kein Freund von Dunkelheit.

»Pst, warte«, flüsterte ich.

Ich tastete die Wand ab und entdeckte schließlich eine Reihe von Schaltern. Ich drückte mehrere davon, worauf die Halogenscheinwerfer an der Decke aufflammten.

Wir standen in einem fensterlosen Betonraum, der vollkommen leer war. Eine kurze Treppe führte zu einer soliden Holztür hinauf.

Ich nahm die drei Stufen und drehte den Türknauf zur Seite.

»Kommt!« Ich winkte Hi zu mir heran. Die anderen folgten.

»Und kein Wort, bis wir das Labor erreicht haben.«

Eine unnötige Warnung. Niemand war nach einer Plauderei zumute. Wir hatten gerade einen Einbruch begangen.

Wir erreichten einen kleinen, gekachelten Vorraum, der sich unmittelbar gegenüber dem Haupteingang des Gebäudes befand. In der hinteren linken Ecke führte eine schmale Treppe in den zweiten Stock. Durch die verstaubten Jalousien fiel ein trübes Licht und warf diagonale Streifen an die blassgrünen Wände, die Plastikbäume und die Reihe der Sitzschalen aus Metall. Ein deprimierendes Ambiente, ungefähr so anheimelnd wie die Gepäckausgabe auf einem Flughafen.

Hi zeigte auf die geöffnete Flügeltür zu unserer Rechten. Wir trippelten hindurch, huschten einen kurzen Flur entlang, ließen zwei weitere Türen hinter uns und standen vor Labor 6.

Auch dieser Raum war fensterlos, deshalb riskierten wir es, die Lichter anzuschalten. Deckenfluter offenbarten einen Raum von der Größe eines länglichen Klassenzimmers. In der Mitte befanden sich zwei mal drei voll ausgestattete Arbeitsplätze hintereinander, die fest mit dem Boden verschraubt waren.

An drei von vier Wänden zogen sich lange Arbeitsflächen aus Edelstahl entlang. Darüber waren Hängeschränke mit Glastüren angebracht, die Messbecher und anderes wissenschaftliches Equipment enthielten. Mikroskope. Kreisförmige Lupen. Apparaturen, deren Funktion mir ein Rätsel war.

Das rechte Viertel des Raumes wurde von einer Plexiglaszelle beansprucht. Darin befanden sich offenbar die wertvollsten Ausrüstungsgegenstände, die weggeschlossen und zusätzlich durch eine Alarmanlage gesichert waren. Glücklicherweise konnte uns das egal sein.

»Dann mal los.« Shelton stupste Hi in die Seite. »Hol dir das Ultraschallgerät.«

Hi trabte zum dritten Arbeitsplatz in der zweiten Reihe und entfernte die Schutzhülle einer kleinen Maschine. *»Mein Schatz«*, krächzte er in bester Gollum-Manier. Das Gerät bestand aus einem schmalen weißen Abflussbecken, über dem sich ein LCD-Display von der Größe einer Mikrowelle befand. Es erinnerte an eine winzige Toplader-Waschmaschine, deren Deckel man entfernt hatte.

»Ist sie nicht süß?«

His Vater, Linus Stolowitski, war für sämtliche wissenschaftlichen Geräte verantwortlich, die vom LIRI benutzt wurden. Ein Technikfreak, der seine Liebe zu den Vorrichtungen und Apparaturen an seinen Sohn weitergegeben hatte.

»Ein Sonicator ist nur die verkürzte Bezeichnung für einen Ultraschallreiniger.« Hi sprach mit seiner erhabensten Kirchenstimme. Synagogenstimme?

»Und was macht so ein Ultraschallreiniger?«, fragte Shelton.

»Der reinigt Gegenstände mittels Ultraschall«, antwortete Hi, während er das Becken mit einer Flüssigkeit füllte. »Wir befestigen das Objekt ein paar Zentimeter unter der Oberfläche.«

Shelton rümpfte die Nase. »Stinkt ja ganz schön, das Zeug.«

»Das ist das Lösungsmittel«, sagte Hi. »Ich wähle die Frequenz der Maschine danach aus, um welches Objekt es sich handelt und von welcher Substanz wir es befreien wollen. In diesem Fall also Metall und Dreck.«

Shelton staunte. Ben wirkte gelangweilt.

»Funktioniert im Prinzip wie eine Waschmaschine«, erklärte Hi. »Die Ultraschallwellen verstärken den Reinigungseffekt.« Er machte eine Pause. »Wisst ihr, was Kavitationsblasen sind?«

Nie gehört.

»Ein Sonicator erzeugt Ultraschallwellen in der Flüssigkeit. Das führt zu Druckwellen, die, indem sie die Flüssigkeit verdrängen, Millionen winziger Hohlräume oder Vakuumblasen hinterlassen. Das nennt man Kavitation.«

Okay. Hörte sich gut an.

»In unserem Fall werden die Kavitationsblasen mikroskopisch kleine Löcher und Risse durchdringen, die sich in der Erkennungsmarke befinden. Beim Auftreffen der nächsten Druckwelle kondensieren die Dampfblasen schlagartig. Diese zyklisch entstehenden und verschwindenden Hohlräume bearbeiten quasi die Oberfläche und befreien sie auch von tief sitzenden Partikeln.«

»Wenn die Miniblasen zerplatzen, spülen sie also den Dreck weg?«, fasste ich zusammen.

»Exakt.« Hi genoss seine Vorlesung. »Es sind im Prinzip viele winzige Explosionen.«

»Und wozu brauchen die hier so einen Sonicator?«, wollte Shelton wissen.

»Sonicatoren werden benutzt, um Glas, Schmuck und Metallgegenstände wie Münzen und Uhren zu reinigen. Auch Kleinteile von Handys. Zahntechniker, Ärzte und Krankenhäuser benutzen die Dinger, um ihre Geräte zu reinigen.«

»Und Naturwissenschaftler.« Shelton hatte seine Antwort bekommen.

Zufrieden mit der Einstellung am Gerät, streckte Hi eine Hand in meine Richtung aus.

»Den Ring, Frodo?«

Ich zog ein Plastiktütchen aus der Tasche und holte die Erkennungsmarke heraus. Beim Anblick der zementartigen Verkrustungen schwand mein Optimismus.

»Wir sollten das lieber hinkriegen«, sagte Shelton. »Schließlich riskieren wir mit dieser Aktion unseren Arsch.«

»Wie lange wird's denn dauern?«, fragte Ben, der bereits die Geduld zu verlieren schien.

»Fünfzehn Minuten. Wenn ihr mich in Ruhe lasst, geht's vielleicht schneller.«

Ben warf einen prüfenden Blick auf die Uhr und verließ den Raum.

Shelton ließ sich auf einen der Stühle sinken.

Da ich wusste, dass wir nach der Reinigung optische Hilfsmittel brauchten, um die Marke näher zu betrachten, machte ich mich auf die Suche nach einer Lupe oder Ähnlichem.

An einer Arbeitsfläche aus Edelstahl klemmte eine Luxo-Lupenleuchte mit schwenkbarem Arm. Perfekt. In einer Schublade fand ich mehrere Handlupen und eine Stablampe, die ich beiseitelegte. Damit war unsere Untersuchungsstation bereits vollständig ausgestattet.

»Noch fünf Minuten«, gab Hi bekannt. Seine Experimentierfreude hatte über die Angst, ertappt zu werden, gesiegt.

»Ich hole Ben«, sagte ich.

Ich schaute im Flur und im Vorraum nach, fand aber keinen Ben.

»Ben?«, zischte ich, so laut ich es wagte.

Keine Antwort.

Ich überlegte, ob ich die Stufen hinauflaufen sollte, entschied mich aber dagegen. Da ich nicht weiter im Dunkeln umherirren wollte, kehrte ich zu Labor 6 zurück.

Eine Reihe von Pieptönen zeigte das Ende des Reinigungsvorgangs an.

»Dann woll'n wir mal sehen!« Hi nahm die Marke aus dem Becken und hielt sie unter fließendes kaltes Wasser. Ich schaute ihm über die Schulter.

Ein Großteil der Verschmutzung war verschwunden. Zum ersten Mal konnte ich die Einkerbungen auf der Oberfläche erkennen.

Hi wischte die Marke mit einem Papiertuch ab und gab sie mir. Aufgeregt legte ich sie auf die Arbeitsfläche, knipste die Lupenlampe an und positionierte die Lichtquelle unmittelbar über dem Objekt.

»Ich kann etwas lesen«, verkündete ich. Meine Stimme überschlug sich fast.

»Was siehst du?« Shelton rückte mir so dicht auf die Pelle, dass ich sein Deo riechen konnte.

»Die untere Zeile ist am deutlichsten.« Ich justierte die Lupe. Buchstaben verschwammen, ehe sie sich deutlich abzeichneten. »K-A-T-H. Dann ein O, glaube ich. Den Rest kann ich nicht lesen.«

»Katholisch«, schlug Shelton vor. »Ganz unten ist immer die Religion des Soldaten vermerkt. Noch was?«

Ich spähte erneut durch die Lupe. »Darüber sind noch mehr Buchstaben: 0 P-O-S.« Aha! »Die Blutgruppe, richtig? 0 positiv.«

»Ja, bestimmt.« Shelton dachte für einen Augenblick nach. »Kannst du noch mehr Ziffern erkennen?«

»Glaub schon. Die nächsten beiden Zeilen. Sind aber sehr schwer zu entziffern. Eine Zeile scheint neun Zeichen zu haben. Bei der anderen scheint es sich um eine Kombination aus Zahlen und Buchstaben zu handeln.« Ich zählte rasch durch. »Zehn Zeichen. Wozu?«

Shelton hob grinsend beide Hände gen Himmel. »Good morning, Vietnam!«, flüsterte er mehr als dass er rief, wobei er die letzte Silbe theatralisch in die Länge zog.

»Woher willst du das wissen?«, fragte Hi. »Du hast die Marke ja noch nicht mal angeschaut.«

»Jetzt werde *ich* mal 'nen kleinen Vortrag halten, also hör zu!« Shelton legte ihm strahlend den Arm um die Schultern. Er wollte dasselbe bei mir tun, hielt jedoch inne, weil er sich wohl an mein Geschlecht erinnerte. Verlegen kratzte er sich am Kopf.

Jungs.

»Wir haben sowohl eine neunstellige Sozialversicherungsnummer als auch eine zehnstellige militärische Kennnummer. Eine ziemliche Seltenheit.« Shelton ließ Hi los und zeigte auf die Marke. »In den später 60er-Jahren ist man beim Militär von den alten Kennnummern zu Sozialversicherungsnummern übergegangen. Doch mehrere Jahre lang wurden beide Nummern auf die Marken geprägt, vorsichtshalber sozusagen.« Rhetorische Pause. »Das war *ausschließlich* während des Vietnamkriegs.«

»Unglaublich«, sagte ich. »Die Erkennungsmarke eines Vietnam-Soldaten auf Loggerhead. Da haben wir ja einen sensationellen Fund gemacht.«

»Genau!«, bestätigte Hi. Er setzte eine nachdenkliche Miene auf. »Vielleicht sollten wir mal den Namen des Kerls lesen, um zu wissen, wen es auf diese einsame Insel verschlagen hat.«

Gute Idee. Zurück zur Lupenlampe.

Doch sosehr ich versuchte, den schwenkbaren Arm richtig auszurichten, es gelang mir nicht, die Buchstaben zu entziffern. »Es geht nicht«, stellte ich fest. »Die Buchstaben sind völlig verwittert.«

Ich drehte die Marke um. Verschwommene Symbole flackerten unter der Lupe.

»Auf der Rückseite sind die Schriftzeichen etwas deutlicher zu erkennen, allerdings spiegelverkehrt. In der zweiten Zeile von oben kann ich ein F lesen.«

»Konzentrier dich auf die obere Zeile«, mahnte Shelton. »Dort steht der Nachname des Soldaten. Wenn du den hast, können wir online recherchieren.«

Mit der Stablampe leuchtete ich schräg über die Marke hinweg.

Die Buchstaben waren wie Schatten auf dem Metall zu lesen. »Das funktioniert. Ich sehe ein N. Dann ein C. Nein, es ist ein O.« Ich hielt die Stablampe noch schräger. Dann T-A-E. Der letzte Buchstabe ist ein H.«

Ich setzte den Namen rückwärts zusammen. »Heaton.«

»Das ist immerhin ein Anfang.« Hi salutierte. »Schön, Sie kennenzulernen, F. Heaton.«

Ich fasste laut zusammen: »F. Heaton. Katholisch. Blutgruppe 0 positiv. Hat im Vietnamkrieg gedient.«

»Nicht schlecht«, sagte Shelton.

»Nicht schlecht?« Ich war total aufgedreht. Wir hatten unser Ziel erreicht. Doch unsere Entdeckung warf viele weitere Fragen auf.

Wer war F. Heaton? Wie kam seine Erkennungsmarke auf eine unbewohnte Insel? Wo war er jetzt?

Ich wusste es nicht. Aber ich war fest entschlossen, es herauszufinden.

Außerdem war es höchste Zeit, von hier zu verschwinden. Unser Glück konnte nicht ewig währen.

Wir waren gerade dabei, den Sonicator an seinen Platz zurückzustellen, als Ben in den Raum stürzte.

»Ben, der Name ist …«

Er brachte mich mit einer Handbewegung zum Schweigen. »Ich habe oben ein weiteres Labor gefunden. Die Tür war abgeschlossen, aber ich denke, es ist in Betrieb.« Ben sprach zu uns allen, doch sein Blick war nur auf mich gerichtet. »Das müsst ihr euch unbedingt ansehen.«

»Wir haben doch erreicht, was wir wollten. Wir sollten jetzt lieber abhauen, ehe uns doch jemand erwischt.«

»Aber da ist jemand drin, irgendein Tier.«

»Wie kommst du darauf?«

»Ich habe ein Bellen gehört.«

KAPITEL 13

Eine fensterlose Stahltür versperrte uns den Weg. Kam uns in die Quere. Wenn Gedanken zerstören könnten, hätte ich sie in Schutt und Asche gelegt. Ich wollte unbedingt hinter diese Tür, koste es, was es wolle.

Die Tür sah brandneu aus. Wenn man sie öffnen wollte, musste man auf dem zehnstelligen Ziffernblock einen Zahlencode eingeben. Billionen von Möglichkeiten. Unüberwindbar.

Mit dieser Tür machte man sich keine Freunde. Sie diente einzig und allein dem Zweck, ungebetene Besucher abzuschrecken. Ich konnte förmlich hören, wie sie mich verhöhnte. Aggressiv. Arrogant. Fest entschlossen, sich keinen Spaltbreit zu öffnen.

Nachdem Ben die Bombe hatte platzen lassen, war ich die Treppe hinaufgestürmt, die anderen im Schlepptau. Nach der obersten Stufe schnitt ein schäbiger Gang quer durch das Gebäude und führte direkt zu dem monströsen Eingang. Der mich abrupt aufhielt.

»Bist du *absolut* sicher, Ben, dass du einen Hund gehört hast?« Meine Nerven richteten ein Trommelfeuer auf mich.

Ein entschiedenes Nicken. »Ich weiß, was ich gehört habe.«

»Okay«, sagte ich. »Shelton, walte deines Amtes.«

Shelton traute seinen Ohren nicht. »Sorry, Tor, aber das ist nicht meine Liga. Ein Zahlencodeschloss kann ich unmöglich knacken.«

Denk nach! Überleg dir was anderes.

»Wir müssen den Code herausfinden.« Ich suchte fieberhaft nach einer Lösung. »Wer hat die nur hier eingebaut? In den anderen Gebäuden habe ich keine einzige Tür wie diese gesehen.«

Hi zeigte auf den Ziffernblock. »Dieses Monstrum ist *viiiel* komplizierter als das schlüssellose System im Hauptgebäude. Das ist ja nicht elektronisch, sondern gute, alte Mechanik.« Er zuckte die Schultern. »Mit diesen Türen würde ich vielleicht fertig werden, die haben alle dieselbe …«

Hi hielt inne. Seine Augen verengten sich. Er öffnete seinen Mund, schloss ihn wieder. Kratzte sich am Kopf. Trat von einem Fuß auf den anderen, begann zu sprechen und brach erneut ab.

»Hör auf mit dem Theater«, fuhr ihn Ben an. »Wenn du was zu sagen hast, dann spuck's aus!«

Hi zuckte die Schultern. »Das ist zwar reine Spekulation, aber versuch's mal mit 3-3-3-3.«

Ich tippte die Zahlen ein und drückte auf *Enter.*

Grünes Licht. Pieps. Zugang frei.

»Hi, du bist ein Genie!« Mein zweiter Beinahe-Schrei.

»Wie um alles in der Welt …?« Shelton sah völlig perplex aus.

»Das ist die Werkseinstellung.« Hi grinste. »Wenn irgendjemand ein neues Büro bezieht, ist das der Originalcode. Natürlich ist man eigentlich dazu verpflichtet, einen neuen Code zu programmieren, aber die Hälfte der Leute ist einfach fahrlässig.«

Er strich mit den Fingern am Türrahmen entlang. »Die ist wirklich nagelneu. Ich hab mir gedacht, dass vielleicht alle Türen von derselben Firma stammen und anfangs denselben Zahlencode haben. Und wer auch immer dieses Hochsicherheitsschloss hat einbauen lassen, könnte möglicherweise vergessen haben, einen neuen Code einzugeben.« Er zwinkerte. »Und ich hatte recht!«

»Super Arbeit«, sagte Shelton. »Der Erdbeerbecher geht an dich.«

»Ich geh rein. Seid ihr immer noch dabei?«

Ben schnaubte. »Klar, auf einen Einbruch mehr oder weniger kommt's auch nicht an.«

Nicht gerade sehr beruhigend. Mit meiner gesamten Handfläche schob ich die Tür weit auf.

Bunte Lichter blinkten im Dunkeln. Bildschirmschoner tanzten über Monitore. Maschinen brummten. Die Energie im Raum zeugte davon, dass dieser erst kürzlich benutzt worden war.

Ben schaltete das Licht an.

Im selben Moment brach ein gewaltiger Lärm los. Alle zuckten zusammen. Dann konnten wir die einzelnen Bestandteile des Lärms identifizieren. Bellen. Jaulen. Das Kratzen von Pfoten.

Ein Hund! Ich lief weiter, um die Geräuschquelle zu lokalisieren.

Der hintere Teil des Labors war durch eine versiegelte Glasscheibe abgetrennt. Die Kammer jenseits der Scheibe glich einer Telefonzelle. Darin stand ein mittelgroßer Käfig.

Ich ging in die Hocke und inspizierte das Minigefängnis. Versuchte den Insassen zu erblicken.

»Vorsicht!«, warnte mich Shelton. »Du darfst die Glastür nicht öffnen. Das sieht wie eine Quarantänestation aus.«

Ich hörte nichts mehr. Mein Blick war an zwei blauen Augen hängen geblieben, die ich nicht zum ersten Mal sah. Die Welt um mich herum verschwand. Wie vom Donner gerührt starrte ich diese Augen an, unfähig die Tragweite der furchtbaren Szene zu erfassen.

»Coop«, flüsterte ich.

Dann rief ich. »Coop! Cooper ist in diesem Käfig!«

Die anderen drängten sich ungläubig um mich. Doch es bestand kein Zweifel. Sprachlos betrachteten wir das Unfassbare. Coop war zum Subjekt irgendeines perversen medizinischen Experiments geworden.

Durch die Gitterstäbe sah ich die Schläuche, die aus Coops rechter Vorderpfote hervorschauten. Er trug ein Trichterhalsband, das ihn davon abhalten sollte, sich die Nadeln herauszuziehen. Eine Seite war rasiert und bandagiert.

Ich war hin und her gerissen zwischen Wut, Bestürzung und Abscheu.

Ich zwang mich zur Ruhe und betrachtete die Einrichtung des abgetrennten Raumes. Neben dem Käfig stand ein Infusionsständer, an dem mehrere Beutel hingen, deren Schläuche mit Coop verbunden waren. Der Käfig selbst bestand aus Metallstäben mit sehr kleinen Zwischenräumen. Die Öffnung des Käfigs war nur angelehnt, nicht verriegelt. Darin befanden sich eine verschmutzte Fußmatte und ein abgenutzter Trinknapf.

Und Coop. Gefangen.

Meine Wut gewann die Oberhand. Ich kämpfte mit den Tränen und warf einen Blick auf das kleine hellrote Schildchen, das am Käfig befestigt war. In klobigen schwarzen Buchstaben war dort zu lesen:

SUBJEKT A – PARVOVIRUS XPB-19.

Oh nein!

Parvovirus. Tödlich, vor allem bei Welpen.

Coop lag jetzt ganz ruhig in seinem Käfig. Der Anblick brach mir das Herz. Ich legte eine Hand an die Glasscheibe.

Als Coop mich sah, versuchte er seinen Kopf zu heben. Doch sein anfänglicher Ausbruch hatte ihm sämtliche Energie geraubt. Er winselte leise vor sich hin. Es brach mir erneut das Herz.

Warum bist du hier? Wer hat dir das angetan?

Schlagartig begriff ich, warum das Rudel Nacht für Nacht zum LIRI kam und solch einen Lärm machte. Ein Unmensch hatte ihr Baby gestohlen.

Ein Klemmbrett hing neben der Glasscheibe an einem Haken. Ich riss es herunter und las voller Zorn. Der festgeklemmte Papierbogen sah wie eine Patientenakte im Krankenhaus aus. Sein Inhalt war weitgehend unverständlich. Mein Blick fiel auf eine handschriftliche Notiz, die sich ganz unten auf dem Bogen befand.

Subjekt A spricht nicht auf experimentelle Therapie für Parvovirus XPB-19 an. Zur sofortigen Beseitigung freigegeben.

Unterschrift: Dr. Marcus E. Karsten

Die Wut explodierte in meinen Adern wie bei Hulk, dem Monster.

Karsten, der Bastard, wollte Coop töten!

Das werde ich nicht zulassen! Unter keinen Umständen!

»Ich werde Coop hier rausholen«, sagte ich in einem Ton, der keinen Widerspruch duldete. »Ich kann verstehen, wenn ihr da nicht mitmachen wollt.«

Shelton tippte auf das Klemmbrett. »Hier steht, dass er ansteckend ist.« Ihm blieb fast die Stimme weg. »Das ist zu gefährlich.«

»Es gibt doch einen Grund, warum der Hund in dieser Box ist«, stimmte Ben zu.

Ich schüttelte grimmig den Kopf. »Coop hat Parvo. Ich

habe von diesem Virus gehört. Er ist zwar gefährlich, kann aber nicht auf den Menschen, sondern nur auf andere Hunde übertragen werden. Für uns besteht keine Ansteckungsgefahr.«

Hi meldete sich zu Wort. »Also normalerweise bin ich ja immer auf deiner Seite. Aber wenn Karsten wiederkommt und der Hund ist weg, dann ist hier die Hölle los.« Seine Stimme bekam einen flehentlichen Klang. »Und sie werden herauskriegen, dass wir das waren.«

Ich holte tief Luft und sah ihnen in die Augen. Die, ehrlich gesagt, voller Skepsis waren.

»Die kriegen uns nicht.« Fieberhaft dachte ich nach. Was konnte ich noch sagen, um sie auf meine Seite zu ziehen? Ich betrachtete mir die Szenerie und versuchte zu begreifen, was wir da gerade entdeckt hatten.

Dann hatte ich eine Eingebung.

Natürlich!

Aber wie konnte ich sie überzeugen?

»Was Karsten hier macht, ist illegal.« Ich sprach langsam, ordnete beim Sprechen meine Gedanken. »Alle denken doch, dass dieses Gebäude stillgelegt wurde. Dabei gibt es hier einen Hochsicherheitstrakt und ein geheimes Labor. Ziemlich dubios, wenn ihr mich fragt.«

Während ich sprach, kam mir meine eigene Theorie immer wahrscheinlicher vor. Es war die einzige logische Erklärung. »Und dann dieses geheime Experiment. Der macht Tierversuche mit Hunden, die später *eingeschläfert* werden sollen. Habt ihr jemals etwas von solchen Versuchen auf Loggerhead gehört?«

Hi kaute auf seiner Unterlippe. Ben und Shelton sahen noch nicht völlig überzeugt aus, doch meine Worte hatten sichtlich Wirkung gezeigt.

»Karsten betreibt hier seine Geheimforschungen«, presste ich hervor. »Das sind Dinge, von denen niemand etwas weiß. Ich bin sicher, dass er Coop auf eigene Faust gefangen hält. Coop dürfte gar nicht hier sein.«

»Aber wo sollen wir ihn hinbringen?«, fragte Shelton. »Wenn er eine Hundekrankheit hat, dann können wir ihn nicht einfach freilassen, sonst steckt er das ganze Rudel an.«

Daran hatte ich auch schon gedacht. »In den Bunker. Den kennt keiner außer uns. Dort können wir Coop gesund pflegen.«

Keine Reaktion.

»So hat er zumindest eine Chance. Parvo ist nicht immer tödlich.«

Das stimmte zwar, doch ohne tierärztliche Behandlung war die Überlebenschance nur sehr gering. Das sagte ich allerdings nicht. Coop zu pflegen würde nicht einfach sein, und es gab keine Garantie dafür, dass er dies durchstehen würde. Gegen den Parvovirus gab es keine bewährte Behandlungsmethode. Auch das verschwieg ich.

Immer noch Stille.

»Ich werde es versuchen.« Ich verschränkte die Arme und machte mich auf Widerspruch gefasst. »Kann ich auf euch zählen?«

Sekunden verstrichen. Fünf. Zehn. Zwanzig.

»Okay.« Ben war der Erste. Überraschenderweise.

»In Ordnung«, sagte Shelton. »Aber ich hoffe, dass du recht hast, Tory. Bin nämlich nicht scharf darauf, im Knast zu landen.«

Hi murmelte vor sich hin. »Verdammte Scheiße!« Dann schaute er auf. »Meinetwegen, aber wenn wir erwischt werden, dann schiebe ich euch dreien sämtliche Schuld in die Schuhe. Ich werde sogar noch Sachen dazuerfinden.«

Tränen stiegen mir in die Augen. Glücklicherweise bewahrte ich die Fassung. »Ihr Jungs seid wirklich unschlagbar ... ehrlich.«

»Klar«, sagte Shelton. »Aber wir sollten jetzt abhauen.«

Ich plünderte die Regale und ließ zahlreiche Sanitätsartikel in einem Plastikbeutel verschwinden. Dann öffnete ich einen kleinen Kühlschrank und nahm die Beutel mit intravenösen Flüssigkeiten heraus. Ich sah drei Fläschchen mit Antibiotika und nahm sie ebenfalls an mich.

Schließlich schnappte ich mir eine kleine Transportbox und fütterte den Boden mit einem Laborkittel aus. Mehr konnte ich nicht tun, um die Box ein wenig gemütlicher zu machen.

Zufrieden mit meinen Vorbereitungen, näherte ich mich Coops Zelle. Die Glastür war nicht abgeschlossen. Als ich am Handgriff zog, glitt die Tür mit leisem Zischen zur Seite.

Ich nahm die Beutel vom Infusionsständer und achtete darauf, die Schläuche nicht zu beschädigen. Coop würde die Flüssigkeiten brauchen, also sollte ich auch die Kanülen in seiner Pfote nicht entfernen.

Schließlich öffnete ich seinen Käfig. Ein seltsamer Geruch stieg mir in die Nase. Ich atmete durch den Mund und erinnerte mich daran, dass Coop mich nicht anstecken konnte.

Während Ben den Hund auf den Arm nahm, achtete ich darauf, dass der Trichter und die Schläuche an ihrem Platz blieben. Gemeinsam verfrachteten wir ihn in die Box. Ben war unser Packesel und würde Coop von der Insel fortbringen.

Mit geschlossenen Augen ließ sich Coop in der Box nieder, zu schwach, um Widerstand zu leisten.

»Fertig?«, fragte ich.

»Fertig.« Alle drei.

In diesem Moment heulte die Sirene los.

KAPITEL 14

Ein ohrenbetäubend schriller Ton hallte durch das Gebäude. Ich warf die Tür der Tragebox zu und erstarrte in der verzweifelten Hoffnung, das Geräusch würde jeden Moment wieder verstummen.

Doch nichts dergleichen. Der wiederkehrende Ton jaulte in Drei-Sekunden-Intervallen.

»Wir sind am Arsch!« Hi war drauf und dran durchzudrehen.«

»Keine Panik«, fauchte ich. »Bis jetzt hat uns niemand gesehen. Also los.«

Die Sirene heulte immer weiter.

»Nichts wie raus hier!«, zischte Ben. »Schnell und leise, auf demselben Weg wie vorhin.«

Shelton hastete den Gang hinunter. Ben folgte ihm, die Tragebox mit Coop an seine Brust gedrückt. Ich hätte ihn küssen können. Ich lief mit dem Vorratsbeutel hinter ihm her.

Als Letzter zog Hi die Eisentür zu.

Die Sirene erstarb.

Mein Kopf fuhr herum.

»Das Elektroschloss hat den Alarm ausgelöst«, erklärte Hi verärgert. »Wir hätten die Tür schließen sollen.«

Zu spät.

Während ich zur Treppe rannte, riskierte ich einen kurzen Blick aus dem Fenster des zweiten Stocks. Es regnete immer noch. Das Wasser lief in schmalen Bächen die Scheiben hinunter und bildete auf dem Hof kleine Pfützen.

Dann blieb mir vor Schreck fast das Herz stehen.

Der Wachmann hatte den Alarm bemerkt. Carl, der 130-Kilo-Mann, war bereits losgestampft, seine himmelblaue Uniform schon völlig durchnässt.

»Der ist auf dem Weg zum Haupteingang«, zischte ich.

»Wir sind am Arsch!«, jammerte Hi erneut.

Ben übernahm das Kommando. »Der sieht erst mal unten im Hauptlabor nach. Wir verstecken uns auf den Stufen und warten, bis er die Treppe runter ist. Dann hauen wir durch die Hintertür ab.« Er schaute von einem zum anderen. »Aber leise! Habt ihr mich verstanden?«

Hatten wir. Und es funktionierte. Carl watschelte an uns vorbei. Das Wasser spritzte zu beiden Seiten wie bei einer übergewichtigen Ente.

Wir huschten durch den Hinterausgang und schlichen am Gebäude entlang. Bogen um die Ecke und sahen uns um. Der Hof war leer.

Ben breitete seine Jacke über die Box, um Coop vor dem Regen zu schützen. Wir tauschten Blicke und bereiteten uns auf einen atemlosen Sprint vor.

»Jetzt!«, kommandierte ich.

Wir rannten los.

Ich platschte durch knöcheltiefe Pfützen und verlor mehr als einmal fast mein Gleichgewicht. Gleißende Blitze zuckten am Himmel. Ich hörte, wie jemand hinter mir zu Boden ging.

Als wir am Turtle-Beach-Ausgang ankamen, drehte ich mich um und winkte die anderen hindurch. Hi. Ben und seine Fracht. Shelton, mit Schlamm bedeckt. Die Jungs schlugen sich in die Büsche.

Mit zitternden Händen schloss ich das Tor und knallte das Schloss zu.

Ein lautes Krachen drang durch den trommelnden Regen. Eine Tür?

Panisch suchte ich nach einem Versteck und zog mich hinter die Stechpalmen zurück, die unmittelbar am Waldrand standen und mir einen notdürftigen Schutz boten. Ich rollte mich auf den Bauch und spähte durch den Maschendrahtzaun.

Carl kam aus dem Gebäude und sah sich prüfend um. Sein Blick wanderte zum hinteren Tor. Im prasselnden Regen machte er einen ebenso erbärmlichen wie entschlossenen Eindruck.

Meine Tarnung würde einer näheren Überprüfung nicht standhalten. Jede Bewegung würde mich sofort verraten. Nur der strömende Regen hatte mich bisher geschützt.

Als Carl auf das Tor zustapfte, öffnete der Himmel endgültig seine Schleusen. Wahre Sturzbäche gingen auf ihn nieder.

Carl blickte nach oben, schüttelte den Kopf und zog sich in die Trockenheit der überdachten Welt zurück.

Es grenzte an ein Wunder. Verschiedenen Gottheiten dankend, erhob ich mich auf die Knie und krabbelte wie eine Krabbe in den Wald.

Noch nie war uns der alte Bunker so komfortabel vorgekommen.

Ich nahm den hinteren Raum in Besitz und wrang meine triefenden Kleider aus. Doch nass blieb nass.

Ich gesellte mich wieder zu den anderen, und gemeinsam richteten wir für Coop eine provisorische Krankenstation ein. Danach saß Ben auf der Bank, ein Haufen Strandhandtücher zu seinen Füßen. Dazwischen lag Coop, döste vor sich hin und leckte zwischendurch immer wieder hingebungsvoll sein nasses Fell.

Die Rückfahrt war ein Horrortrip gewesen. Regen und Meerwasser durchnässte uns bis auf die Knochen, während die *Sewee* mit riesigen Wellen kämpfte. Nicht nur Hi fiel der Seekrankheit zum Opfer.

Ich hatte mich am Heck zusammengekauert und versucht, Coop einigermaßen trocken zu halten. Wir alle waren nervös. Als wir endlich die Bucht des Bunkers erreichten, schickte ich ein stummes Dankgebet zum Himmel. Schwer zu sagen, an wen es gerichtet war.

»Und jetzt?« Hi kraulte Coops überdimensionale Ohren. »Ich habe null Ahnung von der Pflege eines kranken Welpen.«

»Häng erst mal die Beutel an den Infusionsständer zurück«, instruierte ich ihn. »Wenn sie leer sind, müssen wir sie austauschen.« Wir reihten unser Diebesgut auf dem Tisch auf. »Bis auf Weiteres müssen wir zusehen, dass wir Coop warm halten und dass er genug isst und trinkt.«

Und die Hoffnung nicht aufgeben.

Mehr konnten wir nicht tun.

Coop lag auf der Seite und sah elend aus. Ich hasste dieses Trichterhalsband, durfte es ihm aber nicht abnehmen, sonst würde er sich die Kanülen herausziehen.

Ich machte einen Vorschlag. »Wir wechseln uns ab. Heute passe ich auf Coop auf. Am besten treffen wir uns hier morgen früh vor der Schule und legen die weitere Reihenfolge fest. Wenn ihr zu Hause irgendwelche Sachen für Hunde habt, dann bringt sie mit.«

»Und kein Sterbenswort!«, sagte Hi. »Diese Sache bleibt unter uns, sonst sind wir geliefert.«

»Was passiert, wenn es Coop besser geht?«, fragte Shelton.

»Wenn er das Virus besiegt, wird er immun sein«, antwortete ich. »Dann können wir ein neues Zuhause für ihn suchen.« Ich konnte ihn nicht behalten. Das würde Kit nicht erlauben. Außerdem kannte er ihn. Aber wir konnten dafür sorgen, dass Coop es in Zukunft gut haben würde.

»Ich meine es ernst.« Hi ließ nicht locker. »Wir müssen absolut verschwiegen sein. Lasst uns ein feierliches Gelöbnis ablegen.«

Shelton gluckste. »Okay, wie du willst.« Er senkte ein Knie. »Ich schwöre bei meinem Leben, dass ich keine Silbe über den Hund verlieren werde.«

»Ebenfalls«, sagte Ben. Hi warf ihm einen scharfen Blick zu. »Okay, okay.« Er malte Anführungszeichen in die Luft. »Ich schwöre. Zufrieden?«

»Geht so. Tory?«

»Versprochen, Hi. Kein Wort.«

Ich schaute auf Coop hinab, der in seiner improvisierten Höhle schlief. »Ich pass auf dich auf«, flüsterte ich. »Doch zuerst musst du wieder gesund werden.«

Draußen grollte der Donner.

KAPITEL 15

Dr. Marcus Karsten blieb wie angewurzelt stehen.

Er befand sich unmittelbar an der Tür zu seinem geheimen Laboratorium – eine Tür, in die er fälschlicherweise vollstes Vertrauen gehabt hatte – und sah, dass sich seine schlimmsten Befürchtungen bewahrheitet hatten.

Subjekt A war verschwunden.

Unmöglich!

Eine Stunde zuvor war Karsten zu Hause gewesen und hatte seine Unterlagen sortiert. Das Telefon hatte geklingelt. Verärgert über die Störung war er an den Apparat gegangen.

Carl vom Institut. Jemand habe in Labor 6 eingebrochen.

Der angesehene Professor hatte den Hörer fallen lassen und war in Panik zu seinem Auto gerannt.

Karsten war mit Vollgas zum Yachthafen gerast und hatte sämtliche roten Ampeln ignoriert. Ungeachtet der Gezeiten hatte er einen Bootskapitän dazu gebracht, ihn auf schnellstem Weg nach Loggerhead zu bringen. Zum doppelten Fahrpreis. Tempo war alles, was zählte.

Während der nassen Überfahrt hatte Karsten seine Nerven einigermaßen beruhigen können. Niemand wisse etwas von seinem geheimen Labor, sagte er sich. Sein Geheimnis war vollkommen sicher.

Nicht einmal die Wächter waren in der Lage, das Elektroschloss zu öffnen, das er hatte installieren lassen. Sobald er herausgefunden hatte, was den Alarm ausgelöst hatte, würde er den geheimen Raum einer gründlichen Untersuchung unterziehen.

Langsam verwandelte sich seine Angst in Zorn. Vermutlich hatte ein fauler Techniker irgendwelche Laborgegenstände gebraucht und keine Lust gehabt, einen förmlichen Antrag zu stellen. Typisch. Wer auch immer diesen Alarm ausgelöst hatte, konnte sich auf etwas gefasst machen.

Nachdem sie angelegt hatten, machte sich Dr. Karsten unverzüglich auf den Weg zu Labor 6. Der strömende Regen trug wenig zur Verbesserung seiner Laune bei.

Carl wartete an der Treppe. In seiner voluminösen schwarzen Regenjacke sah er aus wie eine riesige Bowlingkugel auf Beinen. Eine nervöse Bowlingkugel.

Karsten machte ein finsteres Gesicht, als er den Wachmann zu Gesicht bekam. *So ein Fettwanst ist für unsere Sicherheit zuständig!*

»Heraus damit!«, fuhr Karsten den Wachmann an. »Gab es einen Einbruch? Ist etwas gestohlen worden?«

»Tja … äh … ich weiß nicht recht.«

Trotz seines massigen Körpers war Carl gerade mal 1,60 Meter groß. Karsten türmte sich über ihm auf und starrte ihn an.

»Doktor, Sir …«, stammelte Carl.

»Überprüfen. Sie. Das. Videoband.« Langsam. Karsten verschwendete keine Zeit mit Dummköpfen und Carl war nur ein klitzekleines Stück von ihnen entfernt.

»Das ist es ja, Sir.« Carl wünschte sich an irgendeinen fernen Ort auf diesem Planeten. »Es gibt kein Band. Der Videorecorder ist letzte Woche kaputtgegangen und das neue Gerät noch nicht geliefert worden.«

Beim Versuch, die Fassung zu bewahren, schloss Karsten die Augen. Er konnte sich vage an eine Hausmitteilung in dieser Sache erinnern. »Haben Sie die Schlösser überprüft?«

»Oh ja, Sir!« Ausatmen. »Die Tore waren geschlossen und verriegelt. Und beide Außentüren des Gebäudes waren unbeschadet.« Carl kratzte sich ratlos am Kopf. »Ich habe sogar die Innenräume überprüft. Niemand war da, nichts fehlte.« Pause. »Aber natürlich konnte ich das Labor weiter oben nicht überprüfen.«

»Das geht Sie nichts an!« Karstens Stimme war schärfer, als von ihm beabsichtigt. »Ich kann Ihnen garantieren, dass dieser Bereich vollkommen sicher ist. Dort dringt niemand ein.«

Carl erbleichte. »Aber Sir, genau dort ist eingebrochen worden.«

Karsten erstarrte. »Was?«

»Der Alarm ...«, murmelte Carl. Er wusste, wie Dr. Karsten diese Nachricht aufnehmen würde. »Das Signal kam von dem neuen Elektroschloss am Ende der Treppe.«

Karsten schossen die furchtbarsten Möglichkeiten durch den Kopf. Er hatte angenommen, nur das Erdgeschoss sei betroffen. Der Haupteingang war nicht gesichert, dafür aber die beiden Innentüren.

Denk nach, ermahnte er sich. Tore und Türe waren verschlossen. Es gab keinerlei Anzeichen, dass sich jemand gewaltsam Einlass verschafft hatte. Dennoch hatte jemand den kompliziertesten Alarm im gesamten Komplex ausgelöst.

»Wer ist noch hier?«

»Niemand«, antwortete Carl rasch. »Ich habe überall nachgeschaut. Und das erste Boot von Mr. Blue kommt erst in einer Stunde.«

»Und die Stahltür war wirklich verschlossen, als Sie dort ankamen?«

»Yes Sir. Doktor.«

Es kann sich nur um einen Fehlalarm handeln, sagte sich Karsten. Alles andere ergab keinen Sinn.

»Der Sturm muss den Sensor aktiviert haben. Schreiben Sie jetzt Ihren Bericht zu Ende. Ich schaue oben nach dem Rechten.«

Carl zögerte. »Ich bin verpflichtet, dort selbst nachzuschauen … wegen des Berichts.«

»Haben Sie mich nicht verstanden?« Karstens Stimme war kalt wie Eis. »Gehen Sie jetzt! Ich sage Ihnen Bescheid, wenn ich noch mal Ihre Hilfe brauche!«

Carl hatte verstanden.

Karsten beobachtete, wie Carl sich entfernte, bevor er das Gebäude betrat.

Das Subjekt, raste es durch seinen Kopf, während er die Stufen hinaufsprang. *Hauptsache, das Subjekt ist in Sicherheit!*

Ein Blick genügte, um all seine Hoffnungen zunichte zu machen.

Der Wolfshund war verschwunden.

Fieberhaft versuchte Karsten, die Tragweite des Unglücks abzuschätzen.

Profis, dachte er. *Einbruchsspezialisten.* Niemand sonst hätte Tore und Türen sowie das Zahlencodeschloss überwinden können. Niemand sonst hätte sämtliche Sicherungsvorkehrungen aushebeln können, ohne die geringste Spur zu hinterlassen.

Karsten hatte stets vermutet, dass es Interessengruppen gab, die sich seine Forschungsergebnisse unter den Nagel reißen wollten. Seine Entdeckungen konnten eines Tages Millionen, vielleicht Milliarden wert sein. Aber wie in aller Welt hatten sie ausgerechnet *dieses* Labor entdeckt?

Die Erkenntnis traf ihn wie ein Schock. Die Eindringlinge mussten gewusst haben, dass die Überwachungskameras außer Betrieb waren.

Insider! Um Himmels willen!

Sie haben keine Ahnung, was sie angerichtet haben.

Dr. Karsten geriet in Panik. Subjekt A war mit einem experimentellen Stamm des Parvovirus infiziert. Obwohl er niemand davon erzählt hatte, hegte er hinsichtlich XPB-19 einen furchtbaren Verdacht.

Karsten zog sein Handy aus der Tasche und tippte mit zitternden Fingern die Nummer ein.

»Hier spricht Dr. Marcus Karsten. Es ist dringend.«

Karsten hörte nur ein leises Rauschen, ehe er verbunden wurde. Ein Klick. Zwei lange Pieptöne. Dann meldete sich eine Stimme.

»Ja?«

Karsten zwang sich zur Ruhe. »Wir haben ein Problem.«

Wenige Minuten später, nach Beendigung des Gesprächs, krampfte sich sein Magen zusammen. Die Hand des Professors klammerte sich immer noch an den Hörer. Er hatte nur einen Gedanken: *Ich brauche einen Drink.*

Er hatte klare Anweisungen bekommen.

Finden Sie den Hund.

Sonst …

Das Allerschlimmste hatte er ihm jedoch nicht erzählt. Nicht einmal ihm. Gerade ihm nicht. Diese Nachricht war viel zu brisant, um sie ausgerechnet mit *ihm* zu teilen. Sein Sponsor war ein hochgefährlicher Mann.

Karsten durchsuchte seine Taschen, fand einen Schlüsselbund und schloss eine Schreibtischschublade auf. Er wühlte in Papieren und verstreuten Unterlagen, bis er schließlich ein Dokument herauszog, das ganz unten gelegen hatte.

Karsten erkannte seine eigene Handschrift am Fuß des Papierbogens. Er überflog noch einmal den Bericht und wünschte sich, er würde anders lauten.

Aber das tat er nicht. Die Worte schrien ihm förmlich entgegen. Klagten ihn an.

Es ist höchste Vorsicht geboten. Aufgrund seiner Struktur kann nicht ausgeschlossen werden, dass der Parvovirenstamm XPB-19 auf den Menschen übertragbar ist.

KAPITEL 16

Ich saß in der Bibliothek der Bolton Prep und verbrachte meine Mittagszeit mit Recherchen. Nach einem Dutzend Google-Klicks kannte ich meinen Widersacher. Er war bösartig und herzlos. Ein Serienmörder, der mit schmutzigen Tricks arbeitete. Doch meine Nachforschungen brachten auch an den Tag, dass der Feind besiegt werden konnte.

Parvo, die Welpenplage.

Nicht geimpfte Hunde sind der Krankheit schutzlos ausgeliefert. Eine Infektion mit Parvoviren verläuft sehr rasch und führt oft binnen weniger Tage zum Tode.

Nicht mit mir.

Ich schwor mir zu verhindern, dass der mikroskopisch kleine Killer ein weiteres Opfer zur Strecke brachte.

Montagmorgen. Ein neuer Schultag sah mich wieder in Uniform. Langweiliges Halstuch mit Schottenmuster und ein ebensolcher Faltenrock. Weißes Button-Down-Hemd und schwarze Kniestrümpfe.

Einfach todschick.

Aber ich sollte mich nicht beklagen. Ohne die Schuluniform wären die Flure der Bolton Prep ein einziger Laufsteg, auf dem ich nie und nimmer konkurrieren könnte. Im Gegensatz zu manch anderen Mädchen begnüge ich mich mit dem Standardoutfit, statt mich bei jeder Gelegenheit zusätzlich aufzubrezeln.

Die Informationen, die ich mir heruntergeladen hatte, waren nicht gerade aufmunternd. Mein Gedächtnis hatte mich nicht getäuscht: Das Canine Parvovirus war unheilbar. Doch die Überlebensstatistiken machten zumindest ein klein wenig Hoffnung. Ich klammerte mich an sie wie eine Anakonda.

Unmittelbar hinter meinem Stuhl hörte ich eine Stimme. »Hey Tory, mal wieder auf der Suche nach einem Ballkleid?«

Ich fuhr blitzschnell herum und nahm meine übliche Verteidigungshaltung ein. Ständig war ich dem Spott der anderen ausgesetzt. Ich kannte das Spielchen.

Aber es war nur Hi, der zum benachbarten Computerplatz stapfte. Sein Bolton-Prep-Sakko trug er wie immer verkehrt herum, sodass man das Innenfutter aus blauer Seide sah. Hi behauptete, er würde auch auf diese Weise den Dresscode einhalten. Die Schulleitung war da zwar anderer Meinung, aber nach einem Jahr der Auseinandersetzungen hatte Hi sich durchgesetzt. Seither versuchten die Lehrer nur noch selten, ihn umzustimmen.

Ich fragte mich, was seine offensichtliche Protestaktion eigentlich bewirken sollte. Ziviler Ungehorsam war eigentlich nicht seine Sache. Nahm man seine Mutter Ruth zum Maßstab, war seine Rebellion geradezu sensationell.

Wenn man ihn danach fragte, behauptete Hi, der »Neue Prinz der Bolton Prep« zu sein. Jedem das Seine.

Ein halb gegessenes Frikadellensandwich in einer Hand, blätterte Hi mit der anderen in meinen Ausdrucken.

»Gute Idee, nach einem hübschen Abendkleid zu suchen.« His typische Ironie. »Die Ballkönigin muss doch was hermachen. Vielleicht ein Kleid von Vera Wang? Oder wie wär's mit Lauren Conrad?«

»Vielen Dank«, entgegnete ich trocken. »Unsere Verabredung für den großen Abend gilt doch immer noch? Oder hast du an diesem Tag vielleicht ein Playoff-Spiel? Dann wäre eine Absage natürlich verständlich, schließlich brauchen wir unseren besten Quarterback auf dem Platz.«

»Ich lasse es dich wissen«, antwortete Hi munter. »Vielleicht esse ich ja mit Kristen Stewart oder Bill Compton zu Abend. Auf jeden Fall ist irgendein Vampir dabei.«

Trotz unserer Frotzeleien freute ich mich, Hi zu sehen. Wir hatten identische Stundenpläne und verbrachten die Lunchpause meistens zusammen. Außerdem machte es mehr Spaß, sich zu zweit über die coolen Typen das Maul zu zerreißen, als alleine rumzuhängen. Und sicherer war es auch.

Hi überflog ein paar meiner Seiten. »Hört sich ja nicht gerade ermutigend an«, sagte er, nun wieder ernst.

Hi hatte recht. Coop stand ein harter Kampf bevor.

Er las noch ein bisschen weiter, ehe er die Blätter zurück auf den Tisch legte. »Hast du auch was Positives gefunden?«

»Nicht viel«, musste ich zugeben, und warf einen Blick auf meinen Notizblock. »Das Canine Parvovirus gehört zu den häufigsten Infektionskrankheiten bei Hunden. Und zu den schlimmsten. Welpen sind am meisten gefährdet. Man kann die Tiere zwar impfen lassen, aber das Rudel auf Loggerhead ist nie geimpft worden.«

Hi ließ sich auf seinen Stuhl fallen. »Natürlich nicht.« Kauend forderte er mich mit einem Kopfnicken auf weiterzusprechen.

»Meist befallen die Erreger den Magen-Darm-Trakt und führen dort zu Entzündungen.« Während ich sprach, dachte ich an Coop. Seine Symptome sprachen für sich. Appetitlosigkeit, Lethargie, Erbrechen, Durchfall und Fieber.

»Und wie funktionieren die kleinen Mistkerle?«, fragte er, den Mund voller Hackfleisch, Käse und Tomatensauce.

»Das Virus befällt den Dünndarm eines Hundes und verhindert die Aufnahme von Nährstoffen in den Blutkreislauf. Schau her.« Ich zeigte ihm eine tiermedizinische Website. »Im weiteren Verlauf kommt es zu einer starken Abnahme der weißen Blutkörperchen. Sind die Abwehrkräfte eines Tieres geschwächt, breitet sich das Virus im gesamten Verdauungssystem aus und macht den Körper anfällig für Sekundärinfektionen.«

Ich machte eine Pause, ehe ich den Satz hinzufügte, der mir am wenigsten gefiel. »Bei einer nicht behandelten Parvovirose beträgt die Mortalität bis zu 80 Prozent.«

Für einen Moment sprach keiner von uns ein Wort. Was gab es auch schon zu sagen?

»Aber wie hat Coop sich eigentlich angesteckt?« His Stimme brachte meinen eigenen Zorn zum Ausdruck.

»Genau das frage ich mich auch.«

Ich dachte immer wieder darüber nach und wehrte mich gegen einen finsteren Verdacht: Karsten hatte Coops Infektion doch wohl nicht *willentlich* herbeigeführt. Oder doch?

Diesen Gedanken im Hinterkopf, fuhr ich fort: »Wir müssen vorsichtig sein. Das Gefährlichste am Parvovirus ist seine leichte Übertragbarkeit. An der Oberfläche von Bettzeug oder Käfigen überlebt das Virus bis zu sechs Monte lang. Wir müssen *alles* desinfizieren. Unsere Kleider und Schuhe. Einfach alles, was mit Coop in Kontakt kommt.«

»Verbreitet sich der Erreger durch die Luft?« His Stimme hatte einen ziemlich besorgten Ton angenommen.

»Nein, nur durch direkten Kontakt mit den Ausscheidungen eines Hundes.«

»Na toll, eine Hundekackekrankheit. Genau, was wir brauchen.« Der Rest von His Sandwich landete im Mülleimer. Auch mir war der Appetit vergangen.

»Ich pack's dann. Muss noch für den Spanischtest lernen.« Hi stand auf und setzte sich in Bewegung, während er die South-Park-Melodie vor sich hin pfiff.

»Erinnere Shelton noch mal an unser Treffen nach der Schule«, rief ich ihm hinterher. In der Bolton Prep verteilen sich die Schüler auf zwei Lunchpausen. Ben und Shelton waren in der späteren. »Wir müssen immer noch unseren Soldaten ausfindig machen.«

Ich hatte F. Heaton nicht vergessen. Ein Besuch der Stadtbibliothek nach der Schule würde das Problem hoffentlich lösen.

Hi hob den Daumen, ohne sich umzudrehen. Er würde den anderen Bescheid sagen.

Im Stillen ging ich noch mal alle Maßnahmen unserer Krankenpflege durch. Wir mussten alle Gegenstände desinfizieren, die mit Coop in Kontakt gekommen war. Auch unsere Kleider, Schuhe und Hände. Jeden Fleck, wo er gekotzt oder hingemacht hatte.

Wenn Coop wieder gesund war – denn er *würde* wieder gesund werden –, mussten wir den ganzen Bunker von oben bis unten desinfizieren.

Coop zu pflegen würde nicht einfach sein. Die Expertenmeinung war einhellig: Hunde, die unter Verdacht standen, sich mit dem Parvovirus infiziert zu haben, mussten umgehend in eine Tierklinik eingeliefert werden. Leider war das keine Alternative für uns. Es sei denn, wir wollten unbedingt in den Knast wandern.

Also schoss ich die Expertenmeinung in den Wind und suchte im Internet nach Pflegetipps. Zunächst ging es vor allem darum, dem Hund genug Flüssigkeit zukommen zu lassen und ihn vor Sekundärinfektionen zu schützen. Ich war froh, dass wir einiges an Sanitätsartikeln hatten mitgehen lassen. Mit den Infusionsbeuteln und Antibiotika waren wir fast so gut ausgestattet wie ein Tierarzt.

Fast jede Website riet dazu, den Hund zur Nahrungsaufnahme zu animieren, wenngleich man am Anfang auf feste Nahrung verzichten sollte. Einige schlugen eine Mischung aus gekochtem Hackfleisch und Reis vor, sobald der Patient in der Lage war, dies bei sich zu behalten. Das wollte ich heute Abend gleich ausprobieren.

Unser Plan *musste* einfach funktionieren. Mehr konnten wir nicht tun.

Tränen stiegen mir in die Augen, als ich an Coops Überlebenschancen dachte.

Stopp. Du willst doch wohl nicht in der Bibliothek losheulen.

Ich sammelte meine Ausdrucke ein und ließ sie in meinem Rucksack verschwinden.

Als ich mich aus dem Internet ausloggte, schoss mir ein Gedanke durch den Kopf: Coop war halb Hund, halb Wolf. Wie wirkte sich eine Parvoinfektion auf Wolfshunde aus? Veränderte das die Diagnose?

Ich loggte mich wieder ein. Meine Finger flogen nur so über die Tastatur. Doch nach fünf Minuten hatten sich alle Hoffnungen zerschlagen. Eine Parvoinfektion endete für Wölfe wie Wolfshunde meist tödlich. Coops gemischte Herkunft änderte daran gar nichts.

Entmutigt suchte ich im Internet nach Fotos von Wolfshundwelpen. Die süßen kleinen Racker zauberten ein Lächeln auf meine Lippen.

So hatten sie sich auch in mein Herz geschlichen.

KAPITEL 17

»Was ist denn das für eine Hundeparade?« Die Stimme war nur Zentimeter von meinem Ohr entfernt. »Hast du deswegen etwa die Party verpasst?«

Schon wieder! Setz dich nie mehr mit dem Rücken zur Tür!

Ich blickte weiter auf den Bildschirm, bis meine Stimmenerkennungssoftware den Sprecher identifiziert hatte.

Dann drehte ich mich um.

Jason Taylor stand direkt hinter mir und betrachtete neugierig die Website, die ich mir ansah. Er trug die Standardkluft für die Jungs der Bolton Prep: Marineblaue Sportjacke mit dem Greifvogelmotiv, gestreifte Krawatte, blaues Botton-Down-Hemd, hellbraune Freizeithose und Slipper. Alles natürlich perfekt gebügelt, geknöpft und poliert. Und richtig herum getragen.

Ich schloss Firefox so schnell wie eine Synapse. Aber zu spät.

»Also wenn man im Internet so süße Hündchen anschauen kann, dann verstehe ich natürlich, dass man keine Zeit für Partys hat.«

Mein Mund öffnete sich, doch ich brachte keinen Ton heraus. Was redete der da?

»Na, die Yachtparty.« Jasons Augenwinkel kräuselten sich. »Samstag. Die SMS. Klingelt da irgendwas?«

Natürlich.

Wenn ich manchmal nur nicht so schwerfällig wäre.

»Entschuldige, ich bin gerade etwas durcheinander. Danke

für die Einladung.« Ich versuchte es mit einer geistreichen Bemerkung: »Hast du dich über Wasser halten können?«

»Denke schon. Aber so toll war's auch wieder nicht. Hast nicht viel verpasst.« Dann wedelte er in spöttischem Ernst mit dem Zeigefinger. »Aber du hättest trotzdem kommen sollen.«

»Zum Yachthafen ist es ziemlich weit für mich.«

»Ich weiß. Und wie ist es derzeit auf der Gilligans-Insel?« Jason ließ sich auf den Stuhl fallen, auf dem eben noch Hi gesessen hatte.

Anscheinend wollte er mich wirklich aufziehen. Ich musste mich daran erinnern, dass er eigentlich zu den netten Jungs gehörte.

»Ein einziges Abenteuer. Und in Mount Pleasant?«

»So wie immer.«

Der Taylor-Clan bewohnte ein Haus im Old Village, einer der exklusivsten Gegenden überhaupt. Zum Anwesen gehörte ein eigener Bootsanleger am Hafen von Charleston. Nicht so schlecht.

Jason zeigte auf den Bildschirm und wechselte das Thema. »Warum hast du die Fotos von den kleinen Wolfshunden angeschaut? Was sind überhaupt Wolfshunde?«

Netter Versuch, Jason. Aber nicht gerade professionelle Detektivarbeit.

Hatten irgendwelche Journalisten vielleicht schon die Story von dem gekidnappten Wolfshundwelpen aufgeschnappt? Das konnte ich mir nicht vorstellen. Dennoch sollte ich nicht so leichtsinnig sein, mir die Fotos an einem öffentlichen Computer anzuschauen.

Und Jason war durchaus in der Lage, zwei und zwei zusammenzuzählen.

»Ach, weiß auch nicht«, sagte ich mit übertriebener Beiläufigkeit.

Reiß dich zusammen!

»Die Seite ist plötzlich hochgeploppt«, log ich. »Ich habe nur nach allgemeinen Informationen über Wölfe gesucht … für ein Englischreferat.«

Dämliche Ausrede. Mit meinem Improvisationstalent ist es nicht gerade weit her.

Jason verlor sein Interesse. »Schade, dass es kein Biorefe-rat ist. Dann könnten wir zusammenarbeiten.« Er lächelte mich verschmitzt an.

Oh, oh.

Obwohl Jason im zweiten Highschooljahr war, besuchten wir denselben Biokurs. An meinem ersten Schultag war ich seiner Arbeitsgruppe zugeteilt worden. Als Erstsemester in einem Kurs für Fortgeschrittene zu sitzen, ist echt kein Kinderspiel. Zum Glück waren Hi und Ben im selben Kurs.

Jason war in mehrfacher Hinsicht mein wichtigster Verbündeter auf der Bolton Prep. Er schien mich zu mögen, und das hielt mir einige der anderen Holzköpfe vom Leib. Zumindest in seiner Gegenwart.

Doch in letzter Zeit hatte er immer öfter ein gezieltes Interesse an den Tag gelegt. Ich wusste nicht genau warum, aber irgendwie machte mich das nervös. Jason war nett, aber mehr nicht.

Sein Kumpel Chance hingegen …

Jason riss mich aus meinen Gedanken. »Was willst du denn über deine vierbeinigen Freunde schreiben? Vielleicht ein Wolfsgedicht?«

Ich wollte gerade etwas erwidern, als jemand zur Tür hereinstolzierte.

Auweia. Vom Regen in die Traufe.

»Jason, kommst du?« Courtney Holt war dünn und blond

und unglaublich blöd. Eigentlich wunderte ich mich, dass sie die Bibliothek überhaupt gefunden hatte. Courtney trug ihr Cheerleader-Outfit, obwohl heute gar kein Spiel anstand. Typisch.

Und sie war nicht allein gekommen.

»Wir wollen Madisons neuen BMW testen.« An Ashley Bodfords gebräuntem Arm baumelte eine Pradatasche. Mit ihrer freien Hand strich sie sich durch ihre perfekten schwarzen Haare. »Endlich hat ihr Dad mal ihre schlechten Noten vergessen.«

Neben Ashley stand Madison Dunkle, die weder Kosten noch Mühen gescheut hatte, sich in eine waschechte Blondine zu verwandeln. Ich schätze, ihre Ohrringe waren mehr wert als unser Appartement.

Die drei bildeten eine untrennbare Einheit perfekt manikürter Oberflächlichkeit. Ich hatte ihnen den Spitznamen *Die sechsbeinige Tussi* verpasst.

Die Tussi lächelte Jason an. Ihre grauen Zellen waren nicht zahlreich genug, um gleichzeitig meine Gegenwart zu bemerken.

»Klar!«, sagte Jason. »Madison hat ja auch lange kein neues Auto mehr bekommen. Ist bestimmt schon ein halbes Jahr her.« Dann drehte er sich zu mir um und tat das Unfassbare. »Wie wär's, Tory? Bist du dabei?«

Die Tussi erstarrte. Ihre Reaktion bestand zu gleichen Teilen aus Unglauben, Verärgerung und Ekel. Als hätte Jason einen fahren gelassen.

Ich widerstand der Versuchung, mich unter dem Tisch zu verkriechen, und erneuerte meinen Schwur, mich nie wieder mit dem Rücken zur Tür zu setzen.

Schnell, eine Antwort.

»Äh … vielen Dank«, stotterte ich. »Aber ich muss das hier

zu Ende bringen. Die Sache mit den Wölfen. Muss herausfinden, wo sie schlafen … und wen sie fressen.«

Stille.

»Ich meine ihre übliche Nahrung«, stellte ich klar.

Ich schloss meinen Mund. Selten habe ich so dummes Zeug von mir gegeben.

Die Sechsbeinige Tussi starrte mich an.

»Wölfe?«, kicherte Courtney. »Bist du etwa eine von diesen Hippiemädchen, die im Wald leben und sich nicht rasieren?«

»Ach quatsch, die wohnt doch auf einer Insel«, plapperte Ashley. »Dein Vater ist doch irgend so ein Krabbenkutterkapitän, stimmt's?«

»Meeresbiologe«, verbesserte ich mit rotem Kopf. »Er arbeitet für die UC.«

Ich ignorierte ihre verächtlichen Blicke und wandte mich an Jason. »Danke, aber ich muss hier wirklich weitermachen.«

»Wie du meinst.« Jason beugte sich mir entgegen und flüsterte hinter vorgehaltener Hand. »Ich hab eigentlich auch keine Lust.«

»Komm, Jason.« Madison schenkte ihm ihr süßestes Lächeln. »Wenn unsere Schulanfängerin noch lernen muss, sollten wir sie nicht länger stören.«

»Danke«, entgegnete ich plump. »Schöne Schuhe hast du übrigens.«

»Natürlich. Sind ja auch von Ferragamo.«

Rums.

Eine weitere unwillkommene Stimme meldete sich zu Wort. Chance Claybournes gedehnter, leicht amüsiert klingender Südstaatenslang war unverkennbar. »Kann mir mal jemand erklären, warum ihr hier alle in der Bibliothek rumhängt? Ich dachte, Maddy wollte ihren neuen Flitzer vorführen.«

Mein Herz schlug einen Purzelbaum. Chance' Gegenwart komplettierte das soziale Inferno. Und nirgends ein Notausgang.

Chance trug dieselbe Uniform wie alle anderen. Die meisten sahen darin aus wie kleine Jungs, die sich mal eben Papas Klamotten geliehen hatten. Doch bei Chance war das etwas ganz anderes.

Chance Claybourne war dunkelhaarig und attraktiv. Wenn Jason der Tag war, war er die Nacht. Dunkelbraune Augen unter gewölbten Brauen. Der Kapitän des Lacrosseteams war gebaut wie ein Rennpferd.

Feurig wäre untertrieben.

Der Sohn von Hollis Claybourne, seines Zeichens Senator und Chef eines Pharmakonzerns, war zweifellos der Bolton-Schüler mit den besten Verbindungen. Die Familie gehörte zum alteingesessenen Geldadel von Charleston und besaß seit zwei Jahrhunderten ein herrschaftliches Anwesen in der Meeting Street. Unter ihren Vorfahren waren Bürgermeister, Gouverneure und sogar ein Vizepräsidentschaftskandidat zu finden. Oh yeah. Die Claybournes stanken förmlich nach Geld und Einfluss.

Chance' persönliche Geschichte war legendär. Da seine Mutter, Sally Claybourne, im Kindbett gestorben war, musste ihn sein Vater alleine großziehen. Das Wort *streng* wäre zu milde, um dessen Erziehungsmethoden zu beschreiben. Es ging das Gerücht, dass sein Vater zu Hause ein unbarmherziges Regiment führte.

Die meisten Mädchen an der Bolton Prep dachten nur an ein Wort: *Alleinerbe*. An seinem nächsten Geburtstag würde Chance das Familienerbe zufallen. Mit seinen knapp achtzehn Jahren war Chance eine Rakete kurz vor dem Start.

»Jason hat gerade mit diesem Superhirn von der Insel gesprochen.« Was nicht als Kompliment gemeint war. »Irgendwas uber Werwölfe.«

Du meine Güte.

Ich war dankbar, dass in diesem Moment Chance' Freundin, Hannah Wythe, zur Tür hereinkam. Langes kastanienbraunes Haar. Leuchtend grüne Augen.

Ein echter Hingucker. Seltsamerweise schien sich Hannah ihrer Schönheit gar nicht bewusst zu sein. Gerade das mochte ich an ihr.

Chance legte ihr den Arm um die Taille, zog sie an sich und küsste sie auf die Wange. Dabei behielt er mich unablässig im Auge.

Hannah war das beliebteste Mädchen an der Bolton Prep. Und dieses eine Mal war die Auszeichnung voll und ganz verdient. Ein bezauberndes Südstaatenmädchen, das niemals über andere Leute herzog. Im Unterricht war Hannah meist aufmerksam, sodass wir während der Stunde nicht viel miteinander redeten, doch war sie stets freundlich zu mir.

Hannah und Chance waren seit drei Jahren zusammen und ohne Zweifel das glamouröseste Paar der ganzen Schule. Viele tuschelten hinter vorgehaltener Hand über ihre Zukunft und schlossen bereits Wetten ab, wann sich die beiden verloben würden.

»Alles meine Schuld, Chance.« Jason, diplomatisch wie immer. »Hatte mich mit Tory festgequatscht. Sie geht in denselben Biokurs wie Hannah und ich.«

»Kein Problem. Hattest du Miss Tory nicht letztes Wochenende zur Party eingeladen?«

Jason nickte.

Chance deutete eine Verbeugung an, was typisch für seine ironisch-konventionelle Art war. »Ist mir eine Freude, Tory.

Und schade, dass du nicht kommen konntest. Würdest du uns heute Nachmittag die Ehre erweisen?«

Der sechsbeinigen Tussi kam kein Wort über die Lippen. Chance Claybourne widersprach man einfach nicht. Doch ihre gehässigen Blicke trafen mich wie Laserstrahlen.

»Danke für die Einladung«, antwortete ich. »Aber ich stecke gerade bis über beide Ohren in Arbeit. Vielleicht nächstes Mal.«

»Nächstes Mal?«, ereiferte sich Ashley. »Fragt sich, wann der letzte Fischkutter zurückgeht.« Madison und Courtney schnaubten höhnisch.

»Das reicht!«, knurrte Jason. »Hört auf, so gemein zu sein.«

Ihr spöttisches Lächeln verschwand. Ich wusste, dass sie sich später das Maul über mich zerreißen würden. Miststücke.

Chance runzelte die Stirn, wirkte ansonsten aber unbeteiligt. Er schaute auf die Uhr, wollte offenbar aufbrechen. Hannah guckte teilnahmsvoll, blieb jedoch still.

»Tut mir leid, Tory.« Jasons Stimme klang aufrichtig. Ich glaube, er fühlte sich ein bisschen für die Szene verantwortlich. »Dann sehen wir uns morgen in Bio.«

»Klar.« Ich hob lahm meine Hand. »Macht's gut, Leute. Viel Spaß.«

Die sechsbeinige Tussi zog Leine, ohne mich eines weiteren Blickes zu würdigen. Chance und Hannah lächelten mir zum Abschied zu. Sekunden später war ich allein.

Ich legte meinen Kopf auf die Tischplatte.

Die letzte Schulglocke konnte nicht früh genug klingeln.

KAPITEL 18

Um 15.00 Uhr saß ich auf der Eingangstreppe zur Bolton Prep und wartete ungeduldig auf Hi und Shelton. Wie üblich waren sie spät dran. Zwei steinerne Löwen leisteten mir Gesellschaft und bewachten das gotische Gebäude wie drohende Riesen.

Ich summte vor mich hin. Irgendwas, und das ziemlich schief. Ich bin nämlich völlig unmusikalisch.

Das Wetter war angenehm, der Himmel blau und die Temperaturen lagen um die 28 Grad. Der Hof wurde vom Zwitschern der Spatzen und Rotkardinäle erfüllt.

Die Landschaftsgärtner der Bolton Prep sind das ganze Jahr hindurch damit beschäftigt, zu säen und zu beschneiden und aus der gesamten Anlage eine permanente Postkartenschönheit zu machen. Pittoreske Wege werden von Bäumen gesäumt, die wie hingetupft daliegen, schlängeln sich durch blühende Gärten mit steinernen Bänken und einem kleinen Wasserbecken. Die Szenerie ist eine einzige Augenweide, und nichts anderes erwarten sich die Schulgeld zahlenden Eltern.

Der nahe der Spitze der Halbinsel gelegene Campus nimmt fast einen ganzen Block des südwestlichen Ufers von Charleston in Anspruch. Ziemlich teures Pflaster. Die Schule wird von einer drei Meter hohen Mauer umgeben. Greifvögel aus Kupfer schmücken die verzierten schmiedeeisernen Tore.

Die Broad Street verläuft direkt hinter dem Campus in

östliche Richtung und zieht sich durch das Herz des alten Charleston. Bis zur Battery, wo historische Kanonen den heimischen Schulkindern beste Klettermöglichkeiten bieten, ist es nur ein Katzensprung. Gleich um die Ecke stehen die prachtvollsten Anwesen der ganzen Stadt.

Unmittelbar im Norden liegt der Yachthafen, und auch Moultrie Park und Colonia Lake sind nur wenige Blocks von unserer Schule entfernt. In ihrem geschützten Winkel, mit freier Sicht auf die Bucht, James Island und den Charleston Country Club, ist die Lage der Bolton Prep absolut erstklassig.

Endlich kreuzten doch noch die Jungs auf. Hi entschuldigte sich damit, dass er sein iPhone verlegt habe. Wie auch immer. Ehrlich gesagt hatte ich mein kurzes Rendezvous mit den Marmorkatzen genossen.

Angesichts des schönen Wetters entschieden wir uns für die malerische Route entlang der Broad Street.

Charleston im Frühling ist ein einziges Blumenmeer. Jede Straßenecke versucht, die andere auszustechen. Eichen und Oleanderbäume wölben sich über die schattigen Straßen. Ihr Duft vermischt sich mit dem Geruch von Azaleen, Begonien und Gelbem Jasmin. Blühende Hornsträucher und Judasbäume säumen die Alleen und Rasenflächen. Überall ist man einem Bombardement von Farben und Gerüchen ausgesetzt.

»An diese komischen Häuser werde ich mich nie gewöhnen«, sagte ich beiläufig.

»Mach den Baustil meiner Heimatstadt nicht herunter«, entgegnete Hi mit übertriebenem Südstaatensound. »Die hat nun mal ihren eigenen Geschmack.«

»Das nennst du Geschmack?«, rief ich aus. »Die Häuser mit der Seite zur Straße zu bauen?«

Die traditionellen Charleston-Häuser sind lang und schmal

und wenden ihr kurzes Ende dem Bürgersteig zu. Die Haustüren befinden sich an der Seite der großen Vorbauten, die *Piazza* genannt werden. In der Regel haben die Häuser zwei bis drei Etagen und mehrere, übereinandergeschichtete Balkone, die auf einen Innenhof oder Garten hinausgehen.

Die Einheimischen sagen, diese Architektur sei vor allem entstanden, um Geld zu sparen, da sich die Grundsteuer nach der Fassadenbreite richtete. Der wahrscheinlichere Grund: Hier, im sogenannten Lowcountry, ist es heiß. Die nach Südwesten gerichteten Häuser profitieren von der angenehmen Meeresbrise, und die Piazzas schützen die Fenster vor der sengenden Sonne.

Allerdings gefällt mir die Steuergeschichte besser.

Auf der Meeting Street warf ich einen verstohlenen Blick nach rechts. Im Süden, nahe der Battery, erhob sich das Anwesen der Claybournes. Chance' Post wurde an eine der nobelsten Adressen der Stadt geliefert. Der Sitz des großen Geldes.

Wir bogen nach links ab, spazierten an der City Hall und dem weißen Turm der St. Michael's Episcopal Church vorbei. Unser Weg führte mitten durch Charlestons Einkaufsgegend hindurch, in der exklusiv gestaltete Schaufenster Luxusklamotten zur Schau stellten. Restaurant- und Kneipenbesitzer versuchten, uns in ihre Etablissements zu locken.

Wir blieben auf der Meeting Street, die am Old Market vorbeiführt, oft auch als Sklavenmarkt bezeichnet, obwohl hier niemals mit Sklaven gehandelt wurde. Heutzutage ist er ein weltbekannter Basar.

Gullah sprechende Frauen hockten auf dem Bürgersteig und flochten Körbe aus Vanillegras, die sie meist an Leute verkauften, die nicht aus dieser Gegend stammten. Touristen, vor allem erkennbar an ihren Segelschuhen und den

Stirnbändern mit Sonnenblende, begutachteten den Krimskrams und die billigen Klunker auf den Verkaufstischen. Weiter vorne, vor Hyman's Seefood, hatte sich eine lange Schlange von Restaurantgästen in spe gebildet.

Acht Blocks weiter, und wir befanden uns auf der Calhoun Street vor dem neuen Hauptgebäude der Charleston Public Library. Das Steingebäude mit seinen schlichten Stuckarbeiten gibt es seit 1998.

Wir traten ein und durchquerten eine hell erleuchtete Vorhalle, bis wir einen Schalter erreichten, hinter dem ein schmächtiger Mann mit einem Rattengesicht stand. Er mochte etwa Mitte dreißig sein und hatte ölige, streng gescheitelte Haare. Seine braune Weste trug er über einem beigefarbenen Hemd mit gelber Paisley-Krawatte. Die braune Cordhose komplettierte das vielleicht langweiligste Ensemble aller Zeiten.

»Was wollt ihr, Kinder?« Der Unmut ließ sein ohnehin verkniffenes Rattengesicht noch verkniffener aussehen. Er presste ein von Eselsohren übersätes Exemplar von *Kampf um die Erde* an seine Brust.

Zeit, ihm ein bisschen Honig ums Maul zu schmieren.

»Wir brauchen unbedingt Ihre Hilfe, Sir«, säuselte ich. »Wir haben ein Rechercheproblem, und unser Lehrer sagt, dass nur die Mitarbeiter der Stadtbibliothek kompetent genug sind, uns helfen zu können.«

Dem Rattengesicht schwoll schon die Brust, also flötete ich weiter. »Ich weiß natürlich, dass Ihre Zeit kostbar ist, doch könnten Sie uns vielleicht ein klein wenig unter die Arme greifen?«

»Überhaupt kein Problem!«, entgegnete er geschmeichelt. »Mein Name ist Brian Limestone.« Er legte das Buch hin. »Und deiner?«

»Tory Brennan. Und das sind meine Freunde Shelton und Hiram.«

»Sehr erfreut. Was haben die jungen Gelehrten denn für ein Problem?«

»Wir haben eine alte Erkennungsmarke vom Militär gefunden«, erklärte ich, »und möchten sie ihrem rechtmäßigen Besitzer zurückgeben.«

»Wie aufmerksam von euch!« Limestone sprang von seinem Stuhl und wieselte um den Schalter herum. »Ich habe da eine Idee. Kommt mal mit!«

Limestone eilte einer Treppe entgegen, wir zockelten hinter ihm her. Im zweiten Stock betraten wir ein Zimmer, das den Namen *South Carolina Raum* trug.

»Ich schlage vor, dass ihr hier anfangt«, sagte er. »Schaut erst mal nach, ob euer Soldat überhaupt aus Charleston County kommt. Unsere ältesten Adressenverzeichnisse stammen von 1782, die Telefonbücher von 1931.« Er zeigte quer durch den Raum. »Wenn ihr nichts findet, könnt ihr die lokalen Tageszeitungen durchforsten. Die haben wir alle auf Mikrofilm, seit 1731.«

Ich nahm den langen Raum in Augenschein. Das würde nicht einfach werden. Im Internet hatte das Suchwort *F. Heaton* jedoch eine unermessliche Anzahl von Treffern erbracht. Da war es aussichtsreicher, vor Ort zu recherchieren.

»Vielen herzlichen Dank, Mr Limestone!«, sagte ich mit gespieltem Enthusiasmus. »Der Rest ist bestimmt ein Kinderspiel.« Strahlendes Lächeln.

»Sagt mir Bescheid, wenn ihr noch irgendwelche Hilfe braucht«, bot er uns an. »Nein, was für reizende Kinder«, murmelte er, während er aus dem Raum tänzelte.

Die Tür hatte sich kaum hinter ihm geschlossen, als Hi auch schon loslegte.

»Oh, Mr Limestone. Sie hat wirklich der Himmel geschickt. Ohne Sie hätte ich mir bestimmt in die Hose gemacht!« Hi täuschte einen Schwindelanfall vor und sank in Sheltons offene Arme. Beide krümmten sich vor Lachen und zogen finstere Blick der übrigen Besucher auf sich.

»Na und, hat doch geklappt, oder?«

Ich blickte mich um und überlegte, wo ich beginnen sollte.

Es würde ein langer Nachmittag werden.

KAPITEL 19

Zwei Stunden später hatte sich Ernüchterung breitgemacht.

Die Adressenverzeichnisse und Telefonbücher hatten rein gar nichts gebracht. Dasselbe galt für Geburts- und Heiratsurkunden. Ich begann, mich mit der Tatsache abzufinden, dass F. Heaton kein Einheimischer war.

Hi schnüffelte erfolglos im Internet. Shelton überprüfte die Todesanzeigen in den Zeitungen, um die Nadel im Heuhaufen zu finden. Unsere Zuversicht war im Keller. Der Name Heaton war einfach zu weit verbreitet. Wir brauchten weitere Informationen.

Blieb nur noch ein Versuch, der natürlich reine Spekulation war. Seufzend begann ich, sämtliche Namensverzeichnisse des Waisenhauses von Charleston durchzugehen. Besser ein verzweifelter Versuch als gar keiner.

Einst das älteste Waisenhaus in den USA, war es 1951 vom Bundesstaat South Carolina abgerissen worden. Laut Gesetz müssen solche Unterlagen fünfundsiebzig Jahre lang aufgehoben werden. Die Dokumente der Bibliothek gingen also bis zum Jahr 1935 zurück. Ich hatte keine großen Erwartungen.

Um so aufgeregter war ich, als ich plötzlich einen modrigen Aktenordner mit der Aufschrift *Francis P. Heaton* in der Hand hielt. Ich sauste zum nächsten Tisch.

»Hey, Jungs, ich hab was gefunden!« Wir mussten nicht mehr im Flüsterton miteinander sprechen. Außer uns war niemand mehr im Raum.

Shelton und Hi drängten sich an mich, während ich mich dem ersten Anhaltspunkt des heutigen Tages widmete.

Die Fülle des Materials war nicht gerade beeindruckend. Es gab gerade mal zwei Dokumente. Beim oberen handelte es sich um das übliche Formblatt. Ich nahm die spärlichen Informationen zur Kenntnis.

Name: *Francis P. Heaton*
Geboren: *1934*
Eltern: *unbekannt*
Als staatliches Mündel anerkannt: *15.7.1935*
Grund der Anerkennung: *wurde auf den Stufen des Waisenhauses gefunden*

»Die haben den doch tatsächlich vor die Tür gelegt!«, ereiferte sich Shelton. »Wie herzlos!«

»Es war die Zeit der großen Depression«, gab Hi zu bedenken. »Und das hier ist wirklich deprimierend.«

»Wartet mal«, sagte ich. »Hier steht noch mehr.«

Unter den gedruckten Angaben hatte jemand in altmodischer Handschrift Folgendes hinzugefügt:

Das Kind wurde in der Nacht des 15. Juli 1935 vor den Toren des Waisenhauses abgelegt. Ein Zettel, der an der Windel des Kindes befestigt war, enthielt nur einen Namen. Nachforschungen, um die leiblichen Eltern des Kindes aufzuspüren, blieben ohne Erfolg. Darum hat die Leitung des Waisenhauses beschlossen, die Verantwortung für Francis P. Heaton als Mündel des Bundesstaates von South Carolina zu übernehmen.

»Glaubst du, das ist unser Mann?«, fragte Shelton. »Francis P. wäre während des Vietnamkriegs in den Dreißigern gewesen.«

»Das käme schon hin«, sagte Hi. »Was steht auf dem anderen Blatt?«

Ich drehte es herum und sah eine handschriftliche Notiz in Form eines Tagebucheintrags. Wenngleich sie ein wenig zittriger geworden war, erkannte man unschwer die Handschrift des ersten Dokuments wieder. Die Eintragung stammte von derselben Person, die dreißig Jahre zuvor das Formblatt ausgefüllt hatte.

23.11.1968: Furchtbare Nachrichten an Thanksgiving: Frankie Heaton ist letzten Monat bei Kämpfen im Mekongdelta gefallen. Ich hatte seit Jahren nichts von ihm gehört. Laut einer Reportage der »Gazette« hat Frankie tapfer gekämpft, ehe seine Einheit der feindlichen Übermacht zum Opfer fiel.

Ich biss mir in die Lippen und zwang mich zum Weiterlesen.

Was für ein verachtungswürdiger Krieg. Es bricht mir das Herz, wenn ich an Frankies Tochter Katherine denke. Sie ist erst sechzehn und da sie keine Mutter mehr hat, ist sie jetzt selbst zur Waisen geworden. Möge der Barmherzige Gott sich Frankies Seele erbarmen und sein Kind behüten.

Die Eintragung war unterschrieben, doch der Name nicht zu entziffern.

Wie starrten schweigend auf das Blatt Papier.

Shelton fand als Erster die Sprache wieder. »Was ist die *Gazette?*«

»Eine Zeitung aus Charleston, die es bis Anfang der 70er-Jahre gegeben hat«, antwortete Hi.

»Ich glaube, dass Frankie unser Mann ist.« Shelton klang so niedergeschlagen, wie ich mich fühlte. »Aber wenn er im Mekongdelta gestorben ist, wie ist seine Erkennungsmarke dann nach Loggerhead Island gekommen?«

»1968 war seine Tochter fünfzehn Jahre alt.« Hi rechnete im Kopf. »Dann ist sie heute siebenundfünfzig.«

»Die Erkennungsmarke gehört ihr!«, sagte ich mit Nachdruck. »Wie müssen Katherine finden und sie ihr zurückgeben.«

Hi nickte. »Lasst uns mal ihren Namen googeln. Vielleicht klappt's diesmal.«

Shelton und Hi schlurften zum Computer, froh darüber, sich meiner emotionalen Aura entziehen zu können. Ich folgte ihnen nicht. Eine enorme Traurigkeit hatte mich ergriffen, größer und stärker als ich erwartet hatte.

Trotz der Jahrzehnte, die uns trennten, empfand ich ein tiefes Mitgefühl für Francis Heatons Tochter. Ich wusste, wie es war, seine Mutter zu verlieren. Und Katherine hatte noch dazu ihren Vater verloren. Die Welt konnte so grausam sein.

Und Francis selbst? Das Kind, das man einst auf den Stufen des Waisenhauses ausgesetzt hatte, war zu einem Mann herangewachsen, der für sein Land gekämpft hatte. Und hatte den schlimmsten Preis dafür gezahlt. Wie unsagbar traurig.

»Tory!« Shelton klang erregt. »Sieh dir das mal an!«

Als ich einen Blick auf den Bildschirm warf, verdoppelte sich mein Schock.

Vom Regen in die Traufe.

Shelton war bei seiner Suche auf eine Website gestoßen, auf der es um vermisste Personen ging. Die 16-jährige Katherine

Heaton, stand dort, wohnhaft in Charleston, South Carolina, war 1969 plötzlich spurlos verschwunden.

Auf Nimmerwiedersehen.

»Scheint mir eine komische Quelle zu sein«, sagte ich mit Blick auf den Monitor. »*Stab Network*, schon mal gehört?«

»Nicht gerade *CNN*«, stimmte Hi zu. »Versuch mal, die Links anzuklicken.«

Die Links funktionierten nicht. Aber der Artikel zitierte wörtlich aus der *Gazette*.

Wir eilten zum Mikrofilm-Lesegerät. Shelton fand die entsprechenden Zeitungsartikel der *Gazette* aus dem Jahr 1969. Die nächste Stunde saßen wir eng aneinandergedrückt vor dem Monitor und lasen begierig die Lebensgeschichte von Katherine Anne Heaton.

Ihr Verschwinden hatte in Charleston für großes Aufsehen gesorgt. Am 24. August 1969 war sie von zu Hause aufgebrochen und in Richtung der Docks am Ripley Point gegangen. Danach hat sie niemand mehr gesehen. Wochenlang durchkämmte die Polizei die ganze Gegend. Ohne Erfolg. Mitte September wurde die Suche eingestellt.

In dieser Zeit veröffentlichte die *Gazette* eine Reihe von Hintergrundberichten. Katherine war in West Ashley aufgewachsen, einer bescheidenen Wohngegend östlich der Halbinsel. Sie besuchte die St. Andrew's Parish School, hatte exzellente Noten und sogar einen Nachwuchspreis in den Naturwissenschaften gewonnen. Freunde sagten, Katherine habe nach dem Schulabschluss auf die Charleston University gehen wollen.

In der verzweifelten Hoffnung auf ein Happyend durchsuchten wir die Zeitungsausgaben mehrerer Wochen. Nichts. Ihre Geschichte schien plötzlich beendet.

Dann platzte die Bombe.

Im Oktober des Jahres 1969 brachte die *Gazette* eine Titelstory, in der es um Einwohner des Charleston County ging, die in Vietnam getötet worden waren. Darunter auch Francis »Frankie« Heaton. Der Artikelschreiber machte darauf aufmerksam, dass Frankie Heaton der Vater der immer noch vermissten Katherine Heaton sei, von der weiterhin jede Spur fehlte.

»Seht mal her, Jungs! Hier steht, dass Katherine, einer Tante zufolge, stets die Erkennungsmarke ihres Vaters bei sich getragen hat.«

»Das ist sie!« Shelton stieß einen lang gezogenen Pfiff aus. »Wir haben die richtige Person erwischt. Ich wette, sie hat die Marke auf Loggerhead verloren.«

»Aber was hat sie dort überhaupt gemacht?«, fragte ich. »Ich glaube nicht, dass sie der Typ war, der auf einsamen Inseln wilde Partys gefeiert hat.«

»Ist sie jemals gefunden worden?«, fragte Hi.

»1969 jedenfalls nicht.«

Shelton nahm den Film aus dem Gerät. »Sollen wir mit 1970 weitermachen?«

»Mein Gott, ihr seid aber fleißig! Schon irgendwas gefunden?« Wie auf Kommando drehten wir uns um, als wir die Stimme von Mr Limestone hörten.

»Ja, Sir. Wir sind da gerade auf etwas gestoßen, hätten aber noch ein paar Fragen.«

»Nur zu! Wir schließen zwar bald, aber vielleicht kann ich euch ja eine Hilfe sein.«

Shelton fackelte nicht lange. »Haben Sie schon mal von einem Mädchen namens Katherine Heaton gehört?«

Limestones Augen flackerten unmerklich. »Wie … äh … war noch mal der Name?« Seine quäkende Stimme war um eine Oktave nach oben geschnellt.

»Katherine Heaton«, wiederholte Shelton. »Ein Mädchen von hier, das seit den 60er-Jahren vermisst wird. Ihr Vater hat in Vietnam gekämpft. Haben Sie schon mal von ihr gehört?«

»Leider kann ich euch nicht helfen.« Urplötzlich stand ein anderer Brian Limestone vor uns. Seine Hilfsbereitschaft war verflogen. Auf einmal machte er einen nervösen Eindruck. »Ich muss diesen Raum jetzt schließen. Wenn ihr dann bitte Schluss machen würdet.«

»Tut mir leid, wenn wir Ihnen zur Last fallen«, sagte ich begütigend. »Wir hätten nur gerne gewusst, was mit Katherine passiert ist. Bei den alten Zeitungsartikeln sind wir nicht weitergekommen. Können Sie uns sagen, wo wir noch mehr zu diesem Thema finden?«

»Nein, kann ich nicht. Ich hab jetzt zu tun. Ich dachte, ihr macht nur eure Hausaufgaben.« Sein knochiger Finger zeigte in Richtung Ausgang. »Geht jetzt bitte. Ihr müsst ein anderes Mal wiederkommen.«

Wir tauschten erstaunte Blicke. Limestone warf uns tatsächlich raus. Erstaunt suchten wir unsere Sachen zusammen und verließen überstürzt das Gebäude.

Auf der Straße drehte ich mich noch mal um und schaute zur Bibliothek zurück. Limestone stand in der Tür und starrte uns hinterher.

»Was war das denn?«, fragte ich. »Der Typ war ja nicht wiederzuerkennen.«

»Das kannst du laut sagen«, entgegnete Shelton. »Sobald ich ihn etwas gefragt habe, hat der total zugemacht.«

»Typisch Bibliothekar«, warf Hi ein. »Die haben was gegen Jungs. Nur gut, dass ich nicht auch noch meine jüdische Klappe aufgerissen habe.«

»Allerdings«, gluckste Shelton. »Ich wette, das ist so ’n Nazi, ein richtiger Rassist.«

Ich grinste. »Frauen scheint der aber auch nicht zu mögen.«

Natürlich machten wir nur Spaß. Was auch immer in Brian Limestone gefahren sein mochte, mit Intoleranz hatte es bestimmt nichts zu tun.«

Plötzlich wurden wir wieder ernst. Der plötzliche Stimmungswandel des Bibliothekars hatte uns zutiefst irritiert.

Ich erinnerte mich genau an Limestones Gesichtsausdruck, während er sich in einen Vollidioten verwandelte.

An seinen Ausdruck.

War das … Angst gewesen?

KAPITEL 20

Als wir mit dem Boot nach Hause fuhren, döste mein Körper vor sich hin.

Doch mein Gehirn lief auf Hochtouren. Ich saß auf der Bank zwischen Hi und Shelton und ließ meine Umgebung mit halb geschlossenen Augen an mir vorbeiziehen.

Wir hatten gerade noch das letzte Boot bekommen. Gott sei Dank hatte Bens Vater extra zehn Minuten länger gewartet, bevor er das letzte Mal von der Stadt ablegte.

Die Dunkelheit senkte sich über uns, während wir über die Wellen ritten, die uns den Blick auf die Küstenlinie, den Hafen und Fort Sumter nahmen.

Mein schlummernder Geist mäanderte durch Erinnerungen und Träume. Halb schlafend und dennoch bei Bewusstsein.

In meinem Traum wanderte ich nachts durch einen dunklen Wald. Allein. Ich spürte die kühle Nachtluft bis in die Knochen.

Ich hatte keine Angst, verspürte aber einen unbändigen Drang, nach etwas zu suchen. Etwas Existenzielles war verschwunden, und alles hing davon ab, ob ich es wiederfinden würde. Ich spürte ein bohrendes Verlangen, aber wonach?

Knietiefer, undurchdringlicher Nebel waberte zwischen den Bäumen. Das fahle Mondlicht konnte die Finsternis nicht durchdringen. Orientierungslos taumelte ich durch den Dunst, spähte in alle Richtungen, suchte nach irgendeinem Anhaltspunkt. Nichts.

Der unbestimmte Drang wurde stärker – etwas aufzuspüren, zu erkunden, eine Antwort zu finden. Doch wie lautete die Frage?

Nachdem ich eine Weile vor mich hin gestolpert war, blieb ich stehen. Erkannte die Gegend wieder. Es war die Lichtung, wo Y-7 mich angegriffen hatte. Wo wir die Erkennungsmarke gefunden hatten.

In Gedanken durchforstete ich das Zentrum von Loggerhead Island. Aus der Tiefe meines Unterbewusstseins drängte etwas an die Oberfläche, wollte mir etwas mitteilen. Doch ich verstand die Botschaft nicht.

Instinktiv suchte ich den Waldboden ab. Dichte Nebelschwaden trieben über die Erde. Ich musste den Nebel durchdringen, musste herausbekommen, was sich darunter verbarg.

In dieser Suppe kann ich einfach nichts finden.

Als hätte jemand ein Stichwort gegeben, trieb der Nebel plötzlich auseinander und gab den Blick auf die Lichtung frei. Ich hielt verwirrt inne. Dann dämmerte mir etwas.

Ich träume. Ich kann tun, was ich will.

Ich erwog, aus der Fantasie auszusteigen, meinen Tagtraum zu beenden. Ich wusste, dass das möglich war. Doch mein Instinkt riet mir weiterzumachen. Mein Unterbewusstsein wollte mir offenbar irgendetwas mitteilen.

In Gedanken durchforschte ich mein Traumgebilde. Das Terrain sah genauso aus, wie ich es in Erinnerung hatte. Angestrengt suchte ich nach einem Anhaltspunkt, nach irgendetwas, das meine Neugier erregte. Nichts.

War es die Lichtung selbst?

Ich löste mich vom Boden und stieg in die Luft. In fünf Metern Höhe drehte ich mich und blickte zu Boden.

Zu dunkel.

Ich stellte mir Tageslicht vor. Heller Sonnenschein vertrieb die Schatten. Gebadet in den leuchtenden Strahlen sah der Untergrund nun wie bei unserem Besuch am vergangenen Wochenende aus.

War das klasse!

Wie ein Raubvogel scannte ich das Gelände, hoffte irgendwas zu finden, das mir endlich Klarheit brachte. Was suchte ich eigentlich?

Ich zwang mich zu höchster Konzentration. Nahm Details wahr. Die Beschaffenheit des Bodens. Das abgestufte Grün der Vegetation. Das aufgeregte Gehabe von Y-7.

Meine Gedanken drehten sich im Kreis. Was bedeutete das alles?

Plötzlich machte sich die Schwerkraft wieder bemerkbar und zog mich abwärts. Ich ruderte mit den Armen, doch es nützte nichts. Wie ein Stein fiel ich zu Boden, der mir in diesem Moment entgegenschoss.

Ein Schrei gellte mir in den Ohren. Mein eigener?

Hi wich zurück, nahm seine Hand von meiner Schulter.

»Tory, wach auf. Wir sind da.«

Mein Kopf schnellte nach oben. Verwirrt blickte ich mich um.

Sah den Anleger von Morris Island. Shelton. Hi. Einen erschrockenen Mr Blue.

»Sorry, Hi. Muss wohl eingeschlafen sein.«

»Kein Problem. Du schlägst ja nur wie ein Mädchen.«

Dann senkte er die Stimme, damit ihn Bens Vater nicht verstand. »Ich werd jetzt Ben ablösen. Ich lass dich wissen, wie's Coop geht.«

Er trampelte den Steg hinunter. »Bye!«

Ich schüttelte mir die Müdigkeit aus den Gliedern und verabschiedete mich von Shelton und Mr Blue, der sich wieder auf den Weg machte, um die letzten Nachzügler von Loggerhead abzuholen. Vermutlich Kit inklusive.

Ich stapfte heimwärts.

Stunden später fand ich immer noch keinen Schlaf. Ein ums andere Mal sah ich dieselben Fetzen meines Traums vor mir.

Die Lichtung? Warum sah ich immer wieder die Lichtung?

Ruhelos, Red Bull-wach, fuhr ich meinen Mac hoch, loggte mich bei Google Earth ein und betrachtete Satellitenfotos von Loggerhead Island. Es dauerte lange, die gesamte Oberfläche zu scannen, aber irgendwann fand ich die Stelle, die ich suchte.

Ich zoomte mich heran und entdeckte den Baum, hinter dem Hi und ich vor Y-7 in Deckung gegangen waren. Die Erregung kribbelte in meiner Brust. Ich hatte den richtigen Ort gefunden.

Ich vergrößerte das Bild, bis es so klar war, dass ich jedes Detail erkennen konnte. Das Erstaunlichste war jedoch, dass es exakt den Schauplatz meines Traums widerspiegelte.

Was war es, das mir keine Ruhe ließ?

Ich gliederte das Bild, betrachtete es Stück für Stück. Die runde Lichtung, gut zwanzig Meter im Durchmesser. Die stämmige Eiche, die allein am linken Rand stand. Der grasbewachsene Boden, der in der Mitte eine kleine Mulde bildete.

Was irritierte mich?

Die Mulde?

Ich sah sie mir näher an. Die Vertiefung hatte cirka einen Durchmesser von zwei Metern und hob sich unmerklich von ihrer Umgebung ab, weil sie etwas dunkler war. Oder war das bloß ein Schatten?

Ach, was soll's, dachte ich. In der Vertiefung sammelt sich halt das Wasser, und die höhere Feuchtigkeit hat das Wachstum anderer Pflanzen zur Folge.

Ich rieb mir die Augen und wollte die ganze Angelegenheit schon vergessen.

Stopp! Warte!

Die verborgene Botschaft drängte erneut in mein Bewusstsein.

Abgesackter Boden, veränderte Vegetation, zwei Meter Radius.

Oh mein Gott.

Für einen Augenblick vergaß ich zu atmen. Dann schnappte ich sechs, sieben Mal nach Luft und hyperventilierte.

Konnte das wahr sein? Was sollte ich tun?

Ganz klar. Finde es heraus.

Ich öffnete Twitter und alarmierte meine Freunde: CHAT ROOM NOW!

Dann loggte ich mich auf unserer Webpage ein, starrte auf den Monitor und wartete.

Macht schon, beeilt euch!

Meine Finger trommelten auf die Tischplatte. Fünf Minuten. Zehn. Endlich waren die Jungs gesprächsbereit.

Ich schickte ihnen folgende Nachricht: **Morgen Nachmittag zurück nach Loggerhead. Extrem wichtig. Erkläre alles morgen in der Schule.**

Die Jungs antworteten sofort, in aller Kürze und vollkommen einmütig. Ben schrieb, dass es extrem riskant, geradezu verrückt sei, an den Ort unseres Verbrechens zurückzukehren. Shelton und Hi gaben ihm recht. Hi versuchte alles, um diesen Punkt zu unterstreichen.

Eigentlich wollte ich ihnen meine Befürchtung nicht online mitteilen, doch ihr Widerstand ließ mir keine Wahl. Ich bombardierte sie förmlich mit Nachrichten, feuerte meinen Verdacht in den Äther.

Schließlich starrte ich wie gebannt auf den Bildschirm und wartete auf irgendeine Reaktion. Ich brauchte ihre Unterstützung. Mit dieser Sache würde ich nicht allein fertig werden.

Dreißig Sekunden Sendepause. Dann meldeten sich Ben und Shelton. Sie wollten darüber nachdenken. Hi ließ einen beeindruckenden Schwall von Kraftausdrücken vom Stapel, ehe er sich bereit erklärte, darüber zu schlafen.

Während ich mich ausloggte, war ich davon überzeugt, dass mein Team mich nicht im Stich lassen würde. Zumindest hoffte ich es. Mein Verdacht war so grauenhaft, dass ich ihn nicht ignorieren konnte. Sie würden natürlich mehr Details verlangen und versuchen, mich davon abzubringen, doch letztendlich würden sie meinem Urteil vertrauen. Schließlich war ich die Nichte von Dr. Temperance Brennan und nicht irgendwer.

Im Dunkeln, unter der Decke, versetzten mich die furchtbaren Implikationen meiner Theorie fast in Panik.

Hoffentlich habe ich mich geirrt!

Hatte ich das je zuvor gehofft?

Aber wir mussten zurück.

Mussten die Erde ausheben.

Und nach einem Grab suchen.

KAPITEL 21

Brian Limestone war nervös.

Obwohl ihm die Sache ein Rätsel war, waren seine Anweisungen damals, vor vielen Jahren, klipp und klar gewesen. Im Lauf der Zeit hatte er sie fast vergessen. Fast.

Seit dem Tag damals, seinem ersten in der Bibliothek, war er Stück für Stück in der Hierarchie hinaufgeklettert. Tatsächlich glaubte er, gute Aussichten auf die Stelle als Chefbibliothekar zu haben, wenn die alte Lady Wilkerson einst ihren Job an den Nagel hängen würde.

Die alte Schachtel muss doch fast zweihundert sein, dachte er grimmig. *Die wird's nicht mehr lange machen. Dann bin ich dran. Meine Chance.*

Die Bibliothek war geschlossen. Limestone hatte soeben alle Materialien wieder an ihren Platz gestellt, die von den Besuchern liegen gelassen worden waren.

Zeit, die Anweisungen zu befolgen.

Limestone schraubte sich auf der Wendeltreppe drei Etagen nach unten und benutzte einen alten Messingschlüssel, um ein kleines Büro im Untergeschoss aufzuschließen. In dem unbenutzten, staubigen Raum befand sich nichts als ein Aktenschrank. Er schloss die rostige Reliquie auf und zog einen Aktenordner aus der unteren Schublade.

Fünfzehn Jahre zuvor hatte Brian Limestone gemeinsam mit dem Mann, dessen Nachfolge er antreten sollte, in diesem Raum gesessen. Fenton Dawkins war ein seltsamer alter Kauz gewesen, besitzergreifend und argwöhnisch. Limestone hatte den Widerwillen gespürt, mit dem Dawkins ihm sein Geheimnis anvertraut hatte.

Es war ein einfacher Deal gewesen. Ein unbekannter Wohltäter zahlte dem Hilfsbibliothekar der Stadtbibliothek einen jährlichen Bonus von 1000 Dollar. Sollte diese Sache je ans Tageslicht kommen, würden die Zahlungen sofort aufhören.

Die finanzielle Zuwendung war an eine einzige Bedingung gebunden: Der Bibliothekar musste einem bestimmten Namen höchste Aufmerksamkeit widmen.

Katherine Heaton.

Sollte je eine Person Erkundigungen über Ms Heaton einziehen wollen, war es Limestones Aufgabe, dies auf jede nur erdenkliche Weise zu verhindern. Außerdem musste er in dieses Büro gehen und einen versiegelten Umschlag öffnen, der weitere Instruktionen enthielt.

Das war alles.

Limestone hatte ohne zu zögern eingewilligt. Geld stinkt nicht.

Nun saß er also hier und hielt den geheimnisvollen Umschlag in Händen. Mit einer entschlossenen Bewegung riss er eine Seite auf und zog einen einfachen Zettel heraus.

Neun Ziffern. Schreibmaschinenschrift. Weder von Hand geschrieben noch ein Computerausdruck.

Limestone zweifelte nicht, was er damit anfangen sollte.Er kehrte an den Hauptschalter zurück und wählte die Nummer.

Nach dem dritten Freizeichen meldete sich eine männliche Stimme.

»Ja bitte?

»Mein Name ist Brian Limestone. Ich arbeite als Bibliothekar in der Stadtbibliothek.«

Limestone wartete.

Absolute Stille.

»Vor vielen Jahren wurde ich beauftragt, diese Nummer zu wählen, sollte ein bestimmtes Ereignis eintreten. Und das ist heute der Fall gewesen.«

Weiterhin keine Reaktion.

Limestone warf einen Blick auf das Display, um sicherzugehen, dass er sich nicht verwählt hatte.

Bring es hinter dich, dachte er. *Ist doch keine große Sache.*

»Drei Schüler waren heute in der Bibliothek, darunter ein Mädchen namens Tory Brennan. Die anderen Namen habe ich nicht in Erfahrung gebracht. Sie haben nach Katherine Heaton gefragt.«

Limestone lachte nervös. »Können Sie mit dieser Information irgendetwas anfangen?«

Stille, dann ein leises Klicken.

Aufgelegt.

»Hallo?«

Limestone wartete kurz und legte dann selbst auf. »Verdammt!«

Nachdem er seinen Auftrag erfüllt hatte, warf er die Telefonnummer weg und ging nach Hause zu seinen Katzen.

KAPITEL 22

Der nächste Schultag schien kein Ende zu nehmen. Ich wurde den Verdacht nicht los, dass auf Loggerhead etwas begraben lag. Ich versuchte mich zu konzentrieren, doch ging mir diese grauenhafte Möglichkeit einfach nicht aus dem Kopf.

Bevor ich die Morgenfähre nahm, schaute ich bei Coop vorbei. Er sah immer noch jämmerlich schlecht aus. Ich ermahnte mich, optimistisch zu bleiben. Doch ich musste mir eingestehen, dass nur wenig Anlass zur Hoffnung bestand.

Wir hatten unseren letzten Infusionsbeutel angeschlossen und wussten nicht, woher wir Nachschub bekommen sollten. Auch die Antibiotika gingen zur Neige. Wir ließen nichts unversucht, doch der Welpe erbrach weiterhin alles, was er zu sich nahm. Coop musste unbedingt bald über den Berg sein, ehe er vollends die Fähigkeit verlor, sich wieder zu erholen.

Ich machte mir solche Sorgen, dass ich mich in Bio überhaupt nicht konzentrieren konnte. Jason und Hannah ließen sich nichts anmerken, doch ihre Geduld würde sicher bald ein Ende nehmen. Ich versuchte, die negativen Gedanken zu verscheuchen. Schließlich hatten wir zu arbeiten.

»Entschuldigt«, sagte ich. »Ich stehe heute einfach neben mir. Was habt ihr noch mal gesagt?«

Jason schnaubte. »Neben dir? Seit einer halben Stunde starrst du nur vor dich hin. Wenn du sonst nicht 90 Prozent unserer Arbeit machen würdest, wäre ich echt sauer.«

»Ist schon okay«, sagte Hannah, verständnisvoll wie immer. »Aber wir müssen nächste Woche unsere Ergebnisse präsentieren.«

»Ich weiß. Tut mir leid. Wie weit sind wir?«

Wir sollten die menschliche DNA mit dem Erbgut mehrerer Tierarten vergleichen, um herauszubekommen, welche unsere nächsten Verwandten sind.

»Noch ziemlich am Anfang, fürchte ich.« Jason seufzte. »Sehen wir also der Tatsache ins Auge …« Er schloss seine Augen mir übertriebener Verzweiflung. »… dass wir am *Wochenende* arbeiten müssen.«

Hannah kicherte. »Sieht ganz so aus. Also lasst uns unsere Telefonnummern tauschen.«

Es war ein komisches Gefühl, Hannah Wythes Nummer auf meinem Handy zu speichern. Dazu war sie einfach zu cool und zu beliebt. Als wäre ich nicht berechtigt, mit ihr Kontakt zu haben.

Tolles Selbstbewusstsein, Tory!

»Ich kümmere mich um das Gen für Mukoviszidose«, sagte Jason. »Da geht es um den Vergleich zwischen Menschen auf der einen und Schimpansen, Gorillas und Orang-Utans auf der anderen Seite. Ich setze auf die Schimpansen.«

»Ich kann die Aminosäuresequenz für das Knochenwachstum übernehmen«, erklärte ich. »Da hab ich's mit Schweinen, Hasen und Schafen zu tun.«

Hannah nickte zustimmend. »Okay, bleibt mir also der Leptinspiegel bei Kühen, Hunden und Pferden.«

Die Klingel erlöste uns.

»Sonntag bei mir?« Jason war schon an der Tür. »Dann können wir die Ergebnisse durchgehen und unsere Präsentation planen.«

»Okay«, antworteten Hannah und ich wie aus einem Mund. *Magisch.*

Der Tag zog sich weiterhin in die Länge. In der Lunchpause traf ich mich mit Hi an unserem üblichen Ort: auf der Steinbank am Ende der Rasenfläche hinter der Mensa. Ich aß ein Sandwich mit Gurke und Frischkäse, während Hi an seinem vegetarischen Brötchen arbeitete.

Ich packte mein Sandwich gerade wieder ein, als ich Jason auf uns zukommen sah.

»Achtung, Tory, die Sportskanone ist im Anmarsch«, murmelte Hi. »Der will bestimmt nicht zu mir.«

»Ganz ruhig bleiben.«

»Hallo, Tory, ich hatte gerade eine Idee.«

»Muss das erste Mal sein«, flüsterte Hi.

»Pst. Jason ist nett.«

»Nett? Du wirst sehen, der würdigt mich keines Blickes.«

Jason ließ sich vor unserer Bank ins Gras sinken und nickte in His Richtung. »Ist was?«

»Alles cool, Baby.« Hi war die Coolness in Person. »Ich chille nur ’n bisschen.« Er lehnte sich zurück und verschränkte die Arme hinter dem Kopf.

Jason wandte sich wieder mir zu. »Du hast doch ein iPhone, oder?«

Ich nickte, neugierig, worauf er hinauswollte.

»Super, dann lad mal iFollow runter.« Er zeigte mir den Icon auf seinem eigenen Gerät. »Das ist ein freies GPS communication app.«

»Okay.« Hörte sich leicht an. »Muss ich mich irgendwo anmelden?«

Er nickte. »Bolton Lacrosse. Passwort: State-champs.«

Ich lud das App runter und meldete mich an. Die Gruppe hatte sieben Mitglieder.

»Drück auf *Locator*«, sagte Jason.

Tat ich. Auf dem Bildschirm erschien ein Stadtplan mit

sieben leuchtenden Kreisen, die sich alle bei der Adresse der Bolton Prep zusammendrängten.

»Siehst du die Kreise?«, fragte Jason. »Das sind wir. Wenn wir eingeloggt sind, können wir uns gegenseitig lokalisieren. Praktische Sache, oder?«

»Absolut«, stimmte ich zu.

Und meinte das auch. So was wollte ich auch für mich und meine Freunde. Aber warum wollte Jason, dass ich seiner Lacrosse-Group angehörte?

Jason zeigte mir die Features. »Jetzt, wo du eingeloggt bist, können wir chatten, uns Dokumente schicken, all solche Sachen. So können wir bei dem Projekt viel besser zusammenarbeiten. Hannah ist auch in der Gruppe.«

Oh, es geht um die Schule.

»Nein, Tory, nicht auch noch *du!*«

Chance Claybourne konnte sich einem so lautlos nähern, dass es fast unheimlich war. Ich hatte ihn gar nicht kommen gehört.

»Bist du etwa auch so ein Informationsjunkie?« Chance stellte sich hinter Jason. Ein Ausdruck aufrichtigen Bedauerns lag auf seinem perfekten Gesicht. »Warum machen die Leute nur alle diesen Apps-Wahnsinn mit? Es gibt überhaupt kein Privatleben mehr.«

»Du hast doch auch ein Handy«, wandte Jason ein.

»Stimmt.« Chance zog ein Handy aus der Tasche, das vielleicht in der Clinton-Ära was hergemacht hätte. »Mein Vater will, dass ich jederzeit erreichbar bin. Also muss ich dieses primitive Gerät mit mir herumschleppen.« Er zwinkerte mir zu. »Hatte heute Morgen schon drei entgangene Anrufe.«

Chance' Handy war nicht internetfähig, besaß keinerlei Computerfunktionen, hatte keinen MP3-Player und noch nicht mal ein Liquid Chrystal Display. Das Ding gehörte definitiv ins Museum.

»Dieses ständige Nachrichtenverschicken ist doch völlig gaga«, fuhr Chance fort. »Macht uns zu hirnlosen Robotern, die in einer Tour die banalsten Botschaften austauschen.«

Ich bekenne mich schuldig. Wenn ich für fünfzehn Minuten mein iPhone verlege, werde ich kribbelig. Ich weiß, dass ich abhängig bin, aber ohne das Ding fühle ich mich irgendwie nackt. Hi zog einen Flunsch.

»Das ist doch immer dieselbe Leier«, entgegnete Jason. »Wenn du willst, kannst du deine Botschaften ja gern weiter in eine Höhlenwand ritzen.«

Die Schulglocke beendete unsere Diskussion über das Für und Wider moderner Kommunikation. »Wir sehen uns!« Chance hob lässig die Hand zum Gruß, als er und Jason davonschlenderten.

»Du ziehst inzwischen ja ganz schöne Spinner an«, sagte Hi, als die beiden außer Hörweite waren.

»Mmh.« Meine Augen folgten Chance wie von selbst.

»Jedenfalls haben sie mich nicht blöd angemacht. Das muss ich ihnen lassen.«

»Alles cool, Baby?«, wiederholte ich grinsend.

»Der hat mich auf dem falschen Fuß erwischt.« Angriff ist die beste Verteidigung.

Während wir wieder hineingingen, versuchte ich mich auf den Job zu konzentrieren, der uns erwartete. Möglicherweise stand uns eine grauenhafte Entdeckung bevor.

Konzentrier dich. Vergiss Chance Claybourne.

Nur noch wenige Stunden totzuschlagen.

KAPITEL 23

Sobald wir die Charleston-Morris-Fähre verlassen hatten, eilten wir nach Hause, um die Klamotten zu wechseln. Die Temperaturen und die Luftfeuchtigkeit hatten schon wieder so aufgedreht, dass ich mich darauf freute, in Shorts und T-Shirt zu schlüpfen. Außerdem sind Halstuch und Blazer nicht gerade die geeignete Kleidung, um ein Grab auszuheben.

Als wir uns vor dem Gebäude trafen, tuckerte Mr Blues Fähre schon wieder in die Bucht hinaus. Die Luft war rein. Wir bestiegen die *Sewee* und hielten Kurs auf Loggerhead Island.

Da Ebbe war, konnten wir nicht die Abkürzung zwischen den Sandbänken hindurch nehmen. Das kostete uns weitere fünfzehn Minuten, doch Ben wollte verhindern, dass wir auf Grund liefen. Nicht nach seinem Missgeschick auf dem Schooner Creek.

Heute ankerten wir am Dead Cat Beach. Sheltons Idee. Die Anlegestelle befand sich näher an der Lichtung von Y-7. Außerdem vermieden wir auf diese Weise jedes zufällige Zusammentreffen mit Dr. Karsten am Hauptanleger.

Ich watete an Land, meinen Seesack auf den Schultern. Das zweite Geschenk von meiner Tante Tempe. Ihrer frisch erworbenen Nichte ein paar Grabungswerkzeuge zu schenken, mag ein wenig ungewöhnlich sein. Aber meine Tante ist ja auch eine ungewöhnliche Frau.

Jedenfalls hat sie mit ihrem Geschenk sofort ins Schwarze

getroffen. Tempe und ich scheinen auf Anhieb auf einer Wellenlänge zu liegen. Im Gegensatz zu Kit und mir.

Sobald wir an Land waren, suchten wir den Hauptpfad, der vom Strand wegführte. Die Jungs waren richtig hilfsbereit, trugen die Eimer und anderes unhandliches Gerät, doch ich bemerkte, wie angespannt sie waren. Sie wollten eigentlich nicht auf Loggerhead sein, sondern folgten mir weitgehend im Vertrauen auf meinen Instinkt.

In der Schule hatte ich ihnen von meiner Theorie erzählt und auch die Satellitenfotos angeführt. Die Jungs beruhigten mich zwar, nein, ich hätte nicht den Verstand verloren, doch ich glaube, sie redeten mir nur nach dem Mund. Wie auch immer, sie waren mitgekommen, und das war das Einzige, was zählte.

»Dort«, war alles, was Ben sagte, bevor er zwischen den Bäumen verschwand. Wir hefteten uns an seine Fersen.

Kurz darauf stießen wir auf den schmaleren Trampelpfad, der nach Norden führte. Wir trotteten schweigend durch den dichten Wald, bis wir die Lichtung erblickten. Y-7 und ihr Trupp waren nirgends zu sehen.

Vom Rand der Lichtung aus war das Areal, das meine Aufmerksamkeit erregt hatte, kaum zu erkennen. Die Vertiefung in der Mitte war nur ein unmerklicher Schatten, nicht größer als zwei Meter im Durchmesser. Kein Wunder, dass ich sie bei unserem ersten Besuch hier nicht wahrgenommen hatte.

Als wir näher herangingen, fielen mir noch andere Unregelmäßigkeiten auf. Die Vegetation war ein wenig dichter und vielfältiger, während die übrige Lichtung aus nichts als Gras bestand. Einige Blätter sahen wächserner aus als sonst.

»Schade, dass wir keinen Leichenhund dabeihaben«, sagte ich.

»Einen was?«, fragte Shelton.

»Einen Hund, der sofort reagiert, wenn er menschliche Verwesungsgerüche wahrnimmt. Manche Hunde sind darauf spezialisiert, sogar sehr alte Skelette zu finden.«

»Pfui Teufel«, sagte Ben.

»Gegen ein Bodenradar, eine Oberflächensonde und einen Metalldetektor hätte ich auch nichts einzuwenden«, entgegnete Hi. »Kannst du meinetwegen gleich mitbestellen.«

»Dann machen wir es eben auf die klassische Weise.« Shelton zeigte seine Armmuskeln. »Mit Männerkraft.«

Ich inspizierte die Vertiefung, um zu entscheiden, wie groß die Fläche war, die wir ausheben mussten. Nach einer optischen Prüfung entfernte ich auf einer Fläche von cirka drei Quadratmetern sämtliche Steine.

Dann errichtete ich eine provisorische Umzäunung, indem ich vier Holzstöcke in die Erde trieb und mit einer Leine verband. Nachdem ich ein tragbares Erdsieb auseinandergeklappt hatte, holte ich ein paar Handschaufeln aus meinem Seesack und reichte sie meinen zaudernden Rekruten.

»Den Humus könnt ihr Machos in die Eimer werfen«, sagte ich. »Das Sieben übernehme ich. Bei der geringsten Verfärbung machen wir mit dem Spatel weiter.«

»Verfärbung?«, fragte Ben.

»Jede Veränderung von Farbe, Textur oder Beschaffenheit könnte darauf hindeuten, dass sich in der Nähe die Überreste eines Leichnams befinden.«

Hi hob eine Hand.

»Ja bitte?«

»Das ist ein gottverdammter Scheißjob.«

»Ist notiert. Fangt an!«

Wir brauchten ungefähr eine Stunde, um die ersten 40 Zentimeter abzutragen. Die Jungs schaufelten, und ich siebte mich Schicht um Schicht durch die Erdpartikel, während ich aufmerksam nach Knochenfragmenten, Kleiderfetzen, Schmuckstücken oder anderen Artefakten Ausschau hielt.

Die Jungs hörten sich etwa so an:

»Sklavenarbeit!« Shelton.

»Hab ich doch gesagt.« Hi.

»Nein, du hast ›gottverdammter Scheißjob‹ gesagt.« Shelton.

»Darf ich auch mal sieben?« Hi.

Ich antwortete nicht.

Sie schaufelten.

Ich siebte.

Nach zwei weiteren Stunden war die Grube ungefähr einen Meter tief. Nichts.

Ich kam mir zunehmend dämlich vor. Die Jungs wurden ungehaltener.

Die schwüle Hitze hob unsere Laune auch nicht gerade. Außerdem musste irgendjemand sämtliche beißenden und stechenden Insekten des gesamten Bezirks herbeigerufen haben.

Ich erschlug gerade einen Moskito, als ich etwas Beunruhigendes wahrnahm: Stille. Als ich den Kopf hob, blickte ich in drei mürrische Gesichter. Das Interesse an unserer Grabung schien auf den Nullpunkt gesunken zu sein.

Hi hob als Erster die Stimme: »Ich will ja nicht rummeckern, aber die Sache funktioniert einfach nicht. Wir haben einen Meter tief gegraben und nichts, aber auch gar nichts gefunden.«

»Hier ist nichts«, fügte Ben hinzu.

»Okay, einen Versuch war es wert.« Shelton kletterte mühsam aus der Grube heraus. »Kein Grund, sich zu schämen.«

»Noch fünfzehn Minuten«, flehte ich. »Bitte! Ich hab da so ein Gefühl. Vielleicht sind wir ganz nah dran.«

»Okay, fünfzehn. Eins-fünf.« Ben hob die Schaufel auf.

Achselzuckend tat Shelton es ihm gleich.

Hi warf mir einen Das-kann-nicht-dein-Ernst-sein-Blick zu.

»Komm, Hi, wir tauschen«, sagte ich. »Du siebst, ich grabe.«

Noch fünfzehn Zentimeter. Dann hören wir auf.

Während ich schaufelte, mischten sich die verschiedensten Gefühle in mir. Erleichterung? Enttäuschung? Scham?

Während ein Teil von mir den anderen beweisen wollte, dass ich keinem Hirngespinst erlegen war, war ein anderer Teil nicht so unglücklich darüber, dass ich mich geirrt hatte. Natürlich wollte ich das Rätsel um Katherine Heaton lösen. Doch hatte ich kein Verlangen danach, die Leiche eines ermordeten Menschen auszubuddeln.

Dann sah ich es. Vor meinen Füßen zeichnete sich eine dunkel-ovale Fläche ab. Ich griff zum Spatel, ließ mich auf die Knie sinken und begann behutsam, die oberste Schmutzschicht zu entfernen. Das Oval wurde dunkler. Und größer.

Ich wischte noch mehr Erde beiseite.

Ben und Shelton wandten mir ihre Blicke zu, als sie meine Erregung spürten.

Wischen.

Kratzen.

Tack.

Mein Spatel war auf einen festen Gegenstand gestoßen.

Ich griff nach einem Pinsel und bürstete mit äußerster Vorsicht weitere Schmutzpartikel von der Oberfläche des Objekts.

Ein modriger Geruch stieg aus der Erde auf. Uralt. Organisch.

Mir lief es kalt den Rücken hinunter.

Ich bürstete sanft. Eine Form wurde sichtbar. Längliche Streifen, in einem vertrauten Muster.

Mein Herz hämmerte. Mein Blick war wie gebannt.

»Okay, das waren fünfzehn Minuten.« Hiram legte das Sieb weg. »Ich bin fix und fertig.«

Ich starrte immer noch nach unten. Ben und Shelton ebenfalls.

»Tory?«, fragte Hi. »Du brauchst nicht traurig zu sein. Niemand macht dir einen Vorwurf. Wenn ich mich so gut mit Körpern auskennen würde wie du, hätte ich vielleicht dasselbe gedacht.«

Mir hatte es immer noch die Sprache verschlagen.

»Hey, Victoria Brennan!«, rief Hi. »Was ist los mit dir?«

Eine Wolke schob sich vor die Sonne und warf einen Schatten über den Ort, an dem ich kniete. Grillen zirpten. Mein durchgeschwitztes Shirt klebte mir am Rücken.

Nichts drang mehr zu mir durch. Ich war vollkommen auf die schmalen braunen Objekte fixiert, die sich vor meinen Füßen abzeichneten.

Ich zwang mich, die Wahrheit zu begreifen.

Ich hatte die zarten Glieder einer menschlichen Hand entdeckt.

KAPITEL 24

Ich erwachte aus meiner Trance.

Mein Kopf schnellte nach oben.

»Hier sind Knochen.«

»Wo?« Ben ließ seine Schaufel fallen und spähte mir über die Schulter.

»Ach du Scheiße! Du hast recht!«

Sheltons Reaktion war weniger männlich. Nachdem auch er sich von der grauenhaften Entdeckung überzeugt hatte, rief er: »Ein Grab, ein Grab!« und taumelte vom Rand der Grube zurück.

Hiram warf einen kurzen Blick und kotzte sofort los.

Beide sanken keuchend ins Gras.

Einzig Ben bewahrte einen kühlen Kopf. »Die Hand eines Menschen, oder?«

»Ja, ich bin mir absolut sicher«, antwortete ich. Was der Wahrheit entsprach. Ich hatte genug Darstellungen menschlicher Skelette gesehen, um zu wissen, wie Handwurzelknochen, Mittelhand und Fingerglieder aussehen.

»Dann rufen wir jetzt die Polizei«, sagte Ben mit größter Entschiedenheit. »Sofort!«

Pragmatismus bändigte meine heftigen Emotionen. »Du hast recht. Aber zuerst müssen wir ganz sichergehen.«

Ben nickte. »Und wie willst du das machen?«

»Ich möchte mehr sehen als Handknochen.« Ich atmete tief durch. »Ich will genau wissen, was hier begraben liegt.«

»Da finden wir eine Leiche und du willst einfach weitergraben?« Sheltons Stimme überschlug sich fast. »Das ist doch totaler Wahnsinn.«

»Das ist jetzt Sache der Polizei!«, fügte Hi mit flehender Stimme hinzu. »Die machen uns die Hölle heiß, wenn wir hier die Privatdetektive spielen. Vor allem, wenn es wirklich diese Katherine Heaton ist.«

»Das steht noch nicht fest!«, gab ich bissig zurück. Seltsamerweise hatte ich den Drang, Hi wie einen Punchingball zu behandeln.

»Okay, okay.« Hi hob abwehrend beide Hände. »Dann graben wir eben ein bisschen weiter. Vielleicht ist es ja jemand anders.«

Shelton und Ben warfen mir verwunderte Blicke zu. Ich hatte Hi angefahren, obwohl er nur ausgesprochen hatte, was wir alle wussten.

Was sollten wir sonst finden?

Ich holte tief Luft. So unlogisch es auch war, ich wollte mir nicht eingestehen, dass Hi recht hatte. Noch nicht.

»Tut mir leid, Hi. Das war nicht fair von mir. Ich wollte nur ganz sichergehen.«

»Kein Thema«, entgegnete Hi. »Ich hab nicht nachgedacht, bevor ich geredet hab.« Doch er schien immer noch auf der Hut zu sein, wie eine Katze, die einen schlafenden Hund umkreist.

Ben und Shelton sagten kein Wort. Doch ihre Gesichter sprachen Bände. Auch sie waren davon überzeugt, dass wir Katherine Heaton gefunden hatten.

»Ich weiß, was ihr alle denkt«, sagte ich. »Lasst mich nur die Knochen begutachten.«

Skeptische Blicke.

»Ohne Beweis werden uns die Bullen nicht glauben«, sagte ich. »Jedenfalls nicht diese Tölpel aus Folly Beach. Wir müssen das Grab und das Skelett und alles, was wir finden, fotografieren.«

»Wir könnten Beweisstücke zerstören«, sagte Shelton.

»Wir werden sehr vorsichtig sein und alles dokumentieren«, versprach ich. »Dann haben wir auch etwas in der Hand, falls die Affen das Grab verwüsten sollten.«

Widerstrebend willigten die Jungs ein.

Ich machte folgenden Vorschlag: Ben und ich würden innerhalb der Grube weiterschaufeln. Die Angsthasen konnten oben stehen bleiben. Shelton zog die Eimer nach oben, Hi würde mit seinem iPhone die Fotos machen.

Zwei Stunden unablässigen, behutsamen Grabens förderten ein vollständig erhaltenes Skelett zutage. Die Knochen waren so dunkel wie starker Tee, sahen aus wie Relikte vergangener Zeiten.

Ein einziger Blick beseitigte die letzten Zweifel.

Die Überreste stammten fraglos von einem Menschen, der in über einem Meter Tiefe begraben worden war.

Ich ging in die Hocke, um den Schädel näher zu betrachten.

»Oh Gott!«

Ich zeigte auf ein kleines Loch mitten auf der Stirn. Es war rund und scharf begrenzt.

»Verdammt, ist das etwa ein Einschussloch?«, fragte Ben.

»Sieht ganz so aus.« Meine Stimme zitterte leicht.

Die Jungs sahen mir zu, wie ich das Skelett von Kopf bis Fuß begutachtete.

»Alle anderen Knochen sind unbeschadet. Ich werde versuchen, das Geschlecht festzustellen.«

»Wie willst du das machen?«, fragte Hi.

Auf der Seite im Dreck liegend, betrachtete ich die rechte Beckenschaufel. »Sieht insgesamt nach einem breiten Becken aus.« Ich drehte den Kopf, damit ich die Bauchseite sehen konnte. »Der Schambeinbereich ist länglich, und die Stelle darunter, wo sich die beiden Hälften treffen, ist wie ein U, nicht wie ein V geformt. Das alles sind weibliche Merkmale.«

Ich rief mir einen Tipp von Tante Tempe in Erinnerung und suchte das Hüftbeinloch.Ohne das Skelett zu verschieben steckte ich meinen Daumen hinein. Dort war genug Platz, um ihn zu bewegen.

Die Jungs stöhnten auf.

»Seid keine Babys«, sagte ich. »Manchmal muss man ein Skelett eben auch berühren.«

»Und?«, fragte Ben.

»Weiblich.«

»Wie alt war sie?« Shelton schien sich ein klein wenig beruhigt zu haben.

Ich schob mich vor bis zum Schädel und betrachtete die Suturen, die feinen, schnörkeligen Nahtstellen zwischen den Schädelknochen. Diejenigen, die ich erkennen konnte, waren weit offen.

Ich schaute in den Mund.

»Gesundes Gebiss. Die Weisheitszähne sind noch nicht voll durchgebrochen.«

Dann widmete ich mich wieder dem Torso. »Eine schmale knorpelartige Schicht an den Enden der langen Röhrenknochen verknöchert, wenn deren Wachstum beendet ist. Man nennt sie Epiphysenfuge. Diese Fuge am Oberschenkelknochen hat sich nicht ganz geschlossen. Dasselbe gilt für die Clavicula.«

»Die was?«, fragte Ben.

»Das Schlüsselbein«, riefen Shelton und Hi unisono.

»Daran erkennt man, dass sie noch ziemlich jung war«, erklärte ich.

»Wie jung?« Hi.

»Unter zwanzig.« Ich war wie benommen.

»So wie Katherine Heaton«, flüsterte Shelton.

Dem Skelett einen Namen zu geben, machte die Tragödie sehr real. Dies war kein Experiment, kein Abenteuer für ein paar junge Wissenschaftsfreaks. Ich kniete in dem einsamen, anonymen Grab einer jungen Frau.

Einer Jugendlichen, die vor langer Zeit ermordet, begraben und vergessen worden war.

»Rufen wir die Polizei.« His Stimme war todernst.

Ich nickte. »Es dämmert schon. Mach so viele Fotos wie du kannst, bevor es dunkel wird.«

Ben, Shelton und ich suchten unsere Werkzeuge zusammen. Als ich einen Spatel vom Boden aufhob, hörte ich leises Klirren.

Ich wusste sofort, um was es sich handelte.

Während ich mir die Erde von den Fingern wischte, sah ich, was ich mit meinem Spatel berührt hatte.

»Um Gottes willen!«

Alle drehten sich zu mir um.

»Damit schließt sich der Kreis.« Ich hielt mein Fundstück in die Höhe. Es glänzte in den letzten rötlichen Strahlen der untergehenden Sonne.

Eine zweite Erkennungsmarke, identisch mit der in meiner Tasche.

Leserlich.

Francis P. Heaton.

Das letzte Tageslicht nahm eine graue Färbung an.

Am liebsten hätte ich losgeheult. Alle Schleusen geöffnet und mir die Augen aus dem Kopf geweint. Aber das kam nicht infrage. Niemals.

Ich presste die Kiefer aufeinander und wischte mir mit dem

Handrücken eine Träne von der Wange. Ich fügte die Erkennungsmarke meinem wieder verschließbaren Plastikbeutel hinzu und verstaute die anderen Sachen in meinem Seesack. Stöcke, Leine, Schaufeln, Spatel.

Die Jungs waren so unbeholfen, wie Jungs eben sind, wenn sie mit weiblichen Gefühlen konfrontiert werden. Da sie nicht wussten, was sie sagen oder wie sie reagieren sollten, ignorierten sie mich einfach.

Tiefe Trauer erfüllte mich. Katherine Heaton war tot. Ich hatte ihr Skelett ausgegraben. Happyend ausgeschlossen.

Unvermeidlich verwandelte sich meine Trauer in Wut und verhärtete sich zu einem Entschluss.

Das Verbrechen war ein Faktum. Es handelte sich um einen widerwärtigen Mord. Jetzt war es an der Zeit, den Mörder zu finden.

In Gedanken sprach ich mit Katherine, legte einen stummen Eid ab. *Irgendjemand wird für diese Schandtat bezahlen. Vier Jahrzehnte machten keinen Unterschied. Der Gerechtigkeit wird Genüge getan werden.*

Doch mein Schwur wurde jäh unterbrochen.

Männer mit Pistolen waren gekommen, um uns zu töten.

KAPITEL 25

»Hört ihr das?«, fragte Shelton.

»Was?« Hi blieb wie angewurzelt stehen, sein iPhone auf die Grube gerichtet.

»Pst!«

Alle lauschten angestrengt nach den Geräuschen des Waldes. Die Dunkelheit war hereingebrochen. Meine Augen hatten sich noch nicht daran gewöhnt. Ich sah kaum die Hand vor Augen.

Zunächst mal nichts anderes als Grillen und Frösche. Das Sirren eines Moskitos.

Dann ein vertrautes Lärmen.

Nachdem sich meine Augen an die Lichtverhältnisse gewöhnt hatten, nahm ich eine Bewegung zwischen den Ästen am Rand der Lichtung wahr.

»Irgendwas hat die Affen aufgeschreckt«, sagte Ben.

Die Primaten sprangen aufgeregt in den Bäumen umher, konnten die Gefahr offenbar nicht lokalisieren. Junge Männchen kreischten und machten wilde Gesten in unsere Richtung, ehe sie im Wald verschwanden.

»Sie scheinen verwirrt zu sein«, bemerkte Hi.

»Die Männchen stoßen unbestimmte Drohgebärden aus«, sagte ich. »Sie wissen aber nicht, woher die Gefahr kommt.«

»Was mag sie so erschreckt haben?«, fragte Ben.

»Können wir nicht bitte von hier verschwinden?« Shelton hatte definitiv genug. »Es ist stockdunkel, die Affen schreien uns die Ohren voll, und wir stehen an einem offenen Grab.«

»Warte mal«, sagte Ben. »Ich hab eine Taschenlampe dabei.«

Klirr. Klirr.

»Was war das?«, raunte ich.

Dieses Geräusch kam im Wald normalerweise nicht vor. Es hörte sich an, als würde Metall gegen Metall schlagen.

»Die Hunde?« His Stimme klang schon fast so überdreht wie die von Shelton. »Sind die irgendwo in der Nähe?«

»Nein«, flüsterte ich. »Die sind nicht zu hören, wenn sie durch den Wald schleichen.«

Rascheln.

Knacken.

Gefolgt von Flüchen.

Mein Herz begann zu rasen. Da war irgendjemand. Und wir standen hier mit unseren Werkzeugen in der Hand über dem ausgebuddelten Skelett eines Mordopfers.

Unwillkürlich drängten wir uns zusammen.

Die letzten Affen verschwanden im Unterholz.

Wer auch immer dort war, hatte versehentlich die Affen in unsere Richtung getrieben. Sie hatten uns ungewollt gewarnt.

Dann war alles ruhig.

»Was machen wir jetzt?«, wisperte Shelton. Ein Dreiviertelmond stieg auf und tauchte meine Gefährten in ein fahles Licht. Hinter ihnen nichts als Finsternis.

Ich bedeutete ihnen, still zu sein. Wir mussten die Geräuschquelle ausfindig machen. Mit pochendem Puls hielt ich die Luft an und lauschte.

Plop!

Mein Kopf fuhr herum.

Plop!

Ein Stück weit vom anderen entfernt.

Verdammt! Mehr als einer!

Fragen schossen mir durch den Kopf.

Warum keine Lichter? Warum aus zwei Richtungen? Wie viele sind es? Wer?

Kein LIRI-Mitarbeiter würde nachts auf der Insel herumstreunen. Ohne Taschenlampen durch den Wald zu schleichen war *kein* normales Verhalten.

Hi war derselben Meinung.

»Hier stimmt was nicht. Lasst uns abhauen.«

»Ruhig!«, zischte Ben.

Zu spät.

»Da drüben!« Eine tiefe männliche Stimme. »Auf der Lichtung!«

Zweige knackten. Füße trampelten. Drei Lichtkegel flammten auf, durchdrangen die Finsternis. Ein Motor sprang an.

Die Lichtkegel kamen näher.

»Schnell!«, fauchte ich tonlos. »Zum Boot!«

Ich wusste nicht, wo sich der Pfad befand oder wie ich ihn finden konnte. Doch eines wusste ich mit tödlicher Gewissheit: Sie durften uns nicht kriegen.

Mit der vagen Ahnung, wo sich Dead Cat möglicherweise befinden konnte, jagte ich dem Waldrand entgegen.

Drei Personen traten zwischen den Bäumen hervor, dunkle Silhouetten vor noch dunklerem Wald. Nie und nimmer waren das Wissenschaftler.

Einer der Männer hob die Hand und zeigte in meine Richtung. Dann blieb er stehen, beide Arme waagerecht nach vorne gestreckt, die Hände zusammengeführt.

Peng! Peng!

Über mir explodierte ein Ast. Ein Affe ergriff kreischend die Flucht.

Peng! Peng! Peng! Peng!

Vierfaches Knallen.

Mein Gehirn verstand, dass auf mich geschossen wurde, und aktivierte sämtliche Überlebensinstinkte meines Körpers. Ich wurde von Adrenalin geflutet, während ich kopflos in die Nacht stürzte.

Obwohl ich diese Szene niemals zu Ende erzählt habe, wisst ihr, was als Nächstes passiert ist.

Meine blinde Flucht gelang, ich fand Dead Cat Beach. Shelton, Ben und ich kauerten auf der *Sewee* und flehten um His Rückkehr.

Meine fiebrigen Gedanken malten sich die fürchterlichsten Dinge aus. Tausend Fragen stürzten auf mich ein.

Was machten bewaffnete Banditen auf Loggerhead? Warum schossen sie auf uns? Wussten sie etwas von dem Grab? Kannten sie uns?

Doch ein Gedanke war stärker als alle anderen: *Jemand hat gerade versucht, mich umzubringen.*

Mich zu erschießen.

Eine Person hat mit einer Pistole auf meinen Kopf gezielt. Wollte meinem Leben ein Ende setzen.

Diese Erkenntnis hätte mich fast in blinde Panik zurückfallen lassen.

Du bist ihnen entkommen. Unverletzt.

Doch nicht jeder von uns hatte es bis zum Boot geschafft. Wo war Hi? Die Sekunden tickten. Ich wagte kaum zu atmen.

»Wirf den Motor an!« Shelton zitterte.

»Das hören die doch«, sagte Ben.

»Die haben Hi geschnappt!« Shelton war der Hysterie nahe. »Die haben ihn erschossen!«

Ich rüttelte an seinen Schultern. »Reiß dich zusammen!

Hi wird gleich da sein. Er weiß, wo das Boot liegt.« Zu Ben: »Könnten wir nicht schon mal den Anker lichten?«

Ben folgte meinem Vorschlag, sprang dann ins brusthohe Wasser und hielt das Boot an seinem Platz.

»Verdammt, wo ist der bloß?«, jammerte Shelton. »Der geht ständig verloren.«

Da war was Wahres dran. Hi konnte überall sein. Und je länger wir warteten, desto ungewisser war unser eigenes Schicksal.

Und noch etwas bereitete mir Sorgen.

Ich hatte meine archäologischen Werkzeuge bei der Grube liegen lassen.

Ich versuchte mich zu erinnern. Mein Seesack trug keinen Namen und enthielt auch nichts, das ihn mit mir in Verbindung bringen konnte.

Minuten verstrichen. Fünf. Sieben. Tausend. Wir konnten nicht ewig hierbleiben. Früher oder später würden wir aufbrechen müssen.

Als ich die Hoffnung schon aufgeben wollte, tauchte Hi am Waldrand auf. Sein bleiches Gesicht war im Mondlicht kaum zu erkennen. Er schoss aus dem Unterholz, mit den Augen fieberhaft nach dem Boot suchend.

Trotz Bens Bemühungen war die *Sewee* ein bisschen weiter hinausgetrieben. Wir klatschten mit den Händen ins Wasser, um Hi auf uns aufmerksam zu machen. Sein Kopf schnellte zu uns herum, während er in die Knie ging, zum Kampf oder zur Flucht bereit. Shelton und ich winkten wie verrückt.

Die Erleichterung riss sein Gesicht auseinander, während er über den Strand spurtete und sich in die Brandung warf. Ben zog sich an Deck, bevor er seinen Arm ausstreckte und Hi ins Boot hievte.

»Ihr seid noch da!«, prustete Hi und spuckte Meerwasser. »Gott sei Dank! Gott sei Dank! Gott sei Dank!«

»Meinst du etwa, wir lassen dich hier allein, Kumpel?« Shelton. »Wäre uns nie eingefallen!«

»Alter Lügner!« Hi plumpste auf das Deck. »Ihr seid echt unschlagbar. Ich dachte, ihr wärt schon abgehauen.«

Ben ließ den Motor an, der brüllend zum Leben erwachte. Jeder in der Nähe musste das hören.

Unsere Augen suchten angestrengt den Strand ab. Doch niemand kam aus dem Wald.

Ben gab Gas und wir schossen davon, bleiche Schaumrippen hinter uns her ziehend.

KAPITEL 26

»Wir sollten sofort zur Polizei gehen!«

Wiederholte Hi zum dritten Mal. Er hatte die Arme verschränkt und drückte den Rücken an die Wand des Bunkers. »Wir stecken schon viel zu tief in der Sache drin.«

»Womit denn?«, fragte Shelton. »Du hast unsere einzigen Beweise verloren.«

Hi blickte für einen Moment starr vor sich hin. Dann sagte er sehr langsam: »Ich bin gerade durch einen stockdunklen Wald gerannt, nachts, während Killer auf mich geschossen haben. Dann musste ich in den Ozean springen und zum Boot schwimmen.« Er öffnete seine Hände. »Tut mir leid, dass ich dabei *irgendwie* mein iPhone verloren habe.«

»Ich weiß, ich weiß«, entgegnete Shelton. »Aber du hast nun mal die Fotos gemacht. Und jetzt haben wir nichts, was wir den Bullen zeigen können.«

»Da liegt ein verdammtes Skelett im Wald!«, brach es aus Hi heraus. »Das dürfte ja wohl reichen, oder?«

Nach unserer Flucht hatte Ben die *Sewee* direkt zum Bunker gesteuert.

Wir hatten einiges zu diskutieren und mussten ungestört sein.

Ich saß auf dem Boden und streichelte Coop über den Rücken. Der letzte Beutel mit Kochsalzlösung war leer, also hatte ich ihm die Kanüle herausgezogen und das Trichterhalsband abgenommen. Lustvoll kaute er auf dem verhassten Ding herum.

Coop sah besser aus, hatte sogar ein bisschen feste Nahrung gefressen. Auch seine Energie war zurückgekehrt. Ich bemühte mich, gelassen zu bleiben, aber es gelang mir nicht. Immerhin half mir Coops Besserung, die Schrecken des heutigen Abends zu verarbeiten.

»Warum denn heute?«, fragte Ben. »Morgen ist auch noch ein Tag. Und so spät will ich meinem Vater keinen unnötigen Schreck einjagen.«

Hi sah fassungslos aus. »Hast du *unnötiger Schreck* gesagt? Hast du das Skelett vergessen?« Er blickte sich ungläubig um, auf der Suche nach Unterstützung. Doch in diesem Punkt war ich mit Ben einer Meinung.

»Ben hat recht«, sagte ich. »Wenn wir heute Abend mit der Wahrheit herausrücken, werden unsere Eltern uns zwingen, alles hundert Mal zu wiederholen. Und dann müssen wir nach Folly Beach aufs Revier und die Bullen ebenfalls überzeugen. Ich bin einfach zu müde, um mir heute noch Löcher in den Bauch fragen zu lassen. Morgen früh reicht das auch noch.«

»Ist das Revier in Folly so spät überhaupt noch besetzt?«, fragte Ben.

Keiner wusste darauf eine Antwort. Folly Beach war ein verschlafenes Kaff.

»Die Jungs sind nicht gerade vom CSI«, fügte Shelton hinzu. »Ohne Beweise werden sie uns nicht glauben, selbst wenn unsere Eltern dabei sind.«

Ich nickte. »Am Morgen sind sie bestimmt viel zugänglicher.«

»Okay«, sagte Hi. »Die kleine Heaton wird schon nicht abhauen.« Hi zuckte zusammen, nachdem er das gesagt hatte. Das schlechte Gewissen stand ihm ins Gesicht geschrieben. Ich winkte ab, als er zu einer Entschuldigung ansetzte. Wir waren alle müde.

»Wir müssen uns auf eine bestimmte Version einigen«, sagte ich. »Wir sollten so weit wie möglich bei der Wahrheit bleiben und mit keinem Wort auf den Einbruch im Labor eingehen. Lasst uns einfach sagen, dass die erste Erkennungsmarke gut leserlich war, als wir sie gefunden haben.«

Die Erkennungsmarken!

Ich durchsuchte meine Taschen. Leer. Wo konnten sie nur sein?

Oh nein!

Jetzt fiel es mir ein. Ich hatte sie beide in meinen Seesack getan. Der immer noch im Wald lag.

»Verdammt! Ich hab die Marken zusammen mit dem Werkzeug im Wald liegen lassen.«

»Und wenn schon«, sagte Ben. »Die können ja eine DNA-Analyse von den Knochen machen.«

Ich schüttelte den Kopf. »Wenn die Polizisten die erste Marke finden, werden sie vielleicht sehen, dass sie von jemand gereinigt wurde. Karsten wird das *auf jeden Fall* bemerken.«

»Haben wir den Sonicator gereinigt, bevor wir abgehauen sind?«, fragte Shelton. »Wenn nicht, werden sie bestimmt zwei und zwei zusammenzählen.«

»Morgen führen wir die Polizisten zum Grab«, sagte Ben. »Wenn wir die Lichtung erreichen, schnappst du dir sofort deine Tasche, Tory. Die Erwachsenen werden wie gebannt auf das Skelett starren und dir erst mal keine Aufmerksamkeit schenken.«

»Gute Idee«, entgegnete Shelton. »Die Bullen brauchen ja auch nicht beide Marken.«

»Noch eine Kleinigkeit.« His Finger trommelten auf die Bank. »Wer in aller Welt wollte uns eigentlich *töten!?!*«

Genau das Thema, das ich vermeiden wollte.

»Steiger dich da bloß nicht rein«, mahnte Ben.

»Mich reinsteigern?« His Stimme überschlug sich. »Ein Terrorkommando hat gerade versucht, mir ein Loch ins Hirn zu pusten. Tut mir leid, wenn ich so empfindlich bin, aber jetzt frage ich mich, was zum Teufel die auf der Insel zu suchen hatten.«

»Ich glaube nicht, dass sie uns gefolgt sind«, sagte Shelton. »Schließlich haben wir unser eigenes Boot genommen.«

»Vielleicht sind sie zufällig auf uns gestoßen«, entgegnete Ben. »Könnten auch Affenfänger gewesen sein.«

An diese Möglichkeit hatte ich noch gar nicht gedacht. Sicher gab es auch einen Schwarzmarkt für gestohlene Affen. Konnte die Antwort so einfach sein?

Shelton schüttelte den Kopf. »Einer von den Kerlen hat ›Da drüben!‹ gerufen. Der meinte bestimmt uns.«

»Nicht unbedingt«, entgegnete ich. »Vielleicht hat er auch nur die Lichtung gemeint. Könnte ja ein bekannter Affentreffpunkt sein.«

»Ooooder …« Hi zog das Wort in die Länge. »Sie wussten, dass das Skelett dort liegt. Und warum *wir* dort waren.«

Eine furchterregende Vorstellung. Konnte wirklich jemand von unserem Vorhaben gewusst haben? Ich zermarterte mir den Kopf.

»Lasst uns das morgen angehen«, sagte ich. »Ich werde Kit beim Frühstück davon erzählen. Dann komme ich später bei euch vorbei.«

Dreifaches Kopfnicken.

»Und denkt dran.« Ben zählte seine Finger ab. »Wir haben die Erkennungsmarke gefunden, waren in der Bibliothek und haben die Satellitenfotos angeschaut. Verstanden?«

Doch Hi war noch nicht fertig. »Um das noch mal festzuhalten: Ihr geht viel zu leichtfertig mit der Tatsache um, dass jemand versucht hat, uns umzubringen.«

»Lass gut sein, Hi!« Ich hatte genug für diesen Abend. »Gleich morgen früh.«

Hi runzelte die Stirn, schwieg aber. Endlich.

Da niemand mehr etwas zu sagen hatte, machten wir uns auf den Weg zu Bens Boot. Ich hoffte, ein wenig schlafen zu können.

Der nächste Morgen würde sehr turbulent werden.

KAPITEL 27

Ich überfiel Kit noch vor seinem Morgenkaffee. Ich hatte keine Wahl. Es war schon sieben Uhr. Die anderen warteten auf mich.

Kit verschlug es die Sprache. Er vergaß seine Corn Flakes. Als ich fertig war, versuchte er, meine Worte zu verarbeiten. Nach einer kleinen Ewigkeit fand er seine Sprache wieder.

»Also noch mal: Jemand hat gestern Abend *auf euch geschossen*? Auf Loggerhead Island?«

Ich nickte.

»Ihr habt ein *menschliches Skelett* gefunden?« Skeptisch. »Und es ausgegraben?«

Nicken Nummer zwei.

Eine weitere Pause. Dann rieb sich Kit die Augen. »Tory, wenn es darum geht, dass ich zu wenig Zeit für dich habe, tut es mir leid. Ich weiß, dass ich nicht der beste ...«

»Ich hab das nicht erfunden! Wir haben ein Skelett entdeckt. Dann sind wir von irgendwelchen Leuten beschossen worden. Vielleicht wollten sie uns töten, vielleicht auch nur verjagen. Ich weiß es nicht. Aber es war so.«

»Okay, okay.« Kit kratzte sich an der Schläfe, dachte angestrengt nach. »Hast du irgendjemand erkannt?«

»Nein. Sie trugen schwarze Sachen, außerdem war es stockdunkel.«

»Und das Skelett, das ihr gefunden habt, du glaubst, dass es dieses vermisste Mädchen ist?«

»Katherine Heaton. Ich *weiß*, dass sie es ist.« Ich erklärte nicht, woher ich das wusste. Zuerst musste ich meine belastende Erkennungsmarke wiederhaben.

Dritte Pause, während Kit krampfhaft nachdachte, was jetzt zu tun war.

»Wir gehen zur Polizei«, entschied er schließlich. »Und zwar sofort. Mach dich fertig, ich rede inzwischen mit den anderen Eltern. Dann fahren wir nach Folly Beach. Auf dem Weg dorthin kannst du mir alles Weitere erklären.«

Die nächste Stunde verging wie im Flug.

Kit fing bei den Stolowitskis an. Ruth nahm die Nachricht nicht gerade gelassen auf. Nachdem sie Hi die Hölle heiß gemacht und alles aus ihm herausgequetscht hatte, war sie davon überzeugt, dass Morris Island jeden Moment von einer maskierten Todesschwadron gestürmt werden würde.

Shelton hatte seine Eltern bereits informiert. Lorelei Devers erklärte sich bereit, Kit und Ruth zum Polizeirevier nach Folly Beach zu begleiten.

Kit fing Bens Vater am Fähranleger ab, während dieser auf seinem Boot die allmorgendlichen Vorbereitungen traf. Nachdem er in Kenntnis gesetzt worden war, warf er Ben einen misstrauischen Blick zu, versprach aber, die ganze Gruppe, nachdem er seine Morgentouren hinter sich gebracht haben würde, auf Loggerhead zu treffen.

Folly Beach erstreckt sich auf einer Länge von cirka zehn Kilometern entlang einer vorgelagerten Insel und ist fünfzehn Minuten von Downtown Charleston entfernt. Alles andere als eine Luxusgegend, ist Folly Beach ein Paradies für junge Szeneleute, die eine gute Brandung und preiswerte Appartements am Meer zu schätzen wissen.

Da die einzige Straße von Morris Island quer durch den kleinen Ort verläuft, ist das Folly Beach Police Departement, auch FBPD genannt, für die Strafverfolgung draußen bei uns zuständig. Loggerhead Island hingegen ist in Privatbesitz, daher ist auch die Zuständigkeit der Behörden nicht ganz geklärt. Doch Folly schien uns der geeignete Ort zu ein, um unseren Bericht zu erstatten.

Das FBPD befindet sich im Erdgeschoss der City Hall, einem rosafarbenen Stuckgebäude mit blauen und weißen Fensterläden. Es gleicht eher der Verwaltung einer Ferienanlage als dem Epizentrum der Regierung.

Das Revier nimmt nur wenig Platz in Anspruch. Im Sommer drängen sich hier die Touristen, und es herrscht ein reger Telefonverkehr. Doch abseits der Hauptsaison ist alles ruhig, dann ist nur eine Handvoll Vollzeitbeamter anwesend.

Acht Uhr morgens. Mittwoch. Spätes Frühjahr. Wir waren die einzigen Einheimischen, die den Weg hierher gefunden hatten.

War Tom Blue bereits skeptisch gewesen, so war Sergeant Carmine Corcoran regelrecht misstrauisch. Und alles andere als erfreut, uns zu sehen.

Corcoran war ein schwergewichtiger Mann, vielleicht Mitte vierzig, der lange Koteletten und einen buschigen schwarzen Schnurrbart hatte. Sein hoch aufgeschossener Körper trug seine Masse wie einen Sack nasses Heu.

Kit und Corcoran begrüßten sich per Handschlag. Der Sergeant wies mit der Hand auf einen Metallstuhl vor seinem Schreibtisch und klappte zwei weitere für Lorelei und Ruth auseinander. Die drei Erwachsenen nahmen Platz.

Die Jungs und ich reihten uns an der hinteren Wand auf. Einem Beobachter der Szene wäre nicht klar gewesen, ob wir eines Verbrechens angeklagt waren oder eines anzeigen wollten.

So präzise wie möglich berichtete Kit von dem Abenteuer, das wir in den letzten Tagen erlebt, und von den Knochen, die wir gefunden hatten.

Sergeant Corcoran blickte verstohlen zu seinem halb gegessenen Egg McMuffin hinüber und schüttelte seufzend den Kopf.

»Mr Howard«, sagte er gedehnt. »Das ist eine *unglaubliche* Geschichte.«

»Doktor Howard«, platzte es aus mir heraus. »Und es ist keine Geschichte, sondern die Wahrheit.«

Kit brachte mich mit einer Handbewegung zum Schweigen. »Wir sind nicht gekommen, um unnötig Ihre Zeit zu strapazieren, Sergeant. Diese Kinder haben eine wichtige Entdeckung gemacht, und jemand hat auf sie geschossen.«

»Das behaupten sie jedenfalls.« Corcoran quetschte seinen beachtlichen Hintern in den viel zu kleinen Stuhl. *»Doktor* Howard.«

Mein Beitrag hatte offenbar keinen allzu großen Eindruck gemacht.

»Kinder irren sich häufig«, fuhr Corcoran fort. »Wir kriegen ständig verrückte Anrufe, an denen nicht das Geringste dran ist.«

»Alle vier berichten genau dasselbe«, erwiderte Kit. »Sie können sie gerne befragen, wenn Sie wollen.«

Corcoran lächelte müde. »Nehmen Sie's nicht persönlich, aber gerade Akademiker und ihre Kinder tischen uns immer wieder den größten Blödsinn auf. Sie neigen gewissermaßen …zu Übertreibungen, wenn ich das so sagen darf.«

»Das tun wir nicht!« Kits Stimme war kalt wie Eis.

Corcoran ging darauf nicht ein. »Da dieses Departement für Morris Island zuständig ist, haben wir weder Zeit noch Geld, um auf Loggerhead auf Gänsejagd zu gehen. Die Insel gehört der Universität Charleston. Mit solchen Sachen soll sich die Campus-Security herumschlagen.«

Kit öffnete seinen Mund und schloss ihn wieder. Ging in die Offensive. »Ich habe Ihnen einen mutmaßlichen Mord gemeldet, und Sie weigern sich zu ermitteln?«

»Verdrehen Sie mir nicht die Worte im Mund, Dr. Howard.« Zum ersten Mal nahm ich ein Zögern des Sergeants wahr. »Morris Island nimmt schon genug Ressourcen in Anspruch. Dies erfordert meinen vollen Einsatz. Mich auch noch um Loggerhead zu kümmern, ist ausgeschlossen.«

»Ressourcen in Anspruch?« Ruths Stimme schnitt durch die Luft wie ein Hackmesser. »Ihre Leute lassen sich bei uns doch niemals blicken! Wenn wir nicht unsere eigene Bürgerwehr hätten, gäbe es überhaupt keinen Schutz!«

Ruth sprang auf und umklammerte mit den Händen die Ecken von Corcorans Schreibtisch.

Der Sergeant wich zurück, bereute dies sogleich und straffte seine Schultern.

»Mein Bubby hat gesagt, dass jemand auf ihn geschossen hat!« Ruths Stimme war schrill. »Entweder Sie bewegen jetzt Ihren Arsch und fangen an zu ermitteln, oder – das schwöre ich Ihnen! – ich stehe schneller beim Bürgermeister auf der Matte, als Sie piep sagen können!«

Zehn Minuten später legte das Polizeiboot mit uns ab.

KAPITEL 28

Der Rest des Morgens war ein Desaster.

Die Überfahrt von Folly dauerte dreißig Minuten. Sergeant Corcoran blieb in der Kabine und vermied jeden Kontakt mit Ruth. Wir Morris-Insulaner drängten uns am Bug zusammen.

Allmählich tauchte Loggerhead vor unseren Augen auf. Und zugleich ein ernsthaftes Problem.

»Oh, oh!«, seufzte Kit.

Dr. Marcus Karsten tigerte am Anleger auf und ab. Als er das Polizeiboot erblickte, blieb er stehen, verschränkte die Hände vor der Brust und wartete. Ein Raubvogel, bereit zum Angriff.

Und Karsten war nicht allein. Linus Stolowitski, Nelson Devers und Tom Blue waren bei ihm. Es war offensichtlich, dass die Väter den erregten Professor bereits informiert hatten. Das Trio stand schweigend ein Stück abseits, in sicherer Entfernung.

»Was soll der Unfug?«, rief Karsten, noch ehe wir festgemacht hatten. »Diese *Kinder!*« – er spuckte das Wort förmlich aus – »behaupten, es gäbe menschliche Skelette auf meiner Insel? Lächerlich!«

Kits Gesicht verhärtete sich. Ich hatte Mitleid mit ihm. Das würde kein Vergnügen werden. Doch ich wusste, dass er bald rehabilitiert sein würde.

»Dr. Karsten«, antwortete Kit ruhig, aber bestimmt. »Die Kinder sind ganz sicher, im Wald ein menschliches Skelett gefunden zu haben. Sollte das zutreffen, müssen wir von einem Verbrechen ausgehen. Sie haben auch berichtet, dass jemand auf sie geschossen hat. Uns blieb nichts anderes übrig, als die Polizei zu verständigen.«

Karstens Gesicht lief so rot an, dass ich dachte, er würde jeden Moment explodieren.

Erneut gab ich einen ungebetenen Kommentar ab. Vielleicht nicht klug, aber so bin ich halt.

»Lasst uns endlich zu dem verdammten Grab gehen!«

»Tory!« Kits Augen warfen mir einen strengen Blick zu, ehe sie wieder seinen Boss anschauten.

Karsten streckte mir beide Zeigefinger entgegen, verkniff sich aber einen weiteren Kommentar, sondern sagte nur:

»Nun gut.« Seine Stimme war tiefgekühlt. »Gehen Sie nur voran, Miss Brennan. Und ich hoffe in Ihrem Interesse, dass Sie recht haben.«

Wir marschierten in Richtung Fundort. Mein Team ging voran, gefolgt von Dr. Karsten und einem heftig schwitzenden Sergeant Corcoran. Das Gemurmel der bedrückten Eltern kam von ganz hinten.

Bald hatte Ben die Lichtung erblickt.

Von diesem Moment an ging's bergab.

Wie geplant stahl ich mich zu meinem Seesack, während die anderen die Grube in Augenschein nahmen. Meine schmutzigen Werkzeuge lagen wie zufällig durcheinander. Nur die Erkennungsmarken konnte ich nicht finden.

»Oh mein Gott!«, jammerte Ruth Stolowitski. »Da sind wirklich Knochen!«

Linus bot seiner Frau einen Arm an.

Mit düsterem Schweigen starrten die anderen in die Grube. Wir hatten sie nicht abgedeckt. Windböen hatten die Überreste mit einer feinen Schmutzschicht überzogen.

»Sind das wirklich menschliche Knochen?« Corcorans ganzes Benehmen hatte sich verändert.

Hab ich doch gesagt, dachte ich. Aber was sollte ich mit meinem stillen Triumph schon anfangen?

Und wo zum Teufel waren die Erkennungsmarken geblieben? Ich war sicher, sie in meinen Seesack getan zu haben, und der hatte völlig unverändert dagelegen.

»Also dann.« Karsten machte ein verkniffenes Gesicht, als würde er ein unliebsames Experiment durchführen. »Dr. Howard, bitte steigen Sie in die Grube und verifizieren Sie den Fund.«

Kit sprang in die Grube und vermied es sorgfältig, die Überreste zu berühren. Während er auf seinen Füßen landete, warf ich den Jungs ein rasches Kopfschütteln zu. Fragende Blicke flogen zu mir zurück. *Woher soll ich das wissen?* Die Marken waren einfach weg.

Sekunden verstrichen, ehe Kit sein Urteil fällte.

»Tja, ich glaube, da ist den Kindern wirklich ein Irrtum unterlaufen.« Er schaute auf. War es … *Verlegenheit,* die in seinem Blick lag?

»Ein Irrtum?« *Unmöglich!* Ich verschluckte das letzte Wort.

»Ich denke, es war schon zu dunkel, um alles deutlich erkennen zu können.« Kit vermied den Blickkontakt mit mir. »Da kann man sich schon mal täuschen.«

»Täuschen? Das Skelett liegt doch da unten!«

Kit seufzte. »Schatz, das sind die Knochen eines Primaten.«

Ich stürzte zum Rand der Grube. Die anderen folgten mir.

Mir fielen fast die Augen aus den Höhlen.

Das menschliche Skelett war verschwunden. Stattdessen lag dort unten ein Haufen alter Affenknochen. Jeder sah auf den ersten Blick, dass die nicht von einem Menschen stammten.

»Was soll das bedeuten?«, quakte Shelton.

»Das sind nicht die Knochen, die wir gefunden haben!«, schrie ich. »Wir haben das Skelett einer jungen Frau ausgegraben, die ein Loch im Schädel hatte. Diese Knochen hier habe ich noch nie gesehen!«

Hi und Ben, völlig verdattert, nickten wie Wackelpuppen.

»Sieh mal einer an!« Sergeant Corcoran warf mir einen boshaften Blick zu. »Affenknochen auf einer Affeninsel. Wer hätte das gedacht.« Er schüttelte abschätzig den Kopf. »Kinderwissenschaftler.«

Karsten schnaubte verächtlich. Auch er schien unsere Blamage zu genießen.

His Mutter hatte es ausnahmsweise die Sprache verschlagen. Sheltons Eltern sahen erleichtert aus. Tom Blue schüttelte nur den Kopf. Unsere Glaubwürdigkeit war auf unter null gesunken.

Jemand hat die Knochen ausgetauscht!

»Die Leute, die auf uns geschossen haben!«, rief ich. »Die haben das Skelett entfernt und stattdessen Affenknochen in die Grube gelegt.«

»Geschossen?«, spottete Corcoran. »Hältst du etwa immer noch an dieser verrückten Terroridee fest?«

»Tory«, sagte Kit, »es war doch stockdunkel, richtig? Vielleicht habt ihr euch ein bisschen zu sehr in die Sache reingesteigert, nachdem ihr von dem toten Mädchen gelesen hattet, und …«

»Die Kugeln!« Ich zeigte auf die Bäume. »Eine hat einen Ast getroffen. Der Einschuss muss noch zu erkennen sein.«

Ich rannte den Bäumen entgegen. Die Jungs folgten mir. Die Erwachsenen nicht.

Verzweifelt suchten wir alles ab. Kein Einschuss erkennbar. Keine Kugeln. Im Hintergrund hörte ich, wie Kit versuchte, Karsten und Corcoran zu beschwichtigen.

»Tory, schau mal! Hier links. Siehst du die Stelle neben dem Stamm? Jemand hat den Ast abgesägt und die Stelle mit Harz versiegelt.«

Shelton hatte recht. Am liebsten hätte ich meinen Frust herausgebrüllt.

»Die haben auch die Marken mitgenommen«, sagte Ben leise. »Deshalb kannst du sie nicht finden.«

»Und dann haben sie das Skelett gegen die Affenknochen ausgetauscht und uns wie Vollidioten aussehen lassen.« Hi stieß einen lang gezogenen Pfiff aus. »Ich werde tierischen Ärger kriegen.«

»Wir sagen keinen Mucks, bis wir mehr herausgekriegt haben«, sagte ich. »Verstanden?«

Die Jungs nickten. Wir hatten offenbar einen intelligenten Gegenspieler und konnten uns nicht erlauben, ihm erneut in die Falle zu tappen.

Mutlos stapften wir zu den Erwachsenen zurück.

»Was gefunden?«, fragte Kit.

Ich schüttelte den Kopf.

»Ich habt bestimmt Angst gehabt«, sagte Lorelei mitfühlend. »Im Wald. Im Dunkeln. Da kann einem jedes laute Geräusch wie ein Schuss vorkommen.«

Shelton nickte scheinbar kleinlaut. Argumentieren war zwecklos.

»Hiram Moshe Stolowitski«, polterte seine Mutter. »Du bist in großen Schwierigkeiten, junger Mann!«

In Erwartung seines Schicksals verdrehte Hi die Augen.

»Wir sollten es ihnen nicht übel nehmen«, sagte Kit. »Sie hatten doch die besten Absichten.«

»Diese besten Absichten haben meinen Vormittag ruiniert.« Sergeant Corcoran wandte sich an Dr. Karsten: »Halten Sie in Zukunft Ihr Haus in Ordnung, Doc!«

»Ich hatte Sie nicht eingeladen!« Karsten kochte vor Wut. »Aber jetzt bitte ich Sie zu gehen!«

Im Bewusstsein, es übertrieben zu haben, walzte Corcoran davon. Der Rest von uns folgte ihm.

»Da ist noch eine Sache!« Karstens Stimme traf uns im Rücken. »Letztes Wochenende ist in Labor 6 eingebrochen worden.«

Wir alle drehten uns um, sichtlich besorgt. Ruth Stolowitski war die Einzige, die beruflich nichts mit dem LIRI zu tun hatte.

»Ich leite hier die Ermittlungen«, fuhr Karsten fort, ein Inquisitor gegenüber einer Schar von Bösewichten, »und ich erwarte von jedem eine hundertprozentige Kooperationsbereitschaft.«

»Selbstverständlich«, entgegnete Kit. Die anderen Erwachsenen nickten.

»Zunächst einmal will ich wissen, warum diese Kinder sich ständig auf der Insel herumtreiben. Was sie tun und wo genau sie sich aufhalten.«

Ich wollte protestieren. Kits Hand schloss sich um meine Schulter. Ich hatte verstanden.

»Zum jetzigen Zeitpunkt will ich nur eines hinzufügen.« Karsten lächelte ohne Wärme. »Wenn ich etwas Unüberlegtes getan, zum Beispiel etwas *gestohlen* hätte, dann würde ich vielleicht ebenfalls versuchen, den Verdacht in eine andere Richtung zu lenken.«

Karsten warf mir einen bohrenden Blick zu.

Er hatte einen konkreten Verdacht. Und er wollte mich das wissen lassen.

»Und was wäre dazu besser geeignet, als eine wilde Story von bewaffneten Banditen zu erfinden, die hier auf der Insel ihr Unwesen treiben?«

Mit diesen Worten drängte sich Karsten an uns vorbei und eilte den Weg hinunter.

KAPITEL 29

Während der Rückfahrt drehten sich meine Gedanken im Kreis. Ich konnte einfach nicht glauben, was passiert war. Das Skelett war verschwunden. Wir waren gedemütigt worden.

Wo waren wir da nur hineingeraten? Mit welchem Gegner hatten wir es zu tun?

Für Hi war die Lage am schlimmsten. Ruth hatte ihn einem endlosen Verhör unterzogen und ein ganzes Trommelfeuer gezielter Fragen auf ihn abgeschossen. Hi wand sich und suchte nach Ausflüchten.

Lorelei Devers war davon überzeugt, dass unsere Nerven uns einen Streich gespielt und wir uns alles nur eingebildet hätten. Shelton bestärkte seine Mutter in ihrem Glauben, indem er ständig wiederholte, wie »chaotisch« und »unheimlich« dieser Abend gewesen sei. Lorelei kaufte ihm das ab.

Ich wurde von einer unendlichen Traurigkeit ergriffen. Wo war meine Mom, um mich zu trösten? Warum musste ich immer allein mit allem zurechtkommen?

Tränen schwollen hinter meinen geschlossenen Lidern. Die Trauer hätte mich fast überwältigt. Ich schüttelte schnell den Kopf, versuchte, die Gedanken zu vertreiben. Ich wollte mich ihnen nicht hingeben. Nicht in Gegenwart der anderen.

Ben saß neben mir. Kit war auf Loggerhead geblieben und Tom wieder mit seinem Boot unterwegs, also waren wir allein. Vorerst. Ein winziger Lichtblick an einem rabenschwarzen Tag.

Nach Karstens Enthüllung hatte Kit meiner Version der Ereignisse noch skeptischer gegenübergestanden. Misstrauisch wäre übertrieben, doch schien er mächtig irritiert. Er hatte gesagt, dass wir »reden müssten«, sobald er nach Hause käme. Ich freute mich nicht gerade auf das Gespräch. Ganz und gar nicht.

»Wie die Volldeppen standen wir da« murmelte Ben.

»Vier kleine Schwachköpfe«, bestätigte ich. »Und jetzt hat Karsten uns auch noch wegen des Einbruchs auf dem Kieker. Echt mieses Karma.«

»Die müssen gekommen sein, um Katherines Skelett auszugraben«, sagte Ben, »und wir kamen ihnen dabei in die Quere.«

»Sehe ich auch so. Sie haben das Skelett und die Marken einkassiert und dann die Affenknochen in die Grube gelegt, um uns lächerlich zu machen.« Ich seufzte. »Diese Schweine haben alle Spuren von Katherine beseitigt.«

Aber das Timing gab mir zu denken.

»Nach wie vielen ... *vierzig* Jahren?«, fragte ich. »Warum gerade jetzt? Warum wollten sie Katherine ausgerechnet *gestern* verschwinden lassen, genau vierundzwanzig Stunden, nachdem wir von ihrem Schicksal erfahren hatten?«

Ben schüttelte den Kopf. Niemand wusste die Antwort.

Ich ließ die letzten Tage Revue passieren. Ich glaube nicht an solche Zufälle. Irgendwas irritierte mich.

Synapsen feuerten in mein Gehirn. Bilder. Geräusche.

Ein Verdacht keimte. Trieb erste Wurzeln aus.

Vielleicht.

Ich behielt die Theorie für mich. Beweise mussten her.

Als wir wieder in Morris ankamen, war es mitten am Nachmittag.

Wir hatten einen kompletten Schultag verpasst. Ich streckte mich müde. Ein Schläfchen wäre jetzt nicht übel.

Aber zuerst mussten wir das Fiasko des heutigen Tages analysieren. Der Pleite, die sich heute ereignet hatte, einen Sinn abgewinnen.

Nur wie? Erneut zum Bunker zu schleichen war unmöglich.

»Ich schicke Shelton und Hi eine SMS, dass sie iFollow herunterladen sollen.« Ich erzählte Ben von dem App, das Jason mir gezeigt hatte. »Ladet das Programm auch auf eure Laptops«, schrieb ich. »Mit iFollow können wir eine Videokonferenz machen. Heute Abend nach dem Essen treffen wir uns online.«

»Okay.«

Während Ben das Programm herunterlud, schickte ich meine Botschaft in den Cyberspace. Es dauerte nur einen kurzen Moment.

Hi warf einen verstohlenen Blick auf sein Handy, damit seine Mutter nichts merkte. Zehn Sekunden, dann streckte er hinter ihrem Rücken den Daumen nach oben.

Auch Shelton hatte meine Nachricht unbemerkt zur Kenntnis genommen, nickte stumm, ließ sich ansonsten aber nichts anmerken.

Ich lehnte mich zurück und überdachte meine Theorie. Ich musste ganz sicher sein.

Von nun an würde ich mich nicht mehr überrumpeln lassen.

Beim Abendessen wich ich Kits Fragen so gut wie möglich aus. Ihm die Wahrheit zu erzählen, hatte keinen Sinn. Er hätte mir doch nicht geglaubt.

»Ich hab mich eben geirrt. Hatte mich wohl zu sehr erschrocken.«

»Geirrt?« Kits Augen verengten sich. »Bei Knochen?«

Beidseitiges Schulterzucken.

Er sah ziemlich mitgenommen aus und bohrte nicht weiter. War wohl mit seinen eigenen Problemen beschäftigt. Vermutlich weil sein Boss ihm die Leviten gelesen hatte.

»Wir reden noch darüber«, versprach er.

Das Essen endete in Schweigen.

Nachdem ich meine Zimmertür hinter mir abgeschlossen hatte, fuhr ich meinen Mac hoch. Zwei Mausklicks ließen iFollow mit knalligen Farben und tanzenden Rhythmen zum Leben erwachen.

Die GPS-Funktion zeigte sieben leuchtende Kreise über dem Stadtplan von Charleston. Einer davon schwebte über Mount Pleasant.

Hi Jason. Alles klar?

Ich änderte meinen Online-Status in *abwesend.* Keine Zeit, mich heute mit Jason zu kabbeln. Meine Inselcrew ging vor.

Ich wechselte von *Bolton Lacrosse* zu *Bunker.* Wir brauchten definitiv einen besseren Gruppennamen.

Das GPS-Bild zeigte jetzt vier Punkte, die sich über Morris Island zusammendrängten. Selbst online sah unsere Heimat einsam und verlassen aus.

Pling. Pling. Pling.

Im Nu war unsere Gang vollzählig eingeloggt.

»Geht auf *video*«, tippte ich.

Mein Bildschirm teilte sich in vier Rechtecke.

In jedem der Felder erschien ein Gesicht. Meines war oben rechts. Verlegen versuchte ich, meine Korkenzieherlocken etwas zu glätten.

»Hör auf, dir die Haare zu machen, Miss America«, witzelte Hi.

»Vielleicht solltest *du* mal damit anfangen«, entgegnete Shelton.

Hi war oben links und trug einen Chuck-Norris-Pyjama, der bis oben zugeknöpft war. Er hatte das Licht in seinem Schlafzimmer ausgeknipst, vermutlich um dem Radar seiner Mutter auszuweichen.

Bens Gesicht war direkt unter meinem. Er saß in seinem Hobbyraum neben einem ramponierten Billardtisch.

Im letzten Kästchen, vor seiner mit Star-Wars-Postern tapezierten Schlafzimmerwand, war Shelton zu sehen. Mit nassen Haaren und müden Augen.

Ich legte sofort los. »Jemand in der Bibliothek hat uns ausspioniert.«

Sheltons Augen weiteten sich. Hi und Ben nickten.

»Gut möglich«, sagte Ben.

Hi war derselben Ansicht. »Wir haben gerade erst von der Heaton-Sache Wind bekommen, und schon klaut jemand ihre Knochen? Das kann doch kein Zufall sein.«

»Aber woher wusste der Spion, dass wir das Skelett ausgraben wollten?«, fragte Shelton. »Und wo es lag. Darüber haben wir in der Bibliothek keinen Ton gesagt.«

Gute Frage, auf die ich keine Antwort wusste.

»Vielleicht hat man unsere Recherchen nachvollzogen«, überlegte ich. »Jemand könnte uns in der Bibliothek beschattet haben.«

»Der Mörder!«, sagte Hi. »Lasst uns nicht vergessen, dass wir über einen Killer reden. Wer sonst hätte von dem Grab wissen können? Wer auch immer uns gefolgt ist, hat vielleicht auch Katherine Heaton auf dem Gewissen.«

Allgemeines Schweigen.

Bilder rauschten durch meinen Kopf. Dunkle Gestalten vor noch dunklerem Wald. Zwei laute Schüsse.

»Der Bibliothekar«, schlug Shelton vor. »Der hat sich von einem auf den anderen Moment so komisch verhalten.«

»Katherine Heaton ist 1969 verschwunden«, sagte ich. »Limestone ist zu jung. Außerdem sagt mir mein Gefühl, dass er ein Weichei ist.«

Doch Limestones Verhalten hatte auch mich verwundert. Ich wollte später darüber nachdenken und präsentierte meine zweite Theorie.

»Karsten war fuchsteufelswild heute.«

»Ist ja nichts Neues«, entgegnete Ben.

»Stimmt schon. Aber er war noch nie so außer sich wie heute. Als hätte er irgendwas zu verbergen. Außerdem schien es ihm überhaupt nicht zu passen, dass wir einen Bullen dabeihatten.«

»Karsten hat doch seit Jahren die absolute Kontrolle auf Loggerhead«, ließ sich Hi auf meine Gedanken ein.

»Und er versucht, alle von den Wäldern fernzuhalten«, ergänzte Shelton.

»Der Typ macht bestimmt geheime Experimente«, fügte Ben hinzu.

»Bingo!«, sagte ich. »Denkt nur daran, was er mit Coop angestellt hat. Außerdem kommt Karsten an Affenknochen heran.«

»Wer sonst könnte in kürzester Zeit schweres Gerät in den Wald bringen und wieder entfernen lassen?«, fragte Hi.

Eine drückende Stille machte sich breit. Shelton brach sie als Erster.

»Du glaubst also, dass *Karsten* der Killer ist?«

»Er ist zumindest höchst verdächtig«, antwortete ich. »Aber wir brauchen Beweise.«

»Wo sollen wir die hernehmen?« Hi entfaltete nacheinander seine Finger. »Erstens wissen wir nicht, wer uns gefolgt ist. Zweitens haben wir nichts gegen Karsten in der Hand und drittens schon genug Ärger am Hals.« Er ließ seine

Hand auf die Tischplatte fallen. »Außerdem lege ich keinen Wert darauf, selbst erschossen zu werden.«

Wir hatten den Kern der Sache erreicht.

Hi hatte mit jedem einzelnen Wort recht. Aber das schreckte mich nicht ab. Ich fühlte mich Katherine Heaton so stark verbunden, dass ich es nicht ignorieren konnte. Sie brauchte einen Anwalt. Mich.

»Ich gebe nicht auf!«, erklärte ich. »Katherine hat ihre Mutter verloren, so wie ich. Dann verlor sie auch noch ihren Vater. Ich kann sie jetzt nicht im Stich lassen.«

Sie war genau so tough wie ich. Sie hätte niemals klein beigegeben. Das spüre ich bis in meine Seele.

»Ich bin dabei«, sagte Ben. »Katherine wurde ermordet. Niemand kämpft für sie. Wir sollten das tun.«

Kurz und präzise. Anders gesagt: Ben Blue.

»Tut mir leid, dass ich immer so pragmatisch bin, aber wir können aus der Sache auch gar nicht aussteigen.« Shelton zupfte sich am Ohrläppchen. »Die Killer wissen vielleicht, wer wir sind. Wir müssen sie fertigmachen, ehe sie uns fertigmachen.«

Hi ließ seinen Kopf drei Mal auf die Tischplatte knallen. Dann, ohne aufzublicken: »Na großartig. Wer will schon ewig leben?«

»Wir sind ein Team, Jungs!« Ich empfand einen mächtigen Stolz. »Wir sind klüger als die Ratten, die das getan haben. Wir können sie besiegen.«

»Und jetzt?« Hi saß wieder aufrecht. »Wir haben keine Anhaltspunkte.«

Ich lächelte. »Haben die Gentlemen heute Nacht schon was vor?«

Dreifaches Stöhnen.

Mein Lächeln wurde noch breiter.

KAPITEL 30

»Warum haben all deine brillanten Ideen eigentlich immer mit Hausfriedensbruch zu tun?«

In seinem langärmligen schwarzen Hemd, schwarzer Hose und Sturmhaube sah Hi einfach lächerlich aus. Dafür schwitzte er auch aus allen Poren.

Wir vier kauerten hinter einem Azaleenbusch, der an den Weg hinter der Bibliothek angrenzte. Es war 00.42 Uhr. Wenn Kit herausbekam, dass ich mich davongeschlichen hatte, würde er mir bis zum Ende meiner Tage Hausarrest aufbrummen.

Vorhin, am Computer, hatte ich meinen Plan erklärt. Doch bevor die Jungs irgendwelche Einwände vorbringen konnten, klopfte es an meiner Tür. Ich schaltete blitzschnell meinen Mac aus, sprang ins Bett und stellte mich schlafend.

Ich hörte, wie Kit zögerte, ehe er sich in sein eigenes Schlafzimmer zurückzog. Bärenhaftes Schnarchen hallte kurz darauf durch den Flur.

Ich hatte ein schlechtes Gewissen, meinen Vater zu hintergehen. Ihm zuliebe hoffte ich, dass wir nicht erwischt werden würden. Und mir zuliebe.

Von hinten hörte ich Shelton flüstern: »Die *müssen* einfach eine Alarmanlage haben.« Er sagte das zum fünften Mal. »Das Gebäude ist doch ziemlich neu.«

»Das werden wir erst wissen, wenn du das Schloss knackst«, wiederholte ich. »Wenn der Alarm losheult, hauen wir ab.«

Die Nacht war warm und schwül. Was auch sonst. Wolken

hatten sich vor den Mond geschoben und Nebel hüllte die Stadt ein. Perfekte Bedingungen für einen Einbruch.

Ein Streifenwagen umkreiste träge den Block, ehe er nach Osten in Richtung Calhoun Street davonfuhr. Drei Mal war er an uns vorbeigerollt.

»Los!«, zischte Ben. »Eine bessere Gelegenheit kriegen wir nicht.«

Wir liefen zu einer einsamen Hintertür. Ich hoffte, das Alarmsystem würde nicht zu kompliziert für uns sein, aber sowohl das Schlüsselschloss als auch der Riegel sahen neu und sehr solide aus.

»Hey, schaut mal!« Hi zeigte auf ein Erdgeschossfenster, das einen Spaltbreit offen stand.

Wir huschten an der Mauer entlang. Shelton steckte beide Hände durch den Schlitz und schob das Fenster nach oben. Wir hielten den Atem an.

Kein Lärmen, kein Heulen, kein Pfeifen. Leichtes Spiel für die Einbrecherbande.

Einer nach dem anderen krabbelten wir durch die Öffnung. Ben schob das Fenster wieder nach unten und knipste seine Taschenlampe an.

Wir befanden uns in einem rechteckigen Raum, dessen Wände von leeren Regalen gesäumt wurden. In der Mitte stand ein einzelner langer Tisch. Darauf ein Dutzend Bücher und eine halb leere Tasse, die mit nassen Zigarettenkippen gefüllt war.

»Danke Mr. Nikotin«, murmelte ich. Unser heimlicher Sargnagelkonsument hatte vergessen, das Fenster zu schließen. Schadenfroh hoffte ich, dass es Limestone war.

Ich konzentrierte mich wieder auf unsere Mission. Jemand hatte uns am Montag hinterhergeschnüffelt. Wie sonst hätten sie unsere Absichten erraten können?

Aber wie sollten wir es beweisen? Wie den Kerl identifizieren?

Durch Fingerabdrücke.

Der Plan war ein Schuss ins Blaue. Doch wenn wir einen Feind hatten, dann mussten wir davon wissen. Vor allem, wenn der Feind eine Pistole hatte und auch gewillt war, sie zu benutzen.

Wir folgten Bens Lichtstrahl nach oben, während wir unentwegt nach Überwachungskameras Ausschau hielten. Da wir keine sahen, wuchs meine Zuversicht. Was wir brauchten, würde nur Minuten dauern.

Wir betraten den South-Carolina-Raum und eilten auf kürzestem Weg zu dem Mikrofilm-Lesegerät. Da diese Antiquität im Zeitalter des Internets kaum noch benutzt wurde, war es sehr unwahrscheinlich, dass seit unserem Besuch vor zwei Tagen jemand daran gearbeitet hatte.

Niemand, außer unserem Stalker, hoffte ich.

Ich schaltete die UV-Lampe an, die ich aus Kits Werkzeugkasten stibitzt hatte, und ließ sie über die Bedienelemente wandern.

Nicht der kleinste Schimmer zu erkennen.

»Wozu soll das gut sein?«, fragte Ben.

»Fingerkuppen haben mikroskopisch kleine Rillen, die einen besseren Griff gewährleisten.« His Stimme klang dumpf hinter der Sturmhaube. »Dieses Muster ist bei jeder Person verschieden.«

»Das weiß ich auch«, sagte Ben. »Ich frage mich nur, wie man die kleinen Dinger kenntlich macht.«

»Finger sind fast immer von einem fettigen Schweißfilm besetzt, sodass sie fast auf allen Oberflächen Spuren hinterlassen.« Ich überprüfte ein weiteres Mal die Bedienelemente.

Wieder nichts.

»Manchmal erkennt man sie mit bloßem Auge, aber das ist sehr ungewöhnlich. Unsichtbare Abdrücke werden auch als ›latent‹ bezeichnet, und an denen bin ich interessiert.«

Das Mikrofilm-Lesegerät bestand aus dunkel glänzendem Metall, wie geschaffen dafür, latente Spuren zu bewahren. Ich ließ den kleinen blauen Lichtstrahl über die Oberfläche gleiten.

Ohne Erfolg.

Indem ich zu Schritt zwei überging, zog ich ein Fläschchen mit feinem grauem Pulver und einen magnetischen Pinsel aus meiner Tasche. »Wenn ein Abdruck da ist, bleiben die kleinen Partikel des Pulvers an dem Schweißfilm haften«, sagte ich. »Das macht die Rillen sichtbar.«

Mithilfe des Pinsels streute ich behutsam ein wenig Pulver auf die Bedienelemente. Keine Abdrücke. Ich versuchte es mit dem Rahmen der Maschine. Null. Dem Bildschirm. Nix. Wir tappten weiter im Dunkeln.

»Kommt, wir hauen ab«, sagte Shelton. »Lasst uns lieber was unternehmen, das uns nicht in den Knast bringt.«

Ein plötzlicher Gedanke.

»Wo sind eigentlich unsere eigenen Abdrücke? Auf dieser Oberfläche müssten sie sich eigentlich wochenlang halten.«

»Vielleicht hat der Hausmeister die Maschine sauber gemacht«, schlug Hi vor.

»Oder jemand hat sie gründlich abgewischt, um die eigenen Fingerabdrücke zu entfernen«, sagte Ben.

Mist.

Waren wir also völlig umsonst in ein offizielles Gebäude eingebrochen. Ich wollte unsere Niederlage schon einräumen, als mir eine letzte Idee kam.

»Lasst uns noch schnell den Film der *Gazette* anschauen.

Wenn den nach uns jemand in der Hand hatte, dann bestimmt unser Stalker.«

Hi stöhnte, lief aber sogleich zum Archivschrank hinüber.

»Fass ihn nicht an!« Lautes Flüstern.

Hi benutzte seine Sturmhaube als Handschuh, dann legte er die entsprechende Spule auf den Tisch.

Mit den Fingern berührte ich nur die Ränder des Films, während ich das UV-Licht im Zickzack über seine Oberfläche wandern ließ.

Nichts.

Enttäuscht wandte ich mich der anderen Seite zu.

Eine ovale Fläche zeichnete sich weiß ab.

Einen Freudenschrei unterdrückend, trug ich das Pulver auf. Der Abdruck erschien in spektakulärer Deutlichkeit.

»Wahnsinn«, murmelte Ben.

»Wir sichern den Abdruck und dann nichts wie raus hier.« Shelton reichte mir eine Rolle Klebeband und eine Karteikarte.

Behutsam drückte ich das Klebeband auf die bestäubte Stelle. Dann zog ich den Abdruck ab und fixierte ihn auf der Karte. Ein Muster in feinen grauen Schleifen hatte sich auf die weiße Pappe übertragen.

Endlich klappte mal was.

Für eine Sekunde.

Rums!

Eine Autotür knallte.

Hi raste zum Fenster.

»Scheiße!«

Blau-rotes Licht blinkte auf seinem Gesicht.

»Die Bullen!«, krächzte er.

KAPITEL 31

Ich warf mich zu Boden, robbte zum Fenster und spähte über die Kante. Draußen sah ich zwei Streifenwagen. Drei Polizisten standen beieinander und suchten mit ihren Taschenlampen das Bibliotheksgrundstück ab.

»Wie …?« Mehr brachte ich nicht heraus. Die Szene war irreal.

Wir steckten in Megaschwierigkeiten. Das waren echte Bullen, die einem echten Einbruch nachgingen, der kein Kinderspiel war. Und diesmal konnten unsere Eltern uns beim besten Willen nicht aus der Patsche helfen.

»Stiller Alarm?« His Gesicht war in seinen Händen vergraben. »Bewegungsmelder? Übersinnliche Kräfte?«

»Oh, Mann, wir sind echt die miesesten Einbrecher aller Zeiten!« Shelton lag erschöpft auf dem Boden. Die Achterbahnfahrt der letzten Tage hatte ihm schwer zugesetzt. »Das bringt doch nichts. Ich geb auf!«

Ben gab ihm eine Kopfnuss, um zum Ausdruck zu bringen, was er von Sheltons Kapitulationsabsichten hielt. Dann schlich er in gebückter Haltung zur Tür, um einen Blick in die Eingangshalle zu werfen.

»Da sind noch zwei Bullen. Dort können wir nicht lang.«

Er schlich zum Notausgang am Ende des Raumes. Die Tür war nicht abgeschlossen.

Wie fliehende Ratten jagten wir die Stufen hinunter. Huschten im Erdgeschoss in den Raum hinein, durch dessen Fenster wir in das Gebäude gelangt waren.

Vom Haupteingang klirrte das Geräusch von Schlüsseln zu uns herüber. Scharniere kreischten. Stimmen.

Ich zog die Tür zu.

»Runter!«, zischte Shelton.

Ich fiel wie ein Stein zu Boden.

Ein Streifenwagen rollte mit knatterndem Polizeifunk heran. Ich verharrte unter unserem Fenster. Ein heller Strahl schoss durch die Scheibe. Rotes und blaues Licht wirbelte über die Wände.

Ich lag regungslos auf dem Boden und wagte kaum zu atmen. Dankte jedem Gott, den ich kannte, dass wir das Fenster wieder geschlossen hatten, durch das wir eingestiegen waren.

Der Scheinwerfer suchte jeden Winkel unseres Zufluchtsorts ab. Mein Herz donnerte wie eine Kesselpauke. Meine Wange drückte sich noch tiefer in den alten, muffigen Teppich hinein. Meine Nase war einem modrigen Bibliotheksgestank ausgesetzt, der sich in Jahrzehnten angesammelt hatte.

So verging eine Ewigkeit. Ich war mir sicher, dass wir entdeckt worden waren. Dieser Raum schien viel zu klein, um vier Teenager zu verbergen.

Endlich rollte der Streifenwagen weiter.

Keiner rührte sich vom Fleck.

Ein Rütteln am Türknauf. Ganz in der Nähe. Schritte setzten sich in Bewegung und verhallten auf dem Gang. Das Adrenalin drehte eine weitere Runde in meinem Körper.

Bullen. Hier drin. Sie gingen von Raum zu Raum.

Die Tür hatte kein Schloss. Ich winkte wie wahnsinnig zu den anderen herüber.

Sie verstanden die Botschaft.

Die blauen und roten Lichter verblassten. Der Streifenwagen bog um die Ecke, ließ die Straße im Dunkeln zurück.

Ben sprang auf und schob das Fenster nach oben. Ich zwängte mich durch die Öffnung, rannte über die Fahrbahn und verkroch mich auf der anderen Seite hinter einem Busch.

Hi folgte. Dann Shelton. Zuletzt Ben. Ich sah, wie er darum kämpfte, das Fenster zu schließen. Schließlich hatte er es so weit heruntergezogen, dass nur noch ein winziger Spalt offen stand.

Mein Puls drehte durch.

Kommt schon! Lauft!

Ben gab auf und hastete unserem Busch entgegen. Als er mitten auf der Straße war, rollte ein weiterer Streifenwagen mit flammenden Scheinwerfern um die Ecke.

Ben brach einfach durch den Busch hindurch und rannte weiter. Shelton, Hi und ich spurteten hinter ihm her. Niemand warf einen Blick zurück.

Orientierungslos jagten wir durch Dunkelheit und Nebel. Selbst Hi, dessen Angst vor einer Verhaftung seine physischen Nachteile mehr als wettmachte.

Zwei Blocks von der Bibliothek entfernt gellte uns eine schrille Sirene in den Ohren. Ein Polizeiwagen sauste direkt an uns vorbei. Ob es am Nebel lag? Jedenfalls nahmen die Polizisten die vier keuchenden Teenies, die kopflos davonstürzten, nicht wahr.

Wir gaben weiterhin Vollgas. Ein Jammer, dass keiner unsere Hundertmeterzeit stoppte. Vier persönliche Bestzeiten wären uns sicher gewesen.

Zehn Minuten später und aus jeder Pore schwitzend, sprangen wir an Bord der *Sewee*.

Ben warf den Motor an, Shelton machte die Leinen los, und im nächsten Moment hielten wir Kurs auf die neblige

Bucht. Das Wasser war so eben und glatt wie Glas. Still und unbewegt. Ein willkommener Kontrast zur Turbulenz der letzten Stunde.

Ich genoss die friedvolle Stille, als Shelton losprustete, um anschließend in sich hineinzukichern. »Wir sind zwar lausige Einbrecher, aber geniale Ausbrecher!«

Sheltons Lachen war ansteckend. Er wieherte und gluckste, bekam keine Luft mehr und musste husten.

Was alles nur noch lustiger machte. Auch ich fing zu gackern an. Selbst Ben johlte gegen den Wind, während er das Steuer hielt. Die aufgestaute Spannung entlud sich in die Nacht.

Ich rückte an Hi heran.

»Alles okay?«

Als Hi aufblickte, waren seine Augen zusammengekniffen und sein Kiefer irgendwie verdreht. Er wollte etwas sagen, doch seine Lippen erstarrten. Für einen Augenblick schimmerten seine Pupillen im Mondlicht. Dann rollten sie nach hinten.

»Hi!«, schrie ich.

Bewusstlos kippte er nach vorn. Ich konnte ihn im letzten Moment festhalten, sonst wäre er mit dem Kopf auf das Deck geknallt.

»Ben!«, rief ich. »Mit Hi stimmt was nicht!«

Ben stellte den Motor ab und eilte mir zu Hilfe. Obwohl er bewusstlos war, atmete Hi ruhig und gleichmäßig.

»Hat er sich irgendwo den Kopf gestoßen?« Ich versuchte mich zu erinnern, wie man sich bei einer Gehirnerschütterung verhalten sollte.

»Hiram, wach auf, Mann!« Ich tätschelte ihm die Wangen und rieb dann seine Arme. Nicht gerade wie vom Web-Doktor empfohlen.

His Lider glitten langsam zurück, offenbarten Augen, die nicht normal aussahen. Ihre hellbraune Iris war verschwunden und goldenen Kugeln gewichen, in deren Mitte sich pechschwarze Pupillen befanden.

Unwillkürlich wich ich zurück, stolperte und landete auf den Deckplanken.

Was war das?!?!?

»Irgendwas ist mit seinen Augen«, sagte ich.

Ben und Shelton starrten in meine Richtung. Keiner von ihnen hatte sehen können, was ich gesehen hatte. Sie traten ganz nah an Hi heran, machten sich auf das Schlimmste gefasst.

Hi blinzelte. Setzte sich auf. Seine Iris hatte ihre normale kastanienbraune Farbe wiedererlangt.

»Wie merkwürdig ...« Hiram schüttelte den Kopf, versuchte seine Gedanken zu ordnen. »Ich war wohl kurz weggetreten.«

»Yep!«, antwortete Shelton. »Alles okay? Kannst du normal sehen?«

Hi ließ seine Augen kreisen. »Natürlich.« Dann fragte er mit ängstlich heller Stimme: »Wieso? Ist was mit meinen Augen? Ist mir eins rausgefallen? Sagt schon!«

Shelton und Ben warfen mir verstohlene Blicke zu.

»Nichts, Hi, es ist meine Schuld«, sagte ich. »Das muss eine optische Täuschung gewesen sein. Entschuldige! Ich wollte dich nicht erschrecken.«

Seine Augen sahen tatsächlich wieder ganz normal aus. Was auch immer ich gesehen hatte, es war verschwunden. Oder hatte nie existiert.

»Tja, so ist das, wenn eine Coachpotato einen Langstreckenlauf absolviert«, frotzelte Shelton.

»Lasst uns zusehen, dass wir nach Hause kommen.« Ben

ging wieder zum Steuerrad. »Es ist schon nach zwei und morgen ist Schule.«

»Tory, ist doch alles in Ordnung, oder?«, vergewisserte sich Hi ein weiteres Mal. Ich hatte ihm einen heftigen Schrecken eingejagt.

»Und ob! Wir haben einen Fingerabdruck und sind nicht erwischt worden. Echt gut gelaufen, würde ich sagen.«

Hi lehnte sich zurück und schloss die Augen. »Komisch«, sagte er. »Ich hab vorher noch nie das Bewusstsein verloren. Und jetzt fühle ich mich großartig.«

Ich versuchte, den Gedanken abzuwehren, aber das Bild war mir plötzlich durch den Kopf geschossen. Goldene Iris, von schwarzen Pupillen gespalten. Unergründlich. Ursprünglich. An eine andere Kreatur erinnernd.

Plötzlich fühlte ich mich ausgelaugt, nahm alles nur noch vage und verzerrt wahr. Die Welt schien sich zu dehnen, ehe sie blitzartig wieder aussah wie zuvor. Energie pulste durch meinen Körper.

Ich versuchte mich zu bewegen. Schaffte es nicht. Kauerte hilflos an meinem Platz. Meine Lider suchten einander.

Tief in meinem Innern wurden alte Verbindungen gelöst und neu zusammengesetzt. Eine Wiedergeburt.

Meine Augen sprangen auf. Etwas hatte sich verändert. Ich spürte es in jeder Faser meines Körpers. Was war geschehen? Ich horchte in mich hinein, versuchte die Veränderung an irgendwas festzumachen, fand aber nichts.

Ich fühlte mich leicht. Stark. Die Müdigkeit war einer Energie gewichen, die mich bis ins Mark erfüllte.

Das Boot flog nur so über das ruhige Wasser. Ein fast voller Mond stand hoch über unseren Köpfen. Ich starrte ihn verzückt an, bezaubert von seiner Schönheit. Ich fühlte einen Drang, den ich nie zuvor gespürt hatte.

Ich spähte zu Hi hinüber. Auch er blickte himmelwärts. Mit glühenden Augen. Ich wusste, dass er denselben Sog spürte wie ich.

Unwillkürlich kam mir ein Name über die Lippen.

»Whisper«, sagte ich. Warum?

»Whisper.«

Der Name hing für einen Moment in der Luft, ehe er im Dunkel der milden Sommernacht verschwand.

TEIL 3

INKUBATION

KAPITEL 32

Der Wecker schrillte seit zehn Minuten, ehe ich zu mir kam.

Piep! Piep! Piep!

Kit hämmerte an die Tür. Ein Hinweis, dass es inakzeptabel war, zwei Schultage hintereinander zu verpassen.

»Bin schon auf!«, log ich.

Ich lag regungslos unter der Decke, immer noch erschöpft vom Abenteuer der vergangenen Nacht, und brütete über eine Möglichkeit nach, zu Haus bleiben zu können. Meine Glieder schmerzten. Mein Kopf wog hundert Kilo. Ich hoffte, ich würde nicht krank werden.

Tock. Tock.

»Tory, jetzt mach schon!«

Gähn.

Einen Fuß auf den Teppich. Dann den zweiten. Schwerfällige, zombiehafte Bewegungen. Meine Augen weigerten sich, offen zu bleiben. Ich quälte mich durch mein Morgenprogramm, dann musste ich laufen, um das Boot zu kriegen.

Die Jungs sahen auch nicht besser aus. Ben und Shelton machten mürrische Mienen und waren nicht zu Gesprächen aufgelegt. Hi schnarchte vor sich hin. Manchmal fiel sein Kopf gegen Bens Schulter und wurde weggeschoben.

Der Vormittag verging wie in Zeitlupe. Eigentlich machten mir meine Kurse Spaß, doch heute hätte ich mir eine Taste zum Vorspulen gewünscht. Ich musste mit Jason über den Fingerabdruck sprechen.

Im Biokurs? Unmöglich. Meine Bitte war ungewöhnlich

und am Rand der Legalität. Kein geeignetes Thema für eine Gruppenbesprechung. Außerdem musste ich zuerst ein paar Vorbereitungen treffen.

Während der Lunchpause traf ich mich mit Ben und Shelton in der Bibliothek. Ben war entschuldigt, weil er nicht dabei gewesen war, als wir das Mikrofilm-Lesegerät benutzt hatten.

»Wir müssen den Abdruck mit unseren eigenen Fingerabdrücken vergleichen«, sagte ich.

Ich schnappte mir ein Stempelkissen, rollte einen Finger darüber, drückte ihn auf eine Karteikarte und fügte meine Initialen hinzu. Shelton und Hi taten dasselbe.

»Warum tun wir das noch mal?«, fragte Shelton.

»Um sicherzugehen, dass der mysteriöse Fingerabdruck nicht von uns stammt«, antwortete ich. »Wir wollen uns ja schließlich nicht selbst jagen.«

»Hast du irgendeine Ahnung, wie man Fingerabdrücke analysiert?«, fragte Hi.

»Es gibt drei Arten«, erklärte ich. »Schleifen, Bögen und Windungen.« Ich studierte die Karten mit meiner Handlupe. »Bei euch beiden sind es Schleifen. Shelton, deine Rillen verlaufen von links zur Mitte deiner Fingerkuppe und dann wieder nach links.«

»Meine nicht.« Hi schaute mir über die Schulter.

»Deine bilden auch Schleifen, verlaufen aber in die andere Richtung.«

»Sind wir miteinander verwandt?«, fragte Hi.

Shelton schnaubte.

»Nein, nur Nullachtfünfzehn-Typen«, antwortete ich. »Zwei Drittel der Gesamtbevölkerung haben Schleifen.«

»Ich hätte lieber Windungen«, sagte Hi. »Klingt irgendwie cooler.«

»Windungen machen in der Mitte jedes Abdrucks eine komplette Drehung.« Ich hielt meine Karte hoch. »Wie bei mir. Knapp ein Drittel der Bevölkerung gehört zu diesem Typus.«

»Da muss die dritte Art ja ziemlich selten sein«, entgegnete Hi.

»Stimmt. Nicht mal fünf Prozent der Leute haben Bögen. Die Mitte dieses Abdrucks sieht aus wie eine Anhäufung kleiner Hügel.«

»Und der Gewinner ist …« Sheltons Stimme schwoll an wie ein Trommelwirbel.

Ich hielt meine Lupe über den geheimnisvollen Fingerabdruck.

»Jemand mit Bögen!«, krähte Hi.

»Was uns ausschließt«, fügte ich hinzu.

Hi legte die vier Karten nebeneinander. »Und der Abdruck ist groß! Viel zu groß für einen von unseren Fingern.«

»Ein so perfekter Abdruck muss ziemlich frisch sein«, sagte ich. »Shelton, bist du ganz sicher, dass du die Spule selbst wieder einsortiert hast? Du hast sie nicht auf einen der Wagen gelegt, damit dass Personal sie wieder einordnet?«

»110 Prozent sicher!«

»Dann hat unser Stalker den Abdruck hinterlassen.«

Ich machte schnell ein Foto mit meinem iPhone und warf dann einen Blick auf die Uhr. Noch zwanzig Minuten bis zum Ende der Lunchpause. Genug Zeit, um Jason zu finden.

Doch Jason war nicht da.

Ich suchte überall nach ihm, in den Fluren, auf der Grünfläche, in der Sporthalle und der Mensa. Fehlanzeige. Obwohl die Schüler den Campus während der Unterrichtszeit nicht verlassen dürfen, schauen die Aufsichtspersonen schon mal in die andere Richtung – falls man die richtigen Beziehungen hat.

Bestimmt holte Jason sich gerade bei Poogans's Porch ein paar Krabbenküchlein. Doch ich konnte ihn auch nach der letzten Stunde noch abfangen. Wir hatten gemeinsam Trigonometrie.

Der Nachmittag war zäh wie Kaugummi. In Trigonometrie streute mir der Sandmann kiloweise Sand in die Augen. Zwei Mal wäre mein Kopf fast auf die Tischplatte geknallt. Ich zählte die Sekunden bis zum letzten Klingeln.

Ring!

Ich schoss hoch, als hätte ich eine Sprungfeder unter mir.

»Jason, warte!« Ich lief ihm auf dem Flur hinterher.

»Was gibt's?« Breites Jason-Lächeln.

»Hast du eine Minute Zeit?«

»Für dich auch zehn Minuten. Dann fängt das Training an.«

Das Bolton-Lacrosse-Team musste die Landesmeisterschaft verteidigen und befand sich schon mitten in den Playoffs. Jason war der Topscorer seiner Mannschaft.

Ziel in Reichweite. Mach weiter.

Doch zu meinem Schrecken wusste ich nicht, wie ich mein Anliegen vorbringen sollte. Jason sah mich fragend an. Worte und Formulierungen schwirrten durch meinen Kopf, als Ben erschien.

»Und, hilft er uns?« Ben würdigte Jason keines Blickes.

»Hab ihn gerade erst erwischt.«

»Ich hab das Gefühl, ihr redet über mich«, sagte Jason. »Und du bist Ben, stimmt's?«

»Stimmt.« Kein Lächeln. Keine Erwiderung.

Jasons Brauen schossen erstaunt nach oben.

Was ist denn hier los? Ich versuchte, das Eis zu brechen. »Kennt ihr euch?«

Keine Reaktion. Jason und Ben fixierten sich schweigend. Die Atmosphäre wurde immer frostiger. Doch Charlestons Oberschichtkinder waren zu untadeligem Verhalten erzogen. »Nett, dich kennenzulernen«, sagte Jason, auch wenn das Gegenteil der Fall war. Nach dieser Höflichkeitsphrase wandte er sich wieder mir zu. Ben existierte nicht mehr.

»Ich hab da ein Problem«, sagte ich rasch. »Und ich dachte, dass dein Vater vielleicht helfen könnte.«

Nach seinem Abschluss auf der Militärakademie hatte Jasons Vater zur Bestürzung des Taylor-Clans mit der Familientradition gebrochen und sich dem Charleston Police Departement angeschlossen. Jahren als Streifenpolizist war die Beförderung zum Detective gefolgt, der schließlich auch für Tötungsdelikte verantwortlich war. Inzwischen leitete er das Dezernat für Gewaltverbrechen.

»Mein Vater?«, fragte Jason erstaunt. »Hast du jemand erschossen?«

»Ncin, nein.« Ich ließ meine erfundene Story vom Stapel. »Mir wurde nur mein Laptop gestohlen. War meine Schuld, ich hab nicht richtig aufgepasst. Ich hatte ihn auf den Eingangsstufen liegen lassen und bin noch mal zurückgelaufen, um die Post zu holen. Als ich zurückkam, war er weg.«

»Hast du einen konkreten Verdacht?«

»Nein, aber der Dieb hat eine Spur hinterlassen.« Ich zeigte ihm die Karteikarte mit dem Fingerabdruck. »Hab den Abdruck von einer Coladose, die ich auf den Stufen gefunden hab.«

Hörte sich wenig überzeugend an. Ich plapperte weiter.

»Und jetzt hab ich mich gefragt, ob dein Vater den nicht überprüfen könnte.«

»Du hast den Fingerabdruck selbst sichergestellt? Ehrlich?« Jason sah amüsiert aus.«Wer bist du? Miss Marple?«

Ich zuckte die Schultern.

»Muss wohl in der Familie liegen.«

»Die meisten Leute lernen ja bloß zu angeln oder so was.« Er dachte kurz nach. »Hast du das der Polizei gemeldet?«

Jetzt kam der schwierige Part. »Ich hatte darauf gehofft, *erst mal* den Fingerabdruck überprüfen zu können. Der Dieb muss ja einer meiner Nachbarn sein.«

»Wie unangenehm.«

»Genau. Ich will aber nicht, dass jemand wegen meines Computers in den Knast kommt. Wir sind auf Morris schon dünn genug besiedelt.«

»Das ist nicht ganz einfach.« Jason runzelte die Stirn. »Mein Vater könnte natürlich eine Anfrage stellen, aber dann braucht der Fall eine Nummer. Und selbst auf normalem Weg dauert das Wochen.«

»Kann man das nicht irgendwie nebenher erledigen?«, fragte ich.

Jason schüttelte den Kopf. »Vorgezogen werden nur besonders dringliche Fälle. Und wenn es um eine Gefälligkeit geht, erwarten sich die Leute vom Labor natürlich eine Gegenleistung. Ich fürchte, ich kann da nichts machen.«

Ben verdrehte die Augen. Jason warf ihm einen Blick zu, den ich nicht interpretieren konnte.

Ist mir da was entgangen bei den beiden?

»Trotzdem danke«, sagte ich. »Dann werd ich halt …«

»Warte!« Jason schnippte mit den Fingern. »Ich weiß, wer dir helfen kann.«

Bevor ich reagieren konnte, brüllte er bereits den Gang hinunter. »Hey, Chance! Komm mal her!«

Mein Blutdruck erreichte Rekordniveau.

»Nein, nein«, stotterte ich. »Du brauchst Chance da nicht mit reinzuziehen. Ist nicht so wichtig.«

»Ganz ruhig«, entgegnete Jason. »Der ist für so was genau der richtige Mann.«

Chance kam zu uns. Hannah hing an seinem Arm wie ein exotischer Vogel.

»Fällst du schon wieder Tory auf die Nerven?« Chance zwinkerte mir kurz zu, ehe er sich an Ben wandte. »Ich glaube, wir kennen uns noch nicht.«

»Das ist Ben«, sagte Jason. »Netter Typ, nur ein bisschen geschwätzig.«

Ben machte ein finsteres Gesicht.

Ich versuchte, die Situation zu entschärfen. »Das ist mein guter Freund Ben Blue.«

»Chance«, unterbrach Jason, »wir brauchen jemand mit Einfluss, und das bist du.«

Als Jason von meinem erfundenen Einbruch berichtete, wirkte Chance ... was? Gelangweilt?

»Das ist ja schrecklich.« Chance wischte sich einen unsichtbaren Fussel von seinem Jackenärmel. »Ich hoffe, sie kriegen den Kerl.«

Jason stieß mich an. »Zeig's ihm.«

Widerstrebend holte ich die Karteikarte mit dem Fingerabdruck aus meiner Tasche. Hoffte, dass die Szene nicht so peinlich war, wie ich sie empfand.

»Ich denke, ich kann jemand vom SLED dazu bringen, mal einen Blick draufzuwerfen«, brummte Chance. »Ich spiele mit dem Sohn des Direktors Golf. Glaube, mein Vater hat für ihre Mitgliedschaft im Klub gesorgt.«

Chance meinte die South Carolina Law Enforcement Division, sozusagen eine staatliche Version des FBI.

»Aber ist das den ganzen Wirbel überhaupt wert?« Er hätte noch weniger enthusiastisch reagieren können, doch nur unter schwerem Medikamenteneinfluss.

»Chance!«, ermahnte ihn Hannah mit honigsüßer Stimme. »Wenn du Tory helfen kannst, dann musst du das auch tun. Das ist doch keine große Sache, oder?«

»Natürlich nicht. Jasons Freunde sind meine Freunde.« Chance ließ wieder sein routiniertes Zwinkern folgen. Wahrscheinlich übte er das jeden Morgen, während er sich den Schlips band. »Aber mein Vater darf davon nichts erfahren, okay?«

»Mein Mund ist versiegelt.« Ich konnte es nicht glauben. »Vielen, vielen Dank!«

»Kein Problem«, sagte Chance. »Und ich hoffe doch, dass dein hübscher Mund *nicht* versiegelt ist. Jetzt, wo wir unter einer Decke stecken, lässt du hoffentlich etwas mehr von dir hören.« Über seine Schultern hinweg warf er mir einen spöttisch-skeptischen Blick zu.

Ich starrte ihn ratlos an.

Hannah kicherte.

»Denk dir nichts dabei.« Sie stieß ihn neckisch in die Seite. »Der kann nicht anders als flirten.«

»Ich bekenne mich schuldig«, erwiderte Chance mit einem Lachen. Dann fragte er Jason: »Gehen wir zum Training?«

Jason nickte, indem er sich zu mir umdrehte: »Bis später, Tor.«

»Bis später.«

»Ben.« Ein unaufrichtiger Gruß. Wie nachgeworfen. Jason und Chance schlenderten davon.

Ben kochte.

»Dämliche verwöhnte Sportskanonen«, brummte er, als das Trio außer Hörweite war.

Ich hütete meine Zunge. Ich wusste, dass man Ben lieber in Ruhe ließ, wenn er wütend war.

Doch Chance ging mir nicht aus dem Kopf.

Seine Augen. Warum schaute er mich immer so an? Und sein Zwinkern. Machte er das nur zum Spaß? Wie oft musste er zwinkern, ehe es etwas zu bedeuten hatte?

Hör schon auf, Tory! Den begehrtesten Typ der ganzen Schule anhimmeln? Einfach peinlich.

»Na komm schon, du Crack!«, zog ich Ben auf. »Suchen wir nach dem gestohlenen Laptop.«

Ben schaute immer noch finster aus der Wäsche. »Wenn's sein muss.«

Also gut.

Die Rückfahrt war das reinste Vergnügen.

KAPITEL 33

Am nächsten Morgen wachte ich lächelnd auf.

Freitag. Immer ein guter Tag. Und nur noch zwei Wochen bis zu den Sommerferien. Dann war ich den Freshman-Status endlich los.

Doch mein Lächeln hatte nur wenig mit dem Kalender zu tun.

Letzte Nacht hatte ich ein Wunder erlebt: Coop, quietschfidel, mit wedelndem Schwanz. Aufgekratzt. Nachdem er zehn Minuten an der Wand hochgesprungen war, leerte er seinen Napf bis zum letzten Krümel und stupste mich in die Seite, weil er mehr haben wollte.

Der große Appetit war ein sicheres Zeichen für seine Genesung. Coops Immunsystem hatte das Virus besiegt. Überglücklich fütterte ich ihn ein zweites, dann ein drittes Mal.

Doch an der Fitnessfront war nicht alles eitel Sonnenschein. Im Gegensatz zu Coop fühlte ich mich matt und abgeschlagen. Da ich eine Grippe befürchtete, bekämpfte ich sie mit Zicam und Echinacea. Ein Präventivschlag.

Es war nicht meine einzige Sorge.

Dr. Karsten hatte uns zu einem »Gespräch« mit dem Wachpersonal des LIRI einbestellt. Ich durfte gar nicht daran denken, was das für Folgen haben konnte.

In der Schule war alles wie gehabt. In Bio hörten wir einen Vortrag, also bin ich Jason und Hannah nicht begegnet. Was ein Glück war, weil ich meinen DNA-Vergleich noch nicht durchgeführt hatte.

Nicht vergessen, Tory. Muss vor dem Treffen am Sonntag erledigt werden.

Zur Lunchzeit traf sich die Gang wie verabredet am Fähranleger. Mr Blue winkte uns eilig an Bord und legte Richtung Loggerhead ab. Wir standen an der Reling, zu angespannt, um uns hinzusetzen.

Den ganzen Vormittag hatte ich versucht, den Gedanken an die Vernehmung, die uns bevorstand, beiseitezuschieben. Doch jetzt hatte ich plötzlich tierischen Bammel.

Hi nahm sie besonders ernst.

»Versteht ihr denn nicht, dass wir das keinesfalls versemmeln dürfen? Unsere Versionen müssen bis ins Kleinste übereinstimmen! Wort für Wort!«

»Na logo.« Shelton verdrehte die Augen. »Also: Wir haben eine Erkennungsmarke gefunden. Sind in die Bibliothek gegangen. Haben von Katherine Heaton erfahren. Tory fiel irgendwas an der Bodenbeschaffenheit auf. Wir haben gegraben und was gefunden, das sich am Ende als Affenknochen herausgestellt hat. Ganz einfach.«

»Und dann haben wir so ›wahnsinnige‹ Angst gekriegt«, Ben malte ironische Anführungsstriche in die Luft, »dass wir uns die Schüsse und den menschlichen Schädel nur ›eingebildet‹ haben.«

Um nicht ins Kreuzfeuer zu geraten, hatten wir beschlossen, uns dumm zu stellen. Die Wahrheit würde uns ja doch keiner abkaufen. Ganz im Gegenteil: Ein vollständiges Geständnis würde sie nur noch misstrauischer machen.

Ich nickte als Zeichen der Zustimmung.

Hi schlug sich kopfschüttelnd an die Stirn. »Nein, nein, nein!«

»Was ist denn?«, fragte ich. »Das ist doch alles, was wir tun können.«

»Es geht um die Details!«, rief er. »Wir können nur überzeugend lügen, wenn wir genug Einzelheiten parat haben. Je ungenauer wir sind, desto unglaubwürdiger wirken wir.«

Wir schauten ihn fragend an.

Hi seufzte. Ein Muster an Geduld.

»Erst einmal brauchen wir für Sontagfrüh ein Alibi, damit er nicht denkt, wir hätten etwas mit dem Einbruch ins Labor zu tun. Dann müssen wir Karsten davon überzeugen, dass uns in der Grube ein bedauerlicher Irrtum unterlaufen ist.«

»Kein Problem«, sagte Shelton. »Der Mann ist schließlich kein Hellseher.«

»Wirklich nicht?« Hi verschränkte die Hände hinter seinem Rücken, fuhr herum und beugte sich über Shelton. »Du!« Seine Stimme dröhnte wie bei einem Militärausbilder. »Wo ist die Erkennungsmarke, die ihr gefunden habt?«

»Äh, was?«, japste Shelton. »Die … haben wir verloren.«

»Wo?«

»Im Wald. Auf der Flucht.«

»Wo im Wald? Wovor seid ihr geflüchtet?«

»Äh …Tory hat sie verloren, als wir weggelaufen sind, weil …?«

»Weil?« Hi ließ nicht locker. »Habt ihr Männer mit Pistolen gesehen oder nicht?«

»Hm, nein, eigentlich nicht.«

»Was heißt eigentlich?«

»Es war dunkel und …« Shelton suchte nach Worten. »Jetzt weiß ich, dass niemand dort war.«

»Und *was genau* habt ihr gehört?«

»Äh, ein Knacken … vielleicht … wie das Brechen von Zweigen?« Sheltons Antworten wurden immer kleinlauter.

»Wir oft? Aus welcher Richtung?«

»Oft … sehr oft. Aus allen Richtungen.«

His Augenbrauen schossen nach oben. »Ihr habt überall Zweige knacken gehört? Ist das euer Ernst?«

»Nein, nein, nicht von überall, mehr von … links.«

»Wie viele Männer haben euch gejagt?«

»Drei.« Shelton antwortete ohne nachzudenken.

Hi nutzte sofort die Gelegenheit. »Ich dachte, ihr habt euch die Männer nur *eingebildet.*«

»Äh, ja, natürlich, ich meine … zuerst habe ich geglaubt, ein paar Männer zu sehen, aber dann …« Sheltons Haaransatz war feucht geworden. »Puh, ich kann nicht mehr!«

»Jetzt du!« Hi zeigte auf Ben. »Was habt ihr in der Grube gefunden?«

»Knochen«, antwortete Ben.

»Wie viele? Was für Knochen?«

Ben öffnete seinen Mund, schloss ihn wieder.

»Wo war das Einschussloch?«, fragte Hi.

»Im Schädel.«

Hi beugte sich nah an Bens Gesicht heran. »Aber im Affenschädel war kein Einschussloch.«

»Das ist richtig. Ich dachte … im Schädel wäre ein Loch, aber so war es nicht.«

»Du hast es *gedacht*? Siehst du ein Loch, wenn es da ist, oder nicht?«

Ben hielt inne. »Wenn du mir noch einmal ins Gesicht schreist, hast du auch gleich ein Loch im Kopf.«

Hi ging darauf nicht ein und wandte sich an mich.

»Wo warst du am Sonntagmorgen um neun Uhr?«

»Was?« Über den Sonntagmorgen hatte ich noch gar nicht nachgedacht. »Ich war zu Hause und habe geschlafen.«

»Das kann dein Vater sicher bestätigen. Er war doch auch zu Hause, oder?«

Ups.

»Ach, das hatte ich ganz vergessen, ich war im Bunk…«

Das konnte ich auch nicht sagen.

»Mit Ben in seinem Boot, wollte ich sagen.«

»Allein?«

Verflixt! Was würden die anderen sagen?

»Vielleicht.«

»Vielleicht!?!« Hi warf die Hände in die Luft.

»Wir sind geliefert«, stöhnte Shelton.

»Okay, Hi, du hast uns überzeugt«, sagte ich. »Also schieß los.«

»Die *Details* sind der Schlüssel.« Er winkte uns näher zu sich heran. »Wir überlegen uns jetzt die Einzelheiten. Wenn Karsten etwas fragt, worauf wir nicht vorbereitet sind, dann halten wir uns bedeckt. Wir sagen entweder, wir wissen es nicht, oder wir denken uns etwas aus, das die anderen nicht bestätigen müssen.«

Er zeigte auf Shelton. »Wir haben weder Leute noch Lichter im Wald gesehen und auch keine Stimmen gehört.«

»Verstehe.«

»Lasst uns sagen, dass es genau zwei Mal geknallt hat«, fuhr Hi fort. »Wie ein Peitschenknall. Verstanden? *Peitschenknall!*«

»Verstanden«, sagte Shelton. »Könnte ja auch ein Affe im Baum gewesen sein. Vielleicht ein brechender Ast, wer weiß.«

»Stimmt! Aber lasst *ihn* die Schlussfolgerungen ziehen. Wir stellen uns einfach dumm. Und das Peitschenknallen kam von ›der anderen Seite der Lichtung‹. Mehr sagen wir nicht, okay?«

Wir alle schalteten in den Erinnerungsmodus. Glücklicherweise sind wir darin ziemlich gut.

»Und Tory hat die Marke verloren. Dazu kann sie also erzählen, was sie will. Und wir sagen …?«

»Keine Ahnung«, antworteten Ben und Shelton im Chor.

»Bingo!« Hi schaute auf die Uhr. »Noch dreißig Minuten. Ihr könnt von Glück reden, dass ich mir ein paar Gedanken gemacht habe.«

Für den Rest der Überfahrt standen wir dicht beieinander und paukten unser Alibi.

Hauptsache, ich vermassele es nicht.

KAPITEL 34

»Mr Stolowitski.« Dr. Karsten warf einen Blick auf seine Unterlagen. »Sie zuerst.«

Hi stand auf und betrat das Besprechungszimmer. Drei Stühle standen an einem Klapptisch. Karsten saß neben Carl auf der einen Seite. Hi nahm ihnen gegenüber Platz.

Karsten verlor keine Zeit. »Wo waren Sie am Sonntagmorgen?«

Carl stützte sich auf seine Vorderarme, um einen möglichst bedrohlichen Eindruck zu machen. Der Versuch misslang.

»Samstagmorgen? Lassen Sie mich nachdenken.« Hi blickte zur Decke. »Ach, ja. Ich war mit Shelton, Ben und Tory auf einer Hundeausstellung. Wir haben Bens Boot zum Yachthafen genommen und sind dann zu Fuß zum Marion Square gegangen.«

Hi stützte den Kopf auf die Hände.

»Ich weiß noch, dass es genieselt hat und die Hunde ein Riesenspektakel veranstaltet haben. Ein riesiger Dobermann hat sich losgerissen und Ben in eine Pfütze gestoßen. Wir haben uns köstlich amüsiert! Ben musste sich ein neues T-Shirt kaufen, aber es gab natürlich nur welche mit Tieraufdruck. Der war vielleicht …«

»Wann sind Sie zu dem Ausstellungsgelände gekommen?«, unterbrach ihn Karsten.

»Hm, das muss ungefähr um halb neun gewesen sein. Dann wollte Tory ein paar Hundekuchen kaufen und zwar bei einem Händler, der auch Designerartikel für Hunde anbot. Die Kuchen waren leider aus, aber er sagte, sein Partner würde um neun Uhr weiße Schokolade bringen. Ich weiß, was Sie jetzt denken: Hunde vertragen keine weiße Schokolade. Aber der Händler sagte, nur der Kakao sei gefährlich, und weiße Schokolade enthält keinen Kakao.«

Karsten öffnete seinen Mund, doch Hi war ein rollender Felsklotz, der unaufhaltsam zu Tal stürzte.

»Wie auch immer, wir haben mehrere Tafeln für die Rettungshunde gekauft. Eigentlich hätten wir ja am liebsten einen eigenen Hund, aber wir dachten, wir könnten zumindest …«

»Stopp!«

Karstens Hand schoss nach oben, um His Redeschwall zu unterbrechen. Carl hatte seit Langem keine Reaktion mehr gezeigt.

»Wie lange waren Sie bei der Hundeausstellung? Und bevor Sie antworten, denken Sie daran, dass ich alles genau überprüfen werde.«

»Kein Problem.« Hi lehnte sich zurück und verschränkte die Finger hinter dem Kopf. »Ich glaube, wir sind so um die Mittagszeit gegangen, nachdem der letzte der Windhunde adoptiert worden war. Diese dicke Frau aus North Carolina …«

»Das ist mir egal!« Karstens Nasenlöcher weiteten sich. Er machte eine Pause, als müsste er überlegen, wie es weitergehen soll. »Nur der Neugier halber, wie haben Sie sich in letzter Zeit gefühlt?«

Hi machte ein überraschtes Gesicht. »Bitte? Gut. Warum?«

»Nur so.« Karsten schaute wieder auf sein Klemmbrett. »Wann sind Sie nach Hause zurückgekehrt?«

Hi schüttelte den Kopf, als er seinen schmerzhaft detaillierten Bericht wieder aufnahm.

»So um halb eins. Unmittelbar nachdem die dicke Frau mit

ihrem Köter abgezogen ist. Wir sind dann allerdings noch zur Hundeshow gegangen. Ein Pudel wurde als bester Rassehund ausgezeichnet.«

Er lächelte. »Von dem Hund muss ich Ihnen noch erzählen.«

»Sie haben die Hundeausstellung also um elf verlassen?«, fragte Karsten beiläufig.

»Nein, Sir.«

Shelton zupfte sich am Ohrläppchen, die Augen auf die Tischplatte geheftet. »Das war um die Mittagszeit, etwa um halb eins. Ich weiß das noch genau, weil sich diese fette Schnecke den letzten Windhund geschnappt hat, bevor wir zum Hundewettbewerb sind.«

Carl gähnte, klappte aber sofort den Mund zu, als Karsten ihm einen missbilligenden Blick zuwarf.

»Wer hat gewonnen?«, fragte Karsten mäßig interessiert.

»Ein Pudel«, antwortete Shelton, »als bester Rassehund.«

Karsten wechselte das Thema. »Sie haben am Dienstagabend drei Männer im Wald gesehen, richtig?«

»Ehrlich gesagt hatte ich solch eine Angst, dass ich nicht sicher bin, *was* ich gesehen habe.« Shelton schaute immer noch nach unten. »Ich kann mich noch an ein paar Affen erinnern, die herumliefen.«

»Zunächst hatten Sie aber ausgesagt, Sie seien von *bewaffneten Männern* gejagt worden.« Karsten war sichtlich verärgert. »Sie haben behauptet, die Männer hätten auf Sie geschossen.«

»Ich habe zwei laute Geräusche gehört, *peng, peng,* wie das Knallen einer Peitsche.« Shelton zuckte die Schultern. »Ich weiß nicht, was das für ein Geräusch war. Ich bin einfach weggelaufen.«

»Was ist das für ein Blödsinn!«, fauchte Karsten. »Sie haben uberhaupt keine Personen gesehen?«

»Tut mir leid, Sir«, erwiderte Shelton demütig. »Ich habe große Angst im Dunkeln. Fragen Sie meine Mutter.«

»Warum sollten Sie weglaufen, wenn Sie nicht verfolgt wurden?«, fragte Karsten unnachgiebig.

»Wir hatten in der Dämmerung diese Knochen gefunden. Tory hat gesagt, dass sie von einem Menschen stammen, wie gruselig ist das denn? Dann haben wir Geräusche gehört, die von der anderen Seite der Lichtung kamen.« Zum ersten Mal suchte Shelton Blickkontakt mit Karsten. »Was soll ich sagen? Ich bin nun mal eine Memme. Ich hab Panik bekommen und bin weggelaufen.«

»Keine bewaffneten Männer. Keine Pistolenschüsse?« Karsten hob frustriert die Hände. »Sie wollen mir jetzt weismachen, dass Sie von niemand verfolgt wurden? Dass gar nichts passiert ist?«

»Entschuldigung«, murmelte Shelton. »Ich glaube, meine Fantasie hat mir einen Streich gespielt. Und es sind ja auch keine Kugeln gefunden worden, nicht wahr?«

»Wo liegt Ihr Boot normalerweise?«, fragte Karsten.

»An der Charleston City Marina«, antwortete Ben. »Liegeplatz 134.«

»Haben Sie einen Beleg?«

»Nein, das geht über die Fähre.«

»Das Institut zahlt also für Ihren Liegeplatz?«

Ben zuckte die Schultern.

Karsten schwieg für geraume Zeit. Ben wartete. Carl nestelte gelangweilt an seiner Dienstmarke.

»Sind Sie in letzter Zeit krank gewesen?«, fragte Karsten.

»Nein«, antwortete Ben überrascht.

»Haben Sie keine Veränderung an sich gespürt?«

»Nein.« Jetzt klang Ben misstrauisch.

Karsten wechselte das Thema. »Sie haben behauptet, Sie hätten einen menschlichen Schädel gefunden.«

Ben sagte nichts.

Karsten schlug auf den Tisch. »Nun?«

»War das eine Frage?«

»Halten Sie mich nicht zum Narren, Mr Blue. Haben Sie einen Schädel gefunden oder nicht?«

»Es war dunkel.«

Karsten blickte ihn eindringlich an. »War da ein Loch im Schädel, wie Sie zunächst behauptet haben, oder nicht?«

»Ich habe das nie behauptet. Das war Tory.«

»War ein Loch im Schädel?«

»Es war dunkel.«

Karsten sog die Luft zweimal tief durch die Nase ein. In einem Nasenloch pfiff es.

Ben wartete ab.

Carl stellte seine erste Frage an diesem Tag: »Als Sie bei der Hundeausstellung ankamen, was war das Erste, das dann passiert ist?«

Karsten schien von dieser Frage wenig begeistert, lauschte aber gespannt.

Ben kniff die Augen zusammen.

»Wird's bald?«, mahnte Carl

»Ein Hund lief mir in die Seite. Ich verlor das Gleichgewicht und landete in einer Pfütze. Musste mir bei einem Händler ein hässliches neues T-Shirt kaufen.«

»Was war auf dem neuen Shirt abgebildet?«

Ben zögerte.

Karsten beugte sich neugierig vor und wartete auf einen Widerspruch.

Ben lächelte.

»Irgendein Hund.«

»Das ist alles«, fauchte Karsten.

»Tory Brennan.«

Ich kam natürlich zum Schluss dran. Bestimmt wollte mich Karsten dadurch nervös machen. Aber das würde ihm nicht gelingen.

»Schön, Sie zu sehen. Setzen Sie sich.«

Ich nahm auf dem heißen Stuhl Platz. Ich fühlte mich gut vorbereitet. Wir hatten wie die Bekloppten geübt.

Also, schieß los, du Knilch.

»Bevor wir beginnen, lassen Sie mich eins klarstellen.« Karsten nahm sich die Brille von der Nase und wischte sie mit einem Schlips ab. »Ich *weiß*, dass Ihre Freunde lügen.«

Schluck.

Karsten hatte die Keule herausgeholt. Das war keine entspannte Befragung, sondern ein knallhartes Verhör.

»Ihre Darlegung war …« Karsten wählte seine Worte mit Bedacht. »Perfekt. Wasserdicht.« Er setzte die Brille wieder auf. »Einstudiert.«

»Ich verstehe Sie nicht.« Was für ein Unschuldslamm. »Wir haben die Hundeausstellung genossen, wenn Sie das meinen.«

Karsten schoss mir durch seine verschmierten Gläser einen Laserblick zu.

»Carl, verlassen Sie bitte den Raum!«

Carl zeigte sich überrascht. »Aber ich wurde von meinem Vorgesetzten instruiert, meine Beobachtungen zu machen.«

»Sofort!« Karsten zeigte auf die Tür. »Sonst können Sie für den Rest Ihrer Laufbahn Affenkäfige sauber machen.«

Kopfschüttelnd schlurfte der Wachmann aus dem Zimmer.

Oh, oh.

Ich machte mich auf den Angriff gefasst. Danke, liebe Schweißdrüsen, für eure Hilfe. Nachdem sich die Tür geschlossen hatte, schlug Karsten einen sanfteren Ton an.

»Ich werde Ihnen nicht auch noch dieselben Fragen stellen, Miss Brennan, das wäre vergeudete Zeit.«

»Ich habe einen Fehler gemacht, Dr. Karsten.« Ich gab meiner Stimme einen verlegenen Klang. »Ich war total durcheinander, nachdem ich die Knochen gefunden hatte. Dann geriet ich in Panik.«

»Ich glaube Ihnen nicht im Ansatz, dass Sie irgendwas *durcheinandergebracht* haben.«

Er hatte das Visier abgenommen. »Wissen Sie, wie ich Ihre Tante Temperance kennengelernt habe?«

Smalltalk?

Ich schüttelte den Kopf. Diese Frage hatte ich nicht erwartet.

»Wir haben zusammen im Sudan gearbeitet. Vor fünf Jahren. Auf einer Grabung in Tombos, einer alten nubischen Siedlung.« Karsten griff mit beiden Händen um die Tischplatte. »Ihre Tante ist eine Expertin für archäologische Knochenfunde. Sie verehren sie, haben alle ihre Bücher gelesen.«

Karsten beugte sich mir weit entgegen. Ich roch das Reinigungsmittel seines Kittels und sah die riesigen Poren seiner Nase. »Nie und nimmer verwechseln Sie ein menschliches Skelett mit Affenknochen!«

Ich suchte fieberhaft nach einer Entgegnung. Meine Gedanken waren wie Treibsand. Darauf war ich nicht vorbereitet gewesen.

»Haben Sie sich in letzter Zeit unwohl gefühlt?« Karstens Stimme hatte sich verhärtet.

»Unwohl?«

»Fieber? Kopfschmerzen? Orientierungslosigkeit? Erschöpfung?«

»Überhaupt nicht.«

Karsten explodierte.

»Wo ist der Hund?«

Adrenalin jagte durch meinen Körper.

Coop. Er weiß Bescheid.

»Was?« Meine Stimme brach.

»Wo. Ist. Der. Hund?« Karsten ließ beide Fäuste auf die Tischplatte krachen. »Schluss mit den Spielchen! Ich will den Hund zurück! Auf der Stelle!«

»Ich weiß nicht, wovon Sie reden«, murmelte ich.

Selbst in meinen Ohren klang das unglaubwürdig. Ich fragte mich kurz, ob ich einfach abhauen sollte, entschied mich aber dagegen.

»Haben Sie ihn selbst gestohlen?«, fauchte Karsten. »Wie sind Sie in das Labor reingekommen?«

Ich antwortete nicht. Für einen kurzen schrecklichen Augenblick fürchtete ich, in Ohnmacht zu fallen.

»Wer hat Sie auf die Idee gebracht, dort nach einem Skelett zu graben?«

Ein knochiger Finger stieß auf die Tischplatte. »Genau an dieser Stelle!« Etwas Feindseliges tanzte in Karstens Augen. »Ich weiß, dass Sie mit jemand unter einer Decke stecken.«

Stille.

Karsten lehnte sich zurück, straffte die Schultern und atmete tief durch. Als er fortfuhr, war seine Stimme kühl und beherrscht.

»Falls Sie mich für einen Narren halten, Miss Brennan, dann haben Sie sich getäuscht. Ich werde Sie kriegen. Und ich werde das Tier zurückbekommen.«

Seine eisige Kälte verunsicherte mich mehr als seine Wut.

Doch mein eigener Zorn hielt mich im Gleichgewicht. Ich wusste, dass Karsten Cooper töten würde, wenn er die Gelegenheit dazu hätte.

Plötzlich schnellte ich nach vorn und beugte mich weit über den Tisch. Karsten schien von meinem plötzlichen Ausbruch überrascht.

»Nur zu!«, knurrte ich, wenige Zentimeter von Karstens Gesicht entfernt.

Ehe er reagieren konnte, flog die Tür auf und Kit stürmte herein. »Warum wird meine Tochter alleine befragt?«

»Wir sind gerade fertig.« Karsten stand auf. »Sie können Ihre Tochter jetzt mit nach Hause nehmen.«

Mit diesen Worten marschierte der alte Bastard an Kit vorbei und verschwand den Gang hinunter.

»Alles okay, Kleine?« Ich sah Kit an, dass er sich nur mit Mühe beherrschen konnte. Wutentbrannt starrte er Karsten hinterher. Ich vermute, dass er nahe daran war, seine Karriere aufs Spiel zu setzen.

»Alles bestens. Haben nur noch mal über die Grube gesprochen. Keine große Sache.«

»Bist du sicher, Tor?«

»Absolut. Karsten ist gar nicht so schlimm, wie ich dachte.« Bei dieser Lüge drehte sich mir der Magen um, doch wollte ich nicht, dass Kit etwas Unüberlegtes tat. »Lass uns nach Hause gehen. Ich hab noch haufenweise Hausaufgaben zu erledigen.«

Kit zögerte kurz, ehe er sagte: »Gut. Wir reden später darüber.«

Ich suchte meine Sachen zusammen und eilte mit zitternden Beinen davon. Ließ mir während der gesamten Heimfahrt nichts anmerken.

Fast nichts.

KAPITEL 35

Der Direktor des LIRI war verärgert. Doch noch größer als seine Verärgerung war seine Angst.

Dr. Marcus Karsten saß in seinem Büro und strich versonnen über den Schimpansenschädel, den er als Briefbeschwerer benutzte. Er hatte ihn vor Jahren aus dem kongolesischen Dschungel mitgenommen, wo er Forschungen zum Ebolavirus angestellt hatte. Seine handfeste Gegenwart erinnerte Karsten an die Erfolge der Vergangenheit. Erfüllte ihn in Zeiten des Aufruhrs mit Selbstbewusstsein.

In Zeiten wie diesen.

Karsten hob den Schädel an und schaute in die leeren Augenhöhlen. *Mein Leben lang habe ich mich mit Killerviren beschäftigt*, sinnierte er. *Auf einen mehr oder weniger kommt es doch nicht an.*

Er strich über den polierten Schädel, um seine erhitzten Nerven abzukühlen. Ohne Erfolg.

Es gab nichts zu beschönigen. Die Vernehmungen waren total gescheitert. Die Kinder waren vorbereitet gewesen. Er hatte nichts aus ihnen herausgebracht.

Karsten stellte den Schädel wieder auf den Tisch, immer noch aufgewühlt. Er, der Erwachsene und intellektuell Überlegene, hatte die Beherrschung verloren. Und was noch schlimmer war: Er hatte es nicht geschafft, die kleinen Delinquenten aus dem Konzept zu bringen. Ihre Storys stimmten überein, bis ins kleinste Detail. Eine verfluchte Hundeausstellung? Niemals. Sie hatten gelogen.

Und den Namen Katherine Heaton geäußert.

Es lief ihm kalt den Rücken hinunter. Was wussten diese Rotzlöffel von Katherine Heaton?

Karstens Finger trommelten auf die Tischplatte. Vor dem großen Fenster in seinem Rücken, das auf die Bucht hinausging, wich die Nachmittagssonne allmählich der Abenddämmerung.

Ihre Verwegenheit erstaunte ihn. Hatten sie um Erlaubnis gefragt, auf der Insel graben zu dürfen? Natürlich nicht. Ebenso konsequent wie verschwiegen hatten sie ihren Plan in die Tat umgesetzt. Auf seiner Insel!

Sie wussten, was ich sagen würde, also haben sie mich einfach ignoriert. Impertinente Pickelgesichter.

Doch warum haben sie gerade dort gegraben? Genau an dieser Stelle und nirgendwo sonst? Irgendjemand muss ihnen einen Tipp gegeben haben, aber wer? Das muss ich herausfinden, ehe ich noch mehr Schwierigkeiten kriege. Richtige Schwierigkeiten.

Tory Brennan.

Karstens Finger trommelten ein Adagio. Dann strich er wieder über den beruhigend kühlen Schädel.

Die kleine Brennan war der Schlüssel. Anmaßend. Neunmalklug. Und, zugegeben, brillant. Für ihr Alter besaß sie einen frappierenden Intellekt.

Und sie ist tough. Das vorlaute Gör hat mich an der Nase herumgeführt.

Die Erinnerung machte ihn rasend. Er presste seine zitternden Handflächen gegen die Scheitelbeine des Schimpansen.

Ich habe mich gehen lassen und versucht, ein junges Mädchen einzuschüchtern. Peinliche Geschichte. Und Carl aus dem Zimmer geschickt. Was für ein Fauxpas. Die kleine Brennan unter Druck zu setzen, war ein schrecklicher Fehler.

Dr. Howard kann mir einen Riesenärger bereiten. Von nun an muss ich vorsichtiger sein.

Die Universität wird Fragen stellen, vor allem nach dem geheimen Labor. Das ist unvermeidbar. Und ich kann Carl nicht für immer zum Schweigen bringen.

Ich muss mit größter Sorgfalt agieren. Mich vor neugierigen Blicken schützen.

Und diesen verdammten Hund finden.

Karsten sah eine rote Sonne hinter den Baumwipfeln des dunkelgrünen Waldes verschwinden. Ein atemberaubendes Schauspiel. Doch konnte er die Angst nicht abschütteln, die ihm im Nacken saß. Als hinge ein Damoklesschwert über ihm.

Er erinnerte sich an die Augen der jungen Brennan, nachdem er die Beherrschung verloren hatte. Ein verborgener Ausdruck hatte darin gelegen. Weder Angst noch Verwirrung noch Panik.

Etwas Gefährlicheres und sehr Vertrautes.

Wut. Das Mädchen war außer sich gewesen.

Was konnte bei einem Teenager eine solch unbändige Wut hervorrufen?

Die Angst um ein geliebtes Wesen.

Karstens Hände krampften sich um den Schädel.

Der Hund.

Sie kannte den Aufenthaltsort von Subjekt A. Sie hatte es praktisch zugegeben.

Karsten blieb keine Wahl. Er musste das Tier so schnell wie möglich zurückhaben. Sein Financier war weder nachsichtig noch würde er davor zurückschrecken, Gewalt anzuwenden.

In dem Spiel, das Karsten spielte, bekam man keine zweite Chance.

KAPITEL 36

»Carl meint, ich hätte ein bisschen viel geredet. Scherzkeks.«

Hi saß auf dem Boden und spielte Tauziehen mit Coop. Der Welpe zerrte und knurrte und gab alles, was er hatte.

»Hm, lecker!« Shelton schaufelte Hundefutter in den Napf. »Karsten hat mich ganz schön in die Enge getrieben. Fast hätte ich es vermasselt.«

Coop schnüffelte in die Luft und trabte dann zu seinem Napf hinüber.

»Der verdächtigt uns«, sagte Ben.

Ich fragte mich im Stillen, ob ich den anderen vom Verlauf meines Gesprächs erzählen sollte. Ben hatte recht. Und Karsten hatte mir alles auf den Kopf zugesagt.

»Den Naiven zu spielen, hat bisher ganz gut geklappt«, entgegnete Shelton. »Meine Eltern haben nicht den geringsten Verdacht.«

»Wir müssen uns immer noch mit Dr. Arschloch herumschlagen.« Hi, immer so poetisch.

Wir hatten uns nach dem Abendessen getroffen. An den Wochenendabenden dürfen wir in der Regel tun und lassen, was wir wollen. Und wenn sie denken, dass wir am Strand sind, kommen wir im Bunker zusammen.

Shelton lächelte. »Aber deine Strategie war goldrichtig. Karsten hat nach vielen Details gefragt. Nach Bens Unglück, der dicken Frau, sogar nach dem Pudel. Ich kann euch sagen, der war total angepisst.«

Hi verbeugte sich im Sitzen. »Notlügen sind meine absolute Spezialität. Hättet ihr meine Eltern, dann wärt ihr jetzt auch Profis.«

»Der Typ hat sogar gefragt, wo ich mein Boot liegen habe«, sagte Ben. »Und dann hat er sich erkundigt, ob ich in letzter Zeit krank war. Wahrscheinlich wollte er mich nur aus dem Konzept bringen.«

In meinem Gehirn meldete sich eine winzige Alarmglocke.

»Was genau wollte er wissen?«, fragte ich.

»Ob ich krank war. Nichts anderes. Ich glaube, er hat sogar zweimal gefragt.«

»Komisch«, sagte Hi. »Mich hat er dasselbe gefragt. Hat mich auf dem falschen Fuß erwischt. Aber ich habe gelogen und meinen Ohnmachtsanfall auf dem Boot natürlich nicht erwähnt.«

»Mich auch!« Shelton machte Karstens Sprechweise nach. »Haben Sie sich in letzter Zeit unwohl gefühlt, Mr Devers? Abgeschlagen? Nichts dergleichen?« Er rollte mit den Augen. »Keine Ahnung, was er damit bezwecken will.«

»Karsten muss irgendeinen Grund haben«, entgegnete ich. »Mich hat er das nämlich auch gefragt.«

Eigentlich war es eine Anklage, keine Frage gewesen, aber das sagte ich nicht.

»Warum sollte es uns denn nicht gut gehen?« Shelton wischte Coop einen Rest Hundefutter von der Schnauze.

»Und warum interessiert ihn das?«, fügte Ben hinzu.

»Ich weiß es nicht.« Halb gelogen. »Der Einbruch hat doch während eines Gewitters stattgefunden. Vielleicht vermutet er, dass die Einbrecher sich erkältet haben.«

Die anderen schauten mich an, als wäre ich plemplem.

»Um ehrlich zu sein, hab ich mich in letzter Zeit wirklich nicht besonders gut gefühlt.« Hi klang ein wenig nervös. »Und warum bin ich auf dem Boot in Ohnmacht gefallen?

»Mach dir keine Sorgen. Ich bin auch nicht ganz auf der Höhe.« Ich zwang mich zu einem kurzen Lachen. »War ja auch eine anstrengende Woche.«

Von meinem eigenen Anfall wollte ich noch nichts sagen.

»Okay ...«, begann Shelton zögerlich. »Ich wollte es eigentlich nicht erzählen, aber gestern hab ich echt was Komisches erlebt.«

Wir warteten gespannt.

»Als ich unter der Dusche stand, sind plötzlich meine Beine eingeknickt. Ich fiel hin und konnte mich nicht mehr bewegen. Mir war total heiß. Dann, zack, war alles wieder normal.«

Hörte sich so ähnlich an wie bei mir.

»Wie geht es dir seitdem?«, fragte ich.

»Gut, sehr gut sogar.«

»Genau so war es auch bei mir«, sagte Hi mit belegter Stimme. »Ich lag plötzlich auf dem Boden, hatte das Gefühl, innerlich zu brennen, und dann war alles wieder wie vorher. Aber seitdem fühle ich mich ein bisschen matt.«

»Ben?« Ich war immer noch nicht bereit, die anderen an meiner Geschichte teilhaben zu lassen.

»Nichts. Bin topfit.«

Kann auch ein Zufall sein. Jetzt bloß nicht in Panik geraten.

»Ist vielleicht nur eine Erkältung«, sagte ich. »Schließlich waren wir den ganzen Tag im Regen unterwegs.«

Shelton und Hi nickten, wirkten aber bedrückt. Das gab den Ausschlag. Ich würde meinen eigenen Anfall vorerst für mich behalten.

Dasselbe galt für Karstens Anschuldigungen. Es gab keinen Grund, die anderen noch mehr zu beunruhigen.

Themenwechsel.

»Wenn Karsten irgendwelche Beweise gegen uns hätte,

dann würde er sie auch benutzen. Solange wir uns nicht selbst verraten« – ich schaute zu Coop hinüber , »und Coop in unserem Versteck bleibt, kann uns nichts passieren.«

Klang doch überzeugend.

Wie aufs Stichwort stubste Coop Shelton in die Seite, weil er gekrault werden wollte. Als Shelton ihm den Gefallen tat, rollte sich der Welpe auf den Rücken und wedelte mit dem Schwanz. Er war so hinreißend, dass mir die Worte fehlten.

»Was sollen wir jetzt mit dem Wolfswelpen machen?«, fragte Ben.

»Wir suchen ein Zuhause für ihn.« Obwohl mir davor graute, Coop weggeben zu müssen, war er eine tickende Zeitbombe. Wenn Karsten ihn fand, würden wir ins Jugendgefängnis wandern.

»Wir müssen jemand finden, der absolut vertrauenswürdig ist«, sagte ich. »Irgendwo außerhalb der Stadt, wo Karsten ihm mit Sicherheit nicht über den Weg läuft.«

»Wie geht's weiter mit Katherine Heaton?«, fragte Shelton. »Ich hab zwar noch nichts vor, aber ich hätte gern gewusst, ob für morgen ein Banküberfall oder so was geplant ist.«

»Du solltest für die *Simpsons* schreiben«, erwiderte ich grinsend.

»Ich werd drüber nachdenken«, sagte Shelton. »Aber im Ernst. Was machen wir mit Heaton?«

»Die Fingerabdrücke sind unsere einzige Spur. Wenn die zu nichts führt, weiß ich auch nicht weiter.«

»Wir sind also von Chance Claybourne abhängig.« Ben schüttelte den Kopf. »Na super.«

»Für einen stinkreichen Schnösel ist der doch gar nicht so unsympathisch«, erklärte Shelton.

»Also, ich pack's dann.« Hi stand auf. »Ich hau mich aufs

Ohr, ehe es mir noch schlechter geht. Bin schon paranoid genug.«

Hi sprach mir aus dem Herzen.

Die Jungs tätschelten Coop den Rücken, bevor sie nach draußen gingen. Er jaulte noch einmal, dann rollte er sich an seinem Platz zusammen und war im nächsten Moment eingeschlafen.

Wir brauchen bald eine Tür, dachte ich. Coop kann jeden Moment anfangen, durch die Dünen zu tollen. Ein echtes Problem.

»Träum was Schönes, mein Kleiner.«

Ich folgte den anderen hinaus in die Nacht.

KAPITEL 37

Der Samstag hatte schwere Gewitterwolken im Gepäck. Ich wartete, bis Kit aus dem Haus war, bevor ich meine Beine aus dem Bett schwang.

Und entdeckte einen Zettel, der an meiner Tür klebte. Kit wollte gleich nach der Arbeit mit mir »reden«.

Das konnte ja heiter werden.

Aber egal. Erst mal würde ich mit Coop echte Quality Time verbringen. Wir mussten ihn bald irgendwo anders unterbringen. Ich beschloss, so viel Welpenliebe in mich aufzunehmen wie irgend möglich.

Es begann leicht zu nieseln, als ich dem Bunker entgegenstrampelte. Mit vollem Tempo bog ich um die letzte Düne, ließ mein Fahrrad fallen und sprang auf den Eingang zu.

Wie aus dem Nichts schoss ein graues Bündel hervor und strich mir um die Beine. Ich geriet ins Stolpern und landete in einem Myrtenstrauch. Das Wesen lief in den dichten Strandhafer hinein und war wieder verschwunden.

Mit hämmerndem Herzen schaute ich mich um. Durch die seidigen Halme hindurch sah ich eine graue Schnauze, die in meine Richtung zeigte. Dünne Beine. Schlappohren.

Sekunden später stürzte sich Coop hingebungsvoll auf mein Fußgelenk.

»Wie bist du denn rausgekommen?« Ich kraulte seinen Kopf. »Du musst dich doch ausruhen!«

Coop schnüffelte in meiner Hand, seine Ohren tanzten in alle Richtungen, seine Augen funkelten vor Enthusiasmus.

Dann stieß er einen spielerisch-bedrohlichen Laut aus, legte den Kopf zwischen seine Vorderpfoten und streckte sein Hinterteil in die Höhe.

»Hat Onkel Hiram dich rausgelassen? Oder bist du einfach ausgebrochen?«

Ich manövrierte Coop in den Bunker und folgte ihm. Von Hi keine Spur, obwohl er versprochen hatte, beim Desinfizieren zu helfen.

»Tja, mein Kleiner, dann sind wir wohl unter uns.«

Coop rollte sich auf den Rücken. Ich kraulte seinen Bauch und war glücklich, keinerlei Anzeichen einer Krankheit mehr zu entdecken.

»Also, an die Arbeit.«

Da Coop noch eine Woche lang ansteckend sein würde, mussten wir sichergehen, dass die Krankheit sich nicht verbreitete.

Ich bespritzte die Wände mit einer Reinigungslösung und wischte auch sämtliche Möbel damit ab. Dann packte ich Coops Decken zusammen, um sie später zu waschen.

Dort, wo Coop immer hingemacht hatte, tränkte ich den Boden regelrecht mit Desinfektionsmittel. Nicht gerade eine umweltfreundliche Maßnahme, doch in der Erde kann das Parvovirus bis zu sechs Monate überleben, und ich wollte nicht, dass sich irgendein herumstreunender Beagle die Krankheit einfing.

Coop lag gemütlich in der Ecke und ignorierte meine Putzorgie.

Ich war gerade mit dem Scheuern des Bodens fertig, als ich von einem heftigen Schwindel erfasst wurde. Ich lehnte mich gegen die Mauer und schloss die Augen.

Der Schwindel nahm zu.

Ich begann zu husten. Zunächst langsam, dann immer

schneller und krampfhafter. Blitzartige Schmerzen zuckten durch meinen Schadel. Meine Augäpfel pochten. Heiße Tränen rannen die Wangen hinunter.

Das müssen die Ausdünstungen sein. Ich brauche frische Luft.

Ich taumelte dem Ausgang entgegen.

Mein Bewusstsein schwankte. Der Raum kenterte wie ein Schiff auf hoher See. Ich spürte eine sonderbare Leichtigkeit, dann fühlte ich etwas Hartes an meinem Gesicht. In einem Winkel meines Bewusstseins ahnte ich, dass ich zu Boden gestürzt war.

Sekunden verstrichen. Stunden?

Die Realität meldete sich zurück.

Dann nahm ich plötzlich einen breiten rosa Lappen an meiner Nase wahr.

»Uäh!«, stieß ich matt aus. »Lass das!«

Coop rollte seine Zunge ein. Trat zurück. Bellte.

Futter. Dose.

»Okay, warte.«

Ich hatte immer noch Schwindelgefühle und einen metallischen Geschmack im Mund. Nicht gerade sehr ladylike, spuckte ich einen Rotzklumpen auf den Boden. Der säuerliche Geschmack blieb.

Ich rappelte mich mühsam auf, mein Gehirn fühlte sich wie ein Haufen verklebte Spaghetti an.

Keuch.

Meine Atmung war völlig aus dem Gleichgewicht geraten.

Dann kam die zweite Attacke.

Eine zerebrale Explosion warf mich auf die Knie. Ich fühlte einen gewaltigen Druck. Schmerz. Kalten Schweiß.

Legte mich flach auf den Bauch.

Irgendwann ging der Anfall vorüber und mein Verstand kehrte zurück.

Was zum Teufel?

Ich machte mich auf eine dritte Welle gefasst, aber die kam nicht.

Ich rieb mir die Schläfen und suchte meinen Körper nach Verletzungen ab.

Alles war an seinem Platz.

Und ich fühlte mich großartig. Von neuer Energie erfüllt. Stärker. Scharfsinniger. Als hätte ich einen doppelten Espresso gekippt.

Wie auf dem Boot? Was soll das bedeuten?

Coop winselte laut und beharrlich, stellte sich dann auf die Hinterbeine und stieß mir seine Pfoten in die Seite.

»Weiß schon.« Ich kraulte ihn hinter den Ohren. »Du willst dein Dosenfutter.«

Coop zu füttern war leichter, als nachzudenken, also öffnete ich eine Dose und löffelte den Inhalt in seinen Napf. Ich wollte ihn gerade auf den Boden stellen, als eine rätselhafte Botschaft in mein Bewusstsein drang.

»Das gibt's doch nicht …«

Ich starrte Coop an.

Nie im Leben.

»Hast du mit mir gesprochen?«

Kaum hatten die Worte meinen Mund verlassen, kam ich mir lächerlich vor.

Hunde sind nicht in der Lage zu sprechen.

Doch irgendwas war geschehen.

Okay, ich war immer noch ein bisschen weich in der Birne, doch ein eigenartiges Gefühl hatte sich festgesetzt: Coop und ich waren auf eine neue Weise miteinander verbunden.

Coop legte winselnd den Kopf auf die Seite und stieß seine Nase mehrmals in meine Handfläche.

Die Verzögerung mit dem Futter gefiel ihm nicht.

Ich stellte den Napf beiseite und nahm Coops Kopf in meine Hände. Sprach langsam und eindringlich.

»Hast du mir irgendwie mitgeteilt, dass du hungrig bist? Ich meine, ganz direkt … von Kopf zu Kopf?«

Winseln. Schmatzen.

Mach dich nicht lächerlich. Du warst ohnmächtig. Es war ein Traum.

Ich schüttelte den Kopf und stellte den Napf auf den Boden. Coop stürzte sich mit wedelndem Schwanz auf sein Fressen und schlang die Brocken gierig herunter.

»Sorry, mein Kleiner«, sagte ich und streichelte seinen Rücken. »Mami hat Halluzinationen.«

His Abwesenheit beunruhigte mich. Das passte nicht zu ihm. Hatte auch er einen neuen Anfall gehabt?

Den Bauch voll brauner Pampe war Coop im nächsten Moment eingeschlafen. Wenige Minuten später eilte ich die Stufen zum Haus der Stolowitskis hinauf.

Zweifaches Klopfen. Keine Antwort.

Ich wartete geduldig, denn ich kannte Ruths allumfassende Sicherheitsvorkehrungen, ehe sie bereit war, irgendjemand die Haustür zu öffnen.

Ein Vorhang bewegte sich. Ketten rasselten. Schlösser klickten.

»Bubbala!« Ruths Umarmung zog mich ins Haus hinein. »Willst du was zu essen haben?« Für einen Moment verkrampfte ich mich in ihren Armen. Erinnerungen an meine Mom schossen mir durch den Kopf. Wann war ich das letzte Mal in den Arm genommen worden? Kit und ich waren noch nicht so weit.

Ich versuchte, den Strom der Gedanken auf Distanz zu halten. Jetzt war nicht die Zeit dafür.

»Nein danke«, antwortete ich und löste mich aus ihren Armen. »Ist Hiram da?«

»Ts!« Ruth beherrschte dieses Geräusch wie niemand sonst. »Der ist in seinem Zimmer, der Langschläfer.« Dann rief sie plötzlich in Richtung Obergeschoss: »Vielleicht kannst du ihn dazu bringen, mit seinem Samstag ausnahmsweise mal etwas Sinnvolles anzufangen!«

»Mach ich.«

His Tür öffnete sich, ehe ich klopfen konnte. Er winkte mich mit kurzen, heftigen Bewegungen zu sich herein. Dann drückte er die Tür hinter mir zu und ließ sich, keuchend und blass, in seinen Sessel fallen.

Bei seinem Anblick krampfte sich mir der Magen zusammen.

»Du siehst schrecklich aus«, sagte ich.

»Ich bin total am Ende. Mein Kopf dröhnt wie ein Lady-Gaga-Song.«

»Mir geht's genauso.« Ich erzählte ihm von meinem Zusammenbruch, verschwieg aber mein telepathisches Erlebnis mit Coop. Dumme Blicke konnte ich jetzt nicht auch noch gebrauchen.

»Bist du noch mal in Ohnmacht gefallen?«, fragte ich.

»Nein.« Hi wich meinem Blick aus. »Ich hatte … andere Probleme.«

Ich wartete gespannt auf die Fortsetzung.

»Aber sag meiner Mutter nichts, du weißt ja, wie sie ist.«

»Klar. Ich fürchte, wir haben uns irgendeinen Infekt eingefangen.«

»Warst du schon bei Shelton?«

Ich schüttelte den Kopf. »Der kommt als Nächster dran.«

»Wahrscheinlich haben wir die Pest. Sollen wir in den sauren Apfel beißen und den Arzt aufsuchen?«

»Lass uns erst mal sehen, wie es den anderen geht. Bleib online.«

»Ich bin da drüben.« Hi zeigte in Richtung Badezimmer. »Die Toilette ist der Mittelpunkt meines Universums.«

So genau wollte ich's gar nicht wissen.

Zwei Türen weiter klingelte ich bei der Familie Devers.

Nichts geschah.

Ich klingelte noch mal.

Keiner zu Hause.

Ich schrieb Shelton eine SMS, als ich Ben auf dem Anleger bei seinem Boot erblickte. Ich schlenderte zu ihm.

»Hi«, sagte ich. »Immer noch alles okay mit dir?«

»Klar. Warum fragst du?«

Ich erzählte ihm von meinem Ohnmachtsanfall und His bedenklichem Zustand. Ben wich zurück und hielt sich eine Hand vor den Mund.

»Dann halte ich lieber Abstand von euch. Hab schon genug Probleme.«

»Danke. Dein Mitgefühl ist überwältigend.«

Es beruhigte mich jedoch, dass Ben keinerlei Symptome zeigte. Wenn er okay war, dann musste ich mir um Hi und mich bestimmt auch keine großen Sorgen machen.

»Gib Bescheid, wenn du dich schlechter fühlst«, sagte ich.

»Klar, aber jetzt zieh Leine. Will mir ja nicht die Schweinegrippe holen.«

»Ich hoffe, du kriegst das, was Hi hat!«, gab ich zurück. Dann machte ich auf dem Absatz kehrt und lief nach Hause, um mich aufs Ohr zu hauen.

KAPITEL 38

Aber daraus wurde nichts. Kit war doch nicht nach Loggerhead gefahren. Als ich nach Hause kam, fing er mich im Wohnzimmer ab, hundert Fragen auf den Lippen, die nicht warten konnten.

»Setz dich, Tory.« Er klopfte neben sich auf das Sofapolster.

Durchdringender Blick. Ich durfte meinen Zustand nicht offenbaren. Denn Kit würde seine elterlichen Defizite vielleicht mit umso größerer medizinischer Fürsorge ausgleichen wollen, und ich wollte heute keinesfalls zum Arzt verfrachtet werden. Zu müde.

Ich ignorierte seine Geste und ließ mich mit gekreuzten Beinen in einem Ohrensessel nieder.

Kit ließ meine kleine Rebellion gewähren. »Die letzten Tage waren ein einziges Chaos«, sagte er. »Komm schon Tory! Ich will jetzt endlich wissen, was los ist!«

Der Satz ärgerte mich. Woher das plötzliche Interesse an meinem Leben?

»Ich hab schon alles erzählt. Wenn du die Details wissen willst, frag deinen Freund Karsten.«

Ein Schlag unter die Gürtellinie, aber das kümmerte mich jetzt nicht.

»Was passiert ist, gefällt mir ebenso wenig wie dir.« Kit stieg die Röte ins Gesicht. Aus Ärger? Verlegenheit? Wer wusste das schon?

Unbehagliche Stille. Dann: »Ich will dir doch helfen.«

»Warum?«

»Weil ich dein Vater bin.«

»Danke, *Kit*« – ich betonte seinen Namen –, »aber du hinkst der Zeit hinterher. Das Verhör war gestern. Zu spät, um jetzt den Super-Dad zu spielen.«

Kit sah aus, als hätte ich ihn geohrfeigt. Ich fühlte mich schrecklich. Warum war ich manchmal so ein Miststück?

»Tory, es tut mir leid!« Sein Bedauern klang aufrichtig. »Mir war nicht klar, dass Karsten dir so zusetzen würde, sonst hätte ich das niemals zugelassen.«

Ein Kommentar schien überflüssig, also schwieg ich.

»Ich weiß, dass ich deine Mutter nicht ersetzen kann, aber ich tue mein Bestes.«

Stille. Diesmal aus Vorsicht, weil ich mir selbst nicht traute.

»Ich werde am Montag eine Beschwerde einreichen«, sagte Kit. »Dr. Karsten hat sich vollkommen unangemessen verhalten.«

»Hat er nicht!«

Mein vorlauter Mund würde Kit noch in Schwierigkeiten bringen.

»Das ist wirklich kein großes Ding, ganz ehrlich.« Ich ging zur Couch und rang mir mein künstlichstes Lächeln ab. »Ich hab mich danebenbenommen. Bitte mach bei der Arbeit kein großes Theater.«

»Du sahst in dem Konferenzraum aber völlig verängstigt aus. Karsten hätte dich niemals alleine befragen dürfen.«

»Ich hab einfach überreagiert.« Lässiges Achselzucken. »Karsten ist sowieso mit uns fertig.«

»Es ist deine Entscheidung, Tory.«

»Lass uns die Sache einfach vergessen.«

Kits Gesicht entspannte sich, und er nahm wieder seine bescheidene, selbstironische Haltung an. »Na gut. Wahrscheinlich würde ich damit nur neue Probleme schaffen.«

Jetzt lächelte ich wirklich. Kit war ein ziemlich netter Typ, wenn er ganz er selbst war. Und, um ehrlich zu sein, war *ich* der Grund, warum er das so selten sein konnte.

»Aber du wirst mir trotzdem erzählen, was du die letzten Tage getrieben hast«, sagte er mit väterlicher Strenge. »Schieß los. Fang mit der Hundeausstellung an.«

Ich hangelte mich durch die Ereignisse der letzten Tage und hielt mich streng an die Version, die unsere Gang vereinbart hatte. Kaum zu glauben, dass ich vor sieben Tagen noch nie etwas von Katherine Heaton gehört hatte.

Kit hörte aufmerksam zu, stellte ein paar Fragen, schien mir die Story abzunehmen. Als ich fertig war, schüttelte er den Kopf.

»Da hast du ja wirklich eine harte Zeit durchgemacht. Und ich hab ständig gearbeitet und mal wieder nichts mitgekriegt. Tut mir leid, dass ich dich im Stich gelassen habe. Ich verspreche dir, dass ich in Zukunft mehr Zeit für dich haben werde.«

»Ist schon okay.«

»Sobald ich diese salinischen Tests abgeschlossen habe, unternehmen wir was Schönes zusammen, okay?«

»Klar!« Was sollte das sein? »Aber jetzt bin ich ziemlich müde. Ich leg mich ein bisschen hin.«

»Okay. Whitney kommt nachher zum Abendessen, also lauf nicht weg.«

Na toll. Das war das Letzte, was ich jetzt brauchte.

»Vielleicht ist heute Abend nicht ganz der richtige Zeit…«

Er wischte meinen Einwand mit einer Handbewegung vom Tisch. »Ich habe sie schon eingeladen und werde ihr jetzt nicht absagen.« Er blickte mich fast flehentlich an. »So schlimm ist sie doch auch wieder nicht, oder?«

»Aus *dir* will sie ja auch keinen Tanzbären machen.«

»Ha!« Kit schnaubte. »Wenn du wüsstest.«

Vom Klirren des Bestecks und der Gläser abgesehen verlief unser Abendessen zunächst absolut lautlos, doch es war mir klar, dass Whitney jeden Moment zu plappern anfangen würde.

Ich fragte mich, wie sie es wohl heute anstellen würde, auf ihr Lieblingsthema zu kommen. Eher beiläufig, indem sie erwähnte, was für tolle neue Kleider sie irgendwo gesehen hatte? Oder ganz direkt?

Denn eines war klar: Whitney würde mir wieder die Ohren vollsülzen. Ich war ihre neue Barbiepuppe. Sie wollte mich ausstaffieren, damit ich in ihrem Film die Hauptrolle spielte.

Ich war definitiv krank. Kopfschmerzen. Fieber. Laufende Nase. Brechreiz.

Bring es irgendwie hinter dich.

Whitney hatte das Essen zu Hause vorbereitet. Während ich aß, sah ich sie in Gedanken von der Tradd Street nach Morris fahren. Ich stellte mir vor, wie sie eine Vollbremsung macht. Der Kochtopf kippt um. Maisbrei und Garnelen besudeln ihren penibel gepflegten Mercedes und ihr Sommerkleid von Laura Ashley.

Herzlos? Natürlich. Aber zugegeben, die Vorstellung amüsierte mich.

Normalerweise aß ich für zwei, doch heute drehte sich mir schon beim Gedanken daran der Magen um.

Aus meinem Schläfchen war auch nichts geworden. Sobald mein Kopf auf das Kissen gesunken war, hatte sich mein Zimmer im Kreis gedreht. Meine Gedärme waren in Aufruhr. Alle paar Minuten schleppte ich mich in böser Vorahnung zur Toilette. Nachdem ich mich das letzte Mal entleert hatte, rollte ich mich im Bett zusammen, bis Kit mich zum Abendessen holte.

So stocherte ich auf meinem Teller herum, ohne etwas zu essen, und hoffte auf ein Wunder, nämlich, dass Whitney mich dieses eine Mal in Ruhe ließ.

Das Wunder blieb aus.

»Gute Nachrichten, Tory!«, zwitscherte sie.

Mir wurde heiß und kalt.

»Das Komitee hat bereits zugestimmt, dich für die nächste Ballsaison in den Kreis der Debütantinnen aufzunehmen. Du bist so gut wie dabei!«

Bereits zugestimmt? Sie hatten mich ja nicht mal um Erlaubnis gefragt!

Obwohl ich angewidert mein Gesicht verzog, fuhr Whitney unverdrossen fort.

»Es kommt sogar noch besser! Du darfst schon dieses Jahr als Juniordebütantin teilnehmen. Na, was sagst du jetzt?«

Sie werden niemals ihren Körper finden.

»Das hört sich wundervoll an«, sagte Kit. »Dann kannst du dich mit den gleichaltrigen Mädchen von deiner Schule anfreunden.« Hastig fügte er hinzu: »Ich hab dich sogar schon angemeldet.«

Schon angemeldet? Was dachte er sich nur dabei? Ich wollte gerade lautstark protestieren, doch mein Körper hatte andere Pläne.

Lichtblitze zuckten hinter meinen Lidern. Unsichtbare Tausendfüßler krabbelten über meine Haut. Meine Muskeln brannten und gefroren im nächsten Moment zu Eis. Ich kippte zur Seite, landete auf den harten Dielen.

Plötzlich war Kit bei mir. »Tory, was ist mit dir?«

Meine Gedanken hüllten sich in Nebel. Ich kämpfte darum, ihn zu durchdringen. Ich musste hier weg, ehe ich völlig zusammenbrach.

»Alles okay.« Ich schüttelte Kit ab und rappelte mich mühsam auf. »Bin ich doch einfach vom Stuhl gekippt, wie ungeschickt, was?«

Kit machte große Augen. Whitney noch größere.

»Soll ich einen Arzt rufen? Oder Lorelei?«

»Nein, nein.« Ich scheuchte Kit weg. »Muss mich nur ein bisschen hinlegen. Hab zu viel Sonne abgekriegt.«

Whitney warf Kit einen Hab-ich's-nicht-gleich-gesagt-Blick zu.

»Die arme Kleine braucht weibliche Beschäftigungen, statt mit irgendwelchen Jungs durch die Dünen zu toben.«

Kit hob eine Hand. »Jetzt ist nicht der richtige Zeitpunkt …«

Doch Whitneys missionarischer Eifer war nicht aufzuhalten. Sie trippelte um Kit herum und nahm meine Hand. »Komm einfach zum Mittwochstanz, Schätzchen. Einfach so, ganz zwanglos. Ich weiß genau, dass du begeistert sein wirst«, säuselte sie mit honigsüßer Stimme. »Oh, du wirst sehen, wie gut dir das tut.«

Ich hatte nicht die Kraft, ihr zu widersprechen.

»Wie auch immer. Ich muss jetzt schlafen.«

»Okay, Tor, ruh dich aus.« Kit zerzauste mir die Haare. Ein seltener Akt väterlicher Zuneigung. »Ich schau später noch nach dir.«

»Das wird schon wieder, Kleines.« Whitney lächelte triumphierend. »Die Party wird dir gefallen. Jede Wette!«

Mit zittrigen Beinen wankte ich die Stufen hinauf. Nichts wie weg.

KAPITEL 39

Ich versuchte zu fliehen, doch meine Beine waren schwer wie Blei.

Meine Verfolger kamen dröhnend näher, gesichtslose Monster, die mich verfrühstücken wollten. Meine Beine waren nutzlos geworden, brachten mich keinen Zentimeter mehr voran.

Verzweifelt ließ ich mich auf alle viere sinken. Hüften und Rückgrat richteten sich neu aus. Meine Knochen vibrierten vor Energie, bislang ungekannte Muskeln schwollen an Armen und Beinen.

Auf allen vieren schoss ich nach vorn wie der Blitz, ließ die Dämonen hinter mir. Ich flog förmlich über das Gras, hörte den Wind in meinen Ohren.

Der Rausch der Geschwindigkeit entlockte meiner Kehle ein Geräusch.

Ruckartig wachte ich auf.

Hatte ich im Schlaf aufgeheult?

Ich streckte mich. Rieb mir die Augen. Langsam verblassten die Bilder.

Sogar meine Träume sind verrückt.

Die Ziffern auf meinem Wecker zeigten 11.00.

Unmöglich. Ich warf einen Blick auf mein Handy. Tatsächlich. Ich hatte die ganze Nacht und den Großteil des Vormittags geschlafen.

Ich horchte in mich hinein. Mein Zustand hatte sich verschlimmert. Alle Körperfunktionen waren betroffen.

Mein Kopf dröhnte.

Mein Bauch schmerzte.

Meine Lunge brannte.

Jetzt bestand kein Zweifel mehr: Ich hatte mir eine ernste Krankheit zugezogen.

Ich warf die Decke zurück und schwang die Beine aus dem Bett.

KLICK.

Lichter explodierten in meinem Kopf. Meine Knie krümmten sich.

Dann … Was? Nichts!

Keine Beschwerden. Keine Blitze. Kein Schmerz.

»Wow!«

Plötzlich stieg mir ein ekelhafter Geruch in die Nase. Verwirrt schaute ich mich um.

Der Gestank drang in Wellen aus meinem Badezimmer. Es war kein reiner Geruch, sondern ein Cocktail aus Fett, Lavendel, Minze und Rosenduft.

Komisch, dass ich dieses üble Gemisch nie zuvor bemerkt hatte. Ich hatte weder neue Pflegeprodukte gekauft noch meine Gewohnheiten geändert. Aber der Gestank war überwältigend. Indem ich die Tür schloss, schwor ich mir, das Badezimmer vom Boden bis zur Decke zu putzen.

Später.

Erst mal brauchte ich Koffein.

Ich trottete die Stufen hinunter.

Als ich das Wohnzimmer betrat, wurden meine Nasenlöcher von einem weiteren Geruch auf die Probe gestellt. Ein fauliger Gestank schien seinen Ursprung unter dem Couchtisch zu haben.

Ich hielt mir schaudernd die Nase zu.

Irgendwas verrottete hier. Die Geruchsquelle musste so intensiv sein, dass ich den Gestank quer durch den Raum hindurch wahrgenommen hatte. Ich stählte mich und rückte den Tisch ein paar Zentimeter nach links.

Auf dem Boden lag ein bräunliches Salatblatt. Ich hob es auf und roch daran. Der Geruch nach Verwesung trieb mir Tränen in die Augen. Meine Eingeweide zogen sich zusammen.

Pfui Teufel!

Aber wie war das möglich? Wie konnte es sein, dass ein einzelnes Salatblatt solch einen Gestank verbreitete?

KLACK.

Funken sprühten in meinem Kopf.

Ich schwankte, fiel aber nicht.

Der Verwesungsgeruch verschwand, als hätte man eine Kerze ausgeblasen.

Ich bückte mich und hielt mir das Salatblatt vor die Nase. Ohne groß nachzudenken rannte ich die Treppe hinauf. Das Seife-Reinigungs-Blumen-Bouquet war ebenfalls verschwunden.

Völlig baff lief ich wieder nach unten und ließ mich auf die Couch sinken. Erneut spürte ich eine Veränderung in meinem Kopf. Ich schloss die Augen und ließ mich treiben.

KLICK.

Blitzendes Licht.

Explodierender Schmerz.

Die Luft schoss aus meiner Lunge.

Ich hörte ein Klopfen, zunächst leise, dann ein pulsierendes Brummen, als wäre irgendwo ein Rasenmäher angeworfen worden.

Ich drehte meinen Kopf, ernst nach links, dann nach rechts, um die Geräuschquelle zu lokalisieren. Der Lärm kam aus der Küche.

Meine Augäpfel kribbelten, als ich den Flur hinunterschaute. Plötzlich trat jedes Detail mit frappierender Deutlichkeit hervor.

Ich bewegte mich nicht vom Fleck. Mir war, als würde ich die Küche durch ein Teleobjektiv betrachten. Ich konnte die Zutatenliste der Frühstücksflocken auf sechs Meter Entfernung lesen.

Das Klopfen und Brummen wurde immer intensiver. Dann kam eine Art Saugen hinzu.

Woosh!

Mein Blick zoomte etwas heran, das auf der Fensterbank spazierte. Es war eine gewöhnliche Stubenfliege, deren winzige Details ich mit ungeheurer Schärfe erkannte. Die transparenten Flügel wurden von dunklen Linien durchzogen. Die Augen schienen aus roten Netzen zu bestehen.

Das Insekt bewegte sich auf kleinen haarigen Beinen fort. Sein Rüssel wanderte über den Untergrund. Die Flügel vibrierten, als es versuchte, hinter die Glasscheibe zu gelangen.

Ich schwöre, dass mir die Kinnlade herunterfiel.

Ich kann eine Fliege quer durch das Haus hören. Ich sehe den Schmutz, der an ihren Fühlern haftet.

KLACK.

Mein Blick flackerte, zog sich zusammen und war wieder normal. Nachdem ich eben noch alles überdeutlich und messerscharf erkannt hatte, kam mir meine vertraute 100%-Sehschärfe auf einmal verschwommen und ungenau vor.

Ich lauschte. Kein Klopfen und Brummen mehr.

Ich sprang auf und lief zum Küchenfenster. Die Fliege war immer noch da, doch ihre Bewegungen waren jetzt kaum zu hören. Die Augen zwei rote Punkte, mehr nicht.

Benommen schob ich die Scheibe nach oben. Das Insekt

flog in die Freiheit, ohne von meiner Verwirrung etwas bemerkt zu haben.

Verlier jetzt nicht den Kopf. Dich hat es schwer erwischt.

Riechen. Sehen. Hören. Alle Sinne spielten verrückt.

Was konnte eine solche Überempfindlichkeit verursacht haben?

Mein Betriebssystem war zusammengebrochen, und ich wusste nicht, wie ich einen Neustart durchführen sollte. Ich entschloss mich, meine Gang zu kontaktieren. Auf der Stelle.

Hustend und schwitzend eilte ich die Treppe hinauf und fuhr meinen Mac hoch. Loggte mich ein. Zwei Icons leuchteten. Hi und Shelton waren online.

Meine Finger flogen über die Tastatur. Fühlt ihr euch auch so komisch? Bin total am Ende.

Shelton antwortete als Erster: Kotze wie ein Reiher. Schöne Grüße.

Dann poppte His Icon auf: Ich sterbe. Verteilt meine Habe an die Armen.

Oh mein Gott. Ich war nicht die Einzige.

Ich tippte: Geht zu iFollow. Videokonferenz.

Ich wechselte die Programme und wartete. Minuten vergingen. Als ich mich wieder zurückklickte, fand ich zwei ungelesene Nachrichten.

Shelton: Bin zu müde. Gehe zurück ins Bett. Vielleicht später.

Hi: Sei froh, wenn du mich nicht sehen musst. Bye.

Drückeberger.

Ich beendete die Sitzung. Wie wär's mit einer Dusche? Würde mir vielleicht guttun.

Doch ich schaffte es nicht.

Es kribbelte am ganzen Körper. Mein Gesicht verzerrte sich. Ich stieß unartikulierte Laute aus. Dann, wie zuvor, waren alle Symptome wieder verschwunden.

Ich kauerte auf dem Fußboden. Umfasste meine Knie. War total durchgeschwitzt.

Was im Himmel hat das zu bedeuten?

Ein winziger Verdacht keimte in mir auf. Entwickelte sich mit schonungsloser Logik und scherte sich nicht um mein tiefes Unbehagen.

Du weißt es, wisperte es. *Du hast es freigelassen.*

Der Einbruch in Karstens Labor. Das Parvo-Experiment.

Cooper.

Nein. Das Canine Parvovirus ist nicht auf den Menschen übertragbar. Coop stellt keine Gefahr für uns dar.

Coop war Gegenstand eines geheimen Experiments, flüsterte der Verdacht. *Wer weiß, was er in sich trägt.*

War das die Erklärung? Hatte das Virus sich verändert? War es mutiert? War Coops Infektion noch gefährlicher, als ich dachte?

»Stopp!«, befahl ich mir selbst. »Hör auf, so paranoid zu sein. Dass wir jetzt krank geworden sind, ist reiner Zufall.«

Doch ich glaubte nicht an Zufälle.

Warum waren wir alle gleichzeitig krank geworden? War Coop der einzige gemeinsame Faktor? Was hatten diese verrückten Körperreaktionen zu bedeuten?

Doch Ben war *nicht* krank geworden. Er hatte Coop vom Labor weggetragen, hatte genauso viel Körperkontakt zu ihm gehabt wie wir anderen.

Hör auf, die Sache zu dramatisieren. Du hast wichtigere Dinge zu tun.

Dann hatte ich plötzlich eine andere Eingebung.

Meine Lerngruppe! Ich war um zwölf mit Jason und Hannah verabredet.

Ich schaute auf die Uhr. 11.45. Keine Chance mehr, pünktlich zu erscheinen. Außerdem hatte ich meinen Part nicht erledigt. Hatte ihn völlig aus dem Blick verloren.

Nicht dass dies was geändert hätte. Ich war sowieso nicht in der Lage, mich mit irgendjemand zu treffen. Ich musste absagen.

Ich formulierte einen Text, unterstrich mein Bedauern:

Tut mir schrecklich leid, Jason, aber mich hat die Grippe erwischt. Kann euch nicht treffen. Entschuldige mich bitte bei Hannah, am Montag kriegt ihr meinen Part. Sorry für die späte Absage! Tory.

Senden. Minuten vergingen. Meine Augen hingen am Display. Endlich kam eine Antwortnachricht: Okay, gute Besserung. Bis später. J.

Nachdem ich jede mögliche Nuance dieser Nachricht analysiert hatte, schaltete sich mein Gehirn ab.

Ich schloss die Augen und schlief ein.

14.45.

Na toll. Ganze dreißig Minuten war ich bisher wach gewesen. Wahrscheinlich der produktivste Sonntag meines Lebens.

Ich stapfte die Stufen hinunter, stellte fest, dass ich einen tierischen Hunger hatte. Kein Frühstück. Kein Mittagessen. Kein Wunder.

Ich wühlte mich durch den Kühlschrank, hatte aber keine Lust auf Joghurt, Rohkost oder Obst. Dann griffen meine Hände unwillkürlich nach einer Packung mit Rinderhackfleisch.

KLICK.

Meine Nerven zuckten wie Überbrückungskabel. Ein Gong dröhnte in meinem Kopf. Ohne nachzudenken riss ich die Packung auf und grub meine Finger in das rohe Fleisch.

Meine Speicheldrüsen waren außer Rand und Band. Gierig stopfte ich mir eine ganze Handvoll in den Mund.

Für einen Augenblick pure Ekstase. Dann meldeten sich meine Geschmacksknospen zu Wort.

»Uäh!«

Ich spuckte den halb zerkauten Fleischklumpen in die Spüle.

Rohes Fleisch? Widerlich!

Doch für einen kurzen Moment hatte ich nichts anderes gewollt, als dieses halbe Pfund einfach hinunterzuschlingen.

Okay. Du hast die Besinnung verloren. Das steht fest.

Eine düstere Ahnung stieg aus der Tiefe meines Bewusstseins auf. Ich atmete tief durch, versuchte meine Selbstkontrolle wiederzuerlangen.

Ganz ruhig.

Als ich den Kopf hob, sah ich, wie sich mein Gesicht auf dem Wasserhahn spiegelte. Doch das glänzende Chrom verfälschte meine Gesichtszüge wie ein Zerrspiegel.

Allerdings war das hier kein Spaß. Meine Augen glühten, waren von einer tiefen goldenen Farbe erfüllt.

»Nein!«

Ich sank auf den Boden, kniff die Augen zusammen. Tränen rannen die Wangen hinunter.

Das darf nicht sein, kam mir lautlos über die Lippen.

KLACK.

Ein heftiges Zittern pulste wie eine Druckwelle durch meinen Körper.

Ich öffnete die Augen. Dann lief ich zum Badezimmerspiegel.

Sah eine grüne Iris. Alles normal. Ich erlaubte meinem Atem, die Lunge zu verlassen.

Aber meine Erleichterung währte nur kurz.

Etwas stimmte hier nicht. Etwas Ernstes. Vielleicht Tödliches.

Ich dachte an die seltsame Verbindung zurück, die ich zu Coop gespürt hatte. An das plötzliche Gefühl der Gemeinschaft und Zusammengehörigkeit.

»Was geschieht mit mir?«, flüsterte ich.

Die Antwort war Schweigen.

KAPITEL 40

Der Montagmorgen kam viel früher als erwartet. Halb bewusstlos stolperte ich zu meiner ersten Schulstunde.

Jason und Hannah warteten schon an unserem Arbeitsplatz auf mich und hatten ihre Laptops gestartet. Ich fürchtete mich davor, ihnen die schlechte Nachricht zu überbringen.

»Es tut mir so leid«, begann ich, »aber ich hab meine Unterlagen immer noch nicht beisammen.« Ich ließ mich auf den Stuhl fallen. »Ich weiß, dass ich es für heute versprochen hatte, aber ich lag das ganze Wochenende krank im Bett.«

Hannah runzelte schweigend die Stirn.

Jason ballte in gespielter Empörung die Fäuste.

»Das ist ja ungeheuerlich! Wie hatten fest damit gerechnet, uns mit deinen Federn schmücken zu können.«

»Ich werd's so schnell wie möglich nachholen, versprochen!« Ich blies mir ein paar Haare aus der Stirn. »Wenn ihr wüsstet, was ich am Wochenende durchgemacht habe.«

»Mach dir keine Sorgen«, entgegnete Jason. »Das Referat ist erst am Freitag. Wir hängen deinen Teil einfach hinten dran, dann kannst du die Ergebnisse zusammenfassen, wie du willst.«

»Werd erst mal wieder gesund.« Hannahs Besorgnis klang echt. »Das ist das Wichtigste.«

Ich lächelte ihr meinen Dank zu. So eine Nachlässigkeit passte eigentlich nicht zu mir. Schuldgefühle schon eher. Seit dem Aufwachen hatte mich das schlechte Gewissen geplagt.

»Was steht denn heute auf dem Programm?«, fragte ich.

»Wir untersuchen die Auswirkungen olfaktorischer Effekte auf das Verhalten von Rennmäusen«, antwortete Jason. »Wir haben zwei verschiedene Duftstoffe.«

Hannah las die Arbeitsanleitung vor. »Erstens: Stellen Sie den Aromabehälter in den Käfig. Zweitens: Warten Sie fünf Minuten. Drittens: Messen Sie die Zeit, die die Rennmaus in ihrem Laufrad verbringt. Klingt einfach.«

»Okay, dann lassen wir den Nager mal schnuppern«, sagte Jason.

Ich füllte den Aromabehälter mit unserem ersten Duftstoff: wilder Lavendel. Ein angenehmer Geruch stieg auf.

Unser Testsubjekt, das wir Herbie getauft hatten, schnüffelte am Behälter, rollte sich zusammen und verlor das Interesse.

»Lavendel wirkt bei denen wie ein Schlafmittel«, sagte Jason.

Immer wieder sahen wir auf die Uhr.

»Zeit ist abgelaufen«, sagte Jason. »Den neuen Duftstoff bitte.«

Hannah kümmerte sich darum. Das neue Aroma war Grapefruit.

»Citrusöle fördern die Energie«, sagte ich.

»Wird ja auch Zeit. Los Herbie, zeig, was in dir steckt.«

Herbie und ich befanden uns auf demselben Energielevel.

Ich hatte seit Tagen schlecht geschlafen. Mir fielen fast die Augen zu.

Plötzlich begann sich der Raum zu drehen, woran ich ja inzwischen gewöhnt war.

Nein! Nicht hier!

KLICK.

Der Schmerz riss meinen Stirnlappen auseinander. Ein heißer Schwall schoss mir von der Brust in alle Glieder. Alles verschwamm vor meinen Augen.

Ich rieb mir die Schläfen, versuchte verzweifelt, die Kontrolle zu behalten. Schweißperlen standen auf meiner Stirn.

»Tory, ist alles okay?« Hannahs Augenbrauen zogen sich zusammen.

Gequältes Lachen. Reden war schwierig. »Nur ein … postvirales Erschöpfungssyndrom … nichts Ernstes.«

Ich stand auf, versuchte den wirbelnden Raum zum Stillstand zu bringen. Doch mein Gehirn schien sich losgerissen zu haben und frei herumzuschweben.

Der Grapefruitgeruch überwältigte mich, bombardierte meine Nase und kitzelte in der Kehle.

Brechreiz stieg auf. Keine Zeit für Entschuldigungen. Ich musste rennen.

Während ich aufsprang, um auf die Toilette zu stürzen, sah ich aus dem Augenwinkel eine Bewegung. Herbie legte eine Trainingseinheit in seinem Laufrad ein.

Meine Symptome verflüchtigten sich.

Plötzlich sah ich nichts anderes mehr als die Rennmaus.

Ich ging neben dem Käfig in die Hocke und fixierte den kleinen braunen Körper, der wie verrückt strampelte. Ich roch sein Fell, die Sägespäne und ein Sekret, das einen moschusähnlichen Duft verströmte.

Eine wahre Speichelflut badete meinen Gaumen und meine Zunge.

»Tor?« Jason legte mir die Hand auf die Schulter. »Was ist mit dir? Soll ich dich zur Krankenschwester bringen?«

Alle meine Sinne konzentrierten sich auf das Nagetier.

Das mich plötzlich bemerkte.

Irgendetwas tief in Herbies Gehirn schrie eine Warnung. Er sprang vom Rad und flüchtete in sein Nest.

Meine Hand schoss nach vorn und brachte den Käfig aus dem Gleichgewicht. Jason konnte im letzten Moment verhindern, dass er auf den Boden fiel.

»Tory, was machst du?«

KLACK.

Eine zerebrale Tür schlug zu.

Die Gerüche schwanden.

Ich schüttelte den Kopf, versuchte, zu mir zu kommen.

Die Realität meldete sich zurück.

Meine Mitschüler starrten mich an, einige direkt, andere verstohlen. Gefolgt von gehässigen Kommentaren.

»Seht mal, das Inselmädchen hat eine Panikattacke!« Madisons Flüstern zog ein Kichern ihrer Clique nach sich.

»Die hat wohl Angst vor Mäusen«, schaltete Ashley sich ein. »Dabei gibt's doch bestimmt Millionen dreckiger Mäuse auf ihrer Insel.«

Das ist eine Mongolische Rennmaus, ihr Holzköpfe.

»Sie ist eben doch nur ein kleiner Spasti«, ergänzte Courtney.

Die sechsbeinige Tussi schüttete sich aus vor Lachen.

Meine Wangen brannten vor Scham.

Die Hitze stieg vom Gesicht in mein Hirn und löste eine zweite Übelkeitsattacke aus. Ich hielt mir die Hand vor den Mund, doch war mir zu schwindelig, um auf die Toilette zu laufen. Also machte ich mich darauf gefasst, dass mein Magen sich nach außen kehren und den Boden verschönern würde.

Hannah kam mir zu Hilfe. Sie ergriff meine Hand und legte mir schützend den Arm um die Schultern.

»Komm, wir gehen auf die Toilette. Ein bisschen Wasser wird dir guttun.«

Ich schloss die Augen und ließ mich von Hannah führen.

Mit jedem Schritt konzentrierte ich mich darauf, mich nicht zu übergeben.

»Mrs Davis?«, rief Hanna. »Tory geht es nicht gut. Ich begleite sie auf die Toilette.«

Ohne zu zögern, manövrierte mich Hannah aus dem Bioraum, den Flur hinunter und in eine Toilettenkabine. Dann hielt sie diskret Abstand, während ich über der Schüssel hing. Irgendwann schob sie eine Packung Taschentücher unter der Tür hindurch.

Schließlich kam ich mit tränenden Augen und laufender Nase heraus.

Hannah wartete am Waschbecken auf mich und hielt ein kleines Fläschchen mit Mundwasser in der Hand.

»Besser?«, fragte sie.

»Viel besser. Ich weiß gar nicht, wie ich dir danken soll. Ohne dich hätte ich es gar nicht bis hierher geschafft.«

»Ist doch selbstverständlich.« Hannah tätschelte mein Handgelenk. »Und diese Tussis sind schon nervig genug. Denen muss man nicht noch zusätzlichen Anlass geben, sich das Maul zu zerreißen.«

Als ich mir erneut den Mund abwischte, bot mir Hannah weitere Taschentücher an.

»Die können mich nicht ausstehen, oder?«

»Kümmere dich nicht um sie. Eifersucht bringt immer das Schlechteste aus den Leuten hervor.«

»Eifersucht?« Hannahs Wortwahl versetzte mir einen Schock.

»Denen gefällt einfach nicht, dass Jason hinter dir her ist.« Sie kicherte. »Denen wäre es definitiv lieber, wenn er es nicht auf dich abgesehen hätte.«

Hm, das mit Jason musste ich wohl irgendwann mal klären. Er mochte mich, ich mochte Chance. Wie dumm. Doppeldumm. Hannah wäre bestimmt nicht so nett zu mir, wenn sie wüsste, dass ich in ihren Freund vernarrt war.

Hannah spürte mein Unbehagen, ohne dessen Quelle zu kennen. Gott sei Dank.

»Ignorier sie einfach«, sagte sie. »Die drei sind kleinlich und engstirnig und verkehren fast nur in ihrem privilegierten Zirkel. Außerdem sind sie grauenhaft unreif.«

»Ganz anders als du«, entgegnete ich. »Ich weiß es wirklich zu schätzen, wie sehr du mir geholfen hast.« Ich zögerte. »Ach, was soll's. Es war eben ein hartes Jahr für mich.«

»Na, das ich will ich aber hoffen, dass ich anders bin als die«, sagte Hannah mit einem Lachen und zeigte ihre perfekten Zähne. »Für mich ist es auch einfacher, weil ich Chance habe.«

»Er scheint wirklich sehr nett zu sein.« Neutral wie die Schweiz.

»Wir sind sehr verliebt. Und eines Tages werden wir heiraten.« Wieder blitzte das makellose Weiß. »Chance und ich sind füreinander bestimmt.«

»Ich freue mich für euch beide.« Ein Großteil von mir meinte das ehrlich. Neunzig Prozent. Fünfundsiebzig.

Es klingelte.

Ich tupfte noch mal Gesicht und Hände ab.

»Wie sehe ich aus?«

»Fabelhaft.« Hannah nahm mich am Arm. »Lass uns zusammen gehen, dann wird das schreckliche Trio keinen Mucks sagen.«

Seite an Seite schlenderten wir den Gang hinunter.

Und liefen Jason und Chance in die Arme.

»Wie geht's dir, Tory?« Jason stieß sich von der Wand ab.

Der Tag war schon anstrengend genug gewesen. Ich konnte meinen Körper nicht mehr kontrollieren und hatte keine

Ahnung, wann er das nächste Mal verrückt spielen würde. Das Letzte, was ich jetzt brauchte, war Jason Taylor.

Ich löste mich von Hannah, drückte zum Dank ihren Arm. Dann senkte ich den Kopf und stapfte davon.

»Danke, mir geht's gut!«

Ich schaute erst auf, als ich den Raum der Krankenschwester erreicht hatte.

KAPITEL 41

Schwester Riley betrachtete meine Zunge. Kontrollierte meine Pupillen. Steckte mir ein Thermometer in den Mund.

Obwohl sie sich alle Mühe gab, konnte sie nichts Auffälliges feststellen. Sämtliche Symptome waren verschwunden. Verwundert gab sie mir zwei Schmerztabletten und schickte mich zurück in die Klasse.

Das Ergebnis überraschte mich nicht, denn ich konnte ihr ja nicht die Wahrheit sagen. Konnte ihr nicht mitteilen, was wirklich geschehen war. Wie ich die Kontrolle verloren hatte.

Die zweite Stunde war in vollem Gang. Englische Literatur. Kurs für Fortgeschrittene. Ich setzte mich zwischen Hi und Shelton. Beide schienen erleichtert, mich zu sehen.

Mr Edde, ein hoch aufgeschossener, schlaksiger Südamerikaner mit ausladendem Afrolook, sprach über die Vorzüge des jambischen Pentameters. Ich versuchte mich zu konzentrieren.

»Tory!« Geflüstert. »Tor!«

Ich spähte nach rechts. His neues Handy lag zwischen den Seiten seines Buchs versteckt. Er tippte ohne hinzuschauen.

Mit größter Beiläufigkeit zog ich mein eigenes Gerät aus der Tasche. Schaltete es ein. His Nachricht enthielt einen Link.

Klick. Ein Chatroom erschien auf meinem Bildschirm.

Ich blickte kurz auf. Mr Edde konnte Handys nicht ausstehen und hatte in diesem Halbjahr schon ein Dutzend davon konfisziert.

Doch die Götter waren uns wohlgesinnt. Nachdem er den Schülern aufgetragen hatte, sich der Lektüre eines epischen Gedichts aus dem 17. Jahrhundert zu widmen, ging er zu seinem Tisch zurück. Ein letzter prüfender Blick, dann setzte er sich hin, kippte seinen Stuhl auf die Hinterbeine und konzentrierte sich auf ein Kreuzworträtsel.

Stille war eingekehrt. Während ich so tat, als sei ich in John Miltons Text vertieft, wandte ich mich dem Cyberspace zu.

Zwei Avatare erschienen. Das Bild von Napoleon Dynamite war Hi. Shelton wurde vom Yeti dargestellt, der einen riesigen Roboter verschlang. Jedem das Seine.

Mein eigener Avatar – ein grauer Wolf, in Schwarz-Weiß dargestellt – war die einzige weitere Figur.

Hi hatte bereits eine Nachricht geschickt.

Napoleon: Wo warst du? Hab mir totale Sorgen gemacht?

Ich tippte mit größter Vorsicht eine Antwort.

Wolf: Krankenschwester. Hab nichts gesagt, aber etwas stimmt nicht mit mir. Heftig!

Napoleon: Bei mir dasselbe! Nicht nur Grippe. Total crazy.

Yeti: Bei mir spielt alles verrückt.

Ich spähte nach links. Sheltons Fuß bewegte sich wie wild auf und ab.

Hi hatte das Sakko ausgezogen und den oberen Hemdknopf gelöst. Er keuchte wie ein alter Mann und kratzte sich in einer Tour die Arme.

Meine Hoffnungen schwanden. Ich war nicht die Einzige. Wir alle hatten uns etwas eingefangen, womit nicht zu spaßen war.

Ich tippte rasch, behielt mit einem Auge Mr Edde im Blick.

Wolf: Müssen uns treffen. Heute. Bunker. Bis dahin kein Wort.

Zu beiden Seiten von mir tanzten die Finger. Ich schaute nach unten, hoffte, dass Mr Edde weiterhin auf sein Kreuzworträtsel fixiert war.

Yeti: Bin zu krank. Hab Angst. Werd vielleicht meiner Mutter erzählen.

Napoleon: Kein Klo im Bunker. Problem.

Ich war leicht irritiert. Wussten sie denn nicht, woher unsere Krankheit kam? Wir *konnten* unseren Eltern nichts erzählen. Nicht wenn Karsten es immer noch auf uns abgesehen hatte.

Meine Finger flogen über den Bildschirm.

Wolf: Müssen miteinander reden. Ob krank oder nicht. Bunker. Nach der Schule. Superwichtig. Und kein Wort. Auch nicht zueinander!

Mr Edde senkte die Vorderbeine seines Stuhls. Ein sicheres Zeichen, dass er mit dem Kreuzworträtsel fertig war.

Konversation beendet.

Ich ließ mein Handy in der Schultasche verschwinden. Hi steckte es in seine Hosentasche. Ich hob eine Braue. *Nun?*

Hi fuhr sich mit beiden Händen durch die Haare. Zerrte daran, als wolle er ganze Büschel ausreißen. Dann nickte er.

Shelton rutschte hin und her, starrte finster vor sich hin, senkte dann sein Kinn.

Alle Mann an Bord.

Jetzt mussten wir nur noch diesen Schultag hinter uns bringen.

Eine sanfte Brise strich über den Yachthafen, führte den Geruch von Salzwasser, Hortensien und Benzin mit sich. Weiße Segel leuchteten in der Nachmittagssonne.

Luftfeuchtigkeit an die 90 Prozent, Temperaturen um die 30 Grad. Kein Tag für Outdooraktivitäten.

Auf der Fähre hatten sich Hi und Shelton gleich ins Innere der klimatisierten Kabine zurückgezogen. Wir hatten seit der zweiten Stunde kein Wort mehr miteinander gewechselt und würden das auch nicht tun, ehe wir den verschwiegenen Bunker erreicht hatten.

Keiner von ihnen schien sonderlich glücklich, wenngleich sie nicht rebelliert hatten. Ich würde mir später noch einiges anhören müssen, keine Frage.

Ich kaute am Daumennagel und suchte mit den Augen immer wieder den Anleger ab. Wo war Ben? Seit Bio hatte ich ihn nicht mehr gesehen. Er hatte zwei Nachmittagskurse versäumt, die wir zusammen belegten.

Bens stabile Verfassung war mein letzter Trumpf. Falls er auch schwächeln sollte – hallo Panik!

Wie aufs Stichwort eilte er den Anlieger hinunter. Mr Blue legte in dem Moment ab, in dem die Schuhe seines Sohnes das Deck berührten.

»Willkommen an Bord, Sir. Darf ich Ihnen Ihre Kabine zeigen?«

Ohne auf meinen Scherz einzugehen ließ sich Ben am Heck auf eine Bank sinken, streckte seine Beine und lehnte sich zurück.

Ich wartete. Ben schwieg.

Schließlich sagte er: »Ich fühl mich wie ausgekotzt.«

Scheiße.

»Wo tut's dir weh?«

»Überall. Kopf, Lunge, Füße, sogar meine *Zähne* schmerzen. Ich verstehe das nicht.«

Ich verstand es nur allzu gut.

»Und die Schmerzen sind nicht mal das Schlimmste.«

Während er sprach, betrachtete Ben das Kielwasser, das in langen Rippen zur Stadt zurücklief. Über unseren Köpfen kreisten die Möwen und stießen immer wieder auf die im Meer treibenden Essensreste hinab.

»Mein Körper ist außer Rand und Band. Ich falle immer wieder in eine Art Trance. Gestern in der Garage fing mein Herz plötzlich an zu rasen, und das Blut in meinen Adern brannte wie Feuer. Ich konnte mich nicht mehr auf den Beinen halten und wollte mich an einem Eisenregal festhalten, das an die Wand geschraubt ist.«

Ben sah mir nicht in die Augen. »Mein Vater hat einen alten Z28-Motor, den er zum Restaurieren eines Camaro braucht. Wie auch immer, der Motor rutschte vom Regal und fiel mir entgegen.«

Endlich sah er mir in die Augen. »Das Ding wiegt eine Tonne. Ich hätte tot sein können.«

»Was ist dann passiert?«

»Ich hab ihn *aufgefangen.*«

Was?

»Ich spürte eine Art Hitzewelle, streckte die Arme und fing den Motor auf. Ich hab ihn sogar gleich wieder ins Regal gestellt.« Man hörte Ben an, dass sich die Szene ein ums andere Mal in seinem Kopf abgespielt hatte.

»Das ist doch eigentlich unmöglich, oder?«

»Nein«, sagte ich. »Ich hab euch einiges zu erzählen.«

KAPITEL 42

Coop zwickte mich in den Finger, wollte mit mir spielen. Aber jetzt war nicht der richtige Moment. Ich hatte gerade die Karten auf den Tisch gelegt.

Fast alle.

»Genauso ist es gewesen. Jedenfalls ist das meine Erinnerung.«

»Du hast das Muster auf dem Flügel der Fliege gesehen?«, fragte Shelton. »Quer durchs ganze Haus?«

»Ja, und die Millionen der einzelnen Segmente, die das Auge bilden.«

»Das geht echt noch über das hinaus, was ich erlebt habe.« Shelton hatte sein Sakko auf dem Schoß. Ich hatte die Jungs gebeten, sich nicht gleich umzuziehen, sondern mir erst zuzuhören.

»Ich hab plötzlich alles verschwommen gesehen, also hab ich meine Brille abgenommen. Da war alles messerscharf, der absolute Wahnsinn, jedenfalls für ein paar Sekunden.«

»Bis gestern hab ich mich ganz normal gefühlt«, fuhr Ben fort. »Aber dann kam die große Keule. Ich hab nicht besser gesehen oder gerochen als sonst, aber ich hatte eine wahnsinnige Gier nach bestimmten Sachen. Wie heftige Impulse, die sich nicht kontrollieren lassen. Ich war wie ferngesteuert.«

»Noch was?«, fragte ich.

»Manchmal habe ich das Gefühl, als würde ich brennen. Und wenn die extreme Hitze vorbei ist, fühle ich mich unheimlich stark. Als könnte ich Bäume ausreißen.« Er schüttelte den Kopf. »Dann muss ich kotzen, verliere das Bewusstsein und bin völlig erledigt.«

»Dafür komme ich höchstens mal fünf Minuten vom Klo runter«, klagte Hi. »Ich bin sicher schon zwanzig Mal in Ohnmacht gefallen.« Er zeigte auf mich. »Und du redest über Gerüche? Mich hat's erwischt, als ich gerade Frischkäse gegessen habe. Pfui Teufel, das Zeug rühre ich nicht mehr an.«

Hi war zweifellos am schlimmsten von uns dran. Es gab kaum etwas, an dem er nicht litt.

»So fühlt man sich wahrscheinlich, wenn man gleichzeitig eine Lebensmittelvergiftung und Malaria hat und noch ein paar Tollkirschen futtert«, grummelte Hi. »Plus Gehirnhautentzündung. Und jetzt passt auf: Von unserer Dachterrasse aus habe ich gesehen, wie unten eine Maus durchs Gras kroch. Aus vierzig Metern Entfernung konnte ich ihr Ohrenschmalz erkennen. Und wisst ihr, was das Schlimmste war? Ich wollte das kleine Tierchen auffressen.« Hi rieb sich die Stirn. »Jedenfalls für einen kurzen Moment. Ich schwöre!«

»Verstehe«, sagte ich schaudernd. »Erinnert mich irgendwie an mein rohes Hackfleisch. Und du hast ja selbst gesehen, wie ich mir Herbie schnappen wollte.«

Hi nickte.

Obwohl ich mir nichts anmerken ließ, war ich erschüttert. His Story ließ mich an das denken, was ich den Jungs immer noch nicht erzählt hatte.

Ich war noch nicht in der Lage, von den goldenen Augen zu sprechen.

»Manchmal höre ich die leisesten Geräusche.« Shelton zupfte sich am Ohrläppchen. »Gestern Morgen hat mich das Knistern der Hochspannungsleitung geweckt. Ich konnte die Elektrizität *hören*. Und diese Anfälle kommen und gehen, wie es ihnen passt. Es macht Klick im Gehirn und schon geht's los.« Pause. »Außerdem hab ich echt keinen Bock mehr, dauernd in Ohnmacht zu fallen.«

Im Bunker machte sich eine drückende Stille breit.

Ich sprang auf, entschlossen, reinen Tisch zu machen.

»Wir haben alle dieselbe Krankheit.«

Hi und Shelton sackten ein wenig zusammen. Ben ballte die Fäuste.

»Es hat keinen Sinn, sich was vorzumachen«, fuhr ich fort. »Wir haben verschiedene Erfahrungen gemacht, aber unsere Symptome sind verdächtig ähnlich.«

Ich zählte mit den Fingern auf: »Schwächegefühl, Kopfschmerz, Übelkeit, Fieber, Hitzewallungen, kalter Schweiß, stechender Schmerz.«

»Und Ohnmacht«, ergänzte Hi. »Vergiss die Ohnmacht nicht.«

Ben und Shelton nickten.

»Ohnmacht«, wiederholte ich und streckte den achten Finger. »Fragt sich nur, was diese Symptome auslöst. Was dazu führt, dass unser Bewusstsein plötzlich … überempfindlich wird.«

Die Wörter »kreatürlich« oder »animalisch« lagen mir auf den Lippen.

»Von so was hab ich noch nie gehört«, sagte Ben.

»Und was immer es ist, wir können es nicht kontrollieren«, ergänzte Hi.

Ich zögerte. Hatte Angst etwas auszusprechen, das sich nicht zurücknehmen ließ.

»Ich glaube, Coop hat uns angesteckt.«

Stille. Dann drei Stimmen auf einmal.

»Wie kann das sein?« Ben.

»Du hast gesagt, wir können kein Parvo bekommen!« Shelton.

»Wir sind am Arsch!« Hi.

»Ich weiß nicht, was passiert ist, aber Coop muss der Überträger sein. Er ist der einzige Faktor, der uns alle verbindet.« Ich wandte mich an Shelton. »Das Canine Parvovirus ist auf Menschen nicht übertragbar. Das habe ich noch mal kontrolliert. Es muss also etwas anderes sein.«

»Und was?«

»Ich weiß es nicht. Aber wir dürfen jetzt nicht in Panik ausbrechen.« Ich bemühte mich um eine gefasste Stimme. »Es muss ja nichts Gefährliches sein.«

»Und du hast auch keinen Verdacht?«, wollte Shelton wissen.

»Nein«, antwortete ich. »Ich habe noch nie von einer Krankheit gehört, die solche Symptome auslöst. Es muss ein sehr seltener Erreger sein.«

»Klasse«, sagte Hi. »Ein neues rätselhaftes Supervirus, und wir sind sozusagen die ersten *Virals.*«

»Karstens Experiment«, murmelte Ben mit finsterem Blick. »Das geheime Labor. Wir wissen ja nicht, was er darin treibt.«

Ich nickte. »Aber wir werden es herausfinden.«

Die Jungs starrten mich an.

»Wir sollten uns noch ein paar Tage bedeckt halten«, fuhr ich unverdrossen fort. »Und niemand etwas über unseren wahren Zustand verraten. Ich glaube nicht, dass wir ansteckend sind.«

»Warum nicht?« Shelton machte ein skeptisches Gesicht.

»Niemand sonst ist krank geworden, weder zu Hause noch in der Schule. Aber lasst uns trotzdem Abstand zu den anderen halten. Falls doch eine Ansteckungsgefahr besteht, müssen wir vermeiden, dass der Erreger sich weiter ausbreitet.«

»Und was soll die ganze Geheimhaltung nützen?«, fragte Shelton erregt. »Vielleicht sterben wir daran!«

Schluck. Jetzt musste es heraus.

»Karsten weiß, dass wir Coop gestohlen haben.«

»Was?«, riefen alle im Chor.

Ich erzählte ihnen von meinem Gespräch mit Karsten. Von seinen Anschuldigungen. Von allem. Warum er nach unserem Gesundheitszustand gefragt hatte.

Drei schockierte Gesichter.

»Wir können also nicht zum Arzt gehen«, sagte ich. »Wir dürfen nicht riskieren, dass Karsten davon erfährt.«

»Warum hast du uns das nicht gleich gesagt?« Ben hörte sich zornig an.

»Tut mir leid. Ich wollte euch nicht in Panik versetzen. Außerdem hat Karsten keine Beweise.« Eine lahme Ausrede. Ich weiß.

Hi ließ den Kopf sinken.

Shelton öffnete den Mund.

»Nur noch ein paar Tage«, kam ich ihm zuvor. »Wenn's uns dann nicht besser geht, holen wir uns medizinische Hilfe. Versprochen.«

Shelton machte das Peace-Zeichen. »Zwei Tage sind das höchste der Gefühle. Dann rede ich mit meiner Mom.«

»Okay.«

»Und wenn wir uns bis dahin *erholt* haben?« Hi schaute von mir zu Shelton und weiter zu Ben. »Was dann?«

Ich sprach mit grimmiger Entschlossenheit.

»Dann finden wir heraus, was Karsten im Schilde führt.«

KAPITEL 43

Ich knallte die Tür meines Spinds zu.

Lunchtime.

Shelton und Hi fingen mich auf dem Weg zur Mensa ab.

Wir trotteten den Flur hinunter, eine armselige kleine Gruppe.

Der Morgen hatte mit einer Versammlung der gesamten Schülerschaft angefangen. Mehrere Redner hatten sich endlos über Ernährungsgewohnheiten und unseren Energiehaushalt ausgelassen. Am Ende war ich fast reif für den Arzt.

Wir vier hatten uns hinten zusammengedrängt, atmeten flach und waren nervös. Schließlich wollten wir nicht sämtliche Mitschüler infizieren.

Wegen der Schülerversammlung waren beide Lunchpausen zu einem großen Büfett zusammengelegt worden. Biologisch angebautes Gemüse und frei laufende Hühner. Zum ersten Mal in diesem Schuljahr hatte ich mir nichts zu essen mitgenommen.

Shelton war immer noch elend. Hi ebenso. Keine neuen Symptome, doch die andauernde Krankheit laugte sie völlig aus.

Auch ich fühlte mich mies, behielt das aber für mich. Zumindest hatte ich kein weiteres Nagetier angefallen.

Ben wartete am Eingang zur Mensa. Wir betraten sie gemeinsam. Die Schlange war lang, bewegte sich aber rasch. Nachdem wir gezahlt hatten, zogen wir uns an einen Ecktisch nahe des Notausgangs zurück.

Ich machte mich über das Gemüse her. Karotten. Zuckerschoten. Gebutterter Spargel. Wenn dies hier das Standardprogramm wurde, konnte ich in Zukunft auf mein Lunchpaket verzichten.

Während ich eine Erbse quer über meinen Teller jagte, hörte ich ein unterdrücktes Stöhnen. Als ich aufblickte, ließ Shelton seine Gabel fallen. Die Hände flogen an seinen Kopf, seine Lider wurden zusammengedrückt.

»Nein!«, ächzte er. »Nicht hier!«

»Shelton, ist dir …?«

Das Klappern von Bens Besteck ließ mich den Kopf drehen.

Bens Augen schauten ins Leere. Aus einem Mundwinkel schäumte der Speichel.

»Ben?«, sagte ich sanft.

Keine Antwort.

»Hey, Blue!« Ein bisschen lauter.

Am anderen Ende des Tisches ließ Hi ebenfalls seine Esswerkzeuge fallen.

»Hühnchen«, flüsterte er. Dann schoss seine Hand nach vorn und wischte das Gemüse vom Teller. Kürbiswürfel und Zucchinischeiben landeten auf der Tischplatte.

»Hi? Hiram?«

Doch er hörte mich nicht, sondern griff sich einen Hühnerschenkel, in den er sogleich seine Zähne schlug.

Neben mir knabberte Ben hingebungsvoll an einer Unterkeule und verschonte dabei weder Fleisch noch Knochen. Der Saft lief ihm über das Kinn und tropfte auf sein Hemd.

Entsetzt blickte ich mich um. Bisher schien niemand das Drama bemerkt zu haben, das sich an unserem Tisch abspielte. Aber das würde nicht so bleiben. Hi und Ben veranstalteten hier ein Chaos.

Ich überlegte gerade, was zu tun war, als Shelton seinen

Kopf wild hin und her schüttelte, ein Stück Hühnerbrust zwischen den Zähnen.

Ich senkte den Blick.

KLICK.

Siedendes Öl raste durch meinen Körper. Mein Gehirn sprang aus den Gleisen.

Oh nein.

Der Duft des Geflügels war stärker als alles andere. Instinktiv stopfte ich mir ein Stück Fleisch in den Mund. Der Geschmack war unbeschreiblich. Speichel bedeckte meine Zunge.

Stopp! STOPP!

Ich kniff die Augen zusammen und bohrte die Fingernägel in meine Handflächen. So heftig, bis es wehtat. Ich musste die Kommandozentrale in meinem Hirn zwingen, wieder die Kontrolle zu übernehmen.

Ich zwinkerte, um den Schleier vor meinen Augen zu durchdringen, und schaute mich um.

Die Jungs hatten all ihre Manieren vergessen und rissen das Fleisch mit Händen und Zähnen in Stücke. Dann sah ich es.

Sheltons Iris schimmerte in einem tiefen Safrangelb.

Ich blickte zu Hi hinüber, dann zu Ben. Mein Herz schlug mir bis zum Hals. Auch ihre Augen hatten dieselbe goldene Färbung angenommen.

Allmächtiger Gott!

Die Jungs schlangen immer noch besinnungslos das Fleisch hinunter, ohne zu ahnen, welches Massaker sie dabei veranstalteten. Ich musste etwas tun. Unser Tisch hatte sich in ein Schlachtfeld aus verstreutem Besteck, abgenagten Knochen und zermanschtem Gemüse verwandelt. Jede Sekunde konnten wir entdeckt und zum Gespött der ganzen Schule werden.

Mein Kopf war leer. Der Fingernageltrick funktionierte bei mir, doch hatte ich keine Ahnung, wie ich die anderen zurückholen sollte. In Ermangelung einer besseren Idee tat ich das Einzige, was den Raum sofort leeren würde.

Ich pfiff auf die Schulordnung und all meine Prinzipien und löste den Feueralarm aus.

Ein schrilles Heulen pulste durch das Gebäude.

Ich sprang von dem kleinen Kästchen weg und hatte bereits ein schlechtes Gewissen.

Der falsche Alarm war so durchdringend, dass niemand ihn ignorieren konnte.

Meine Ohren waren immer noch überempfindlich. Der Schmerz schien fast unerträglich. Ein Jaulen entsprang meiner Kehle. Die Jungs vergaßen ihr Essen und hielten sich mit schmerzverzerrten Gesichtern die Ohren zu. Shelton sank zu Boden und rollte sich zusammen.

Die anderen Schüler sprangen auf. Sie kannten die Hausordnung und wussten, dass dies kein Probealarm war. Klappernde Tabletts und vereinzelte Schreie waren zu hören, als die Masse zum Ausgang drängte. In all dem Aufruhr hatte niemand Zeit, in unsere Richtung zu schauen.

Binnen Sekunden waren wir die einzigen Menschen im Raum.

»Nichts wie weg hier!«

Ich rannte durch den Notausgang und versuchte, der schrillen Sirene zu entkommen, die meinen Schädel zu spalten drohte.

KLACK.

Mitten auf dem Schulgelände knickten meine Beine ein, als hätte mir jemand in die Kniekehlen geschossen. Ich fiel ins Gras, rollte zwei Mal um die eigene Achse und blieb dann liegen.

Langsam kam ich wieder zu Bewusstsein. Rennende Lehrer. Drängelnde Schüler. Meine Freunde bei mir, keuchend und sprachlos.

Allmählich kehrte mein Körper zur Normalität zurück. Für einen langen Moment lagen wir alle regungslos da.

Ich fand als Erste die Sprache wieder.

»Hat euch das Hühnchen geschmeckt, Jungs?«, fragte ich. »Also meins war ein bisschen trocken.«

Todesstille.

Gefolgt von nervösem Lachen.

Welche Musik in meinen geschundenen Ohren.

KAPITEL 44

Keine zehn Pferde brachten mich am nächsten Tag zur Schule.

Ich ging unter die Dusche, ließ das Wasser laufen und machte allerlei Geräusche, die keinen Zweifel daran ließen, dass ich mein übliches Morgenprogramm abspulte. Kit fiel darauf herein und eilte früh aus dem Haus. Sobald sich die Tür hinter ihm geschlossen hatte, verzog ich mich wieder ins Bett.

Meine Freunde hatten weniger Glück. *Tut mir echt leid für euch. Jungs.*

Wir hatten vereinbart, noch einen weiteren Tag zu warten, ehe wir eine Notaufnahme aufsuchen würden. Oder einen Psychiater, wie auch immer.

Um die Schule machte ich mir die wenigsten Sorgen. Denn am heutigen Abend sollte mein erster Vorbereitungskurs für den Debütantinnenball stattfinden. Da Kit und Whitney Feuer und Flamme waren, konnte ich nicht mehr zurück. Abgesehen von Moms Beerdigung habe ich mich vor keiner Begebenheit je so gefürchtet.

Ich schlief bis in den Nachmittag hinein. Als ich aufwachte, fühlte ich mich immer noch etwas matt, doch bei Weitem nicht mehr so abgeschlagen wie zuvor. Vielleicht war ich wirklich auf dem Wege der Besserung.

Ich versuchte mich abzulenken, besuchte sogar Coop im Bunker. Doch meine Gedanken kehrten immer wieder zum Tanzkurs zurück. Was sollte ich nur anziehen?

Die anderen Mädchen würden bestimmt in exklusiver Designergarderobe aufkreuzen. Wie Models auf dem roten Teppich. Ich besaß nichts, das auch nur in die Nähe kam. Madison und die anderen Biester würden sich wieder schön das Maul zerreißen können.

Um 15.27 Uhr öffnete ich die Tür meines Kleiderschranks. Und entdeckte, dass ich Whitney unterschätzt hatte.

Das Kleid sprang förmlich vom Bügel, um sogleich eine Pirouette zu drehen. Marchesa. Zartrosa, schulterfrei, mit goldenen Applikationen. Ein Tausenddollarkleid.

Zu meinem Erschrecken passte es wie angegossen. Unter dem Kleid fand ich ein kleines Kästchen, in dem sich zwei Schmuckstücke befanden. Ein perlenbesetztes David-Yurman-Armband und eine Halskette mit Diamanten.

Ich starrte das Ensemble entsetzt an.

Whitney machte ein Modepüppchen aus mir. Und zwar eines mit fragwürdigem Geschmack.

Rosa? Ich warf einen prüfenden Blick in den Spiegel, erblickte rote Haare, grüne Augen und einen hellen Teint. Hatte sie mich noch nie richtig angeschaut?

Würg.

Dies war kein Outfit, um dezent im Hintergrund zu bleiben. Diese Kombination sagte »Hey, schaut mich an!«. Genau, was ich *nicht* wollte.

Zweifaches Dilemma. Ich hatte nichts anderes zum Anziehen. Und das Kleid einfach zu ignorieren hieße, auf Whitneys Gefühlen herumzutrampeln.

Ich hatte keine Wahl.

Doppelwürg.

Die Autofahrt von Morris Island war eine Tortur. Whitneys endlose Hinweise. Kits unbeholfene Komplimente. Ich sehnte mich geradezu nach dem Beginn des Kurses, nur um den beiden zu entfliehen.

»Der Schmuck gehört natürlich mir. Und das Kleid habe ich von einer Freundin ausgeliehen, die eine Boutique in der King Street besitzt.« Whitney war ganz in ihrem Element. »Wir können es ihr nächste Woche zurückbringen. Daisy hat gesagt, sie leiht uns so viele Kleider, wie dein süßes kleines Debütantinnenherz begehrt. Ist das nicht unglaublich großzügig?«

Ich blendete ihr aufgeregtes Geplapper einfach aus. Die ganze Sache war ein Albtraum. Ein rosa Albtraum.

Das Fenworth House mit all seinen Fensterläden, Piazzas und schmiedeeisernen Verzierungen ist klassisches Charleston. Das altehrwürdige Anwesen befindet sich an der Queen Street nahe des Powder Magazine und des Gibbes Museum of Art. Ich hatte darauf bestanden, dass Kit mich in sicherer Entfernung an der Straßenecke absetzte. Nie im Leben würde ich mich an seinem Arm bis zum Eingang begleiten lassen.

Schmetterlinge tanzten in meinem Bauch, als ich durch die mit Schnitzereien versehenen Eichentüren stöckelte. Ich kam mir wie eine große Erdbeertorte vor, während Whitneys kostbare Klunker klirrten.

Und wenn all die anderen nur Jeans tragen?

Aber meine Sorge war unbegründet. Die Debütantinnen in spe waren derart aufgebrezelt, als würde jeden Moment Brad Pitt vorbeischauen, um sich eine Begleitung für die Oscarverleihung auszusuchen.

Aber keine Einzige trug Rosa.

Auweia!

Der Ballsaal schien aus *Vom Winde verweht* zu stammen. Die raumhohen Fenster wurden von Brokatvorhängen eingerahmt, riesige Kristalllüster hingen über dem glänzenden Eichenparkett. Kleine Tische mit weißen Leinendecken umstanden die Tanzfläche.

An einem Ende des Saals stand eine Bühne, auf der die Musiker bereits ihre Instrumente stimmten. Saxofone. Trompeten. Posaunen. Becken schepperten und Hörner blökten, während sie sich einspielten.

Zur Rechten zog sich ein langer Tisch an der Wand entlang, auf dem mit Lilien geschmückte Vasen, Porzellanteller, Punsch und mit Häppchen garnierte Silbertabletts standen. Krabbenküchlein. Mini-Beef-Wellingtons. Mit Speck umwickelte Jakobsmuscheln. Nicht übel.

»Tory?«

Jason stand neben dem Büfett. In seinem schwarzen Smoking mit Kummerbund sah er aus wie Daniel Craig als James Bond.

»Hi.« Ich beließ es bei einer kurzen Anrede.

»Wow! Du siehst umwerfend aus.«

Meine Wangen brannten.

Blödes Kleid! Blöde Whitney!

»Einfach fantastisch«, flötete Jason. »Du musst dich wirklich öfter in Schale werfen. Ich bin hin und weg. Hey, Chance!«, rief er quer durch den Saal. »Schau mal, wer da ist!«

»Tory! Was für eine Überraschung!« Chance trug eine weiße Smokingjacke mit Schwänzen. Bei allen anderen: lächerlich. Bei ihm: yes!

Er schnappte sich ein Krabbenküchlein, während er mich begutachtete, als wäre er ein Kunstsammler und ich ein teures Gemälde.

»Du bist echt eine mutige Frau«, sagte er. »Man muss schon Courage haben, um auf diese Art hier zu erscheinen.«

»Auf welche Art?«

»Na, ich meine, als hübschestes Mädchen im ganzen Saal. Das wird den anderen Mädels ganz und gar nicht gefallen.«

Ich wartete … Da war es! Das Zwinkern.

»Gut, dass Hannah das nicht gehört hat«, entgegnete ich, ohne nachzudenken. »Du bist doch schließlich in festen Händen.«

Mein Magen machte einen Salto rückwärts. Mit Chance flirten? Hatte ich den Verstand verloren? Da konnte ich ja gleich zum Mikro greifen und »Macarena« singen. Völlig durchgeknallt.

Chance' Augenbrauen wanderten ein Stück nach oben. Dann kräuselten sich amüsiert seine Lippen: »Da hab ich ja wirklich Glück, dass mein Herzblatt noch nicht da ist. Ich denke, ich sollte sie draußen abholen. Entschuldigt mich bitte.«

Damit war er verschwunden.

»Ich wusste gar nicht, dass du auch Debütantin bist«, sagte Jason.

»Juniordebütantin«, verbesserte ich. »Das ist mein erster Tanzabend. Ich habe keine Ahnung, was ich tun soll.«

»Dann, Mademoiselle, bitte ich um die Ehre, Sie durch diesen Abend führen zu dürfen.« Jason machte einen formvollendeten Diener.

Offenbar schaute ich ziemlich blöd aus der Wäsche.

»Heute Abend«, erklärte er, »werden die Tanzschritte für den Ball eingeübt, und da brauchst du einen Partner. Darf ich das sein?« Oh, wie förmlich.

»Die Ehre, werter Herr, ist ganz auf meiner Seite.«

Was redete ich da für einen Stuss? Außerdem hatte ich in meinem ganzen Leben noch keine einzige Tanzstunde gehabt. Das Ganze würde ein Desaster werden.

Plötzlich hörte ich ein Tuscheln.

»Maddy, guck mal, das Inselmädchen.«

Natürlich, Courtney Holt. Und wo *eine* Zicke war, waren die beiden anderen nicht weit.

»Was macht die hier mit Jason?«, flüsterte Ashley.

Ich drehte mich nicht um. Gab nicht zu erkennen, dass ich sie gehört hatte. Jason bediente sich bereits am kalten Büfett.

»Der Arme, wir sollten ihn retten!« Madisons Kichern war voller Bosheit. »Was hat die überhaupt hier zu suchen?«

»Ja, stellt euch vor«, wisperte Ashley. »Die ist jetzt Juniordebütantin. Meine Mutter ist Mitglied des Komitees, und sie hat mir erzählt, dass diese Dubois da ein bisschen nachgeholfen hat.«

»Sie sieht ... gut aus.« Courtney klang überrascht. »Sehr gut sogar. Ist mir noch nie aufgefallen, dass sie so hübsch ist.«

»Und das Naturkind hat sogar ein Kleid«, fügte Madison hinzu. »Wer hätte das gedacht.«

»Ganz schön mutig, hier in Rosa aufzutauchen«, sagte Ashley.

»Steht ihr aber«, entgegnete Courtney. »Und das Armband ist echt der Hammer.«

Ich traute meinen Ohren nicht. Die sechsbeinige Tussi fand, dass ich gut aussah. Die Welt war auf den Kopf gestellt.

Doch nur für einen Moment.

»Wenn das Flittchen Jason anbaggert, mach ich sie fertig«, giftete Madison. »Die Kleine spielt hier definitiv in der falschen Liga.«

Beiläufig ließ ich meinen Blick durch den Raum schweifen. Die sechsbeinige Tussi stand an der Bühne, fast zwanzig Meter von mir entfernt.

Oh nein! Bitte nicht hier!

Ich horchte in mich hinein, ob sich der nächste Anfall ankündigte. Bereitete mich darauf vor, jeden Moment die Flucht zu ergreifen.

Doch seltsamerweise fühlte ich mich ausgeruht und gesund. Mein Gehör war extrem sensibel, doch sonst konnte ich keine Veränderung feststellen.

Die Band legte mit Sinatras »I've Got You Under My Skin« los.

Wie passend.

Überall im Saal betraten die Paare die Tanzfläche.

»Bereit für einen Foxtrott?« Jason bot mir seinen Arm an.

Heiliger Bimbam.

»Klar.« Ich war alles andere als bereit.

In diesem Moment kam Hannah in den Saal. Sie trug ein elegantes Kleid mit einer schlichten blauen Schärpe. Den Titel »hübschestes Mädchen im Saal« gab ich an sie weiter.

Madison eilte in einem Vera-Wang-Kleid zu uns herüber, dessen Dekolleté sich selbstständig zu machen drohte.

»Wollen wir, Jason?«

»Tut mir leid, Maddy.« Er führte mich auf die Tanzfläche. »Tory ist neu hier, und ich habe versprochen, ihr ein wenig zu helfen.«

Madisons mascaraschwere Wimpern klimperten. »Natürlich, kein Problem.«

Doch jetzt war es ein Problem. Nämlich meins.

Jason und ich hielten kurz inne, um den Rhythmus aufzunehmen. Dann ging's los.

Erst mal trat ich ihm mächtig auf die Füße. Wollte nach rechts, wenn er nach links wollte. Blockierte, wenn ich mich drehen sollte. Madison feixte über die Schulter ihres Ersatzpartners hinweg und amüsierte sich über meine Unbeholfenheit.

Doch schon bald machte sich mein natürliches Rhythmusgefühl bemerkbar, und ich konnte mich ganz Jasons Führung anvertrauen.

Wider Erwarten begann mir die Sache langsam Spaß zu machen.

Während unseres dritten Tanzes wirbelte mich Jason plötzlich schneller herum als zuvor. Ich flog von ihm fort und drehte mich im nächsten Moment wieder an seine Brust. Dann rotierte ich andersherum und fand mich an seinem ausgestreckten Arm wieder. In diesem Moment rauschte Chance heran.

Jason ließ meine Hand los und nahm in einer einzigen fließenden Bewegung die von Hannah, während ich plötzlich von Chance im Arm gehalten wurde.

Instinktiv gelang es mir, mit meinem neuen Partner das Tempo zu halten.

»Sag nächstes Mal vorher Bescheid!« Ich lachte.

»Und auf den Spaß verzichten? Niemals.«

Chance war ein noch besserer Tänzer als Jason. Und hielt mich noch enger. Kein Grund zur Klage.

Plötzlich stand eine ganz neue Schrittfolge an.

»Ich weiß nicht, wie das geht«, sagte ich gequält.

Doch Chance dirigierte unsere Bewegungen mit Leichtigkeit, und ich traute mich sogar, ein wenig zu improvisieren.

»War mir klar, dass du eine super Figur machst«, sagte Chance. »Du bist die beste Tänzerin hier.«

Eine weitere Drehung. Unsere Körper fanden zueinander.

»Und immer noch das hübscheste Mädchen im Saal«, flüsterte er.

Hoppla.

Das war kein harmloses Flirten mehr. Oder doch? Irgendwie fehlte mir da der Vergleich.

Die Musik steigerte sich in einem Crescendo und brach dann plötzlich ab.

Chance verbeugte sich, zwinkerte und kehrte dann zu Hannah zurück.

Ich eilte zum Büfett und genehmigte mir ein Glas Punsch. Grapefruit-Melone. Gewöhnungsbedürftig, aber ich brauchte etwas zum Abkühlen. Meine Wangen glühten und mein Puls raste.

»Bist du sicher, dass das dein erster Foxtrott war?«, fragte Jason, der neben mir aufgetaucht war.

Ich nickte, weil ich meiner Stimme nicht traute.

»Dann bist du ein echtes Naturtalent«, sagte er und steckte sich eine Schokoladenpraline in den Mund.

Die Band begann mit »My Favourite Things«. Die Paare fanden sich wieder zusammen und kehrten auf die Tanzfläche zurück.

»Dann zeig mal, wie du Walzer tanzen kannst.« Jason schnappte sich meine Hand und wollte mich auf die Tanzfläche ziehen.

Ein bisschen zu schnell.

Ein bisschen zu hart.

KLICK.

Ein flammender Blitz zuckte durch meinen Körper und zersprang in Millionen von Eisscherben. Der Schmerz war ungeheuerlich.

Ich riss mich los.

Presste die Hände gegen die Wangen.

»Alles okay mit dir?« Jason drückte meine Schulter. »Brauchst du ein Glas Wasser?«

»Fass mich nicht an!«

Als hätten meine Hände ihren eigenen Willen, stießen sie Jason weg.

Jason flog zurück und krachte mit dem Kopf gegen die Wand. Ich starrte ihn schockiert an, als er im nächsten Moment auf dem Boden landete.

KLACK.

Ich kam wieder zu mir.

Mir rutschte das Herz in die Kniekehlen.

Um Gottes willen!

»Jason!« Ich hockte mich neben ihn. »Es tut mir so leid!«

Jason rieb sich den Hinterkopf, sichtlich verwirrt. »Was ist passiert?«

»Ich habe dich gestoßen.« *Lass dir was einfallen.* »Ich hatte einen Migräneanfall. Es war ein Reflex.«

Nichts wie weg hier!

»Tut mir leid, Jason, ich muss jetzt gehen.«

»Nein, warte, geh nicht.« Jasons Stimme klang undeutlich.

»Du bist ja ganz schön stark«, bemerkte er, als er wieder auf die Beine kam.

Verstohlen blickte ich mich um. Wir waren das einzige Paar, das nicht tanzte. Niemand hatte gesehen, wie ich einen 80-Kilo-Athleten locker gegen die Wand geschubst hatte.

»Ich muss jetzt wirklich …«

»Okay.« Jason glättete seine Haare. »Ich begleite dich nach draußen. Fahr dich nach Hause.«

Der Tanz war vorbei. Ich spähte quer durch den Raum. Chance, Hannah und Madison schauten zu uns herüber. Nie und nimmer konnte ich jetzt gemeinsam mit Jason verschwinden. Das hätte die wildesten Gerüchte zur Folge.

»Danke, aber es geht schon wieder. Bis morgen.«

Bevor er protestieren konnte, eilte ich zur Tür. Doch als ich auf den Eingangsstufen stand, wurde mir mein Dilemma bewusst. Wie sollte ich jetzt nach Morris Island zurückkehren? Kein Auto. Kein Boot. Und ein Taxi würde fünfzig Dollar kosten.

Kit und Whitney waren im Kino und wollten mich gegen elf abholen. Ihre Handys waren bestimmt abgeschaltet.

Ich schaute auf die Uhr. 21.20.

Na toll, da konnte ich mir also fast zwei Stunden lang die Beine in den Bauch stehen.

Am Fuß der Treppe schnurrte der Motor einer Limousine im Leerlauf. Während ich mir meine begrenzten Möglichkeiten durch den Kopf gehen ließ, öffnete sich die Fahrertür, worauf ein Mann in schwarzem Anzug ausstieg. Er sprach in ein Handy.

Er schaute mich an. Ich schaute ihn an.

Im Licht der Straßenlaterne sah ich, dass der Mann klein und kompakt war, blassgraue Augen und einen grauen Bürstenkopf hatte. Eine weiße Narbe zog sich über die rechte Seite seines Kiefers.

Er klappte das Handy zu. »Miss Brennan?«

»Ja?«, fragte ich überrascht.

»Mr Claybourne hat mir aufgetragen, Sie nach Hause zu fahren.«

»Mr Claybourne?«

»Der junge Mr Claybourne.« Damit öffnete er eine der hinteren Türen der Limousine und trat beiseite. Für einen Moment dachte ich, er würde die Hacken zusammenknallen.

Chance musste ihn verständigt haben, unmittelbar nachdem ich den Saal verlassen hatte. Er machte sich also Gedanken über mich.

»Entschuldigen Sie, wie ist Ihr Name, Sir?«

»Tony Baravetto«, antwortete er schroff. »Ich bin der Chauffeur von Chance Claybourne.«

Ich zögerte. Dieser Mann war ein Fremder. Außerdem bin

ich von Natur aus misstrauisch und springe nicht einfach in die nächstbeste Limo, nur weil ich dazu aufgefordert werde.

»Entschuldigen Sie, Sir, aber dürfte ich mal kurz einen Blick auf Ihr Handy werfen?«

Verdutzt reichte mir Baravetto sein Handy. Der letzte Anruf darauf war von Chance Claybourne gewesen.

Was sollte ich tun?

Wie willst du sonst nach Hause kommen?

»Vielen Dank, Mr Baravetto. Ich nehme Ihr Angebot gerne an.«

Ich huschte ins Haus und zog die Tür hinter mir zu. Dann wollte ich direkt in mein Zimmer.

Kit und Whitney saßen ineinander verschlungen auf der Wohnzimmercouch.

Als sie meine Schritte hörten, sprangen sie sofort auseinander, ordneten ihre Haare und Kleider.

Wer ist hier eigentlich der Teenager?

»Wie war der Film?«, fragte ich.

»Ausverkauft.« Kit versuchte, seine Verlegenheit zu überspielen. »Du bist früh wieder zu Hause. Hat dich jemand mitgenommen?«

Ich nickte.

»Und, wie war's?«, zwitscherte Whitney. »Oh, du musst mir unbedingt alle Einzelheiten erzählen.«

»War schön. Ich geh ins Bett. Gute Nacht.«

Ich missachtete ihre Bitten und rannte so schnell, wie es mein Kleid zuließ, die Treppe hinauf. Die Erdbeertorte warf sich aufs Bett. Entspannte sich. Zum ersten Mal seit Stunden.

Dann rollte ich mich auf den Bauch und schrie in mein Kissen. Was für ein Abend.

Während der langen Fahrt nach Morris hatte ich meinen

Tanzanfall analysiert. So bezeichnete ich die Anfälle nun, um sie auseinanderzuhalten. Je nach Kontext. Der Bootanfall. Der Bunkeranfall. Der Mensaanfall. Der Tanzanfall.

Was hatte sie verursacht? Reiner Zufall? Oder gab es einen auslösenden Faktor?

Die Episode von heute Abend war anders gewesen.

In meinem Gehirn hatte es *klick* gemacht, doch war ich ganz klar im Kopf geblieben und hatte plötzlich ein übermenschlich gutes Gehör gehabt. Und dann dieser Ausbruch roher Kraft. Wie bei Ben, der den tonnenschweren Motor aufgefangen hatte.

Alles in allem war die Verwandlung von heute Abend nicht so schwerwiegend, ja sogar nützlich gewesen.

Veränderte sich das Muster? Wie? Warum?

In unseren Körpern ging eine unglaubliche Veränderung vor sich. Eine Veränderung, so fürchtete ich, die die Welt noch nicht erlebt hatte. Was auch immer wir uns zugezogen hatten, es griff fundamental in die Struktur unseres Wesens ein.

In unser Gehirn? Unsere DNA?

Ich wusste es nicht. Aber ich wusste, dass wir transformiert waren.

Im Kern.

Durch einen Virus.

Ich wollte es verstehen. Wollte Antworten finden.

Auf die eine oder andere Weise.

KAPITEL 45

In dieser Nacht legte sich der Sturm in meinem Innern.

Nichts störte meine friedlichen Träume.

Zum ersten Mal in dieser Woche wachte ich erfrischt und energiegeladen auf. Kein Kopfschmerz, keine Abgeschlagenheit, weder Fieber noch Schmerz. Volle Fahrt voraus.

Jippie!

Die Gang hatte verabredet, sich vor Schulbeginn zu treffen. Ich hoffte, dass die anderen auch gute Nachrichten hatten.

Zwanzig Minuten nach dem Aufstehen duckte ich mich durch den Eingang des Bunkers. Die Stimmung war ausgelassen, kein Vergleich zum letzten Mal.

Hi und Shelton standen in verschiedenen Ecken und warfen sich einen Tennisball zu. Coop raste hin und her und versuchte, sich den Ball zu schnappen. Ben saß am Tisch und verfolgte Coops Kunststücke.

»Hallo Jungs!«

»Schön, dass du's geschafft hast«, sagte Hi. »Nur fünf Minuten zu spät.«

Shelton ließ den Ball fallen. Coop stürzte sich darauf, rollte sich auf den Rücken und nagte hingebungsvoll an seiner Beute. Kerngesund. Mopsfidel.

»Wie fühlt ihr euch?«, fragte ich.

»Großartig!« Sheltons Augen waren hell und klar. »Ich habe nicht die geringsten Probleme.«

»Und ihr beide?«

»Blendend«, antwortete Ben. »Was auch immer das war, ich habe es besiegt.«

»Ich fühle mich wie neugeboren«, sagte Hi. »Gott sei Dank.«

»Sogar Cooper ist super drauf.« Shelton kitzelte den Welpen am Bauch. »Nicht wahr, mein kleiner Ausbrecher?«

Cooper kam hechelnd auf die Beine und hüpfte auf Sheltons Brust. Die beiden begannen, miteinander zu raufen.

Hi, wieder ganz der Alte, kommentierte enthusiastisch den Ringkampf Mann gegen Hund, der auf dem Boden stattfand. Sogar Ben war ausgesprochen heiter. Die Andeutung eines Lächelns umspielte seine Mundwinkel.

Ich wollte die gute Laune nicht beeinträchtigen, doch wir mussten dringend gewisse Entscheidungen treffen.

»Ich bin froh, dass es allen wieder besser geht«, begann ich. »Ich denke, das Schlimmste ist überstanden.«

»Das will ich auch hoffen«, entgegnete Hi. »Einen zweiten Klomarathon hält mein Hintern nicht durch.«

»Das Schlimmste?« Shelton schob seine Brille mit dem Finger die Nase hinauf. »Meinst du, da kommt noch was?«

»Wir müssen ganz sicher sein, dass wir wirklich wieder gesund sind«, sagte ich. »Und dazu müssen wir vor allem wissen, was eigentlich mit uns passiert ist.«

»Warum denn?«, fragte Ben. »Vorbei ist vorbei.«

»Vielleicht ist es noch nicht vorbei.«

Ich erzählte von meinem Tanzanfall. Sie hörten zu, ohne mich zu unterbrechen.

»Der Anfall kam ohne Vorwarnung«, schloss ich. »Aber ich bin nicht in Ohnmacht gefallen.«

»Worauf willst du hinaus?«, fragte Hi.

»Wir wissen nicht, ob diese Attacken auch weiterhin kommen werden.« Ich suchte nach den richtigen Worten. »Mit all ihren Begleiterscheinungen, diesen Phänomenen … ich weiß nicht, wie ich das nennen soll.«

»Bei mir«, sagte Shelton, »geht da immer eine Art Ruck durch den Kopf.«

Ich nickte. »Ich weiß nicht, ob ich es höre oder fühle, doch irgendwas macht klick in meinem Gehirn. Danach spielen sich die merkwürdigsten Dinge ab, bis es wieder klick macht und alles wie vorher ist.«

»Das stimmt«, sagte Hi. »Letzte Nacht hat meine Optik wieder verrückt gespielt, und der Beginn war genau so wie von euch beschrieben.«

»Diese Schübe müssen einen bestimmten Auslöser haben«, sagte Ben. »Irgendwas, das sie aktiviert.«

Schübe. Perfekte Bezeichnung.

»Fazit: Wir brauchen Antworten«, sagte ich. »Und die finden wir nur an einem ganz bestimmten Ort.«

»Scheiße.« Hi schloss die Augen. »Wir müssen noch mal hin, oder?«

»Nur Ben und ich«, beruhigte ich ihn. »Wir können sowieso nicht alle auf einmal gehen. Das fällt zu sehr auf.«

»Find ich auch!« Shelton und Hi im Chor.

»Und was hast du vor?«, fragte Ben.

Ich machte eine beschwichtigende Handbewegung. »Nichts Besonderes. Wir brechen nur kurz in Karstens Büro ein und schauen uns mal seine Unterlagen an.«

»Pff.« Ben stieß die Luft zwischen seinen Lippen aus. »Und ich dachte schon, es wäre was Gefährliches.«

»Das ist doch Wahnsinn.« Shelton zupfte sich zwei Mal am Ohrläppchen. »Der reine Selbstmord.«

»Mag sein«, erwiderte ich. »Aber du und Hi, ihr müsst auch noch was erledigen.«

»Was kommt denn jetzt?« Hi klang resigniert. »Sollen wir etwa ein Auto klauen oder in Russland einmarschieren?«

»Im Internet erfährt man nicht genug über das Parvovirus. Nach dem, was ich bisher gefunden habe, sollte für uns eigentlich keine Gefahr bestehen. Aber wir müssen noch mehr herausbekommen. Ihr beide geht in die medizinische Bibliothek der Uni und sammelt so viele Informationen wie möglich.«

Hi und Shelton schienen erleichtert zu sein, dass ihr Auftrag legal war.

»Wir durchforsten die ganze Bibliothek«, versprach Shelton. »Von oben bis unten.«

»Und ich gebe auch nicht auf, was Katherine Heaton angeht«, fügte ich hinzu. »Ich warte immer noch auf Nachricht von Chance, was es mit dem Fingerabdruck auf sich hat.«

Die anderen nickten. Fest entschlossen, die Sache jetzt gemeinsam durchzuziehen.

»Achtung! Alle Mann ausrücken zur Virenbekämpfung!« Hi sprach wie ein Offizier zu seinen Rekruten. »Wir haben einen Job zu erledigen!«

KAPITEL 46

Eine Stunde später hielt ich auf den Eingangsstufen der Bolton Prep beklommen inne, weil ich nicht wusste, was mich hinter den Türen erwartete.

Den ersten Kurs hatte ich mit Jason zusammen. Gestern Abend hatte ich ihn vor all seinen Freunden einfach stehen lassen. Ganz zu schweigen davon, dass ich ihn zu Boden gestreckt hatte.

War er wütend auf mich? Was würde er sagen? Ich traute mich kaum, ihm unter die Augen zu treten.

Boltons Flure waren stets ein idealer Nährboden für Klatsch und Tratsch. Normalerweise gelang es mir, mich davon fernzuhalten. Doch heute würde die Story vom rosa Monster all das andere Geschwätz weit in den Schatten stellen.

Ein Vortrag in Bio gewährte mir Aufschub. Unsere Arbeitsgruppe würde sich heute also nicht treffen. Nach Chance' Flirtversuchen war es mir noch unangenehmer, Hannah gegenüberzutreten als Jason.

Außerdem hatte ich meine DNA-Studien immer noch nicht beendet. Die waren morgen fällig.

Jason schaute immer wieder zu meinem Pult herüber. Ich hielt meinen Kopf gesenkt, meine Augen auf den Laptop fixiert. Meine Mitschrift war so detailliert, dass ich sie einem Verlag hätte verkaufen können.

Beim Klingelzeichen stürmte ich sofort aus der Tür und ließ mich für den Rest des Vormittags nicht mehr blicken.

Während der Lunchpause ging ich in den Computerraum

und arbeitete an meinem Teil des Referats weiter. Der Vergleich der DNA-Sequenzen nahm den Großteil der Stunde in Anspruch. Als ich fertig war, mailte ich das Ergebnis an Jason und Hannah.

Ihr kriegt eine Mail von mir. Seht ihr, ich gehe euch nicht aus dem Weg.

Auf den Fluren nahm ich geflüsterte Kommentare und verborgenes Grinsen wahr. Dass ich vom Tanzkurs geflüchtet war, hatte also bereits die Runde gemacht.

Irgendwann musste meine Glückssträhne ja zu Ende sein. Nach dem letzten Klingeln erhaschte Jason einen Blick auf mich, als ich gerade aus dem Gebäude hasten wollte.

»Tory! Bleib stehen!«

Weglaufen? Zu schlecht in Form.

Also wartete ich und versuchte, ganz natürlich zu wirken.

»Wo bist du den ganzen Tag gewesen?«, fragte er. »Ich hab überall nach dir gesucht.«

»Entschuldige. Ich musste noch das DNA-Projekt abschließen. Ich hab euch die Ergebnisse gemailt.«

»Oh … sehr gut.« Jason rieb sich mit der Hand über den Nacken. »Eigentlich wollte ich mit dir über etwas anderes reden.«

Jetzt kommt's.

»Chance will dich unbedingt sprechen. Er sagt, es ist dringend. Offenbar hat er was gefunden, was deinen Fingerabdruck angeht.«

Das ist alles? Ist wusste nicht, ob ich erleichtert oder beleidigt sein sollte. Mein Schweigen schien Jason zu verwirren. »Es ist dir doch wichtig mit dem Fingerabdruck, oder?«

»Ja. Absolut. Danke.« Dann verlor ich die Kontrolle über meine Zunge. »Ich dachte, du wolltest über gestern Abend reden.«

Ups, zu spät.

»Gestern Abend, ach ja, du warst … ziemlich schnell verschwunden.« Jason lachte. »Tut mir leid, dass ich so ein Trottel bin.«

»Aber das war doch nicht *deine* Schuld.« Was dachte er sich bloß? *»Ich* muss mich entschuldigen, dass ich dich weggestoßen habe.«

»Ich wusste nicht, dass du Migräne hast«, sagte Jason. »Ich hätte dich nicht so fest an die Schulter fassen sollen. So was ist dann unerträglich, nicht wahr?«

»Mm.«

»Ich verstehe gar nicht, wieso ich gefallen bin. Am Hinterkopf hab ich eine Beule, die ist so groß wie 'ne Kiwi.« Er kicherte. »Ich erzähle jedem, dass ich sie mir beim Lacrosse geholt habe, das ist weniger peinlich.«

Ich atmete ein wenig auf. Jason hatte nicht begriffen, was wirklich passiert war. Und wenn die anderen das auch nicht hatten, war ich aus dem Schneider.

»Wie auch immer«, fuhr Jason fort. »Chance will dich morgen vor dem Training sprechen, um dir die Info zu geben. Passt dir das?«

»Ja. Und sag ihm, dass ich ihm sehr dankbar für seine Hilfe bin. Mr. Baravetto hat der Himmel geschickt.«

»Mach ich. Und kümmere dich nicht um die Gossip Girls.«

Oh! So billig kam ich also doch nicht davon, ließ mir aber nichts anmerken.

»Und, was erzählt man sich so auf der Straße?«

»Ach, nichts Besonderes.« Jason nahm an, dass ich bereits Bescheid wusste. »Diese Zicken können doch gar nicht anders, als über andere Leute herzuziehen. Anscheinend brauchen sie das für ihr Selbstbewusstsein.«

»Erzähl schon, macht mir nichts aus.« Eine glatte Lüge.

»Ist doch sowieso Blödsinn«, seufzte Jason, der sich sichtlich unwohl fühlte. »Manche sagen, du hättest dir deine Garderobe schnell zusammengeliehen und musstest die Sachen zurückgeben, ehe die Geschäfte zumachen.«

Ich spürte, wie mir die Röte ins Gesicht schoss. Wie erniedrigend. Und noch schlimmer: Es war sogar etwas dran.

Am liebsten wäre ich im Boden versunken. Um mich zu verwandeln. Oder zu sterben. Aber mein Zorn war größer als meine Scham.

»Wer hat das gesagt?«

»Ach vergiss es. Du hast fantastisch ausgesehen. Die waren doch nur eifersüchtig.«

»Jason, bitte! Wer?«

»Madison und Company. Courtney und Ashley.«

Die sechsbeinige Tussi, wer sonst.

Denen werd ich's heimzahlen, versprochen.

»Danke, dass du's mir erzählt hast.« Ich zwang mich zu einem Lächeln. »Sag Chance, dass wir uns morgen hier treffen können, wenn das okay für ihn ist.«

»Bestimmt. Pass auf dich auf.« Jason machte ein paar Schritte, drehte sich dann noch mal um. »Und mach dir keine Sorgen über Maddys Gerede. Glaubt sowieso keiner.«

»Danke«, sagte ich.

Als ich dem Yachthafen entgegenging, schwor ich mir, der sechsbeinigen Tussi ein für alle Mal das Maul zu stopfen. Ich war es endgültig satt, zum Gespött gemacht zu werden.

Aber nicht heute.

Heute musste ich noch ein Verbrechen begehen.

KAPITEL 47

Hi und Shelton eilten die Beaufain Street hinunter. Auf dem Colonial Lake, einem künstlich angelegten See, zogen Ruderboote ihre Bahn. Enten glitten zu zweit oder zu dritt über das Wasser. Aber dafür hatten die Jungen jetzt keinen Blick.

In der Nähe der Einkaufsmeile gingen die großen Einfamilienhäuser in sorgfältig aneinandergereihte »Stadthäuser« über. Die Balkonkästen quollen förmlich über von Petunien, Ringelblumen und Wandelröschen. Honigbienen machten in der warmen Abendsonne Überstunden. Unterhalb der King Street erreichten Hi und Shelton schließlich den Campus der Universität. Ein ehrwürdiger, mit Efeu bewachsener Gebäudekomplex im gotischen Stil, allerdings mit modernen Ziegelsteinen und Fenstern. Unter den mächtigen Eichen und Magnolien jagten Hunde hinter den Frisbees der Collegestudenten her.

Ein Schild führte die Jungen zu einem massiven Gebäude am östlichen Rand der Anlage.

»Heute schon mal in Ohnmacht gefallen?«, fragte Shelton, als sie den Weg entlanggingen.

»Nee, aber ich hatte wieder so eine Erscheinung. Für einen Moment konnte ich die Musterlösung auf dem Pult von Mr. Hallmark lesen. Dabei sitze ich in der letzten Reihe.«

»Bei mir haben die Ohren verrücktgespielt«, sagte Shelton. »Auf der Toilette habe ich plötzlich ein tierisch lautes Geräusch gehört, wie von einer Kettensäge. Das war Kelvin

Grance, der seinen Hosenstall zugemacht hat. Und ich stand mehrere Meter entfernt. Ist das nicht irre?«

»Total abgedreht.«

In der naturwissenschaftlich-medizinischen Bibliothek verwies man die Jungen an die tiermedizinische Abteilung. Dort teilten sie verschiedene Themen unter sich auf und machten sich an die Arbeit. Zwei Stunden später verglichen sie ihre Ergebnisse.

»Ich habe tausend medizinische Zeitschriften durchgesehen«, sagte Shelton. »Unsere Symptome werden nirgendwo beschrieben. Also gibt es auch keine passende Krankheit.«

»Hier ist alles, was ich über Parvo gefunden habe«, sagte Hi und ordnete seine Papiere. »Parvoviren gehören zu den kleinsten Viren, die in der Natur vorkommen, und besitzen ein einzelsträngiges DNA-Genom. *Parvus* heißt *klein* auf Latein.«

»Hochinteressant«, entgegnete Shelton mit unbewegter Miene. »Bringt uns das irgendwie weiter?«

»Verschiedene Spezies haben verschiedene Virenstämme«, fuhr Hi fort. »Hunde, Katzen, Schweine, sogar Nerze. Und jetzt hör zu.« Hi las vor: »Parvoviren weisen je nach Spezies eine unterschiedliche Struktur auf, *deren Charakter jedoch flexibel ist.*«

»Und was heißt *flexibel?*«, fragte Shelton.

»Das heißt, dass die Strukturen sich verändern können. Das Canine Parvovirus infiziert normalerweise nur Hunde, Wölfe und Füchse. Doch bestimmte Stämme können auch auf andere Tiere übertragen werden, zum Beispiel auf Katzen.«

»Und wenn Hunde Katzen anstecken können, warum nicht auch Menschen?«

Hi zuckte die Schultern. »Keine Ahnung. Aber Tory hat recht gehabt. Das Canine Parvovirus ist auf den Menschen nicht übertragbar.«

»Dann ist das hier eine Sackgasse.« Shelton seufzte. »Komm, lass uns weitermachen.«

Die Schatten wurden länger und legten sich schließlich wie dunkle Pfeile über die Holztische in der Mitte des Raumes. Shelton wollte schon aufgeben, als er schließlich über einen neuen Anhaltspunkt stolperte.

»Hi, schau dir das an.« Hi beugte sich vor, um den Text unter Sheltons Zeigefinger zu lesen.

»Menschen können sich nicht mit Parvoviren infizieren, wohl aber mit Viren aus derselben Familie.« Sheltons Stimme war erregt.

»Wirklich?«

»Zu den Parvoviren zählen drei Arten: Dependovirus, Bocavirus und Erythrovirus. Der letzten Art entstammt auch das Parvovirus B19.«

»Parvo B19.« Hi rieb sich die Stirn. »Kommt mir irgendwie bekannt vor.«

»Das B19 wurde 1975 entdeckt.« Shelton versorgte Hi mit weiteren Einzelheiten. »Es war das erste Parvorvirus, an dem sich Menschen infizieren konnten. Bis heute gibt es keine Impfung dagegen. Die letzte Epidemie war 1998.« Shelton blickte auf. »In der Regel stecken sich Kinder an, meistens in Kindergärten oder Schulen.«

»Wie sind die Symptome nach einer B19-Infektion?«

Shelton blickte erneut in seine Unterlagen. »Es kommt zu einem Erscheinungsbild, das auch als ›fünfte Krankheit‹ bezeichnet wird. Doch außer einem gelegentlichen heftigen Hautausschlag, der ein paar Wochen andauern kann, scheint nicht viel zu passieren.«

»Bei uns sah das definitiv anders aus.«

Shelton las weiter. »B19 überträgt sich durch Tröpfcheninfektion. Die Krankheitserreger verbreiten sich also durch die Luft, zum Beispiel beim Husten oder Niesen. Mögliche Symptome sind Fieber und Erschöpfung.«

»*Das* kennen wir doch.«

Shelton nickte. »B19 benutzt zur Vermehrung hauptsächlich Vorläuferzellen der roten Blutkörperchen im Knochenmark. Die Symptome treten wenige Tage nach erfolgter Infektion auf und halten cirka eine Woche lang an. Eine Ansteckungsgefahr besteht ausschließlich *vor* dem Auftreten der ersten Krankheitszeichen.«

»Wir haben uns bei Coop angesteckt«, sagte Hi. »Können Hunde auch B19 kriegen?«

Shelton überflog die Seite. »Nein. Am B19 stecken sich ausschließlich Menschen an.«

»Die nächste Sackgasse.«

»Ich bin mir nicht sicher. Mir scheinen das ziemlich wichtige Informationen zu sein. Vielleicht haben wir etwas übersehen.«

»Komm, wir kopieren den Artikel und kümmern uns dann um die anderen Quellen, die hier erwähnt werden.«

Die Schatten wurden grau und schließlich schwarz, während Shelton und Hi jede Quelle prüften, die sie finden konnten. Sie kamen vom Hundertsten ins Tausendste, ohne den entscheidenden Durchbruch zu erzielen.

Um 21.00 Uhr verkündete eine förmliche Lautsprecherstimme, dass die Bibliothek in wenigen Minuten schließe.

»Ich denke, wir sind auf der richtigen Spur«, sagte Hi. »Weiß nur noch nicht genau, wo die hinführen wird. Lass uns erst mal die anderen informieren.«

»Gute Idee.«

Die Lautsprecherstimme ließ eine zweite, noch dringlichere Aufforderung folgen.

Die Jungen eilten dem Ausgang entgegen.

KAPITEL 48

Ben und ich standen vor dem Eingangstor des LIRI. Schwer atmend versuchten wir, unsere angegriffenen Nerven zu beruhigen.

Das Letzte, was wir jetzt gebrauchen konnten, war ein erneuter Anfall.

Ungefähr eine Million Dinge konnten schiefgehen. Doch ich sah keine Alternative. Karsten besaß Antworten, die wir brauchten.

»Wenn der Typ immer noch da ist, sind wir erledigt.« Ben, immer so optimistisch.

»Immer mit der Ruhe. Karsten ist mit Sicherheit zum Aquarium gefahren. Und wenn er doch hiergeblieben ist, leiern wir unsere Ausrede herunter und ziehen Leine.«

Ich sagte das voller Überzeugung, doch Ben hatte noch einen berechtigten Einwand. Wir konnten schwerlich Karstens Büro auf den Kopf stellen, wenn er an seinem Schreibtisch saß.

»Und wenn Karsten nun meine Stimme wiedererkennt?« Ben war nicht wohl bei dem Anruf gewesen.

»Der Anrufer musste sich wie ein Erwachsener anhören. Hätte *ich* das etwa versuchen sollen? Außerdem sprichst du so wenig, dass Karsten deine Stimme bestimmt nicht abgespeichert hat.«

Schritt eins unseres Plans war gar nicht so einfach gewesen. Um auch nur eine minimale Chance auf Erfolg zu haben, mussten wir Karsten von der Insel weglocken.

Meinen Einfall hatte ich seiner Online-Biografie zu verdanken.

Dr. Marcus Karsten war emeritierter Direktor und tierärztlicher Berater des South Carolina Aquariums. Mit diesem Wissen war es ein Kinderspiel gewesen, ihn an der Nase herumzuführen.

Trotz seiner Nervosität rang sich Ben ein Lächeln ab. »Karsten wird ausflippen, wenn er merkt, dass es gar keinen Notfall bei den Pinguinen gibt.«

Oh yeah. Wir mussten uns beeilen. Karsten war ohnehin extrem misstrauisch, würde vermutlich bald durchschauen, dass man ihn absichtlich aus Loggerhead weggelockt hatte, und sofort zurückeilen. Doch zu diesem Zeitpunkt würden wir längst über alle Berge sein.

»Fertig?«, fragte ich, schüttelte meine Arme und wippte auf den Zehenspitzen.

»Fertig«, sagte Ben.

Wie betraten das Hauptgebäude und marschierten schnurstracks zum Wachmann, der hinter seinem Schalter saß. Heute hatte Sam Dienst, und Sam war weniger beeinflussbar als Carl. Auch äußerlich war er das krasse Gegenteil seines Kollegen. Dürr wie eine Vogelscheuche und kahl wie eine Billardkugel glich er mehr einem Skelett als einem Wächter.

Als er uns wahrnahm, blickte er widerwillig von seiner Zeitschrift auf. »Ah, die Unruhestifter. Wollt ihr etwa das Gebäude abfackeln?«

»Hallo!« Ich schenkte ihm mein bezauberndstes Lächeln. »Wir müssen meinem Vater ein paar Dokumente vorbeibringen.«

»Legt sie in sein Fach.« Damit wandte er sich wieder seiner Waffenzeitschrift zu.

»Das geht nicht. Diese Unterlagen müssen in den nächsten dreißig Minuten gefaxt werden.«

Sam streckte seufzend seine Hand aus. Ich gab ihm die Unterlagen. »Ein Mathe-Camp?« Sam gluckste. »Du scheinst ja wirklich scharf darauf zu sein.«

»Bitte! Wir liefern nur das Zeug ab und sind gleich wieder verschwunden.«

Sam zögerte. Vermutlich dachte er daran, wie gereizt Dr. Karsten in letzter Zeit war. Schließlich nickte er.

»Ihr habt Glück. Dr. K. ist gerade außer Haus.« Er gab mir die Papiere zurück und winkte uns durch. »Aber tragt euch nicht in die Besucherliste ein und gebt Gas. Ich will keinen Ärger wegen euch haben.«

»Danke.« Wir eilten den Gang hinunter, ehe er es sich anders überlegte.

»Nicht eintragen?«, flüsterte Ben. »Der weiß gar nicht, was für einen Gefallen er uns tut.«

»Zeit für einen kleinen Diebstahl.«

Wir schraubten uns die vier Etagen zu Karstens Büro empor. Kit nahm immer den Lift. Wir konnten nicht riskieren, ihm in die Arme zu laufen.

Im vierten Stock zweigte ein kurzer Flur von der Treppe ab. Am anderen Ende markierte eine doppelte Milchglastür den Beginn von Karstens Räumlichkeiten.

Wir hatten nur noch ein einziges Hindernis vor uns: den Drachen.

Karstens Geräuschempfindlichkeit war legendär. Seine Sekretärin, Cordelia Hoke, ist die einzige Mitarbeiterin, die innerhalb des Heiligtums arbeitet. Wenn wir den Drachen überwanden, hatten wir eine Chance.

Doch erst einmal brauchten wir ein Versteck.

Ben stieß mich an und zeigte auf einen Materialschrank.

Wir drückten uns hinein und spähten durch eine kleine Öffnung hinaus.

Eine Minute verging. Fünf. Zehn. Ich begann zu schwitzen. Kein Wunder.

Endlich öffneten sich die Glastüren und der Drache spazierte zum Aufzug. Pünktlich auf die Minute. Als unheilbarer Kettenraucher verließ der Drache jede Stunde um genau zehn nach das Büro. Es folgten zwei Zigaretten und ein Anruf bei ihrem Fernfahrerfreund. Wir hatten also mindestens fünfzehn Minuten Zeit.

Komisch. Karsten war der Einzige im LIRI, der diese Angewohnheit seiner Sekretärin immer noch nicht bemerkt hatte.

Nachdem sich die Fahrstuhltür geschlossen hatte, flitzten wir in Karstens Büro.

Der Countdown lief. Noch zwölf Minuten.

»Wo fangen wir an?«, flüsterte Ben.

»Schau nach Aktenordnern und Sammelmappen. Nach allem, wo Projekte aufgelistet sein könnten.«

Das Büro war geradezu spartanisch eingerichtet. Ein Eckregal, in dem sich verschiedenste Unterlagen stapelten. Schreibtisch. Aktenschrank. Kleiderständer.

Den Großteil seiner Papiere musste er woanders aufbewahren. Doch wir konnten jetzt nicht in sein geheimes Labor eindringen. Wir mussten hier etwas finden. Und zwar schnell.

Ich setzte mich an Karstens Schreibtisch und fuhr den Rechner hoch. Ein rechter Mausklick. Ich wurde aufgefordert, ein Passwort einzugeben. Klar.

Ich versuchte den Aktenschrank zu öffnen, doch er war verschlossen.

»Noch zehn Minuten«, warnte Ben.

Ich wühlte in den Schreibtischschubladen. Drei enthielten Büroartikel. Stifte. Post-its. Einen Locher. In einer weiteren Schublade waren verschiedene Computerkabel.

Am anderen Ende des Raumes nahm Ben das Buchregal unter die Lupe.

»Nichts Besonderes«, sagte er. »Noch acht Minuten.«

»Wir müssen den Schlüssel für den Aktenschrank finden«, sagte ich. »Da sind bestimmt seine wichtigen Unterlagen drin.«

Ben spreizte die Finger und setzte sein übliches Hat-doch-eh-keinen-Zweck-Gesicht auf.

Ich kümmerte mich nicht darum, sondern inspizierte Karstens Schreibtischplatte. Den Monitor. Die Maus. Den Drucker. Einen Metallbecher, der mit Stiften und Büroklammern gefüllt war. Eine kleine Uhr.

Den Schimpansenschädel.

Ich hob ihn an und drehte ihn um. Hörte ein Klappern. Ich schüttelte den Kopf von Mr. Chimp leicht hin und her. Ein kleiner Schlüssel fiel aus dem Loch in der Schädelbasis.

»Yes!«

Ich stellte den Schädel wieder an seinen Platz, steckte den Schlüssel ins Schloss und drehte ihn herum. Die Tür öffnete sich, und eine Lade ließ sich herausziehen.

Ben hockte sich neben mich auf die Knie. Gemeinsam blätterten wir die Aktenhüllen so schnell durch wie möglich.

»Sechs Minuten«, sagte Ben mit angespannter Stimme.

Wir kontrollierten jede Mappe.

Arbeitsgeräte. Ausgaben. Evaluationen von Angestellten.

»Schau mal!« Ben hielt eine Hülle in der Hand, die mit *Aktuelle Projekte – LIRI* beschriftet war. Der letzte Eintrag auf dem Deckblatt stammte von dieser Woche.

Ich überflog die Überschriften. Labor 6 hatte eine eigene Abteilung. Dort stand allerdings nur: *Geschlossen – Labor nicht in Betrieb*. Die Schließung erstreckte sich zurück bis Mitte Februar.

»Ich wusste es«, flüsterte ich. »Karstens Projekt ist nicht registriert. Die Uni weiß nichts von seinem Parvo-Experiment.«

Was hatte Karsten nur vor?

Ben zog die unterste Lade heraus. Die Aktenhüllen waren nicht beschriftet. Wir blätterten sie hastig durch und lauschten nach möglichen Geräuschen des Drachens.

»Drei Minuten«, zischte Ben. »Lass uns abhauen.«

»Was ist das?« Ich hielt einen Hefter mit Einzahlungsbelegen in der Hand. Kontoinhaber war Dr. Marcus E. Karsten.

»Wow. Dieser ist über fünfzigtausend Dollar!« Ich blätterte die Belege durch. Es waren Dutzende. Auf allen stand dieselbe Summe. »Und das Geld kommt immer von derselben Firma: Candela Pharmaceuticals.«

»Sieh her.« Ben zeigte auf den untersten Einzahlungsbeleg. »Der erste Scheck wurde vor sechs Monaten eingereicht.«

»Die Schecks sind persönlich auf Karsten ausgestellt, *nicht* auf die Uni«, sagte ich. »Die müssen irgendwas mit der Sache zu tun haben.«

Von draußen hörten wir ein Geräusch. Die Glastüren schlossen sich klickend. Unmittelbar vor Karstens Büro summte der Drache vor sich hin.

Ich stopfte den Beleg in meine Tasche, schloss den Aktenschrank so leise wie möglich und ließ den Schlüssel wieder im Schädel verschwinden.

Ben und ich schlichen zur Tür und spähten auf den Flur.

Der Schreibtisch der Sekretärin befand sich genau zwischen uns und den Glastüren. Sie öffnete gerade eine Schachtel Pralinen.

Wir saßen in der Falle.

Wir konnten nicht eine Stunde lang warten. Bis dahin wäre Karsten sicher zurück. Würde uns in flagranti erwischen. Die Polizei rufen. Angesichts dieser Aussichten begann mein Puls zu rasen.

Im nächsten Moment schoss eine Hitzewelle durch mich hindurch. Ich hatte das Gefühl, durch einen langen, dunklen Schacht zu fallen.

KLICK.

Lichtblitze durchzuckten mein Hirn. Das Rascheln von Pralinenpapier lärmte in meinen Ohren. Ich roch Schokolade, Walnuss und Karamell. Süßlichen Polyester. Ein blumiges Parfum.

Meine Augen verwandelten sich in Laserstrahlen. Ich sah feine Staubpartikel durch die Luft schweben. Milben auf der Holzplatte des Schalters. Winzige Vertiefungen im Schädel des Schimpansen.

Ben hockte neben mir, schloss und öffnete seine Hände. Dann trafen sich unsere Blicke. Die Iris seiner Augen hatte einen goldenen Glanz. Wie meine.

Plötzlich wusste ich, was zu tun war. Ben nickte.

Ich schob die Tür einen Spalt auf. Kauerte mich zusammen.

Ben drückte sich an meinen Rücken. Zum Sprung bereit.

Miss Hoke bückte sich, um etwas vom Boden aufzuheben.

Schnell wie der Wind schossen wir aus Karstens Büro. Flogen nur so am Drachen vorbei.

Hinaus.

In die Freiheit.

Erstaunt, weil sie meinte, einen Luftzug gespürt zu haben, warf die Sekretärin einen Blick zu den Glastüren, die sich langsam schlossen.

Wie merkwürdig.

Der Drache stand auf und streckte seinen Kopf auf den Flur hinaus.

Leer.

Miss Hoke zuckte die Schultern, stiefelte an ihren Platz zurück und widmete sich wieder ihren Pralinen.

KAPITEL 49

Nachdem Hi und Shelton die Bibliothek verlassen hatten, nahmen sie den fünfzehnminütigen Fußmarsch zum Yachthafen in Angriff.

»Ich hasse es, im Dunkeln durch die Stadt zu laufen«, sagte Shelton. »Hier ist doch kaum noch jemand auf der Straße.«

»Es ist gerade mal neun Uhr und wir sind hier im Touristenviertel«, entgegnete Hi. »Hast du etwa Angst, von einer Oma aus Jersey ausgeraubt zu werden?«

»Es ist stockdunkel. Mehr wollte ich nicht sagen.«

»Mach dir keine Sorgen«, entgegnete Hi, indem er auf die Schaufenster zeigte. »Zwischen Abercrombie und Lacoste kann uns nichts passieren.«

Einen halben Block weiter erloschen die Straßenlaternen und ließen den Bürgersteig im Dunkeln zurück.

»Und jetzt?«, flüsterte Shelton.

»Geh weiter, du Weichei.«

Hi beschleunigte seine Schritte. Sekunden später sah er zwei Männer, die an der Ecke King Street/Hassell Street herumlungerten. Beide waren in Schwarz gekleidet. Keiner von ihnen sprach ein Wort.

Die Jungen blieben stehen.

»Shelton«, raunte Hi erregt. »Hier stimmt was nicht.«

»Sag ich doch.«

»Lass uns woanders langgehen.«

»Guter Vorschlag.«

Sie überquerten die King Street und marschierten die Hassell Street nach Osten. Eigentlich die falsche Richtung, doch der Umweg kümmerte sie nicht.

»Da vorn ist meine Synagoge«, sagte Hi. »Beim nächsten Block können wir um die Ecke gehen.«

An der Kahal Kadosh Beth Elohin Synagoge drehten sie sich um und spähten in die Finsternis. Die Straße war leer.

»Das hab ich davon, dass ich dich aufziehe«, sagte Hi. »Jetzt mache ich mir selbst in die Hose.«

Shelton lachte. »Yeah, wir sind nicht gerade Jason Bourne, oder?«

Mit dem Gefühl, sich lächerlich gemacht zu haben, wandten sie sich nach rechts. Zwei Blocks weiter südlich erreichten sie den Alten Markt. Aus der Ferne sah die gesamte Anlage wie eine riesige Seeschlage aus, die sich über die Market Street schlängelte und auf beiden Seiten enge Gassen entstehen ließ.

»Scheiße«, sagte Hi.

Die beiden Männer standen ihnen jetzt genau gegenüber. Einer von ihnen rauchte. Beide starrten Ben und Shelton an.

»Verdammt, lass uns abhauen!«, raunte Shelton.

Die beiden Jungen rannten los, in nördliche Richtung. Als sie sich wieder umdrehten, war von den beiden Männern nichts mehr zu sehen, vermutlich weil sie sich auf der anderen Seite des Markts befanden.

»Das ist die falsche Richtung«, keuchte Shelton.

»Na und? Ich will denen nicht noch mal über den Weg laufen. Du etwa?«

Shelton antwortete nicht.

Sie befanden sich jetzt im älteren Teil des Marktes, der einsam und verlassen dalag. An der nächsten Kreuzung hielten sie inne und sahen sich über die Schultern.

Und machten sich vor Schreck fast in die Hosen.

Die beiden Männer standen in der Gasse, die am südlichen Ende des Markts vorbeiführte. Wie zwei Raubtiere, die ihre Beute vor Augen hatten.

»Geh weiter«, flüsterte Shelton. »Lass dir nichts anmerken.«

»Zur Bay Street«, sagte Hi. »Wir schlagen einen großen Bogen.«

Schritte hallten über das Kopfsteinpflaster. Beide Jungen fuhren herum.

Dic beiden Männer hatten die Straßenseite gewechselt und kamen auf sie zu. Die Distanz zwischen ihnen schmolz rasch zusammen.

Hi und Shelton starrten sich an. Flucht oder Kampf? Keine Frage. Sie würden spurten, was das Zeug hielt.

Die Welt zog sich zurück.

Finsternis.

Sie fielen.

KLICK.

Ein Stromstoß ging durch sie hindurch. Mit einem Mal sahen sie alles gestochen scharf.

Ihre Verfolger waren ihnen nun dicht auf den Fersen.

»Renn!«, schrie Shelton.

Wie Windhunde schossen die Jungen davon. Die Füße ihrer Verfolger trommelten über das Pflaster. Die Jagd war eröffnet.

His Augen durchdrangen die Dunkelheit wie ein Nachtsichtgerät. An einem der Markthäuschen nahm er in der Finsternis einen noch finstereren Fleck wahr. Er packte Shelton an der Schulter und wandte sich blitzschnell nach rechts. Shelton folgte seinem Richtungswechsel mit Leichtigkeit. Mit einer gemeinsamen Bewegung tauchten sie hinab ins

Dunkel. Kauerten sich hinter einem umgekippten Tisch zusammen. Hielten den Atem an.

Ihre Verfolger waren direkt vor ihnen stehen geblieben. Ihr Keuchen klang wie ein heulender Wind. Hi und Shelton rochen ihren Schweiß, spürten ihre Erregung.

»Wo stecken die nur?«

»Verdammt! Ich such die Straße ab und du siehst dich hier um. Und lass sie bloß nicht entwischen!«

Schritte verklangen und kehrten langsam zurück.

Der andere kam ihnen zögerlich näher. Der Kies unter seinen Ledersohlen knallte wie explodierendes Popcorn.

Stille.

Ihr Verfolger war stehen geblieben. Um seine Augen an die Dunkelheit zu gewöhnen?

»Kommt raus!« Seine Stimme klang hell und unsicher. »Wir wollen nur mit euch reden.«

Der Mann machte einen weiteren Schritt nach vorn.

Ein sanftes Klicken zerriss die Stille.

Das übermenschliche Gehör der Jungen registrierte das Geräusch.

Ihre Blicke trafen sich. Ein goldener Ring umgab ihre Pupillen.

Sie wussten es.

Eine Pistole war entsichert worden.

»Wir tun euch nichts.« Eine weitere Stimme von rechts. Sie konnten den Mann deutlich erkennen. Groß gewachsen, die muskulösen Arme und Beine hinter schwarzem Stoff verborgen.

Der Mann tastete sich mit den Füßen vorsichtig weiter, eine Hand nach vorn gestreckt, die andere um die Waffe geballt.

Shelton und Hi teilten *einen* Gedanken. *Unser Feind ist*

blind. Wir nicht. Ihre leuchtenden Augen suchten die Umgebung nach Gegenständen ab, die sie als Waffe benutzen konnten.

Dort.

Hinter ihnen lehnten zwei Besen an der Wand. Beide mit einem soliden Holzgriff.

Sie bewaffneten sich lautlos.

Warte.

Warte.

Der Gangster hatte schließlich ihr Versteck erreicht. Schwenkte seine Pistole vor dem Körper hin und her. Amateurhaft. Lächerlich.

Shelton schob sich näher heran und hielt den Besenstiel zwischen die Beine des Mannes. Der stolperte, konnte sich aber irgendwie auf den Beinen halten.

Blitzschnell schlug ihm Shelton die Waffe aus der Hand, die auf das Kopfsteinpflaster prallte und ins Dunkel sprang.

Shelton zögerte nicht. Er machte einen Satz nach vorn und stieß dem Mann den Griff in die Rippen.

»Aaah!« Der Ganove krümmte sich zusammen.

Hi drehte den Besen in seiner Hand, machte eine volle 360-Grad-Drehung und ließ den Griff mit voller Wucht gegen den Hinterkopf des Gegners krachen.

Holz gegen Knochen.

Der Mann ging zu Boden. Blieb liegen.

Keine Zeit, groß zu feiern.

Die Krieger schossen aus ihrem Versteck.

Jagten durch die dunklen Straßen.

Hielten erst an, als sie das Wasser erreicht hatten.

KAPITEL 50

»Wo seid ihr gewesen? Wir warten hier schon seit Stunden!«

Es tat gut, ein bisschen Druck abzulassen. Ich war immer noch bis unter die Haarspitzen mit Adrenalin vollgepumpt.

»Sorry«, sagte Hi. »Aber die Recherche hat länger gedauert als erwartet. Außerdem haben uns noch zwei Killer aufgehalten.«

»Bitte?« Ich machte große Augen.

»Zwei Typen haben versucht, es mit uns aufzunehmen!« Shelton war noch aufgedrehter als ich. »Einen haben wir vermöbelt, den anderen haben wir laufen lassen.«

Hi und Shelton klatschten sich ab.

Ben hielt eine Hand hoch.

»Stopp. Das müsst ihr uns erklären.«

Sie brabbelten gleichzeitig drauflos.

»Wer war hinter euch her?«, fragte Ben.

»Na, die Typen von Loggerhead«, antwortete Shelton.

»Warum?«

»Ich denke, sie wollen uns umbringen, weil wir über den Mord an Katherine Heaton Bescheid wissen.«

»Möglich.« Ich war mir da nicht so sicher. »Scheint mir ziemlich viel Wirbel wegen eines Verbrechens zu sein, das vierzig Jahre her ist.«

»Wir haben unseren Schub ausgenutzt, Tory«, sagte Hi. »Unsere neuen Kräfte und unsere extreme Sinneswahrnehmung.«

»Es war unglaublich!«, fügte Shelton hinzu.

»Da seid ihr nicht die Einzigen.« Ben erzählte ihnen von unserem Erlebnis im LIRI.

»Karsten wird also dafür bezahlt, dass er geheime Experimente durchführt?« Shelton stieß einen lang gezogenen Pfiff aus. »Und wir sind ihm direkt auf die Spur gekommen.«

»Was auch immer er tut, die Unterlagen für dieses Projekt sind nicht in seinem Büro«, sagte ich. »Die müssen im Labor sein. Habt *ihr* irgendwas rausbekommen?«

»Könnte schon sein.«

Shelton und Hi berichteten abwechselnd von ihren Entdeckungen.

»Es gibt also Parvoviren, die von einer Spezies zur anderen übertragen werden«, fasste Hi zusammen. »Und es gibt Arten des Parvovirus, an denen sich auch Menschen infizieren können, aber Menschen können Hunde nicht anstecken und umgekehrt auch nicht.«

Irgendwas ließ mir keine Ruhe. Aber was? Die Antwort lag irgendwo tief in meiner Hirnschale vergraben.

»Wie hieß noch mal das Parvovirus, mit dem sich auch Menschen infizieren können?«, fragte ich.

»B19«, antwortete Hi. »Ein Forscher hat es so genannt, weil er den Erreger in seiner neunzehnten Petrischale gefunden hat.«

»B19«, wiederholte ich, mehr für mich selbst als für die anderen. War es dieser Name, der mich nicht losließ? Aber was war daran so besonders?

Die Antwort weigerte sich immer noch, an die Oberfläche zu kommen.

Ich schloss die Augen.

Denk nach. Denk nach.

Keine Chance.

In diesem Moment trippelte Coop in den Bunker. Jetzt,

da es ihm wieder besser ging, erlaubten wir ihm, durch die Dünen zu tollen.

Er strich sogleich um mich herum, malte mit seinen Bewegungen eine Acht um meine Beine, die mich fast das Gleichgewicht gekostet hätten.

»Coop, Schluss!«

Er zog den Schwanz ein und verkroch sich winselnd unter den Tisch.

Ich strich ihm über den Rücken und machte beruhigende Geräusche. Ich hasste es, wenn er Angst bekam. Er hatte bei Karsten schon genug gelitten.

Ich kraulte gerade seine Ohren, als die unterschwellige Botschaft endlich bei mir ankam.

B19.

Das war's!

»Jetzt weiß ich, was passiert ist!«, rief ich. »Karsten muss …«

An Coops Rückgrat sträubten sich die Haare. Knurrend fixierte er den Eingang des Bunkers.

Ich drehte mich blitzartig herum.

Von draußen hörte man ein Kratzen, gefolgt von dem unmissverständlichen Geräusch, wenn sich jemand durch die Öffnung hindurchquetschte.

Auf dem Boden erschien ein Schatten.

Wir krochen in die Ecke, geschockt, dass jemand unser geheimes Versteck entdeckt hatte. Wer auch immer es war, wir konnten ihm nicht mehr entkommen.

Eine geduckte Gestalt bahnte sich den Weg nach innen. Richtete sich auf. Starrte uns mit unverhohlenem Abscheu an.

Es war die letzte Person, die ich hier erwartet hätte.

KAPITEL 51

»Tory Brennan!«

Karsten spuckte meinen Namen aus, als hätte er einen bitteren Geschmack auf der Zunge.

Mir klappte die Kinnlade herunter.

Unser Bunker war von außen quasi unsichtbar und draußen war es dunkel. Wie hatte Karsten ihn nur gefunden?

Die Jungs schwiegen kleinlaut. Das Spiel war vorbei. Wir hatten verloren.

»Hier plant ihr also eure kleinen Raubzüge.« Karsten grinste boshaft über seine eigene Wortwahl. »Wie ausgefallen.«

Plötzlich weiteten sich Karstens Augen, bevor sie zu schmalen Schlitzen wurden. Ich folgte seinem Blick.

Zu Coop.

Der Welpe lag vor mir platt auf dem Bauch, die Beine gespreizt, mit hängenden Ohren und zitterndem Fell. Er fletschte seine glänzenden weißen Zähne.

Coop ließ Karsten nicht aus den Augen, während ein leises Knurren aus seiner Kehle drang.

»Es stimmt also!« Karstens Stimme bebte vor Wut. »Ihr habt ihn gestohlen.«

»Ja«, sagte ich ruhig. »Das haben wir.«

Ich streichelte Coops Kopf. Er blieb angespannt, verfolgte jede Bewegung von Karsten, zum Angriff bereit.

»Wer hat euch beauftragt?« Karsten blickte sich um, ließ sich auf einen Stuhl fallen. Seine gelben Turnschuhe waren mit Dreck bespritzt. »Für wen arbeitet ihr?«

»Wovon re… reden Sie, M… Mann?« Shelton stotterte vor Erregung. »W… Wir arbeiten für nie… niemand.«

»Bullshit!« Ich erschrak über Karstens Ausbruch. Ich hatte ihn niemals fluchen gehört. »Wie seid ihr ins Gebäude reingekommen? Wie habt ihr die Schlösser überwunden? Und erzählt mir bloß nicht, ihr hättet das alles alleine gemacht.«

»Tut mir leid, aber wir haben es wirklich alleine gemacht.« Ich verschränkte die Arme. »Wir hatten auch gar nicht nach dem Hund gesucht. Doch als wir ihn gefunden hatten, blieb uns keine andere Wahl.«

»Und warum dann der Einbruch? Wie seid ihr reingekommen? Ich will alles wissen! Sofort!«

Da ich keine Alternative sah, kam ich seiner Aufforderung nach.

Ich erzählte vom Angriff des Affen. Von der verkrusteten Erkennungsmarke. Dem Sonicator. Wie wir zufällig das geheime Labor entdeckt hatten. Dem Schicksal vom Katherine Heaton auf die Spur gekommen waren. Das Skelett ausgegraben hatten. Im Dunkeln beschossen worden waren.

Karsten schwieg lange. Als er wieder zu reden begann, war seine Stimme ruhiger geworden.

»Ihr habt wirklich ein menschliches Skelett gefunden?«

»Ja, das haben wir«, antwortete Ben.

»Katherine Heaton!« Ich achtete auf seine Reaktion. »Aber die bewaffneten Männer haben uns verjagt. Auf *Ihrer* Insel.«

Karstens Blick ging ins Leere.

»Katherine Heaton …«, murmelte er kaum hörbar. »In all den Jahren auf Loggerhead ist sie immer da gewesen.«

Ich war überrascht. Seine Trauer schien echt zu sein.

Dennoch machte ich weiter.

»Sie waren so wütend, dass wir die Polizei verständigt hatten. Außerdem haben Sie Zugang zu Affenknochen. Das macht Sie verdächtig.«

»So ein Unsinn!« Sein scharfer Ton war zurückgekehrt. »Katherine und ich sind zusammen auf die St. Andrew's High gegangen. Haben dieselben Kurse besucht. Wir waren befreundet, haben uns beide zu den Naturwissenschaften hingezogen gefühlt.« Er richtete seinen knochigen Finger auf mich. »Ich war am Boden zerstört, nachdem sie verschwunden war. Also sprich hier nicht von Dingen, über die du nichts weißt!«

»Es tut mir leid.« Das war die Wahrheit. Karstens Worte klangen glaubhaft. »Doch *irgendjemand* hat die Leiche von Katherine Heaton auf Loggerhead Island vergraben. Und dieser Jemand wollte unter allen Umständen verhindern, dass wir sie finden.«

Karstens Augen wanderten davon. Für einen Moment schien er mit sich zu ringen. Dann kehrte sein Blick zu mir zurück.

»Ich habe keine Ahnung, wer das sein sollte. Katherines Verschwinden ist ein sehr alter Fall, der nie aufgeklärt wurde.« Karsten stand auf. »Ihr habt ein schweres Verbrechen begangen. Und die Sache ist ernster, als ihr euch vorstellen könnt.«

»Da sind wir aber nicht die Einzigen«, schoss Hi zurück. »Sie führen Ihr Experiment ja auch ohne offizielle Genehmigung durch.«

Karsten rückte sich seine Brille zurecht. »So, meinst du?«

»Heute Nachmittag haben wir die Beweise gefunden.« Ich konnte mich nicht mehr bremsen. »Hat sich Ihr Besuch im Aquarium gelohnt?«

Karsten erstarrte.

»Ihre Laboruntersuchungen tauchen in keinem offiziellen

Register auf.« Ich zog den Einzahlungsbeleg aus meiner Tasche. »Und Sie lassen sich auch noch schwarz dafür bezahlen. Können Sie uns das erklären, Dr. Karsten?«

Aus Karstens Gesicht war sämtliche Farbe gewichen. Seine Hände zitterten, ballten sich zu Fäusten.

Zum ersten Mal bekam ich Angst vor ihm. Hatte der Mann den Verstand verloren? War er verzweifelt? Wir waren mit ihm allein. Niemand in der Nähe, der uns hätte helfen können.

Doch anstatt die Beherrschung zu verlieren, nahm er nur die Brille ab und rieb sich die Augen. Als die dicken Gläser wieder an ihrem Platz waren, schaute ein veränderter Mann durch sie hindurch.

»Ihr habt recht«, sagte er leise.

Bitte?

»Mein Projekt war geheim. Und illegal.« Er atmete tief durch. »Und ich bete darum, dass ich keinen irreparablen Schaden angerichtet habe.«

»So wie die Folterung eines wehrlosen kleinen Hundes«, stellte ich fest.

Karsten warf Coop einen kurzen Blick zu. Coop knurrte.

»Warum haben Sie das getan?«, fragte Ben.

Karsten schüttelte den Kopf. »Ihr würdet es mir ja doch nicht glauben.«

»Versuchen Sie's.«

»Um Millionen von Tieren vor dem frühzeitigen Tod zu bewahren. Um ein wirksames Medikament gegen das Parvovirus zu entwickeln, nicht bloß einen Impfstoff.« Seine dünnen Lippen verzogen sich zu einem traurigen Lächeln. »Und, ja, auch des Geldes wegen.«

Wie zuvor änderte sich Karstens Verhalten von einem Augenblick zum anderen. Er schlug mit der Faust in seine Handfläche.

»Ich habe alle nur erdenklichen Vorkehrungen getroffen! Die Tür war eigentlich unüberwindbar. Niemand außer mir wusste von dem Labor.«

»Aber wenn das Ihr Ziel war, warum haben Sie sich dann nicht um eine offizielle Genehmigung für Ihre Experimente bemüht?«, fragte Shelton. »Warum diese Geheimnistuerei?«

»Ich weiß, warum.«

Acht Augen starrten mich an. Ich spürte, dass Karsten versuchte, meine Gedanken zu lesen.

»Dr. Karsten hat ein neues Virus geschaffen. Eine gefährliche Kreuzung sozusagen. Einen Hybrid des Caninen Parvovirus und des Parvovirus B19.«

Karsten sank in sich zusammen. »Wie in aller Welt habt ihr das herausgefunden?«, flüsterte er.

»Wir haben die Beschriftung an Coops Käfig gesehen. Sie haben Coop mit einem Erreger infiziert, der Parvovirus XPB-19 genannt wird.« Ich schaute zu Shelton und Hi hinüber. »Und heute haben wir von dem humanen Virenstamm B19 erfahren. Da brauchten wir nur noch zwei und zwei zusammenzuzählen.«

Karsten bemühte sich nicht einmal um Widerspruch.

»Die Namensähnlichkeit hätte ein Zufall sein können«, fuhr ich fort. »Aber das ist nicht das Entscheidende.«

»Sondern?«, fragte er leise.

»Das Entscheidende ist, Dr. Karsten, dass *wir* uns an diesem Virus infiziert haben.« Ich breitete meine Arme aus. Sie haben uns zu *Virals* gemacht.«

KAPITEL 52

»Ihr habt euch angesteckt?« Karsten erbleichte. »Beschreibt mir eure Symptome.«

Einer seiner gelben Turnschuhe bewegte sich in meine Richtung. Ein Knurren von Coop veranlasste ihn, sich wieder hinzusetzen.

»Ich will alles ganz genau wissen.« Er studierte mich wie einen Bazillus an einem Stäbchen. »Wie ihr euch fühlt. Was ihr für Erfahrungen gemacht habt.«

Keiner von uns sagte ein Wort.

»Ich bin der Einzige, der euch helfen kann«, fuhr er mit fast flehentlicher Stimme fort. »Ihr müsst mir glauben. Ich wollte niemals irgendjemand Schaden zufügen. Ihr wisst ja, wie groß meine Sicherheitsvorkehrungen waren.«

»So groß, dass Sie nicht mal die Pin am Sicherheitsschloss geändert haben«, sagte Hi.

»Was? Es hieß, der Zahlencode wäre bereits beim Einbau verändert worden.«

Ich ging darauf nicht ein, sondern warf den anderen einen fragenden Blick zu.

»Woher sollen wir wissen, ob wir ihm vertrauen können?«, fragte Shelton misstrauisch.

Karsten sprach weiter. »Ihr habt euch mit einer gefährlichen Variante des Parvovirus infiziert.« Er öffnete seine Hände. »Ich hätte das niemals tun dürfen, zugegeben. Aber das lässt sich jetzt nicht mehr ändern. Wir müssen uns zunächst vergewissern, dass ihr nicht in Lebensgefahr seid.«

Shelton sah immer noch misstrauisch aus. In den Gesichtern von Ben und Hi konnte ich nicht lesen.

Karsten legte die Finger aneinander und dozierte:

»Tory hat richtig vermutet. Ich habe die DNA des Caninen Parvovirus mit dem genetischen Code des B19-Virus kombiniert. Ich habe nach einem Mechanismus gesucht, um die canine Ausprägung zu schwächen.«

Karsten schaute uns der Reihe nach an.

»Ich werde nie erfahren, ob mein Versuch erfolgreich gewesen wäre. Ich habe den neuen Virenstamm sofort zerstört, nachdem der Hund gestohlen worden war. Sämtliche Materialien habe ich ebenfalls vernichtet.«

»Aber warum denn?«, fragte ich.

»Es gab Anzeichen dafür, dass das Virus in der Lage sein könnte, Menschen zu infizieren. Ich war aber nicht ganz nach Vorschrift vorgegangen. Als die Sache dann außer Kontrolle geriet, habe ich Panik bekommen. Meine Reputation stand auf dem Spiel.«

»Ihre Reputation?« Hi explodierte förmlich.

»Lasst mich das wiedergutmachen«, flehte Karsten.

»Sagen wir's ihm!«, schlug Ben vor.

Eine Sekunde, dann nickten Hi und Shelton.

Ich erzählte Karsten von unseren Ohnmachtsanfällen. Dem Brechreiz. Der Erschöpfung. Den Hitzewallungen und Kälteschocks. Mit jedem Detail sanken seine Schultern ein wenig tiefer.

»Die Ohnmachtsanfälle sind vorbei?«, fragte Karsten.

»Ja.«

»Und die Grippesymptome? Auch weg?«

Alle nickten.

Karsten stieß die Luft aus. Erleichtert.

Doch seine Erleichterung währte nicht lange.

»Es gibt aber auch Nebenwirkungen«, fuhr ich fort.

»Nebenwirkungen?«

»Wir nennen es *Schübe.*«

Ich erklärte ihm, was es damit auf sich hatte. Wie unser Bewusstsein sich weitete, unsere Sinne sich schärften. Wie heftig und schnell diese Anfälle kamen. Und wie unsere Augen einen goldenen Glanz bekamen.

Karsten wäre fast vom Stuhl gekippt. Wir konnten ihn gerade noch festhalten.

»Das ist ja unglaublich!« Karstens Kopf wiegte sich hin und her. »Unglaublich …«, wiederholte er.

»Okay, Doc«, sagte Hi. »Wir sind unglaublich. Aber was sollen wir jetzt tun?«

»Könnt ihr diese Fähigkeiten jederzeit abrufen?«

»Nein«, antwortete ich. »Darauf haben wir keinen Einfluss.«

»Aus euren Beschreibungen geht hervor, dass diese Schübe durch starke sensorische Erregungen getriggert werden. Und durch Stress.«

»Was bedeutet das?«, fragte Shelton.

»Ich glaube, dass diese außerordentlichen Kräfte durch eine Stimulierung des Limbischen Systems in eurem Gehirn verursacht wird.«

»Und was heißt das nun wieder?«, wollte Ben wissen.

»Neuroanatomie ist sehr kompliziert«, antwortete Karsten ein wenig herablassend.

»Das bin ich auch.«

Bens Stimme hatte einen bedrohlichen Unterton. Karsten versuchte, seine Gedanken zu ordnen.

»Im Limbischen System gibt es einen Ort, der Hypothalamus genannt wird. Er steuert das vegetative Nervensystem, indem er bestimmte Hormone produziert und ausschüttet.

Das vegetative Nervensystem beeinflusst Herzschlag, Verdauung, Atmung, Speichelfluss, Schweißabsonderung, Pupillengröße etc.«

»Und?«, fragte Ben.

»Ich vermute, das Virus hat eure DNA verändert. Und diese Veränderung hat sich auf die Arbeitsweise eures Gehirns ausgewirkt.«

Mir schlug das Herz bis zum Hals.

Karsten fuhr fort, ohne sich klarzumachen, welche Ängste er damit auslöste.

»Großer Stress führt im menschlichen Körper zu hormonellen Reaktionen«, erklärte er. »Das ist ganz normal. Aber in eurem Fall scheinen diese Reaktionen eine neue Qualität erreicht zu haben. Wenn ihr Angst habt oder euch bedroht fühlt, dann entwickelt ihr die physische Stärke und das Wahrnehmungsvermögen von Wölfen.« Karsten schluckte. »Offenbar hat mein hybrider Virenstamm dafür gesorgt, dass ihr euch mit dem Caninen Parvovirus infizieren konntet.«

Es herrschte absolute Stille im Raum. Eine fast unwirkliche Stille, die aus den unterirdischen Regionen des Bunkers, vom Himmel, vom Meer und von den Dünen zu kommen schien. Unsere Herzen hämmerten im Gleichklang.

»Können Sie uns heilen?«, krächzte ich schließlich.

»Ich weiß es nicht«, antwortete Karsten leise. »Aber ihr habt mein Wort, dass ich alles Menschenmögliche versuchen werde.«

Plötzlich stieß Coop ein tiefes, grollendes Knurren aus.

Ich stellte mich zwischen den Hund und Karsten. Doch Coop beachtete mich nicht. Seine Augen waren erneut auf den Eingang des Bunkers fixiert.

»Was ist los, Junge?«

Coops Kopf drehte sich zu mir, dann zurück zum Eingang.

Er ließ die Ohren hängen, doch jeder Muskel schien angespannt zu sein. Er bellte drei Mal, laut und aggressiv.

Wir alle erstarrten.

Von draußen drangen Stimmen zu uns.

Mehrere Stimmen.

KAPITEL 53

»Schhh!«, wisperte ich. »Haltet Coop fest.«

Ich schlüpfte halb durch die Öffnung und duckte mich in den Kriechgang hinein. Was ich draußen sah, erschreckte mich bis ins Mark.

Dort standen mehrere Personen, alle in Schwarz gekleidet. Einer von ihnen hielt eine Pistole in der Hand. Sie standen etwa sechs Meter vom Bunker entfernt und diskutierten erregt miteinander.

Ich zog mich wieder zurück.

»Wir haben Gesellschaft bekommen. Drei Männer. Mindestens einer von ihnen ist bewaffnet.«

»Sind das Freunde von Ihnen?«, fragte Hi.

»Nein«, antwortete Karsten. »Ich bin euch beiden« – er richtete einen zitternden Finger auf Shelton und Hi – »von Morris aus gefolgt. Ich hab keine Ahnung, wer diese Leute sind.«

»Es gibt keinen Hinterausgang.« Ben ballte die Fäuste. »Wir kommen hier nicht raus. Am besten, wir schnappen sie uns, wenn sie hineinkriechen.«

»Bist du verrückt?« Shelton fasste sich ans Ohr. »Vielleicht sind die alle bewaffnet.«

»Haben wir eine andere Wahl?«, zischte Ben. »Wir sitzen in der Falle.«

»Was ist mit dem Fenster?«, fragte Karsten.

Ich schüttelte den Kopf. »Die Absprungkante ist zu weit weg und darunter sind nur Felsen.«

Karsten warf einen Blick zum Eingang des zweiten Zimmers. »Was ist dahinten?«

»Ein weiteres Fenster und ein eingestürzter Tunnel.«

»Ein Tunnel?« Ohne zu zögern eilte der Professor in den hinteren Raum.

Wir folgten ihm.

Karsten durchquerte den Raum und bewegte eine Hand über der Öffnung des Schachtes, der von losen Brettern blockiert wurde, hin und her.

»Ich nehme einen Luftzug wahr«, sagte er. »Seid ihr jemals in dem Schacht gewesen?«

»Zu gefährlich«, antwortete Shelton. »Der kann jeden Moment einstürzen.«

Draußen bellte eine raue Stimme.

»Okay, Kids.« Es klang wie Schotter, der durch eine Abflussrinne gespült wird. »Zwingt uns nicht, euch auszuräuchern!«

Coop knurrte. Ich schlang meinen Arm um seinen Hals, damit er nicht hinauslief.

»Kein Netzempfang.« Shelton hämmerte verzweifelt auf die Tasten. »Ich hab kein Signal.«

»Wenn wir einen Schub kriegen, dann machen wir sie fertig!« Ben griff nach einem Holzbrett.

»Kommt nicht infrage. Das sind vielleicht Profis.« Karstens Brauen zogen sich nachdenklich zusammen. »Los, in den Schacht! Beeilt euch!«

»Dann werden sie uns hinterherkommen«, gab Ben zu bedenken. »Der Eingang in den Bunker ist wie ein Nadelöhr. Da muss sich jeder einzeln durchquetschen. Am besten, wir lauern ihnen dort auf.«

»Keine Diskussionen!« Karsten stieß mich vorwärts. »Ich halte sie hier auf, während ihr durch den Schacht flieht. Los jetzt!«

Ich fragte mich, warum die Killer immer noch nicht hereingestürmt waren. Vielleicht hatten sie denselben Gedanken gehabt wie Ben. Doch so oder so würde ihr Zögern nicht lange andauern.

Während Hi und Shelton die Bretter entfernten, rollte Ben ein paar größere Steinbrocken beiseite. Im Nu hatten sie eine Öffnung geschaffen, die cirka einen halben Meter breit war.

Dahinter nichts als undurchdringliches Dunkel.

»Ich geh da nicht rein!« Shelton stand die Panik ins Gesicht geschrieben. »Nie im Leben!«

»Das ist aber die einzige Möglichkeit, um hier rauszukommen«, entgegnete ich.

»Wir haben doch keine Ahnung, wo der endet.« Shelton war den Tränen nahe. »Wenn der überhaupt irgendwo endet. Vielleicht kommen wir da nie wieder raus!«

Peng!

»Wir sind bewaffnet!«, bellte die Stimme. »Also los, kommt raus, sonst machen wir euch ein bisschen Feuer unterm Hintern!«

»In den Schacht!«, kommandierte Karsten.

»Und Sie?«

»Die wollen nichts von mir.« Karsten sah mir nicht in die Augen. »Mir passiert schon nichts.«

»Danke!« Ich widersprach ihm nicht. Es war einfacher so.

»Geht!«, sagte er. »Jetzt!«

Ben schlängelte sich durch die Öffnung. Hi folgte ihm, dann Shelton. Coop vor mir her schiebend, verschwand ich als Letzte in der Öffnung.

Der Schacht verlief steil nach unten. Über uns waren nur wenige Zentimeter Platz.

Ich warf einen Blick über die Schulter. Karsten war schon

damit beschäftigt, die Öffnung mit Brettern und Steinen wieder zu verschließen.

»Vergib mir, Tory.«

Das Licht der Öffnung verschwand und ließ uns in unheimlicher Finsternis zurück.

Etwa fünf Meter weiter versperrte uns ein massiver Felsbrocken den Weg. Ben versuchte mit aller Kraft, ihn beiseitezuschieben. Schließlich gelang es mit Sheltons und His Hilfe, ihn ein wenig zur Seite zu rollen.

Erregte Stimmen hallten durch den Tunnel. Coop knurrte. Ich schloss meine Finger um seine Schnauze.

Peng! Peng!

Gefolgt von einem dumpfen Geräusch.

Fast hätte ich aufgeschrien.

»Hierher!«, rief die raue Stimme. »Hier ist eine Art Tunnel!«

Ich drückte mich am Felsbrocken vorbei. Hinter mir stürzten haufenweise lose Steine in den Gang. Ich geriet in Panik.

KLICK.

Die Dunkelheit teilte sich in kleine Partikel, die langsam auseinanderdrifteten. In meinem Kopf pochte es.

Ich schaute zurück. Zwei Silhouetten waren damit beschäftigt, den Eingang freizulegen.

Meine Ohren nahmen ein leises Knistern wahr. Ich drehte meinen Kopf hin und her, versuchte die Geräuschquelle zu lokalisieren.

Das Geräusch kam von oben.

Ich legte den Kopf in den Nacken.

Mein Herz überschlug sich fast.

Feine Risse krochen über die Decke des Schachts, es sah aus wie ein entstehendes Spinnennetz.

Aus dem Knistern wurde ein Knacken.

»Lauft!«

Vor mir im Dunkeln leuchteten acht goldene Augen. Ben. Shelton. Hi. Coop.

Alle verstanden sofort. Gemeinsam rannten wir durch den Tunnel, wichen herabfallendem Geröll aus und sprangen über Steine hinweg.

Aus dem Knacken wurde ein Dröhnen.

Ein Staubregen ging auf uns nieder, verklebte mir Augen und Lungen. Tränen liefen mir über die Wangen.

Ich presste die Hand vor den Mund und stolperte weiter.

Hinter mir stürzte etwas ein. Ich fiel keuchend auf die Knie, rang verzweifelt nach Atem. Feuchte Luft schoss in meine Kehle, als erneut alles finster wurde.

KAPITEL 54

Blinzelnd blickte ich zurück.

Nur wenige Schritte hinter mir hatte sich eine Mauer aus Erde und Geröll aufgetürmt. Wir waren der Steinlawine um Haaresbreite entronnen.

Erneut war alles dunkel. Selbst mit geschärftem Blick sah ich nichts.

»Seid ihr alle okay?«, fragte ich.

Die Jungs gaben Laut. Selbst Coop stieß ein kurzes Kläffen aus.

»Na dann, weiter«, sagte ich. »Geht ja nur noch in eine Richtung.«

Wir stolperten vorwärts, vollkommen auf unsere Schritte und unsere Atmung bedacht. Wir weigerten uns, an die schrecklichen Alternativen zu denken.

Und wenn dieser Tunnel gar nicht hinausführte? Würden unsere Verfolger schon auf uns warten, wenn wir zurückkehrten? Was hatte das dumpfe Geräusch zu bedeuten, das den beiden Pistolenschüssen gefolgt war? Was war mit Dr. Karsten passiert?

Konzentrier dich. Geh weiter.

Der Tunnel gabelte sich.

»Wo lang?«, hörte ich Sheltons Stimme zur Linken.

»Von rechts kommt frische Luft«, sagte Hi. »Ich glaube, ich rieche auch Gras.«

Ich hob meine Nase und schnüffelte.

Hi hatte recht. Unter das Gemisch von Staub, Schimmel

und verfaultem Holz hatten sich neue Düfte gemischt. Gras und feuchter Sand.

Mein Herz schlug gegen meine Rippen.

Gerade wollte ich etwas sagen, als ich eine Bewegung hörte, gefolgt von einem »Autsch!«.

»Coop plädiert auch für die rechte Seite«, sagte Hi. »Jedenfalls hat er mich wohl deshalb über den Haufen gerannt.«

»Also dann«, sagte Ben.

Die Dunkelheit verbarg alle Hindernisse, bis wir direkt vor ihnen standen oder über sie stolperten. Wir bahnten uns den Weg über Steine, Gebälk und eine Ansammlung nicht identifizierbarer Gegenstände hinweg.

Durch meinen Körper wurde eine dreifache Menge Adrenalin gepumpt. Mein Kopf kam mir zu klein für mein Gehirn vor. Ich mobilisierte alle Sinne, um einen Weg durch die Finsternis zu finden.

Hätte nie darauf eingehen sollen ... wusste, dass die Decke einstürzt ... kann nicht atmen ...

Was war das?

»Shelton, hast du was gesagt?«

»Nein.« Seine Stimme zitterte.

Verwirrt versuchte ich, mich wieder auf die seltsame Stimme in meinem Kopf zu konzentrieren.

Aber sie blieb verschwunden.

Sie hatte sich wirklich wie Shelton angehört. Ich startete noch einen Versuch.

Gleichgewicht halten. Atmen.

Hätten ihnen am Eingang auflauern sollen ... hätten die Typen fertiggemacht ...

Ich sollte ja wohl nichts anderes als Staub riechen. Gras? Ich bin von Natur aus ein Freak.

Oh mein Gott.

Ich hörte die anderen Virals.

In meinem Kopf.

Unmöglich.

Ich versuchte es erneut, konnte die Verbindung aber nicht wiederherstellen. Konnte nicht wieder öffnen, was sich geschlossen hatte. Ich versuchte mit aller Kraft, diese Stimmen zu hören, doch es klappte nicht mehr.

Jetzt spinnst du total, Tor.

Konzentration. Füße. Lunge.

Schlechter Geruch ... Gefahr ... Rudel schützen ...

Coop! Ich war mir ganz sicher. Er wollte uns beschützen.

Ich stolperte weiter, spürte den Welpen, drückte ihn an meine Brust.

Warm ... Mutter-Freund ... Schutz ...

Mein Gehirn versuchte mit aller Macht, ihm eine Botschaft zukommen zu lassen.

Ich werde dich beschützen, mein Kleiner. Wir werden bald in Sicherheit sein. Versprochen.

Coop fiepte und stupste seine Nase gegen mein Gesicht. Ich küsste ihn auf den Kopf.

»Was war das?« Ben blieb abrupt stehen.

»Wen beschützen?«, fragte Shelton.

»Hey, Tory, das ist total abgefahren.« Hi. »Wo bist du? Redest du mit mir?«

»Hier bin ich«, antwortete ich.

Hatten mich alle gehört? Ich sandte eine Testbotschaft aus.

Ich bin auch hier.

»Whoa!« Shelton und Hi.

»Du bist in meinem Kopf!« Ben klang geschockt. »Raus da!«

Ich konnte es nicht glauben. Sie konnten mich hören! Die Virals konnten mich hören!

Dann verblasste das Gefühl.

Ich wollte es wieder aktivieren, aber das war zwecklos. Als wollte man einen Traum zurückholen, zu dem die Verbindung bereits abgebrochen war.

Ich versuchte eine weitere Botschaft abzusetzen.

Kein Anschluss. Verdammt.

»Was hast du da gerade gemacht?«, fragte Hi.

»Ich weiß nicht.«

»Mach das noch mal.«

»Geht nicht.«

Ich ließ Coop los. Er jagte davon, hinein ins Dunkel. Dann hörte ich weit vor mir ein Bellen. Wir irrten ihm hinterher. Wenige Minuten später drang ein unmerkliches Licht durch die Finsternis. Obwohl wir es kaum wahrnahmen, zog es uns an wie ein Leuchtfeuer.

»Eine Leiter!«, rief Ben.

Wir stürzten nach vorn.

Über der Leiter sahen wir einen rechteckigen Ausschnitt des Nachthimmels, der mit Sternen übersät war. Fahles Mondlicht bohrte sich wie ein Pfahl durch die Öffnung.

Der Ausgang. Ich hätte fast geschrien vor Glück.

Shelton testete kurz die Stabilität der Leiter und schoss dann die Sprossen hinauf. Hi folgte ihm.

Ben warf sich Coop über die Schulter und stieg als Nächster hinauf. Ich klebte an seinen Fersen, jederzeit bereit, den Hund aufzufangen, sollte Ben ins Stolpern geraten.

Die Leiter endete in einem Bunker, der so klein war, dass wir fünf gerade Platz darin fanden.

Seine Fensteröffnung ging nach Norden hinaus, in Richtung Hafen.

Ich war immer noch wie im Rausch. Mit allen Sinnen nahm ich die Nachtluft in mich auf, während die Angst sich allmählich verflüchtigte.

»Wo sind wir?«, fragte Hi.

»Auf der anderen Seite von Morris, beim Schooner Creek.« Ben ließ seinen Blick über das Gelände schweifen. »Das muss einer der Sandhügel sein.«

Wir befanden uns hoch über der Wasserlinie, mit freiem Blick auf die Nordspitze der Insel. Ein tortengroßer Mond schien auf uns herab. Mit meinen Wolfsaugen sah ich alles so hell erleuchtet wie um zwölf Uhr mittags.

»Seht mal!«

Shelton zeigte in nordöstliche Richtung, wo unser Klubhaus war. In knapp zweihundert Metern Entfernung, unmittelbar am Wasser, kämpften drei Männer darum, ein längliches Bündel auf ein Boot zu verfrachten.

»Oh Gott, schaut euch das Paket an!« His Stimme brach.

Die Form. Die Größe. Die Art und Weise, wie die Männer es anfassten.

Ich biss mir auf die Unterlippe.

Als das Boot von einer Welle emporgehoben wurde, rutschte das Bündel zur Seite, und die Männer hatten alle Mühe, ihr Gleichgewicht zu halten. An einem Ende öffnete sich das Bündel ein wenig.

Ein gelber Turnschuh schaute heraus.

Mir blieb die Luft im Hals stecken.

Dr. Marcus Karsten.

Die Schüsse.

Der tote Körper, der mit einem dumpfen Geräusch auf dem Boden aufgeschlagen war.

Nein! Das durfte nicht sein.

Karsten war die einzige Person, die alles durchschaut hatte. Die einzige Person, die vielleicht in der Lage gewesen wäre, die Veränderung in unseren Körpern rückgängig zu machen.

Am liebsten hätte ich losgeheult und meiner Verzweiflung

freien Lauf gelassen. Mit Karstens Tod hatte sich eine Tür geschlossen. Unsere letzte Hoffnung war ermordet worden.

Aber warum? Wer konnte sich von ihm bedroht gefühlt haben?

Schließlich hatten die Männer ihre furchtbare Fracht an Bord gehievt. Ein Motor wurde angeworfen. Unsere Angreifer fuhren aufs Meer hinaus.

Wir sahen dem Boot nach, bis es am Horizont verschwand. Unsere goldenen Augen glühten im Dunkeln.

TEIL 4

EINSICHT

KAPITEL 55

Ich kehrte an meinen Platz zurück. Ich hatte es total vermasselt.

Jason sagte nichts, sondern presste stumm seine Kiefer zusammen. Hannah wich meinem Blick aus. Von der anderen Seite des Raumes drang immer noch das Kichern und Flüstern der sechsbeinigen Tussi zu mir herüber.

Mein Referat war ein Desaster gewesen. Ich hatte mich in wirren Erklärungen verheddert, hatte konfuses Zeug zu den Grafiken geäußert und meine Ergebnisse nicht richtig einordnen können.

Sogar Mrs Davis schaute mich nur von der Seite an.

Es war eine Blamage erster Klasse gewesen, doch was machte das schon? Nach der Katastrophe der vergangenen Nacht kam mir alles andere unwichtig vor.

Karsten war tot. Ermordet. Jetzt konnte uns keiner mehr helfen.

Warum sollte ich mich also auf die Schule konzentrieren? Ich war ein Freak. Ein Mutant. Ich wurde von maskierten Männern gejagt und war nur zur Schule gegangen, weil ich Angst hatte, allein zu Hause zu bleiben.

Zu Kit hatte ich kein Wort gesagt. Lieber nicht. Schließlich konnten wir nicht mit Karstens Leiche aufwarten.

Genau wie bei Katherine Heaton.

Die Virals waren sich einig, nicht noch einmal denselben Fehler zu begehen. Außerdem waren wir es satt, von den Erwachsenen als Spinner oder Lügner betrachtet zu werden.

Doch eines stand fest: Jemand wollte uns töten.

Mein Magen krampfte sich zusammen.

Warum nur?

Blöde Frage. Weil wir Katherine Heaton gefunden haben.

Aber warum waren die Killer immer noch hinter uns her? Das Skelett war verschwunden. Und kein Mensch kaufte uns die Story ab. Wir hatten keine Beweise. Und konnten niemand identifizieren.

Die Mörder hatten nichts zu befürchten. Der Fall Heaton stand nicht vor der Aufklärung.

Dennoch hatten sie uns ins Visier genommen.

Irgendwas habe ich offenbar nicht mitbekommen.

Wer würde es schon riskieren, vier Teenager zu erschießen? Ein vierfacher Mord an Schülern der Bolton Prep würde monatelang die Schlagzeilen beherrschen. Die Polizei würde sämtliche Ressourcen mobilisieren. Das Risiko, gefasst zu werden, wäre enorm.

Die Killer mussten sich von uns extrem bedroht fühlen. Das bedeutete, dass wir nah dran waren.

Aber wodurch? Wir hatten nichts in der Hand. Null. Zero. Nada.

Ich musste an die Konfrontation mit Karsten denken. Seine Antworten hatten uns das Geheimnis unserer Krankheit enthüllt. Und schließlich hatte ich verstanden, warum mein Körper manchmal außer Kontrolle geriet.

Ein neues Virus hatte meinen genetischen Code manipuliert.

Eine gespenstische Vorstellung.

Tief in meinem Innern, in meinen Zellkernen, hatte sich die Wolfs-DNA mit meiner eigenen DNA vermischt. Diese Vorstellung versetzte mich in Panik. Was kam als Nächstes? Würden wir vielleicht völlig die Kontrolle über uns verlieren?

Dafür habe ich neue Fähigkeiten bekommen, sagte ich mir. *Ich kann Dinge tun, die andere nicht können.*

Allerdings wusste ich noch nicht, wie ich diese Fähigkeiten an- und abschalten konnte. Wie ich sie zielgerichtet nutzen sollte. Und Karsten würde sein Versprechen, uns zu helfen, nicht mehr einlösen können. Würde nie die Chance dazu haben. Er hatte sein Leben geopfert, um uns zu retten.

Jetzt waren wir Virals auf uns allein gestellt.

Solisten.

Was wir jetzt tun mussten, lag auf der Hand. Wir mussten den Mord an Katherine Heaton aufklären. Mussten Beweise finden. Die Täter überführen, bevor wir ihre nächsten Opfer wurden. Vielleicht würden wir dann auch die Antworten erhalten, die Karsten mit sich ins Grab genommen hatte.

Aber die Zeit lief uns davon.

Nach dem letzten Klingeln wartete ich vor der Schule auf Chance. Er war spät dran.

Ich ging nervös auf und ab. Der Fingerabdruck war unser einziger Anhaltspunkt. Wenn Chance nichts herausgefunden hatte, standen wir mit leeren Händen da.

Ich fühlte mich hilflos. Irgendwo da draußen waren unsere Verfolger. Und konnten jederzeit zurückkehren.

Minuten verstrichen. Die steinernen Löwen schauten teilnahmslos vor sich hin. Endlich kam Chance aus dem Gebäude. Das unbeschwerte Lächeln, das ich von ihm kannte, war einer ernsten Miene gewichen.

»Hey Tory, lass uns da drüben hingehen.« Er zeigte auf eine Bank neben der Rasenfläche. »Ich hab was herausgefunden.«

Trotz meiner Sorgen entging es mir nicht, wie gut Chance aussah. Der Lacrosse-Dress brachte seinen muskulösen Körperbau perfekt zu Geltung.

Nimm dich zusammen. Vielleicht hängt dein Leben von seiner Information ab.

»Ich hab eine Rückmeldung vom SLED erhalten«, sagte Chance. »Sie haben deinen Fingerabdruck identifiziert.«

»Und, wer ist es?«

Ich blätterte in meinem Spiralblock und ließ meinen Stift über der Seite schweben. Meine Finger waren vor Nervosität so feucht, dass ich ihn fast fallen gelassen hätte.

»Ein Mann namens James Newman. Dem SLED zufolge ist Newman ein Verbrecher, der mit verschiedenen kriminellen Organisationen im gesamten Südosten in Verbindung gebracht wird.«

Chance schloss seine Finger um meine Hand, die den Stift hielt. »Damit ist nicht zu spaßen, Tory. Ganz und gar nicht.«

Seine Berührung jagte mir einen Schauer über den Rücken, doch ich ließ mich nicht ablenken. »Weiß das SLED auch, wo er wohnt und was er in letzter Zeit gemacht hat?«

»Nein, aber Newmans Vorstrafenregister ist so dick wie ein Telefonbuch. Angefangen hat alles mit einfachen Diebstählen und Körperverletzungen, später kamen Raubüberfälle und Drogenhandel dazu, sogar von Morden ist die Rede.« Chance drückte sanft meine Hand. »Mit so jemand legt man sich nicht wegen eines gestohlenen Laptops an. Oder wegen anderer Dinge.«

»Ich werde das einfach bei der Polizei zu Protokoll geben«, sagte ich. Doch in Gedanken überlegte ich schon fieberhaft, wie ich diesen Newman finden konnte.

Chance warf einen Blick auf meine Notizen. »Ich will mich ja nicht in deine persönlichen Angelegenheiten einmischen, aber was immer du da auch tust, du solltest sofort damit aufhören. Nach allem, was ich weiß, ist der Typ alles andere als ein harmloser Dieb. Wenn der auf Morris Island war, dann wird er einen konkreten Grund gehabt haben.«

Völlig richtig. Aber ich kann dir leider nicht mehr erzählen.

»Du hast recht«, entgegnete ich. »Am besten, ich vergesse die ganze Sache. Ich will ja nicht unbedingt in ein Wespennest stechen.«

Chance sah mich prüfend an. Nervös schlug ich die Augen nieder.

Dann begann er sanft meine Hand zu streicheln. Seine Liebkosung ließ meine Wangen erglühen.

»Leg dich bitte nicht mit dem Typ an, Tory. Ich mag dich. Ich könnte es nicht ertragen, wenn dir etwas zustößt.«

Ich traute mich nicht, den Mund zu öffnen.

»Ich weiß, dass du dich nicht so schnell einschüchtern lässt. Aber Jimmy Newman ist einfach zu gefährlich.«

Chance beugte sich ganz nah an mich heran und fügte mit ernster Stimme hinzu: »Es könnte dir wer weiß was passieren.«

Mein Puls raste.

»Ich verspreche dir, Chance, dass ich nichts unternehmen werde.«

Ein Lächeln breitete sich auf seinem attraktiven Gesicht aus. Mein Gott, er war wirklich hinreißend.

Bevor ich reagieren konnte, zog er mich an sich, drückte mir einen sanften Kuss auf die Wange und ließ mich wieder los.

»So klug wie immer.«

Damit stand er auf und schlenderte davon.

Ich war wie erstarrt.

Chance Claybourne hatte mich geküsst.

Heiliger Bimbam.

KAPITEL 56

Ich schaute mich aufmerksam um. Wollte mich vergewissern, dass ich immer noch auf dieser Welt war.

Und erblickte Hi, sein Sakko wie immer verkehrt herum, der hastig in Richtung Schulhaus zurückeilte.

Verflixt.

»Moment mal!«

Hi straffte den Rücken, drehte sich langsam um und stapfte zu meiner Bank.

»Oh, hallo!«, sagte er mit Unschuldsmiene. »Hatte gar nicht gesehen, dass *du* hier sitzt.«

»Was du nicht sagst.« Ich stützte meine Hände in die Hüften. »Und warum guckst du mich dann so verlegen an? Wen *hast* du denn gesehen?«

»Also, ich hab bestimmt nicht gesehen, dass du und Chance hier rumgeknutscht habt wie ein frisch verknalltes Paar, wenn du darauf anspielst«, antwortete er grinsend. Dann schüttelte er betrübt den Kopf. »Schäm dich, du böses Mädchen!«

»So war das gar nicht!« Ich errötete bis zu den Ohren. »Oder vielleicht doch …« Ich hielt mir eine Hand vor die Augen und spähte durch die Finger. *»Er* hat angefangen!«

»Das geht mich nichts an«, sagte Hi. »Aber keine Sorge. Ich schweige wie ein Grab.«

»Danke. Und nur zu deiner Information: Ich will niemand den Freund ausspannen. *Er* hat *mich* geküsst, nicht umgekehrt.«

»Klar.« Hi zwinkerte. »Typisch Frau.«

Grrr.

»Was hat denn dein Süßer herausgefunden?«

Ich blickte in meinen Notizblock, dankbar für den Themenwechsel. »Der Fingerabdruck stammt von einem Mann namens James Newman. Ziemlich schwerer Junge, scheint in die organisierte Kriminalität verstrickt zu sein.«

»Organisierte Kriminalität?« His Stirn legte sich in Falten. »Hört sich nicht gut an. Und wo treibt der sich rum?«

»Das müssen wir herausfinden.«

»Verstehe, weil die Bullen ihn nicht finden, müssen wir das tun.«

»Uns bleibt nichts anderes übrig. Der Typ hat uns in der Bibliothek nachspioniert. Also ist er unsere einzige Spur im Fall Heaton.«

»Ich hab mir schon meine Gedanken gemacht.« Hi ließ sich neben mich auf den Stuhl sinken. »Wir packen das hier vielleicht völlig falsch an. Dieser Newman arbeitet doch wahrscheinlich für irgendeinen Auftraggeber, richtig? Und diesen Auftraggeber müssen wir finden.«

»Okay, aber wie?«

»Über das Motiv«, antwortete er. »Wir müssen herausfinden, *warum* Katherine Heaton ermordet wurde.«

Hörte sich plausibel an. Und schien auch sicherer, als einen skrupellosen Schwerverbrecher quer durch Charleston zu jagen.

»Dann sollten wir uns mit den näheren Umständen von Katherine Heatons Verschwinden beschäftigen«, sagte ich. »Vielleicht finden wir ja etwas, das die Polizei 1969 übersehen hat.«

»Wir haben doch schon alle Zeitungen gewälzt«, erwiderte Hi. »Was sollen wir denn noch tun?«

Ich hatte eine spontane Idee.

»Was ist mit Katherines Familie?«

»Ihr Vater war Vollwaise. Und Katherines Mutter ist bei ihrer Geburt gestorben.«

»Katherine war erst sechzehn, als Frankie Heaton in Vietnam getötet wurde. Sie muss doch bei irgendjemand gewohnt haben, während ihr Vater im Krieg war.«

»Vielleicht bei der Familie ihrer Mutter?« Hi schien zu zweifeln.

»Wo auch immer. Wenn diese Person noch lebt, dann kann sie sich bestimmt genau an den Tag erinnern, an dem Katherine verschwand.«

Hi kratzte sich am Kinn. »Also noch mal in die Bibliothek?«

»Ich hab eine bessere Idee.«

»Was ist das DOE-Network?«, fragte Hi.

»Eine Organisation, die sich um Fälle lange verschollener Personen kümmert.« Erneut waren wir im Computerraum der Bolton Prep. »Ist nur ein Versuch, aber vielleicht haben sie ja wirklich einen Eintrag zu Katherine Heaton.«

Nachdem wir uns eingeloggt hatten, klickte ich die Homepage an und gab Katherines Namen ein. Ein Link erschien auf dem Bildschirm.

»Tatsächlich! Hier ist sie!«

Ein Doppelklick und wir hatten eine detaillierte Schilderung ihres Falls vor uns. Atemlos las ich den Bericht.

»Eine Frau namens Sylvia Briggerman hat damals die Vermisstenanzeige aufgegeben.«

»Na dann schau'n wir mal.«

Hi ging zum nächsten Computer und machte sich auf die Suche. »Im Großraum Charleston gibt es nur eine einzige Person namens Briggerman, und zwar in Centerville auf James Island. Soll ich gleich mal anrufen?«

Ich nickte.

Hi wählte, lauschte, flog aus der Leitung.

»Ist ein Altersheim. Ohne Pin komme ich nicht durch bis zu ihrem Zimmer.«

Ich schaute auf die Uhr. 15.45.

»Der Bus nach Centerville braucht nur eine knappe halbe Stunde.«

»Eigentlich wollte ich Shelton helfen, auf Coop aufzupassen«, sagte Hi. »Der Kleine ist schon die ganze Zeit allein in unserem neuen Bunker.«

»Shelton schafft das schon. Diese Sache ist wichtiger«, entgegnete ich. »Briggerman ist vielleicht die letzte Person, die Katherine lebend gesehen hat.«

KAPITEL 57

Der Bus setzte uns nahe des verschlafenen James Island Parks ab. Von Bäumen gesäumte Wege schlängelten sich durch salziges Marschland. Wir gingen ein Stück nach Süden in Richtung Riverland, bevor wir nach links auf eine Privatstraße abbogen.

Im Schatten der riesigen Weiden war es angenehm kühl. Wir spazierten an gemächlich fließenden Bächen und moosbewachsenen Bänken vorbei. Nur das Plätschern des Wassers und das Sirren der Insekten war zu hören.

Zwei Fischreiher schauten aus dem Schlickgras heraus, ihre streichholzdünnen Beine im Wasser, und blickten unbewegt zu uns herüber. Hi rief ihnen etwas zu, ohne dass sie reagierten.

Das Terrain war typisch für das sogenannte Lowcountry – beschaulich, hübsch anzuschauen und stickig wie eine Sauna. Trotz des Geruchs des Brackwassers genoss ich unseren Ausflug. Der Irrsinn der letzten beiden Wochen hatte mich vollkommen vom Joggen abgehalten. Ich hoffte, bald wieder damit anzufangen.

Falls mich bis dahin nicht jemand erschoss.

Wenige Minuten später hatten wir unser Ziel erreicht, eine Ansammlung von Appartements, die zwischen den gelbgrünen Sümpfen und dem Stono River eingeklemmt waren. Die Shady Gardens Seniorenresidenz machte ihrem Namen alle Ehre. Das üppige Louisianamoos über unseren Köpfen sorgte für ein gleichbleibendes Zwielicht.

Als wir fast den Eingang erreicht hatten, fuhren dessen Türen zischend auseinander. Ein Geruch nach Klimaanlage und Desinfektionsmitteln hüllte uns ein.

Wir wandten uns an die Rezeption und fragten nach Sylvia Briggerman.

Straßensperre.

Roberta Parrish trug eine weiße Krankenschwesteruniform, an der ein Namensschild aus Messing befestigt war. Ihre Haarfarbe hatte einen Stich ins Orange und schien direkt aus der Flasche zu kommen. Künstliche Wimpern hingen an ihren Lidern wie kleine haarige Tausendfüßler.

Als sie uns erblickte, rang sie sich ein falsches Lächeln ab.

»Die Besuchszeit ist gerade vorbei«, sagte sie. Die Tausendfüßler gerieten in Bewegung. »Ich fürchte, Sie werden morgen wiederkommen müssen.«

»Gibt es denn keine Chance, dass wir Sylvia heute noch sehen können?«, fragte ich. »Ich möchte Ihnen keine Unannehmlichkeiten bereiten, aber wir sind den ganzen Weg von Downtown mit dem Bus gekommen.«

Roberta Parrish schüttelte den Kopf und schürzte die Lippen. »Wie Sie wissen, leidet Ms Briggerman unter Demenz. Da wollen wir ihren Tagesablauf nicht stören.«

»Das verstehe ich vollkommen, Ma'am.« Wie höflich von mir. »Aber wir wollen auch wirklich nur kurz Hallo sagen.«

»Sind Sie Angehörige?«

»Yes, Ma'am«, meldete sich Hi zu Wort. »Wir bekommen unsere Großtante Syl ja leider nie zu Gesicht.« Er wandte sich an mich. »Ich hab Dad so oft gesagt, dass sie näher an der Stadt wohnen muss, damit wir sie öfter besuchen können.«

Angesichts dieser Worte schien Roberta Parrish umzudenken.

»Nun ja, ich wollte mich nur vergewissern, ob Sie auch wirklich mit Mrs Briggerman verwandet sind.« Sie warf einen Blick auf die Uhr. »Ich denke, für einen kurzen Besuch ist es noch nicht zu spät.«

»Oh, vielen, vielen Dank!« Hi strahlte. »Jetzt weiß ich, warum sich meine Eltern für diesen Ort entschieden haben.«

Miss Parrish führte uns vom Hauptgebäude zu einer Reihe von Appartements, die zum Fluss hinausgingen. Man merkte ihr an, dass sie ihre Verärgerung nur mit Mühe überspielte.

»Wir kriegen noch tierischen Ärger«, zischte ich. »Was ist, wenn Tante Syl uns auffliegen lässt?«

»Na und? Sie ist doch dement«, gab Hi zurück. »Da erkennt sie eh niemanden.«

»Das ist zynisch.«

»Alte Leute lieben es, Besuch zu bekommen. Auch von falschen Verwandten.«

»Meinst du?«

»Wir können ihr ja auch einen Gefallen tun. Ihren Eiswürfelbehälter auffüllen oder ihre Kissen aufschütteln.« Hi zuckte die Schultern. »Aber wir haben eben einen Mord aufzuklären, verdammt. Da wird sie uns schon verzeihen.«

»So, da sind wir.« Roberta Parrish klopfte an die hellblaue Tür. »Liebe Sylvia, Sie haben Besuch!«

Die Tür schwang auf.

Sylvia Briggerman war winzig klein und trug ein Kleid, das Lucille Ball bestimmt stolz gemacht hätte. Ich vermutete, dass sie jenseits der Neunzig war.

»Wer ist da?« Hinter den dicken Bifokalgläsern sahen Sylvias Augen riesengroß aus. »Besuch?«

»Ja, Ihre Großnichte und Ihr Großneffe sind hier.« Miss Parrish sprach laut und deutlich. »Sie sind extra aus der Stadt gekommen, um Sie zu besuchen.«

»Ich habe keinen Neffen.«

Na super, schon aufgeflogen.

Dann hellte sich Sylvias Gesicht auf. »Katherine?«

Oh Gott. Nein.

Das war zu grausam. Ich konnte das nicht tun.

Hi gab mir einen leichten Stoß in den Rücken. Dann noch einen. Seine Schuhspitze traf meine Ferse.

»Ja, äh, Tante Sylvia ...« Am liebsten wäre ich vor Scham im Boden versunken. »Ich bin es, du erinnerst dich doch ...«

»Aber natürlich, Dummchen!« Sylivia drehte sich zu Miss Parrish um. »Lassen Sie meine Nichte und ihren kleinen Freund doch nicht draußen stehen. Holen Sie sie herein.«

Miss Parrish winkte uns herein. »Sie erkennt Sie bestimmt wieder«, flüsterte sie, als Hi an ihr vorbeiging. Ihre Erinnerung kommt und geht.«

Hi nickte feierlich. »Danke. Sie leisten hier vorzügliche Arbeit. Ich werde es meine Eltern wissen lassen.«

Jetzt war es offiziell. Wir kannten keine Skrupel.

»Ich bin in fünf Minuten wieder da.« Miss Parrish schloss leise die Tür hinter sich.

Sylvias Wohnzimmer war in Kanariengelb gehalten. Ein Buchregal zog sich an der Wand entlang. In einer Ecke stand eine Lesemaschine. Eine kleine Sitzgruppe, ein Couchtisch, ein betagter Fernseher. Plastikblumen auf jeder horizontalen Fläche.

Die alte Frau saß auf einem Sofa mit Plastiküberzug und zog ihren Rock gerade. Als sie aufblickte, hoben sich erstaunt ihre Augenbrauen.

»Guten Tag, kann ich Ihnen helfen?«

»Guten Tag, Mrs Briggerman.« Keine Lügen mehr. »Mein Name ist Tory Brennan. Und das ist mein Freund Hiram. Wir sind wegen Ihrer Nichte Katherine gekommen.«

»Oh.« Sylvia zog die Ärmel ihres Abendkleids nach unten. »Wo ist Katherine? Ich habe sie heute noch gar nicht gesehen.«

»Wir sind nicht ganz sicher«, entgegnete ich vorsichtig. »Auch wir suchen nach ihr.«

Was der Wahrheit entsprach, zumindest bis zu einem gewissen Zeitpunkt.

»Ach, die ist ständig unterwegs.« Sylvia lächelte. »Immer am Strand. Sie will später aufs College gehen, Ökologie oder so was studieren. Ich weiß nicht genau, was das ist, aber Frankie wäre bestimmt stolz auf sie.«

»Frankie ist doch Ihr Bruder?«, wagte Hiram sich vor. »Ich dachte, er wäre im Waisenhaus aufgewachsen.«

»Das ist er auch, junger Mann. Genau wie ich.«

Sylvia zeigte auf ein Schwarz-Weiß-Foto, das über dem Buchregal hing. Ein Junge und ein Mädchen in abgetragenen, aber gut geflickten Kleidern standen vor einer Schaukel und einer Wippe. Das Mädchen war ein wenig älter und hielt den Jungen an der Hand. Beide lächelten wie am Weihnachtsabend.

»Frankie und ich waren nicht verwandt, aber wir sind zusammen aufgewachsen. Katherine nennt mich *immer* ›Tante Syl‹.«

»Was hat Katherine denn gemacht, als Sie sie das letzte Mal gesehen haben?«

»Sie hat an ihrem naturwissenschaftlichen Projekt gearbeitet«, antwortete Sylvia. »Das Projekt, das sie mit Abby für die Schule gemacht hat.« Eine tiefe Furche zog sich über ihren Nasenrücken. »Ich hoffe, Katherine kommt bald. Sie sollte nicht das Abendessen verpassen.«

»Wer ist Abby?« Ich hoffte, dass Sylvia in ihrer Erinnerung nicht alles durcheinanderwarf.

»Abby Quimby ist Katherines beste Freundin. Kennen Sie sie denn nicht? Sie machen einfach alles gemeinsam.«

Hi startete einen neuen Versuch. »Welchen Strand mag Katherine denn am liebsten? Vielleicht ist sie dort wegen ihres Projekts hingegangen.«

Die wässrigen blauen Augen schienen fortzuschwimmen. Mehrere Sekunden vergingen. Dann sagte sie: »Guten Tag, kann ich Ihnen helfen?«

»Wir haben über Katherine gesprochen, Mrs Briggerman«, sagte ich lächelnd.

»Katherine ist nicht da.«

Ich warf Hi einen kurzen Blick zu. Zeit zu gehen. Er nickte.

»Vielen Dank, dass Sie sich die Zeit genommen haben, Ma'am«, sagte ich. »Können wir noch etwas für Sie tun, ehe wir gehen?«

»Sie könnten mir einen Gefallen tun!« Erstaunlich lebhaft stand die alte Frau auf und trippelte ins Nebenzimmer. Hi und ich tauschten Blicke. Er zuckte die Schultern. Im nächsten Moment kehrte sie mit einem hellblauen Pullover zurück.

»Bitte geben Sie Katherine den zurück, wenn Sie sie sehen. Es ist ihr Lieblingspullover. Ich will nicht, dass sie sich erkältet.«

Was sollten wir tun? Wir konnten den Pullover doch nicht an uns nehmen. Aber zurückweisen konnte wir ihn auch nicht.

Es war schrecklich, die alte Frau anzulügen. Sie konnte sich nicht daran erinnern, dass ihre geliebte Nichte vor vielen Jahren verschwunden war. Es brach mir das Herz.

Mein Magen zog sich zusammen. Meine Augen füllten sich mit Tränen.

Ich musste hier weg.

Sofort.

KLICK.

Ein elektrischer Stoß durchzuckte mich. Meine feuchten Augen schienen in Flammen zu stehen. Meine Sinne hatten den Turbo eingeschaltet.

Hi bemerkte die Veränderung meiner Augen und trat zwischen mich und Sylvia.

»Mrs Briggerman, haben Sie noch genug Eiswürfel? Wir sollten lieber mal nachschauen.«

»Eiswürfel?«

Hi führte die verwirrte Sylvia in die Küche.

Eine Uhr tickte wie ein überlautes Metronom. Der Kühlschrank im Nebenraum dröhnte.

Instinktiv vergrub ich meine Nase in Katherines Pullover. Sog den Geruch in mich auf.

Zunächst roch ich nur Staub und Wolle. Dann nahm ich eine delikate Mischung verschiedener Aromen wahr. Shampoo. Schweiß. Clearasil.

In meinem Gehirn setzte sich ein vages Bild zusammen.

Verflüchtigte sich wieder.

Ich musste später versuchen, es wieder zu aktivieren.

Tock, tock.

Miss Parrish stand auf der Schwelle. »So, ich glaube, Sylvia sollte sich jetzt wieder ausruhen.«

KLACK.

Mein Kopf wurde wieder klar. Doch der unverwechselbare Geruch von Katherines Pullover hatte sich in mein Gedächtnis eingegraben.

Ich fing His Blick auf, machte eine seitliche Kopfbewegung in Richtung Tür.

»Auf Wiedersehen, Tante Syl!«, sagte ich laut. »Wir kommen bald wieder!«

Sylvia nahm erneut ihren Platz auf dem Sofa ein und breitete ihren langen Satinrock wie einen Fächer um sich aus. Ohne unseren Abschied wahrzunehmen, lehnte sie sich zurück, schloss die Augen und begann zu schnarchen.

Ich legte den Pullover neben sie.

Während der Rückfahrt mit dem Bus suchte ich in meinem iPhone nach dem Namen Abby Quimby und fand zwei Einträge.

Ich wählte die erste Nummer. Kein Anschluss.

Probierte es mit der zweiten.

Beim dritten Freizeichen meldete sich eine Frauenstimme.

»Abby Quimby?«

»Ja?«

Mehr neugierig als misstrauisch.

Ich verlor keine Zeit.

»Katherine Heaton?« Ms Quimby klang geschockt. »Ich habe diesen Namen seit vierzig Jahren nicht gehört. Um Gottes willen, ist sie gefunden worden?«

»Nein, tut mir leid.« Ich hasste es zu lügen, doch ich musste vorsichtig sein. »Ich aktualisiere unsere Dokumentation für das DOE-Network. Ich dachte, Sie könnten uns vielleicht irgendwelche Informationen geben, die wir noch nicht berücksichtigt haben.«

»Ich würde Ihnen ja gerne helfen, aber eigentlich habe ich der Polizei schon alles gesagt, was ich weiß. Über den Tag, an dem sie verschwunden ist. Wir waren zum Lunch verabredet, aber sie ist nie erschienen.«

»Sylvia Briggerman hat mir erzählt, dass Sie gemeinsam an einem naturwissenschaftlichen Projekt gearbeitet haben.«

»Ja, das stimmt.« Abby Quimby zögerte kurz. »Wissen Sie, ich hatte das bei der Polizei nicht zu Protokoll gegeben, weil ich es nicht für wichtig hielt. Es hat mich auch nie wieder jemand danach gefragt.«

»Könnten Sie mir davon erzählen?«

»Wir sollten bestimmte ökologische Beobachtungen machen. Nichts Besonders. Aber Katherine und ich waren vor allem an einer bedrohten Spezies interessiert. Das war 1969, als die Naturschutzbewegung immer mehr Anhänger bekam. Katherine hat damals sämtliche Strände der Gegend untersucht.«

»Wissen Sie, ob Katherine am Tag ihres Verschwindens noch irgendwo hinwollte?«

»Mein Gott, ja!« Ihre Stimme wurde lauter. »Sie wollte zum Leuchtturm auf Morris. Ich hatte das völlig vergessen, aber jetzt erinnere ich mich wieder. Ich weiß auch gar nicht, ob ich das dem Officer erzählt habe, ich war damals sehr durcheinander.«

Mein Puls beschleunigte sich. Vom Leuchtturm auf Morris Island war in dem DOE-Bericht nicht die Rede gewesen.

»War der Leuchtturm 1969 noch in Betrieb?«, fragte ich.

»Nein, er war damals schon durch den auf Sullivan's Island ersetzt worden. Katherine wollte wissen, welche Vogelarten dort brüten.«

Ich dachte für einen Moment nach. Der Morris Leuchtturm stand auf einer Sandbank und war, selbst bei Ebbe, mit dem Boot leicht zu erreichen.

»Wie wollte Katherine dort hinkommen?«

»Sie hatte immer ein Kajak in ihrem Transporter dabei.« Pause. »Das machte ihr Verschwinden ja auch so rätselhaft. Wenn sie gekentert und ertrunken wäre, hätte man ihren Transporter irgendwo finden müssen.«

»Aber das war nicht der Fall?«

»Nein, der ist nie wieder aufgetaucht.«

Ich wartete, in der Hoffnung, dass sie noch mehr zu bieten hätte. Hatte sie auch.

»Einen Moment!« Die Aufregung war ihrer Stimme deutlich anzuhören. »Jetzt erinnere ich mich wieder. Die Polizei hat während ihrer Fahndung auch den Leuchtturm untersucht, aber nichts gefunden.«

»Wissen Sie, ob Katherine je dort angekommen ist?«

»Nein.«

Stille in der Leitung.

»Aber wissen Sie, Katherine hatte wirklich eine Tierart entdeckt, die sie sehr interessiert hat.«

»Was war das für eine Tierart?«, fragte ich.

»Das weiß ich leider nicht. Katherine hat meiner Mutter noch eine Nachricht hinterlassen, aber keine Einzelheiten genannt. Dann ist sie verschwunden.«

»Könnte das irgendjemand sonst wissen?«

»Das kann ich mir nicht vorstellen.« Abby Quimby stieß ein bescheidenes Lachen aus. »Wir wollten damals berühmte Biologinnen werden und haben unsere großen Ideen geheim gehalten.« Pause. »Nach Katherines Verschwinden war ich für mehrere Wochen vom Schulunterricht befreit. Das Projekt ist mir nie wieder in den Sinn gekommen.«

Noch mehr Stille. Dann: »Ich wünschte, jemand hätte Katherines Notizbuch gefunden.«

Ich wurde hellhörig. »Ihr Notizbuch?«

»Katherine hat ihre Gedanken immer zu Papier gebracht. Und wenn sie eine wichtige Entdeckung gemacht hätte, dann hätte sie das bestimmt auch in ihrem Notizbuch festgehalten.«

Mir gingen langsam die Fragen aus.

»Vielen Dank, Ms Quimby. Wir werden Katherines Akte um diese Informationen erweitern.«

»Tut mir leid, dass ich Ihnen nicht noch mehr erzählen kann«, entgegnete sie seufzend. »Die Polizei hat damals *überall* gesucht und rein gar nichts gefunden.«

»Sie waren uns eine große Hilfe«, sagte ich. »Vielen Dank noch mal!« Ich gab ihr meine Telefonnummer. »Rufen Sie mich bitten an, wenn Ihnen noch etwas einfällt.«

»Das werde ich tun. Und halten Sie mich auf dem Laufenden, wenn es irgendwelche neuen Entwicklungen gibt.«

»Selbstverständlich.«

»Und?«, fragte Hi, nachdem ich aufgelegt hatte.

Ich ließ das gesamte Gespräch Revue passieren.

»Von diesem Projekt war nie zuvor die Rede«, sagte ich. »Selbst die Polizei hat damals nicht davon erfahren.«

»Tja, fragt sich, ob uns das weiterbringt.« Hi kratzte sich am Kinn. »Wir wissen jetzt, dass Katherine die Strände nach bedrohten Tierarten abgesucht hat. Das mag der Polizei nicht bekannt gewesen sein, doch aus den Zeitungsberichten geht hervor, dass sich die Fahndung damals ohnehin auf das Marschland und die unmittelbare Küste konzentriert hat.«

»Ja, ich weiß. Aber die Polizei hat damals nicht gewusst, dass Katherine nach etwas ganz Bestimmtem gesucht hat.«

»Und was machen wir jetzt?«

Quimby hatte uns auf eine neue Fährte gesetzt.

»Der Leuchtturm«, sagte ich. »Vielleicht können wir da noch alte Geister aufschrecken.«

KAPITEL 58

»Was wollt ihr denn da?« Shelton war so nervös wie immer. »Das Ding fällt doch schon auseinander.«

Wir hatten uns auf der *Sewee* versammelt, am Anleger von Morris Island. Mit unserem Bunker war es vorbei. Zu gefährlich. Mangels anderer Alternativen hatten Ben und Shelton Coop in dem neuen Bunker mit der Leiter untergebracht. Ich hoffte, dass er sich nicht zu sehr selbstständig machte.

»Es kann sein, dass Katherine damals zum Leuchtturm gefahren ist«, erklärte ich. »Vielleicht ist sie dort angegriffen worden.«

»Aber ihr Körper wurde auf Loggerhead vergraben«, sagte Ben. »Das *wissen* wir, auch wenn uns niemand glaubt. Was spielt es denn da für eine Rolle, ob sie vorher beim alten Leuchtturm war?«

»Abby Quimby hat uns erzählt, dass Katherine alles in ihr Notizbuch geschrieben hat. Wenn wir das finden würden, bekämen wir bestimmt Antworten auf unsere Fragen.«

»Du willst nach einem vierzig Jahre alten Notizbuch suchen?« Ben konnte es nicht fassen. »Das kann nicht dein Ernst sein. Außerdem hat die Polizei den Leuchtturm doch längst überprüft.«

»Sie wussten aber nichts von Katherines Plänen«, argumentierte ich. »Vielleicht waren sie ja nicht gründlich genug. Vielleicht haben sie etwas Wichtiges übersehen.«

»Eher finden wir eine Nadel im Heuhaufen«, schaltete sich Shelton ein.

»Das ist aber alles, was wir jetzt tun können«, entgegnete ich. »Es sei denn, ihr wollt einen schießwütigen Schwerverbrecher jagen.«

»Wir sollten zur Polizei gehen«, sagte Shelton. Einmal mehr. »Wir sollten unseren Eltern vom Mord an Karsten erzählen. Sie werden uns glauben müssen, wenn Karsten nicht wieder auftaucht.«

»Die Bullen glauben uns eh nicht«, sagte Ben. »Schließlich haben wir schon einen blinden Alarm ausgelöst, habt ihr das etwa vergessen? Und während wir hier rumdiskutieren, sind uns die Killer vielleicht schon wieder auf den Fersen.«

»Zum Leuchtturm hin und zurück brauchen wir nicht mal eine Stunde«, sagte Hi. »Also lasst es uns einfach tun, dann können wir diesen Punkt von der Liste streichen.«

»Meinetwegen.« Ben ließ den Motor an.

Der Leuchtturm von Morris Island steht wie ein altersschwacher Wachposten vor der Südspitze der Insel. Die Sandbank, auf der er sich befindet, wird immer wieder vom Meer überspült, sodass sein unterer Teil gelegentlich unter Wasser liegt. Wind und Regen haben einen Großteil der Farbe abgewaschen.

Da gerade Flut war, konnte Ben bis zum Sockel des Turms heranfahren.

Meine Augen wanderten den brüchigen 50-Meter-Riesen empor, der trostlos und verlassen im Meer stand. In seiner Einsamkeit schien er über irgendetwas nachzugrübeln. Vielleicht fragte er sich, warum man ihn im Stich gelassen hatte oder wie lange er den Elementen noch würde standhalten können.

Das deprimierendste Bauwerk, das ich je gesehen habe.

»Wir groß er ist«, sagte ich. Die Untertreibung des Jahres.

Hi nickte. »Wann haben sie den Koloss denn gebaut?«

»1876.« Shelton besaß ein Buch über die Leuchttürme dieser Gegend. Klar. »Dieser Leuchtturm hat seinen Vorgänger ersetzt, der während des Bürgerkriegs zerstört wurde. Und dessen Vorgänger wiederum stammte aus dem Jahr 1673.«

»Ist das Leuchtfeuer noch intakt?«

»Nein«, antwortete Shelton. »Seit 1962 ist hier alles stillgelegt. Als das Ding gebaut wurde, stand es übrigens noch rund um die Uhr auf dem Trockenen, aber der Wasserpegel ist seitdem gestiegen.«

»Und jetzt steht es allein im Meer«, flüsterte Hi. »Wie unheimlich.«

»Früher war hier noch ein Leuchtturmwärterhäuschen. Aber das haben sie in den 30er-Jahren abgerissen, als das Leuchtfeuer automatisiert wurde.«

»Wem gehört der Leuchtturm eigentlich?«, erkundigte ich mich.

»Dem Staat«, antwortete Shelton. »Irgendein Non-Profit-Unternehmen will ihn komplett restaurieren lassen, doch zur Zeit ist er für Besucher nicht zugänglich.«

»Wir können die Sache also schnell hinter uns bringen«, sagte Ben. »Ich will keinen Ärger wegen unbefugten Betretens bekommen.«

Naturschützer hatten kürzlich eine stählerne Barriere errichtet, die den Leuchtturm vollständig umschloss und vor den Gezeiten schützte. Die kreisrunde Schutzmauer sah wie ein riesiger Kaffeefilter aus, der circa zweieinhalb Meter hoch aus dem Meer ragte. Innerhalb der Barriere hatte man den Wasserspiegel auf sein früheres Niveau abgesenkt.

Ben machte die *Sewee* an der Barriere fest. Wir hievten uns auf die Oberfläche und spazierten wie auf einem Laufsteg zum Fuß des Leuchtturms. Ein paar steinerne Stufen führten zum Eingang hinauf.

Ein großes Schild: **Gefahr! Für Unbefugte kein Zutritt!**

Fette, klotzige Buchstaben. Kein Interpretationsspielraum.

Der Wind zerrte an meinen Haaren und Kleidern, während Shelton das Schloss knackte. Ich bedauerte, keine Jacke mitgenommen zu haben.

Schließlich sprang die Tür auf und wir drängten hinein.

Das Erdgeschoss sah aus wie der Boden eines Vogelkäfigs. Eines Käfigs, der seit Jahren nicht sauber gemacht worden war. Stöckchen. Federn. Tonnenweise Vogelschiss. Der scharfe Gestank von Ammoniak raubte uns fast den Verstand.

»Was ist das?« Shelton hatte zwei graue Kästen an der Wand entdeckt. Von ihnen verliefen Kabel, die weiter oben in Rissen des Mauerwerks verschwanden.

»Das sind Dehnungsmesser. Die überprüfen, ob die Spalten und Risse in den Wänden größer werden.« Hi zeigte auf zwei weitere Kästen. »Sie messen auch die Neigung des Turms. Eine Art Frühwarnsystem, falls das ganze Ding irgendwann umkippen sollte.«

»Wie beruhigend«, sagte Ben.

Eine verrostete Wendeltreppe schraubte sich hinauf. Ich legte den Kopf in den Nacken und blickte senkrecht nach oben. Cirka dreißig Meter über mir schnitt die Treppe durch die Decke hindurch.

»Auf geht's«, sagte ich.

»Ist das wirklich sicher?« Shelton drückte mit beiden Händen gegen die Wand. »Ich hab das Gefühl, ich könnte den einfach umkippen.«

»Dieser Leuchtturm steht seit über einem Jahrhundert«, sagte Hi. »Ich denke, ein paar Teenager wird der auch noch verkraften. Sogar so schwergewichtige wie mich.«

»Komm schon, wir haben nicht den ganzen Tag Zeit«, ergänzte Ben und setzte sich in Bewegung. Seine Schritte erzeugten ein sanftes Klirren. Rostpartikel rieselten zu Boden.

Wir anderen folgten ihm nacheinander: ich, Shelton, Hi.

Während ich nach oben rotierte, stapfte ich an hohen, schmalen Fenstern ohne Scheiben vorbei. Vögel flatterten von den verwitterten Vorsprüngen auf, aufgeschreckt durch unsere plötzliche Invasion.

Als ich oben angekommen war, schnappte ich nach Luft.

Hol unbedingt deine Joggingschuhe wieder raus!, ermahnte ich mich.

Die Stufen mündeten in ein kleines, rundes Zimmer. Der Boden war mit alten Vogelnestern, zerbrochenen Eierschalen und vom Wind verstreutem Unrat übersät. Mehrere Bewohner dieses Zimmers krächzten laut, bevor sie durch das Fenster davonflogen.

»Hier stinkt's wie in einem Hühnerstall«, beschwerte sich Ben.

»Das ist der Beobachtungsraum.« Shelton hielt sich die Nase zu. »Hier befand sich auch der Motor, der das Leuchtfeuer angetrieben hat.«

»Wo führt die hin?« Hi war zu einer Treppe gegangen, die sich am hinteren Ende des Raumes befand.

»Der Linsenraum müsste eine Etage über uns sein.« Shelton zeigte auf eine Öffnung, die sich auf halber Höhe der Stufen befand. »Über die Treppe gelangt man auch auf die Galerie. Ich kann gern drauf verzichten.«

Drei fragende Blicke.

»Die Galerie ist ein schmaler Balkon, der einmal um den ganzen Leuchtturm herumläuft«, erklärte Shelton.

»Cool!« Ich eilte die Stufen hinauf und trat ins Freie. Sog die frische Luft tief ein.

Die niedrig stehende Sonne warf rosa und gelbe Strahlen über den blaugrünen Ozean. Unter mir trafen sich Küste und Meer. Der Saum sah aus wie ein krümeliges Tischtuch. Ich erkannte unsere winzige Gemeinde auf Morris, dahinter Fort Sumter und Sullivan's Island.

Zu meiner Linken sah Folly Beach wie eine Ansammlung von Monopolyhäuschen aus, die sich am Strand zusammendrängten. Vereinzelte Lichter schimmerten gelblich im rosigen Abendlicht.

Ich schaute über die Schulter nach oben. Der Leuchtturm wurde von etwas gekrönt, das einem riesigen Vogelkäfig glich. Aber der Käfig war leer. Seemöwen hockten auf den Eisenbeschlägen und warfen mir skeptische Blicke zu.

Ich stellte mir vor, wie mächtig das Licht einst gewesen war, das von hier aus die Dunkelheit durchschnitten und Seefahrern den Weg in den Hafen von Charleston gewiesen hatte. Es muss ein großartiger Anblick gewesen sein.

Hi und Ben erschienen auf dem Balkon.

»Wow!« Ben blickte auf seinen kleinen Flitzer hinunter, der tief unter ihm in den Wellen dümpelte. Aus seinem Gesicht wich die Farbe.

»Shelton, sieh dir das an!«, rief Hi.

»Vielen Dank, aber ich möchte heute nicht in den Tod stürzen.«

»Dein Pech.«

Ich ging um den Turm herum, ließ das Panorama auf mich wirken. Unbefugter Zutritt oder nicht, ich hätte ewig hierbleiben können.

»Wir sollten jetzt gehen.« Bens Stirn war feucht. Er vermied jeden weiteren Blick nach unten. »Hier gibt es nichts zu finden, und jeden Moment kann ein Boot vorbeikommen.«

»Eine Sache müssen wir noch überprüfen«, sagte ich.

Mit eingezogenem Kopf betrat ich den Linsenraum. Er war so klein, dass man sich gerade darin umdrehen konnte. Über mir erhob sich die fensterlose, eiserne Kuppel und gab den Blick auf den Himmel frei.

Keine Möbel, keine Ausrüstung. Nur Dutzende zorniger Möwen. Keine weitere Zeit zu verlieren.

»Das war's dann wohl«, sagte Hi.

Ich nickte. Wir hatten uns sorgfältig umgesehen. Dieser Turm war eine leere Hülle. Der Trip war ein Fehlschlag.

Mit demonstrativem Stöhnen nahmen die Jungs den langen Abstieg in Angriff.

Der nächste Fehlschlag, dachte ich. Wir waren der Aufklärung des Mords an Katherine keinen Schritt nähergekommen. Der Mörder lief immer noch frei herum.

Ich hielte inne, betrachtete, wie sich die Köpfe der Jungs nach unten schraubten.

Es war naiv von uns zu glauben, dass wir überhaupt eine Chance hatten. Dass eine Horde halbwüchsiger Intelligenzbestien in der Lage sein könnte, einem Mörder das Handwerk zu legen. Wahrscheinlich kriegte der sich gar nicht wieder ein vor Lachen.

Wie so oft im Leben hatte das Böse die Oberhand behalten.

Ich ballte die Fäuste, während die Frustration in mir hochkochte. Ich stand kurz vor der Explosion.

KLICK.

Der Gestank des Vogelkots raubte mir fast den Verstand. Ich konnte nicht mehr denken, nicht mehr atmen. Ich hielt den Atem an und rang doch verzweifelt nach Luft.

Besinnungslos stürzte ich wieder nach draußen auf die Galerie, um den giftigen Dämpfen zu entkommen.

Draußen schlang ich die Luft in riesigen Portionen herunter. Zu schnell. Punkte tanzten vor meinen Augen. Mein Blick weitete sich, um sich im nächsten Moment zu einem langen schwarzen Tunnel zusammenzuziehen.

In panischer Angst setzte ich mich auf den Balkon und umklammerte das Geländer.

Tief einatmen. Zwei. Drei. Vier.

Allmählich gewann ich mein Gleichgewicht wieder. Mein Kopf wurde klarer, die Dunkelheit schwand. Ich schaute über das Wasser.

»Wahnsinn!«

Die Welt lag mir in all ihrer makellosen Schönheit zu Füßen. Selbst die kleinsten Objekte zeichneten sich messerscharf ab. Ich sah die Feuchtigkeitspartikel in der Luft, die sich zu Wolken zusammenballten. Wassertropfen, die auf schaumbesetzten Wellen glitzerten. Ein Wurm, der sich im Schnabel eines Spatzen wand. Mein eigenes Schlafzimmerfenster.

Ich ließ meinen Blick über den Hafen hinweg nach Charleston wandern. Überall funkelten die Lichter. Sanfte gelbe Rechtecke schimmerten in den Häusern entlang der Battery. Leuchtend orangefarbene und blaue Streifen in der Nähe des Alten Markts. Eine Ampel, die von Gelb auf Rot sprang.

Durch den scharfen Geruch des Ammoniaks hindurch nahmen meine Nasenlöcher Millionen weiterer Aromen wahr. Salz. Tang. Modrige Pflanzen. Benzin.

Und etwas ganz anderes. Neues. Vertrautes.

Ich hob mein Kinn und schnüffelte.

Dort kam es her. Aus dem Beobachtungsraum.

Ich kroch bis zur Türöffnung, streckte den Kopf in den Raum, schnüffelte erneut. Die Intensität des Duftes schwankte und war kaum in der Lage, den ekelhaften Gestank des Unrats zu durchdringen.

Plötzlich erinnerte er mich an etwas. Es war ein Geruch, den ich von irgendwoher kannte.

Erregt sog ich die Luft durch meine Nasenlöcher. Der Gestank des Vogelkots trieb mir Tränen in die Augen. Ich wischte sie fort, konzentrierte mich ganz darauf, der Geruchsspur zu folgen, ihre Quelle zu lokalisieren.

Sie musste irgendwo neben der Treppe sein, die zum Balkon führte. Hätte ich nicht zufällig hier gesessen, hätte ich nichts bemerkt.

Ich kroch hinein und begann, Blätter und Scheißhaufen zu entfernen. Vogeldreck klebte an meinen Fingern und klemmte unter den Nägeln. Ich versuchte, meinen Brechreiz zu unterdrücken.

Fünfzehn Zentimeter weiter unten legte ich ein Gitterrost frei, das in den Boden eingelassen und unter dem Dreck vieler Jahre verborgen gewesen war.

Ein Geräusch schreckte mich auf.

Mein Kopf fuhr herum.

»Tory, was machst du da?« Ben keuchte, sein Gesicht war knallrot. »Ich musste die ganze Treppe wieder rauflaufen.«

KLACK.

Ich zwinkerte, schüttelte den Kopf.

»Verdammt, der Schub ist weg.«

»Du hast hier oben …? Warum?«

»Es ist einfach passiert. Hilf mir mal, das hochzuheben. Ich hab darunter irgendwas gerochen.«

Ben stellte keine weiteren Fragen. Zusammen gelang es uns, das Gitter zu entfernen. Darunter war noch mehr Unrat. Ich tauchte mit den Händen in was auch immer hinein.

Meine Finger schlossen sich um einen festen Gegenstand. Verblasstes Grün. Von salzigen Verkrustungen überzogen.

Das grobe Leinen war teils verrottet, doch konnte ich immer noch die Buchstaben auf der Lasche lesen: K.A.H.

»Na, was sagst du jetzt, Blue?« Ich lehnte meinen Rücken gegen die Wand.

»Ich fass es nicht!« Ben schüttelte völlig perplex den Kopf. »Du hast es geschafft, Tory. Du hast Katherines Rucksack gefunden.«

KAPITEL 59

Den ganzen Heimweg über war ich total aus dem Häuschen.

Ich hatte es geschafft. Wider alle Wahrscheinlichkeit hatte ich Katherine Heatons Rucksack gefunden.

Ein kleiner Schub hat es möglich gemacht.

Dass ich einen persönlichen Gegenstand von Katherine entdeckt hatte, versetzte mich in Hochstimmung. Löste ein fast unwirkliches Gefühl in mir aus. Als hätte ich die Zeit zurückgeholt. Was ja in gewisser Weise auch stimmte.

Die Sonne versank hinter dem Horizont, während wir durch die Wellen schnitten. Der Himmel färbte sich indigoblau und die Sterne wagten sich hervor. Ein einsamer Pelikan flog auf, entweder um sich einen Schlafplatz oder einen letzten Snack zu suchen. An Abenden wie diesem liebte ich meine neue Heimat.

Ich ging ganz in meiner Umgebung auf und berauschte mich an meiner Selbstgewissheit. *Wir können es schaffen,* dachte ich. *Wir können das Rätsel lösen.*

Doch meiner Euphorie zum Trotz war ich standhaft geblieben und hatte noch keinen einzigen Blick in den Rucksack geworfen. Wir mussten vorsichtig sein. Katherines Rucksack war seit über vierzig Jahren nicht mehr geöffnet worden. Wer konnte schon etwas über den Zustand des Notizbuchs sagen?

Wenn es überhaupt darin war.

Natürlich war es darin. Ich war doch nicht zehntausend Stufen hinaufgekraxelt, hatte mich durch Tonnen von Vogeldreck gewühlt und etwas ans Tageslicht gezerrt, das seit der ersten Mondlandung verschollen war, nur um am Ende in die Röhre zu schauen. Ausgeschlossen.

Als wir den Anleger von Morris erreichten, brach endgültig die Nacht herein. Ich drückte mir Katherines stinkenden Rucksack gegen die Brust und wartete zunehmend ungeduldig, bis die Jungs das Boot festgemacht hatten. Höchste Zeit, das Geheimnis zu lüften.

»Wohin jetzt?«, fragte ich.

»Zu mir«, sagte Shelton. »Mein Dad hat unsere Garage in eine komplette Werkstatt verwandelt. Der nimmt dort Computer auseinander, also liegen da auch Pinzetten, Schutzhandschuhe und so was rum. Außerdem sind meine Eltern heute Abend in der Stadt und sehen sich *La Bohème* an. Die kommen erst in ein paar Stunden zurück.«

Ben warf einen Blick auf meine dreckverkrusteten Arme. »Gibt's da auch einen Abfluss? Und einen Gartenschlauch?«

Haha.

»Also los, worauf warten wir«, drängte ich.

»So nicht«, entgegnete Shelton.

»Unter die Dusche!«, sagte Hi.

»Jetzt gleich«, fügte Ben hinzu. »Wir warten solange.«

Ich streckte ihnen die Zunge raus, lief aber sofort nach Hause, um mich von Kopf bis Fuß abzuschrubben.

Zehn Minuten später stieß ich wieder zu den Jungs – frisch geduscht, neu gekleidet und voller Ungeduld. Sie hatten sich um einen Zeichentisch versammelt. Wie versprochen hatte den Rucksack noch niemand angerührt.

Meine saubere Kleidung hatte donnernden Applaus zur Folge. Ben stieß einen anerkennenden Pfiff aus.

»Viel besser so«, kommentierte Shelton.

»Also, ich weiß nicht recht.« Hi spitzte die Lippen. »Diese Vogelexkremente waren irgendwie sexy.«

»Sehr lustig«, erwiderte ich.

»Sir.« Shelton trat einen Schritt beiseite und deutete eine Verbeugung an. »Angesichts Ihrer überragenden wissenschaftlichen Fähigkeiten überlasse ich Ihnen das Feld.«

»Herzlichen Dank«, entgegnete Hi. »Dann lasst uns also zur Öffnung des Objekts schreiten.«

Hi positionierte eine Vergrößerungslampe über dem Gegenstand. Fluoreszierendes Licht ergoss sich über die Tischplatte.

»Und du hast den Rucksack wirklich *gerochen?*« Shelton konnte es nicht glauben. »Unter dem Bodengitter? Durch die ganze Vogelscheiße hindurch?«

»Tja …« Ich zuckte die Schultern. »Ich habe in Sylvia Briggermans Appartement an Katherines Pullover gerochen und denselben Geruch im Leuchtturm wahrgenommen. Beide Male hatte ich einen Schub.«

»Unglaublich«, sagte Shelton. »Würde ich auch gern mal probieren. Das muss fantastisch sein.«

»Also *gerochen* hat es jedenfalls nicht fantastisch. Der Gestank hätte mich fast umgebracht.« Doch ich musste zugeben, dass mich meine Spürhundfähigkeiten faszinierten. Diese Schübe konnten wirklich nützlich sein. *Sehr* nützlich sogar.

»Fertig?«, fragte ich.

»Fertig.« Hi zog sich ein Paar Latexhandschuhe über die Finger und ließ seine Hände in den verkrusteten Rucksack gleiten. Ein Lächeln breitete sich auf seinem Gesicht aus. Vorsichtig zog er ein brüchiges Notizbuch hervor.

Mein Herz machte einen Sprung. Bingo! Es war unglaublich, aber wir hatten tatsächlich ein Beweisstück gefunden, das der Polizei nicht vorgelegen hatte.

Ich hatte es gefunden, danke schön.

Der Deckel des Notizbuchs war gebrochen, die Seiten gewellt und aufgequollen. Als Hi eine Ecke anhob, rieselte Dreck am Buchrücken entlang und fiel auf die Tischplatte.

»Sei vorsichtig«, mahnte ich. »Das Papier löst sich schon auf.«

»Was du nicht sagst«, entgegnete Hi. Er legte das Notizbuch hin, drehte den Rucksack behutsam um und schüttelte ihn sanft. Ein Stift und eine Haarspange fielen heraus, sonst nichts.

»Kannst du was lesen?« Ich rutschte dicht an ihn heran, neugierig, ob die Seiten noch unbeschadet waren.

»Hey, nicht so nah!« Hi bedeutete mir mit seinen Handschuhen, ich solle ein wenig Abstand halten. »So kann ich nicht arbeiten.«

Zögerlich trat ich einen Schritt zurück, um mich sogleich wieder Zentimeter um Zentimeter vorwärtszuschieben.

Hi öffnete die Vordertasche mit zwei Pinzetten.

Die Zeit hatte ihren Tribut gefordert. Regenwasser. Salzhaltige Luft. Vogelkot. Diese Einflüsse hatten die Einträge unlesbar gemacht.

Hi blätterte vorsichtig, Seite für Seite, doch nichts ließ sich mehr entziffern.

Tiefe Enttäuschung machte sich breit. Es schien ungeheuer grausam, dass wir Katherines Notizbuch nach vierzig Jahren gefunden hatten, nun aber nicht in der Lage waren, auch nur ein einziges Wort darin zu lesen.

»Hier ist was!«, rief Hi mit aufgeregter Stimmer. »Schaut mal!«

Er hatte das Ende des Büchleins erreicht. Die beiden letzten Seiten waren besser erhalten als der Rest.

Hi zeigte auf etwas, das wie die Skizze eines Vogels aussah. Der Text darunter war leider bis zur Unkenntlichkeit verschmiert.

»Was soll das sein?« Sheltons Kopf bewegte sich hin und her. »Ein Rotkehlchen? Ein Specht?«

»Ein Adler!«, antwortete Ben mit Überzeugung.

»Woher willst du das wissen?« Ich betrachtete die verschwommenen Linien, die auf dem fleckigen Papier kaum zu sehen waren. In meinen Augen hätte das jeder Vogel sein können.

»Der Körper ist gleichmäßig schraffiert, doch Kopf und Schwanzfedern sind weiß«, sagte Ben. »Seht euch den Schnabel an. Und die Krallen. Das ist ein Weißkopf-Seeadler.«

»Warum hat Katherine einen Adler gezeichnet?«, fragte Shelton.

»Wer weiß«, antwortete Ben. »Vielleicht war sie superpatriotisch.«

»Auf der Rückseite steht auch was.« Hi kniff die Augen zusammen. »Ich glaube, ich kann es lesen.«

Er schaute durch die Lupe und las laut:

Ich habe sie gefunden! Eine Weißkopf-Seeadler-Kolonie! Drei riesige Horste, in einer Gruppe von Sumpfkiefern, direkt am Stono River. Wer hätte je gedacht, dass es auf Cole Island Weißkopf-Seeadler gibt? Eine vom Aussterben bedrohte Tierart, direkt vor unserer Haustür! Ein perfektes Thema für unser Projekt. Abby wird begeistert sein! Vielleicht wird sogar die Universität jemand hierher schicken, um …

Der Rest des Eintrags war völlig verwaschen.

»Weißkopf-Seeadler.« Ben stieß die Fäuste in die Luft. »Ich hab's doch gesagt.«

»Cole Island?« Sheltons Gesicht zog sich nachdenklich zusammen. »Auf Cole Island gibt es keine Bäume. Und Weißkopf-Seeadler schon gar nicht. Da steht nur diese Fabrik und sonst gar nichts.«

»Der Eintrag stammt von 1969«, erinnerte ihn Hi. »Das mag damals noch anders gewesen sein. Vielleicht haben irgendwelche Schwachköpfe die Bäume gefällt.«

Computer-Bytes setzten sich in meinem Gehirn zusammen.

»Oh nein!« Meine Hände flogen zu meinem Mund.

»Was ist?«, fragte Hi.

Ben und Shelton starrten mich an.

»Ja, kapiert ihr das denn nicht?« Es passte alles zusammen. Auf brutale, tragische Weise.

»Was meinst du?«, fragte Ben.

»Jetzt weiß ich, warum Katherine Heaton ermordet wurde.«

Man hätte die buchstäbliche Stecknadel fallen hören.

Für einen Moment war ich von der schrecklichen Wahrheit, die ich entdeckt hatte, überwältigt. Ich brachte kein Wort mehr heraus.

»Was ist jetzt?« Hi verschränkte die Arme. »Klären Sie uns auf, Agent Scully.«

»Katherine hat auf Cole Island eine bedrohte Tierart ausfindig gemacht«, sagte ich. »Und nicht *irgendeine*. Sie hat tatsächlich Weißkopf-Seeadler entdeckt. Den Wappenvogel der USA.«

»Ja und?« Alle gleichzeitig.

»Ihre Entdeckung hätte zur Sensation werden können«, fuhr ich fort. »Das war doch zur Hippiezeit. Alle wollten plötzlich die Welt retten. Artenschutz war ein großes Thema.«

»Aber das ist doch was *Gutes.*« Shelton war sichtlich verwirrt. »Worauf willst du hinaus?«

Ich dachte laut, während ich hin und her ging. »Vielleicht hat es jemand gar nicht gefallen, dass auf Cole Island eine bedrohte Tierart lebte.«

»Für jemand, der beispielsweise eine Baugenehmigung haben will, könnte eine Adlerkolonie wirklich ein großes Problem sein«, sagte Ben. »Und die Adler umzusiedeln oder gar zu töten, würde vermutlich einen Proteststurm in den Medien entfachen.«

»Könnte auch sein, dass jemand die Adler illegal aufgezogen hat«, schlug Shelton vor. »Es ist gegen das Gesetz, einen Weißkopf-Seeadler zu besitzen oder zu verkaufen.«

»Und einen Adler zu töten, ist ein Verbrechen«, sagte ich. »Sogar die Horste stehen unter gesetzlichem Schutz.«

»Hey, hier steht noch mehr!«, sagte Hi. »Auf der allerletzten Seite. Ganz oben sind ein paar Zeilen. Unten sieht man nur Gekrakel.«

Ich klopfte Hi auf die Schulter. Er verzog den Mund, machte mir dann aber Platz. Ich trat an den Tisch und begann, laut zu lesen:

Nur noch zwei Plätze, die ich untersuchen muss. Vielleicht finde ich ja noch mehr Adler. Das wäre fantastisch! Aber dann ist es auch genug. Irgend so ein Typ, den ich noch nie gesehen habe, verfolgt mich auf Schritt und Tritt. Der ist mir echt unheimlich. Vielleicht sollte ich nicht mehr so viel Zeit an einsamen Stränden verbringen. Ich werde mir noch Kiawah Island und den Leuchtturm auf Morris vornehmen. Dann sayonara!

»Oh mein Gott.« Hi sah aus, als sei ihm übel. »Um Gottes willen. Das ist ja schrecklich.«

»Sie wurde verfolgt«, flüsterte ich, von grenzenloser Traurigkeit erfüllt. »Warum ist sie nicht sofort nach Hause gegangen?«

»Was ist mit dem Text da unten?«, fragte Ben.

Ich richtete die Lampe direkt auf die Stelle. »Es scheint ihre Handschrift zu sein, nur zittriger.«

Ich las den kurzen Eintrag für mich allein. Dann ein weiteres Mal.

Diesmal konnte ich mich nicht mehr beherrschen. Tränen rannen mir über die unteren Lider und liefen die Wangen hinunter.

»Und?«, fragte Hi.

Ich antwortete nicht.

»Tory?« Shelton legte mir die Hand auf die Schulter. »Was steht da?«

Ich trat zur Seite. Die anderen schauten mich verwirrt an. Dann stellte sich Shelton an den Tisch und las vor:

Ich glaube, jemand ist da unten. Ich weiß nicht, wer, aber ich habe Angst. Außer mir sollte niemand hier sein. Ich muss mein Tagebuch verstecken, für alle Fälle. Vielleicht kann ich auch irgendwo Zuflucht finden.

Vor Trauer und Schmerz war ich wie betäubt. Ich schloss meine Augen. Aber die letzten Worte, die Katherine mit zitternder Hand geschrieben hatte, gingen mir nicht aus dem Kopf.

Ich hörte, wie Ben gegen die Wand schlug. Hi trat von einem Bein auf das andere. Shelton hob eine Hand an sein Ohrläppchen. Ich nahm dies alles zur Kenntnis und war doch weit weg. Driftete davon.

Ich stellte mir vor, wie Katherine sich gefühlt haben musste, als sie den letzten furchtbaren Eintrag zu Papier brachte. Sah förmlich vor mir, wie sie in aller Eile ihr Notizbuch verstaute, um sich darauf ihrem Verfolger zuzuwenden. Ich spürte ihre Verzweiflung, als sie begriff, dass sie hoch oben in einem verlassenen Leuchtturm gefangen war. In der Falle saß.

Katherine Heaton war am einsamsten Ort auf Gottes Erden ermordet worden.

Mit den Handflächen wischte ich mir die Tränen aus dem Gesicht, war am Boden zerstört. Die Szene in meinem Kopf war so real, dass ich glaubte, alles mitzuerleben.

Ich wollte nicht weinen. Ich wollte ewig weinen.

Dann packte mich der Zorn. Eine wilde, unbändige Wut.

Okay. Lass dich darauf ein. Wut ist besser als Schmerz.

Wer auch immer dies getan hatte, ich verachtete ihn von ganzer Seele. Ein skrupelloser Killer lief unbehelligt durch die Straßen und glaubte, ungeschoren davongekommen zu sein. Herzlos. Selbstzufrieden. Ohne jedes Schuldgefühl.

Ich erneuerte meinen Schwur. Katherine gegenüber. Mir selbst gegenüber. *Ich werde diesen Typ kriegen. Ich werde ihn finden und vor Gericht bringen.*

Er soll dafür büßen.

KAPITEL 60

Am nächsten Morgen erwachte ich mit einer glänzenden Idee. Ich war Feuer und Flamme.

Doch erst musste ich mich um etwas anderes kümmern.

Cooper.

Ein zehnminütiger Fußmarsch brachte mich zur Westküste von Morris Island. Ich schaute mich suchend um, erblickte unseren neuen Bunker und ging hinein.

Coop kläffte, als er mich sah, und wedelte wild mit dem Schwanz. Er stellte sich auf die Hinterbeine und wollte mein Gesicht ablecken.

Ich drückte seinen Kopf an mich und versank im warmen Welpengeruch. Dann nahm ich seine Leine und bot ihm ein kleines Tauziehen an. Er ließ sich voller Energie darauf ein.

Für ein paar Minuten gerieten meine Probleme in Vergessenheit. Coop war größer und kräftiger geworden. Immer stärker drängte es ihn in die freie Natur. Gott sei Dank beschränkte er sich auf die unbewohnte Westseite der Insel. Und bisher hatte niemand in unserer Nachbarschaft berichtet, einen freilaufenden Wolfshund gesehen zu haben. Noch nicht.

Coop brauchte ein festes Zuhause und zwar bald.

»Ich kümmere mich darum«, versprach ich ihm. »Du wirst nicht ewig in diesem Bunker sein.«

Ich wäre gern länger geblieben, aber jetzt war nicht die Zeit dazu. Ich machte mich auf den Weg, während Coop sein Frühstück herunterschlang.

Ein weiterer heißer Tag stand uns bevor. Auf halbem

Weg nach Hause war ich schon wieder völlig durchgeschwitzt. Ich funkte die anderen Virals an, sobald mein iPhone wieder ein Signal empfing. Wir trafen uns auf der Rasenfläche vor unserem Wohnhaus.

»Hat einer von euch sturmfreie Bude?«, fragte ich.

Hi hob die Hand. »Meine Eltern sind in der Synagoge und kommen erst gegen Mittag wieder.«

»Okay, dann benutzen wir deinen Computer.«

»Was willst du denn recherchieren?«, fragte Shelton.

»Ich will wissen, wer 1969 Eigentümer von Cole Island war. Vielleicht wusste der Besitzer von den Adlern oder kann uns wenigstens sagen, wer damals noch Zugang zur Insel hatte. Das wäre immerhin ein Anfang.«

»Gute Idee«, sagte Shelton. »Dann können wir das PIS benutzen.«

»PIS?«, fragte Hi. »Was ist das denn? Online-Dating für Nerds?«

»Sehr witzig. Ich rede vom Property Information System. Da kannst du einen Blick ins Grundbuch werfen, dir den genauen Verlauf von Grundstücken ansehen und so weiter. Dort müsste auch stehen, wem Cole Island gehört.«

»Okay, Shelton«, sagte ich. »Ich überlass dir das Feld.«

Wir eilten die Stufen zu His Zimmer hinauf.

»Einen Moment.« Hi räumte Bücher, Geschirr und haufenweise schmutzige Klamotten beiseite, damit wir uns alle irgendwo hinsetzen konnten. »Fühlt euch wie zu Hause.«

»Das ist echt ein Schweinestall hier!« Ben hielt einen fettigen, verschmierten Teller hoch. »Diese Pizza muss ungefähr neun Wochen alt sein.«

»Ach, die hab ich schon überall gesucht!« Hi schleuderte das Pizzastück in seinen Papierkorb. »Schmeckt bestimmt noch lecker, aber ich will lieber nichts riskieren.«

»Würg!« Ben zog sich in die gegenüberliegende Ecke zurück.

»Tut mir aufrichtig leid, Sir!«, sagte Hi in vollendeter Höflichkeit. »Ich war heute Morgen nicht auf Besuch eingestellt. Es steht Ihnen natürlich frei, sich ein anderes Quartier zu suchen.«

»Kommt schon«, sagte ich. »Wir haben nicht den ganzen Tag Zeit.«

»Yes, Ma'am.« Hi salutierte. »Sofort, Ma'am!«

Hi fuhr seinen Mac hoch und trat einen Schritt beiseite.

Shelton rief die Homepage des Charleston County auf und klickte auf *Grundstücksansicht*. Eine Schwarz-Weiß-Karte erschien auf dem Bildschirm.

»Das ist die sogenannte Flurkarte des Großraums Charleston«, erklärte Shelton. »Sie zeigt genau, wo die Grundstücksgrenzen verlaufen.«

»Cole Island liegt südwestlich von Folly«, sagte ich. »Dort, wo der Stono River beginnt.«

»Ich zoome uns mal ran.« Shelton vergrößerte den Ausschnitt, bis die einzelnen Flurstücke sichtbar wurden. Cole Island war als zusammenhängender Grundbesitz ausgewiesen.

»Cole hat nur einen einzigen Besitzer«, sagte Shelton. »Wartet mal, das haben wir gleich.«

Nach einem Mausklick wurden auf der rechten Seite des Bildschirms verschiedene Daten eingeblendet.

»Bingo!« Shelton pfiff kurz und fügte dann mit leiser Stimme hinzu: »Das wird dir nicht gefallen, Tor.«

»Was denn?«

»Cole Island befindet sich in Besitz von Candela Pharmaceuticals.« Er schaute mir in die Augen. »Na, klingelt da irgendwas bei dir?«

»Dieselbe Firma, die Karstens Experiment finanziert hat«,

sagte ich. »Jemand bei Candela hat die Schecks für ihn ausgestellt.«

»Was kann denn Karstens geheimes Parvo-Experiment mit Weißkopf-Seeadlern zu tun haben?«, fragte Hi.

»Oder mit Katherine Heaton?«, fügte Ben hinzu.

»Candela muss die Fabrik auf Cole Island gehören«, sagte Shelton.

»Und warum soll mir das nicht gefallen?«, fragte ich.

»Ich bin noch nicht fertig«, fuhr Shelton fort. »Das war nur eine rhetorische Pause.«

»Na spuck's schon aus!«, sagte Ben.

»Jetzt ratet mal, wer Cole Island an Candela verkauft hat?«

»Wer?«, fragte ich.

»Hollis Claybourne.« Shelton tippte auf den Bildschirm. »Und er scheint damit ein Vermögen gemacht zu haben.«

»Claybourne?« Ben legte die Stirn in Falten. »Sprichst du etwa von Chance' Vater?«

»Genau von dem«, antwortete Shelton. »Senator H.P. Claybourne, der Vater des unumstrittenen Stars der Bolton Prep. Und es kommt noch schlimmer. Ratet mal, *wann* Hollis die Insel verkauft hat.«

»Wann?« Ein mulmiges Gefühl beschlich mich.

»Am 4. Januar 1970. Nur wenige Monate nachdem Katherine Heaton verschwunden ist.«

»Ziemlich dubios«, sagte Hi. »Katherine Heaton verschwindet von der Bildfläche, und schon verkauft Hollis die Insel.«

»Das beweist noch gar nichts«, entgegnete ich. »Könnte doch auch ein Zufall sein.«

»Ist aber trotzdem merkwürdig«, sagte Shelton. »Beim Surfen im Internet hab ich gestern Abend keine einzige Erwähnung gefunden, dass auf Cole Island je Adler gelebt haben. Offenbar hat da nie jemand drüber berichtet.«

Ich bemühte mich, meine Gedanken zu ordnen.

Hollis Claybourne, der Vater von Chance, hatte Cole Island zu der Zeit besessen, als Katherine dort im Rahmen ihres Schulprojekts nistende Weißkopf-Seeadler entdeckt hatte. Kurz darauf verschwand sie. Wenige Monate später verkaufte Hollis Claybourne Cole Island an Candela Pharmaceuticals. Für eine riesige Summe.

Was hatte das alles zu bedeuten?

»Gibt's noch mehr Informationen über Candela?«, fragte ich.

»Ich überprüf mal eben das Handelsregister.« Sheltons Finger flogen über die Tasten. »Volltreffer! Candela ist in South Carolina registriert. Ich kann mir die entsprechenden Dokumente hochladen.«

»Dieses hier!« Ich zeigte auf eine PDF-Datei. »Vertragsergänzung vom 5. Januar 1970. Das ist ein Tag, nachdem Candela Cole Island übernommen hat.«

Er öffnete die Datei. »Wow. Mit dieser Urkunde ist Hollis Claybourne Direktor und Mitglied des Vorstands geworden. Sie haben ihn sogar zum Vizepräsidenten gemacht.«

»Claybourne hat also Cole Island an Candela verkauft, und zum Dank haben sie ihm einen hohen Managerposten gegeben«, stellte Hi fest. »Cleverer Deal.«

»Und niemand hat je über die Adler berichtet«, sagte Ben.

»Die inzwischen verschwunden sind«, ergänzte ich.

»Stattdessen haben sie dort diese blöde Fabrik gebaut.« Sheltons Lippen verzogen sich abfällig. »Was für Vollidioten.«

Ben verschränkte die Arme. »Klingt so, als wären die Claybournes irgendwie in den Mord an Katherine Heaton verstrickt.«

»Chance war damals noch gar nicht geboren.« Aus irgendeinem Grund fühlte ich mich genötigt, ihn zu verteidigen.

»Und wir können auch nicht beweisen, dass der Verkauf der Insel etwas mit dem Mord zu tun hat.«

»Ich hoffe wirklich, dass Chance von all diesen Dingen nichts weiß«, sagte Hi. »Schließlich hat er den Fingerabdruck für uns analysieren lassen. Er könnte uns hinters Licht geführt haben.«

Guter Hinweis. Verdammt.

Ich strich mir über die Schläfen. »Lasst mich nachdenken …«

Die Jungen rollten mit den Augen, verkniffen sich aber einen Kommentar. Sie kannten meine Konzentrationsübung. Ich schloss die Augen. Versuchte die Welt auszusperren. Konzentrierte mich auf die Variablen. Ließ mein inneres Computerprogramm ablaufen.

Allmählich warf mein Gehirn die ersten Ergebnisse aus.

Sie gefielen mir nicht, aber ihre Logik war unabweisbar.

»Ben hat vielleicht recht.«

Er brach in Triumphgeheul aus. Ich beachtete ihn nicht.

»Also … Claybourne tötet Katherine, um sie davon abzuhalten, von der Adlerkolonie zu berichten«, mutmaßte ich. »Dann verkauft er Cole Island an Candela, was ihm nicht nur einen Batzen Geld, sondern auch einen Superjob beschert. Katherine Heaton wird an einem Ort begraben, wo sie garantiert niemand findet. Von den Vögeln erfährt kein Mensch.«

Ich ließ mir meine Theorie noch mal durch den Kopf gehen. Betrachtete sie von allen Seiten. Drehte sie hin und her.

Dann nickte ich. »So passt alles zusammen. Aber die Ereignisse liegen lange zurück. Chance weiß bestimmt nichts davon.«

»Vergiss die Schecks an Karsten nicht«, gab Hi zu bedenken. »Hollis Claybourne ist ein hohes Tier bei Candela. Vielleicht weiß er etwas über das geheime Parvo-Experiment.«

»Ihr meint also, dass Hollis Claybourne uns nach dem Leben trachtet?«, fragte Shelton. »Dass es *seine* Männer waren, die zu unserem Bunker gekommen sind?«

»Alles läuft darauf hinaus«, antwortete ich. »Zumindest spricht vieles dafür.«

»Aber er ist steinreich und noch dazu Senator.« Shelton nahm die Brille ab und reinigte sie mit seinem T-Shirt. »Warum sollte er irgendjemand töten sollen, damals wie heute?«

»Keine Ahnung«, sagte ich. »Aber alles hat damit angefangen, dass wir Katherines Skelett gefunden haben. Nur ihr Mörder kann ein Interesse daran haben, uns aus dem Weg zu räumen. Und Claybourne verfügt über genügend Mittel, um andere die Drecksarbeit machen zu lassen.«

Ich wollte es kaum glauben. Chance' Vater als unser Hauptverdächtiger? Das war doch Irrsinn. Aber alle Hinweise zielten in seine Richtung.

»Warum sollte Claybourne Dr. Karsten umbringen?«, fragte Shelton. »Wenn er sein geheimes Parvo-Experiment finanziert hat, dann hätte er ihn doch am Leben erhalten wollen.«

»Um die Spuren zu verwischen?«, schlug Ben vor. »Schließlich war es ein illegales Experiment. Vielleicht hat Karsten ja auch damit gedroht, ihn auffliegen zu lassen.«

»Oder Karsten war einfach zur falschen Zeit am falschen Ort«, sagte Hi. »Kollateralschaden.«

»Ich finde, wir sollten froh sein, endlich einen begründeten Verdacht zu haben«, sagte ich. »Was wir jetzt brauchen sind Beweise, keine weiteren Spekulationen.«

»Kann mir nicht vorstellen, dass der alte Claybourne alles gestehen wird«, sagte Ben. »Schließlich ist er schon vierzig Jahre lang damit durchgekommen.«

»Dann finden wir die Beweise eben selbst«, entgegnete ich. »Und zwar noch heute.«

KAPITEL 61

Die Jungs erklärten sich bereit, am Yachthafen von Charleston zu warten. Es gefiel ihnen zwar nicht, aber es gab keinen anderen Weg. Meine Tarnung würde nur funktionieren, wenn ich allein war.

»Das ist doch viel zu riskant«, sagte Shelton. »Was ist, wenn du Chance in die Arme läufst? Oder noch schlimmer, seinem Vater?«

»Dann sage ich, dass ich einfach mal vorbeischauen wollte. Chance mag mich, der wird keinen Verdacht schöpfen.«

Hi grinste von einem Ohr zum anderen, blieb aber stumm.

»Wie dem auch sei«, fuhr ich rasch fort. »Chance ist das ganze Wochenende in Greenville wegen der Lacrosse-Finalspiele. Und sein Vater müsste beruflich in Columbia sein. Heute ist *die* Gelegenheit.«

»Wir wissen doch gar nicht, ob Bolton gestern Abend gewonnen hat«, wandte Hi ein. »Falls nicht, ist Chance vielleicht schon zurück.«

»Einen Moment.« Ich zog mein iPhone aus der Tasche und ging auf iFollow. »Das GPS zeigt an, dass sich *alle* noch in Greenville befinden. Also sind sie noch nicht ausgeschieden.«

»Vorwärts, Griffins!«, rief Hi.

»Chance ist aber kein Mitglied deiner iFollow-Group«, betonte Ben. »Wir wissen nicht genau, wo *er* ist, und können ihn auch nicht ausfindig machen.«

Stimmt. Mit seinem Steinzeithandy konnte er auch gar

nicht mitmachen, selbst wenn er es wollte. Was aber, dachte ich, sowieso nicht der Fall war.

»Aber Hannah ist noch in Greenville.« Ich klopfte auf das Display. »Ohne Chance wäre sie bestimmt nicht dort.«

Ben nickte mit gerunzelter Stirn.

»Irgendjemand wird auf jeden Fall in ihrem Haus sein«, sagte Hi. »Die Claybourne-Villa hat vierzig verdammte Zimmer. Da wimmelt's doch nur so von Butlern.«

Daran hatte ich auch schon gedacht. »Der alte Claybourne ist als Geizkragen bekannt. Jason hat mal gesagt, dass am Wochenende kaum Personal da ist. Das Haus sollte so gut wie leer sein.«

»So gut wie heißt aber nicht ganz«, sagte Ben.

»Ich weiß, aber ich muss es eben probieren. Wir haben schließlich keine anderen Optionen.«

Ich schulterte meinen Rucksack. Darin befanden sich Katherines Notizbuch und Karstens Einzahlungsbelege. Sollte ich festgenommen werden, dann wollte ich zumindest die Beweise bei mir haben. Ich machte mir keine Illusionen. Nie und nimmer würde ich einen Glaubwürdigkeitswettbewerb gegen Hollis Claybourne gewinnen können. Also brauchte ich so viele Beweise wie irgend möglich.

»Sei vorsichtig«, warnte Shelton. »Wenn dich jemand anhält, sagst du, du hättest das Gebäude für ein Museum gehalten.«

»Und wenn Chance dich erwischt, tust du so, als wärst du liebestoll.« Hi zwinkerte. »Das klappt unter Garantie.«

»Liebestoll?« Bens Augenbrauen zogen sich zusammen. »Wovon redet der?«

»Ach, nichts. Drückt mir die Daumen.« Blöder Hi.

Ich ging die Broad Street entlang und bog nach rechts in die Meeting Street ab, Richtung Battery. Pompöse Villen standen zu beiden Seiten der Straße. Die Luft stank förmlich nach altem Geld und blauem Blut. Nach Privilegien. Ich kam mir wie ein blinder Passagier vor.

Im Gehen rief ich mir meinen Plan ins Gedächtnis. Mich reinschleichen, rumschnüffeln, wieder abhauen. Ganz einfach, oder? Und sollte ich diesmal belastendes Material finden, würde ich schnurstracks zur Polizei gehen. Keine weiteren Spielchen mehr. Das Risiko war einfach zu hoch.

Die Einträge in Katherines Notizbuch gingen mir nicht aus dem Kopf. Dass sie an der Küste von South Carolina Weißkopf-Seeadler entdeckt hatte, war eine Sensation.

Doch hatte sie ihre Entdeckung mit niemandem teilen können. Jemand hatte sie zum Schweigen gebracht. Für immer. Kurz darauf war Cole Island verkauft und die Bäume waren gefällt worden. Bye-bye, ihr Adler.

Irgendjemand *musste* von diesen Vögeln gewusst haben. Aber niemand hatte darüber berichtet. Weder Fotos noch Zeitungsartikel waren veröffentlicht worden. Katherines Notizbuch war der einzige Beleg für ihre Existenz.

Falls Hollis Claybourne von den Adlern erfahren hatte, bevor er die Insel verkaufte, dann war er höchst verdächtig, Katherine getötet zu haben. Ich musste irgendwie beweisen, dass er davon Kenntnis besaß.

Der Gedanke an das, was ich vorhatte, jagte mir einen kalten Schauer über den Rücken. Wer auch immer Katherine ermordet hatte, hatte wahrscheinlich auch Karsten auf dem Gewissen und würde auch mich töten wollen. Gut möglich, dass es Hollis Claybourne war.

In dessen Haus ich jetzt einbrechen wollte.

Und noch etwas anderes bereitete mir Sorgen. Die Zehn-Millionen-Dollar-Frage. Wusste Chance von all diesen Dingen?

Endlich hatte ich das noble Anwesen erreicht.

Showtime.

Die Claybourne-Residenz steht unter Denkmalschutz und hat eine eigene Homepage im Internet. Bevor ich von Morris aus aufgebrochen war, hatte ich mir die Diashow zu Gemüte geführt, um ein besseres Gefühl für die Örtlichkeiten zu bekommen.

Das Haus war unmittelbar nach dem Civil War im Stil eines italienischen Landsitzes aus dem 19. Jahrhundert gebaut worden. Jeder Zentimeter wertvolles Kunsthandwerk. Kristallene Kronleuchter, hölzerne Kamineinfassungen mit aufwendigen Schnitzarbeiten. Wertvolle Zierleisten. Ein Heim für Könige. Und stets hatte ein Claybourne auf dem Thron gesessen.

Ich rief mir die Fakten in Erinnerung, die ich online gelesen hatte. Die Villa besaß vierzig Zimmer, die sich auf drei Etagen verteilten, zwei Dutzend Kamine, zwanzig Bäder und eine fünfzehn Meter lange Eingangshalle. Und da wollte ich einfach hineinspazieren und mir meinen eigenen Weg suchen? Unglaublich.

Das 8000 Quadratmeter große Grundstück wurde von einer drei Meter hohen, mit Dornen besetzten Mauer umgeben. Verzierte schmiedeeiserne Tore schirmten das Anwesen zur Straße hin ab.

Im Vorbeigehen musterte ich die Tore wie ein interessierter Tourist.

Im Zentrum der verschnörkelten Schmiedearbeiten befand sich das Familienwappen der Claybournes: ein graues Schild mit drei schwarzen Füchsen, die von schwarzen und roten Weinranken umgeben waren. Darüber wölbte sich das Motto: *Virtus vincit invidiam.* Tugend besiegt den Neid.

Du liebe Güte.

Ich spähte durch die Gitterstäbe.

In einem kleinen Häuschen neben der Einfahrt saß ein Wärter, der seine Aufmerksamkeit einem winzigen Schwarz-Weiß-Fernseher widmete. Ich schlenderte vorüber, ohne mir etwas anmerken zu lassen.

Etwas zwanzig Meter hinter dem Tor bog ich entlang der Mauer um die Ecke. Die nächsten Nachbarn hatten eine hohe Sumachhecke gepflanzt, die den Blick auf die Mauer blockierte. Zwischen Hecke und Mauer verlief ein schmaler Pfad.

Ich holte tief Luft, warf einen kurzen Blick in beide Richtungen und eilte den Pfad entlang. Etwa zwölf Meter vom Bürgersteig entfernt gelangte ich an ein kleines Seitentor.

Genau wo es sein sollte.

Ich ließ mich auf die Knie sinken und rüttelte an den Backsteinen, die sich unter dem Tor befanden. Einer schien lose zu sein. Ein Ruck und er ließ sich entfernen.

Ich grinste wie ein Honigkuchenpferd.

Manchmal muss man in der Schule nur die Ohren aufsperren. Danke, Jason.

So leise wie möglich drückte ich das Tor auf. Vor mir lag ein Teil der Gartenanlage. Ich legte den Schlüssel zurück und trat ein.

Jetzt gab es kein Zurück mehr. Klarer Fall von Hausfriedensbruch. Wieder einmal.

Der gepflasterte Weg wurde von Hornsträuchern gesäumt. Jenseits davon perfekt getrimmte Rasenflächen, auf denen vereinzelte Statuen seit Generationen den Picknicks, Gartenpartys und Krocketmatches der Familie Claybourne beiwohnten.

In Ermangelung eines besseren Plans folgte ich einem sich verzweigenden Weg, der auf einen nackten Cherub zulief, der sich aus einem kolossalen steinernen Springbrunnen erhob. Aus der überdimensionalen Posaune sprudelte in hohem Bogen das Wasser. Die Genitalien des Engels waren von einem Blatt bedeckt. Natürlich.

Der Brunnen stand im Zentrum eines kleinen Hofs, von dem aus jeweils ein Weg in jede Himmelsrichtung führte. Ich war von Osten gekommen. Der Weg zu meiner Linken verlief in südliche Richtung und endete vor dem Haupteingang. Ich huschte nach Norden, zur Rückseite des Hauses.

Bis jetzt war alles ruhig. Kein Alarm. Ich flog unter dem Radar.

Der Weg schlängelte sich tiefer in das Grundstück hinein. Mannshohe Hecken ragten neben mir auf und bildeten enge Gassen. Gewundene Pfade kreuzten meinen Weg und verliehen dem Garten etwas Labyrinthisches. Ich verlor allmählich die Orientierung.

Mein Herzschlag beschleunigte sich. Ich war zwar vor fremden Blicken geschützt, hatte aber selbst keinen Überblick mehr. Jeden Moment konnte ich irgendeiner wildfremden Person in die Arme laufen.

Ich erreichte einen weiteren Springbrunnen. Drei Delfinen schoss das Wasser aus dem Mund, darunter schwammen Karpfen. Drei Steinbänke waren der Fontaine zugewandt. Eine hohe Hecke umschloss das kleine Arrangement.

Wohin sollte ich gehen?

Ich bog nach links ab und hoffte, immer noch Kurs auf den Hintereingang zu halten. Der Pfad weitete sich und mündete in eine bescheidene Rasenfläche, die an die Rückseite des Hauses grenzte.

Na endlich.

Ich hielt inne und blickte mich um. Die Luft war rein.

Ein paar schnelle Schritte, und ich presste meinen Rücken gegen die warmen Steine des Hauptgebäudes. Mit einer raschen Handbewegung drehte ich den Türknauf zur Seite.

Ein tiefer Atemzug.

Dann verschwand ich im Inneren der Claybourne-Residenz.

KAPITEL 62

Es dauerte einen Moment, ehe sich meine Augen an die Lichtverhältnisse gewöhnt hatten.

Ich stand am Ende eines Gangs, der den Dienstboten vorbehalten sein musste. An den Wänden reihten sich Regale und Einbauschränke aneinander.

Angestrengt lauschend eilte ich weiter. Hier ließ sich bestimmt kein Claybourne blicken. Umso eher jedoch das Personal. Und diesem meine Gegenwart zu erklären wäre, gelinde gesagt, nicht unkompliziert.

Der Gang war knapp zehn Meter lang, machte eine Biegung nach rechts und endete an einer erstaunlich niedrigen Tür.

Ich fühlte mich wie Alice im Wunderland, als ich sie aufdrückte und hindurchspähte. Vor mir lag die berühmte Empfangshalle.

Sonnenlicht ließ den weißen Marmorboden erstrahlen und brach sich in den Kronleuchtern, die in sechs Metern Höhe von der Decke hingen. Vergoldete Tische standen an den Wänden, darauf Statuen, Vasen und Skulpturen, von denen jede einzelne vermutlich Kits Vermögen überstieg. Der offene Raum war so groß, dass er eine ganze Wookiee-Familie hätte beherbergen können.

Zu meiner Linken erhob sich das schwere Eichenportal, das so massiv aussah, als könnte es einen Raketenangriff überstehen. Rechter Hand zog sich der weiße Marmor wie eine vierspurige Autobahn durch das Zentrum des Hauses.

Ich schloss die winzige Tür hinter mir. Mit einem Klicken fügte sie sich nahtlos in die Wand ein. Ich hatte keine Ahnung, wie sie sich von hier aus öffnen ließ.

Der Website zufolge befand sich die Haupttreppe am Ende der Eingangshalle. Um den zweiten Stock zu erreichen, musste ich also erst mal ein Stück auf der Marmorautobahn zurücklegen.

Wird schon schiefgehen.

Ich schlich weiter, passierte ein edles Speisezimmer, einen Salon und ein großes Aussichtszimmer mit Panoramafenstern, in dem ein Steinway-Flügel stand. An den Wänden hingen Porträts der toten Claybournes, einer mürrischer als der andere.

Mein Herz hämmerte, während meine Augen nervös umherhuschten. Ich befand mich definitiv in der Gefahrenzone.

Den Abschluss der Eingangshalle bildete ein kreisrundes Foyer, über dem sich in zwanzig Metern Höhe eine riesige Kuppel aus buntem Glas wölbte. Lichtreflexe in allen Regenbogenfarben tanzten über den Marmorfußboden. Gemälde, Fresken und Zierleisten mit aufwendigen Holzschnitzereien schmückten die Wände. So ähnlich stellte ich mir den Vatikan vor. Für einen Moment bestaunte ich die ganze Pracht wie irgendein Tourist. Direkt unter der Kuppel erhob sich eine zweieinhalb Meter hohe Statue. Milton Claybourne, der Architekt des herrschaftlichen Gebäudes. Er schaute finster drein, hatte ein bandagiertes Gesicht und eine Muskete in der Hand.

»Du siehst ja lustig aus«, flüsterte ich. »Und so bescheiden.«

Eine wuchtige Treppe, die Versailles zur Ehre gereicht hätte, wand sich entlang einem schimmernden Holzgeländer nach oben. Ich zögerte nicht und eilte hinauf.

Der Gang im zweiten Stock verlief parallel zu der darunter liegenden Eingangshalle. Türen zu beiden Seiten.

Verglichen mit dem hellen Tageslicht im Erdgeschoss herrschte hier oben tiefe Nacht. Die Wände mit Mahagoni verkleidet. Keine Fenster. In der Ferne gedämpftes Licht. Schatten erfüllten jeden Winkel und lasteten schwer auf dem dunkelroten Teppich.

Ich hatte ein ganz besonderes Ziel. Das Arbeitszimmer von Hollis Claybourne. Mein Instinkt sagte mir, dass es sich irgendwo hier oben befinden musste.

Ein Stück den Flur hinunter öffnete sich eine Tür.

Fieberhaft suchte ich nach einem Versteck.

Versuchte mein Glück in einem Wäscheschrank. Zu klein.

Die Tür schloss sich wieder.

Ich drehte einen Türknauf.

Quietsch!

Die Scharniere kreischten durch die Dunkelheit.

Ich schlängelte mich hinein und zog die Tür hinter mir zu. Blieb wie angewurzelt stehen. Hielt mir mit zitternder Hand den Mund zu.

Aus der Eingangshalle drangen Geräusche zu mir herauf. Das Klappern von Porzellan. Eine Tür, die sich öffnete und wieder schloss.

Ich stieß erleichtert die Luft aus. Das war knapp.

Ich drehte mich um, nahm meinen Zufluchtsort in Augenschein. Meine Erleichterung verwandelte sich in Erstaunen, dann in Erregung.

Ich stand in Chance' Schlafzimmer.

Kein Zweifel. Die Wände waren mit Fotos bedeckt. Chance in London, Paris, Venedig. Chance beim Baseball, Tennis, Golf. Hannah und Chance auf einem Handtuch am Strand.

Auf einem massiven Bücherregal standen Trophäen und Erinnerungsstücke. Ein gerahmtes Foto besaß einen Ehrenplatz auf der Kommode. Hannah in einem weißen Kleid, in der Hand eine Rose. Als wäre es ein Geschenk für ihn. Sie sah hinreißend aus.

Grrr.

Ich warf einen Blick in den Kleiderschrank. Bolton-Prep-Schuluniformen drängten sich auf einem Gewirr unterschiedlich großer Bügel. Darunter ein Haufen italienischer Lederschuhe. Teure Seidenkrawatten lagen zusammengeknüllt auf einem Regalbrett.

»Chance«, flüsterte ich. »Du bist echt ein Chaot. Das hätte ich gar nicht von dir gedacht.«

Als Nächstes begutachtete ich seine Bücher. Größtenteils Sachbücher, kaum Romane.

Von seiner Wäschekommode ließ ich allerdings die Finger. Sogar ich habe meine Grenzen. Und falls plötzlich die Tür aufging, wollte ich keinesfalls mit seiner Unterhose in der Hand erwischt werden.

Schließlich wandte ich mich dem Schreibtisch zu. Lose Kabel warteten auf die Rückkehr eines Laptops. Bücher und Papiere lagen quer durcheinander. Ein Drucker stand neben einem Scanner, beide ebenfalls nicht angeschlossen. Ein Becher mit dem Logo einer Militärakademie enthielt Stifte und Textmarker.

Ein brauner Briefumschlag weckte mein Interesse. Ursprünglich mit rotem Klebeband verschlossen, war er an einer Seite aufgeschlitzt worden. Vier Buchstaben waren darauf zu lesen: SLED.

South Carolina Law Enforcement Division.

Der Bericht über den Fingerabdruck.

Ich zog ein einzelnes Blatt aus dem Umschlag. Eine handschriftliche Notiz war daran geheftet. Ich las: »Hier ist die Info. Du schuldest mir was! Wir sehen uns, Chip.«

Ich runzelte die Stirn. Warum hatte mir Chance nicht einfach den Bericht gegeben? Verheimlichte er mir etwas?

Ganz ruhig. Vermutlich hatte er versprochen, die Originalunterlagen nicht herauszugeben. Außerdem wollte er nicht, dass ich einem so gefährlichen Mann wie diesem Newman selbst nachstellte. Also kein Wunder, dass er das Material behalten hatte.

Ich faltete das Blatt auseinander. Sah eine Fotokopie des Fingerabdrucks, den ich auf dem Mikrofilm-Lesegerät entdeckt hatte. Daneben ein Bild, das aussah wie ein Fahndungsfoto.

Vor Schreck hätte ich das Blatt fast fallen lassen.

Ich kannte dieses Gesicht. Den Bürstenhaarschnitt. Die lange Narbe am Unterkiefer.

Ich las jedes Wort zweimal.

Es war kein Mann namens James Newman identifiziert worden. In dem Bericht kam dieser Name nicht vor. Der Fingerabdruck gehörte zu einer anderen Person.

Zu jemand, dem ich schon einmal begegnet war.

Tony Baravetto. Der Chauffeur von Chance Claybourne. Der Mann, der mich nach dem Tanzkursfiasko nach Hause gefahren hatte.

Meine Gedanken überschlugen sich förmlich. Was bedeutete das?

Doch ich kannte bereits die Antwort.

Chance hatte mich angelogen.

Allmählich vervollständigte sich das Puzzle.

Baravetto war uns zur Bibliothek gefolgt.

Baravetto hatte herausgefunden, dass wir von Katherine Heaton erfahren hatten.

Baravetto arbeitete für Chance Claybourne, den Sohn von Hollis Claybourne, unserem Hauptverdächtigen im Mordfall Katherine Heaton.

Gefolgt von einer furchtbaren, unausweichlichen Schlussfolgerung.

Chance Claybourne wollte mich vielleicht umbringen.

KAPITEL 63

Chance hatte ein Spielchen mit mir getrieben. Hatte seine Angel nach mir ausgeworfen.

Und ich hatte angebissen. Mir den Kopf verdrehen lassen. Wie ein liebestoller Schwachkopf.

Chance besaß kein anderes Interesse, als das Geheimnis seines Vaters zu schützen. Er hatte mich auf die falsche Fährte gelockt. Und ich war ihm in die Falle gegangen.

Mein Gesicht brannte vor Scham. Wie hatte ich nur so dumm sein können? Er dachte bestimmt, er hätte mich um den kleinen Finger gewickelt.

Aber du bist an die Falsche geraten, Claybourne.

Ich wusste, was ich jetzt tun musste. Ich musste Beweise sicherstellen. Und die Claybournes zu Fall bringen.

Ich steckte den SLED-Bericht in meine Tasche.

Außer mir vor Wut. Auf Chance. Auf mich.

Ich ließ meiner Wut freien Lauf. Erinnerte mich ein ums andere Mal daran, wie begriffsstutzig ich gewesen war. Wie naiv. Wie unerfahren. Ich steigerte mich in einen regelrechten Furor hinein.

Etwas zuckte durch mein Gehirn.

Meine Lippen verzogen sich.

Ein leises Knurren drang aus meiner Kehle.

KLICK.

Der Schub durchpulste meine Adern. Versorgte mich mit Energie. Verlieh mir eine wilde Entschlossenheit. Meine Sinne sprühten Funken. Hoben förmlich ab.

Goldenes Licht blitzte aus meinen Augen.

Ich öffnete behutsam die Tür und schnüffelte konzentriert. Verbrannnter Tabak, ein Geruch unter vielen. Ich folgte seiner Spur in Richtung Treppe.

Hollis Claybourne rauchte Zigarren – das Aroma würde mich zu seinem Arbeitszimmer führen. Auf leisen Pfoten schlich ich über den Korridor. Meine Augen durchdrangen die Düsternis.

Swish.

Ich erstarrte. Senkte den Kopf. In der Ferne hatte ich ein leises Geräusch wahrgenommen. Langsam schwoll es an, kam direkt auf mich zu.

Links von mir stand ein hoher Schrank. Ich ging dahinter in Deckung und wartete.

Wenige Sekunden später spazierte ein Dienstmädchen vorbei, deren Rock sich im Takt ihrer Schritte hin und her bewegte.

Mein Herzschlag beruhigte sich wieder.

Uff. Ohne den Schub hätte ich sie niemals rechtzeitig bemerkt.

Mit weit geöffneten Nasenlöchern setzte ich meinen Weg in Richtung Treppe fort. Die Duftspur führte mich in den zweiten Stock.

Ich verließ die letzte Stufe und betrat einen langen Gang, an dessen Wänden in gleichmäßigen Abständen Messinglampen angebracht waren. Dazwischen hingen düstere Gemälde – Männer an Spieltischen, Männer in der Schlacht, Männer mit Perücken, die mit Schreibfedern Dokumente unterzeichneten.

Der Tabakgeruch drang aus dem zweiten Zimmer rechts. Ich schlüpfte hinein.

Das Zimmer war gewaltig. Von goldenen Kordeln zusammengehaltene rote Samtvorhänge rahmten die raumhohen Fenster ein. Die übrigen Wände wurden von Bücherregalen bedeckt, die bis zur holzgetäfelten, etwa sechs Meter hohen Decke reichten. Gut zweieinhalb Meter über dem Fußboden befand sich eine schmiedeeiserne Lauffläche, die einmal den gesamten Raum umkreiste und über eine Wendeltreppe in der hintersten linken Ecke zu erreichen war.

In der Mitte des Raumes waren vier lederbezogene Sessel im Halbkreis um einen niedrigen Tisch angeordnet. Ihnen gegenüber befand sich ein riesiger Kamin, in ihrem Rücken ein monumentaler Schreibtisch, der wiederum vor einem der Fenster stand. Darauf eine Reihe von Fotos, auf denen ein lächelnder Hollis Claybourne berühmten Persönlichkeiten die Hand schüttelte. Erinnerungsstücke an ein Leben im Kreise der oberen Zehntausend.

Und jetzt?

Hollis Claybournes Arbeitszimmer stellte selbst das Kolosseum in den Schatten.

Ich durchsuchte seinen Schreibtisch, fand aber nichts Verdächtiges.

Dann wandte ich mich einer Kommode unter einem Wandteppich zu, der General Custer in der Schlacht am Little Bighorn verewigte. In den Schubladen befanden sich instandgesetzte Kleidungsstücke aus der Zeit des Civil War.

Ich umkreiste den Raum, bemühte meinen laserscharfen Blick. Unter anderen Umständen hätte ich diesen Moment genossen.

Hollis Claybourne war ein Sammler. Neben all den Büchern und Fotos von sich selbst drängten sich auf den Regalen afrikanische Stammesmasken, Holzschnitzereien der Inuit, indonesische Puppen und Skulpturen aus allen Winkeln dieser Erde.

Doch nichts davon konnte ich gebrauchen.

Ich ballte frustriert die Fäuste.

Was hast du erwartet? Vielleicht einen Aktenordner mit der Aufschrift: Belastendes Material?

Ich schloss die Augen und fragte mich verzweifelt, was ich jetzt tun sollte. Ich war allein in Hollis Claybournes Arbeitszimmer. Diese Chance würde nie wiederkommen.

Plötzlich stieg mir ein kaum merklicher Geruch nach Lehm in die Nase. Es war ein erdiger Duft, der nicht so recht in dieses Büro passen wollte. Und noch etwas anderes. Nichts Organisches. Chemisches.

Meine Lider sprangen auf. Ich kannte dieses Aroma. Dreck. Metall. Ergänzt durch den beißenden Geruch eines Lösungsmittels.

Die Erkennungsmarken! Sie waren irgendwo in diesem Raum.

Ich schnüffelte konzentriert, versuchte, die Geruchsspur wieder aufzunehmen.

Oben.

Ich lief die Wendeltreppe hinauf und betrat die schmale Lauffläche. Suchte die Regale ab, während ich an ihnen entlangeilte. Dann wandte ich mich nach links und hastete in Richtung Fenster. Die Lauffläche endete in einer Ecke, die dem Eingang direkt gegenüberlag.

In einer Wandnische, im hintersten Winkel des Raumes, stand ein schmaler Aktenschrank aus Holz. Aus ihm strömte der Geruch.

Ich versuchte, den kleinen silbernen Handgriff nach unten zu drücken, aber das Schränkchen war verschlossen.

Schluss mit den guten Manieren.

Ich winkelte meinen Unterarm an und ließ meinen Handballen mit voller Kraft auf den Griff niedersausen. Das Frontpaneel knackte, hielt aber noch stand. Ich ignorierte den Schmerz und schlug ein zweites Mal zu. Die Tür splitterte. Kleine Holzteile landeten auf dem Boden.

Ich begutachtete mein Werk. Die Tür war cirka drei Zentimeter dick. Selbst Mike Tyson wäre es nicht gelungen, daraus Kleinholz zu machen, und ich hatte es mit zwei Schlägen geschafft hatte. Unfassbar.

KLACK.

Ein Schwindel erfasste mich. Ich sank auf die Knie.

Meine Sinneswahrnehmung schrumpfte auf ihr Normalmaß zurück.

»Verdammter Mist!«

Ich stand auf und inspizierte das Innere des Schränkchens. Drei Dinge lagen darin. Das Erste war ein alter Schwarz-Weiß-Schnappschuss von Hollis Claybourne. Der junge Hollis stand vor einer Gruppe von Sumpfkiefern und zeigte in den Himmel, an dem zwei Adler zu erkennen waren.

Cole Island! Der Dreckskerl hatte von den Adlern gewusst!

Unter dem Foto lag ein großes braunes Kuvert. Darin befanden sich Vertragsunterlagen. Ich zog sie heraus. Dokumente über den Verkauf von Cole Island an Candela Pharmaceuticals. Ein Arbeitsvertrag. Indizien, aber keine hieb- und stichfesten Beweise.

Auf dem untersten Regalbrett war ein mit Samt bezogenes Kästchen. Ich öffnete es. Zwei verwitterte Erkennungsmarken lagen nebeneinander. Eine war dreckverkrustet, die andere glänzte wie neu.

Francis P. Heaton. Katholisch. O positiv.

»Du mieses Stück!«, knurrte ich.

Jeder Mensch, der noch klar bei Verstand war, hätte die Marken zerstört. Nicht so Hollis Claybourne. Der egozentrische Bastard hatte sie als Trophäen behalten.

Erneut flammte mein Zorn auf. Diese Marken bezeugten den Mord an Katherine Heaton.

Claybourne pflegte ihr Andenken.

Er war ein Monster.

Die Tür öffnete sich quietschend.

Schritte eilten über den Teppich.

»Was tun Sie da?«

KAPITEL 64

»Tory?« Chance trug immer noch seinen Lacrosse-Dress. »Bist du das?«

Ertappt.

Mein Verstand stand still.

»Was machst du denn hier?«, plapperte ich drauflos.

»Was *ich* hier mache? Ich *wohne* hier.«

Chance ging ein paar Schritte auf mich zu. Ich stellte mich zwischen ihn und den Aktenschrank, um ihm die Sicht zu versperren, doch mehrere Holzsplitter lagen auf der Lauffläche und dem Teppich darunter. Er konnte sie nicht übersehen.

»Falls du dich fragst, warum ich schon zu Hause bin, wir haben heute Morgen verloren.« Sein erstaunter Blick wich einem betrübten Ausdruck. »Die anderen können sich die Finalspiele auch ohne mich anschauen. Ich hab kein Interesse daran.«

»Du bist ohne Hannah zurückgekommen?« Ich war immer noch in höchster Alarmbereitschaft. Wie kam ich aus dieser Situation nur wieder raus?

So beiläufig wie möglich setzte ich mich in Bewegung und schlenderte der Wendeltreppe entgegen.

»Ich hab Hannah vor zehn Minuten zu Hause abgesetzt.« Chance folgte mir mit den Augen. »Hast du versucht anzurufen? Sie hat ihr Handy in Jasons Auto liegen lassen.«

Ups. An diese Möglichkeit hatte ich gar nicht gedacht.

Chance ging zum Schreibtisch seines Vaters hinüber. Lehnte sich daran und verschränkte die Arme. Von dort aus würde er schneller an der Treppe sein, als ich den Fußboden erreichen konnte.

Mitten auf der Lauffläche blieb ich stehen, befand mich jetzt direkt über dem Kamin.

»Was machst du da oben?« Chance' Augen wanderten zu dem Aktenschrank hinüber. »Warum hast du den Schrank meines Vaters kaputt gemacht?«

Ich hätte mich entschuldigen sollen. Ihm eine Lüge auftischen, mich dumm stellen oder in Tränen ausbrechen sollen.

Aber meine Wut war einfach zu groß. Hollis Claybourne war ein Monster und sein Sohn spielte mit mir.

»Hör auf damit, Chance!« Meine Hände griffen um das Geländer. »Ich weiß, dass ihr gewaltig Dreck am Stecken habt. Und jetzt kann ich es auch beweisen.«

»Was soll das heißen?« Sein Gesicht nahm einen finsteren Zug an. »Ich hab versucht, dir zu *helfen,* kleines Mädchen.«

»Mir zu helfen?«, fauchte ich. »Mit all deinen Lügen und Ablenkungsmanövern?«

»Ich habe dir alles erzählt, was ich weiß.« Seine dunklen Augen sagten etwas anderes.

»Jimmy Newman!«, stieß ich mit höhnischem Lächeln aus. »Bullshit! Wo ist dein bezahlter Schläger, Baravetto? Fährt er wieder mal jemand nach Hause?«

Wortlos ging Chance zur Tür zurück und verriegelte das Schloss.

Ich saß in der Falle.

Er schlenderte zu einem Stuhl, setzte sich hin und schlug die Beine übereinander. Dann blickte er wieder zu mir nach oben.

»Und *was* willst du herausgefunden haben?« Seine samtweiche Stimme war jetzt hart wie Stahl.

»Ich weiß, dass dein Vater ein Mörder ist.«

»Wie kannst du es wagen!« Chance schoss nach vorn, beherrschte sich aber sogleich wieder. »Sei froh, dass mein Vater in Columbia ist. Nicht auszudenken, was er mit dir angestellt hätte, wenn er dich hier erwischt hätte.«

»Und was? Hätte er mich dann auch umgebracht?«

Chance blieb ruhig, doch sein oberer Fuß zuckte hin und her, dass die Schürsenkel tanzten.

»Ich weiß über Cole Island Bescheid«, fuhr ich fort. »Über den Deal mit Candela Pharmaceuticals. Dein Vater hat ein Mädchen namens Katherine Heaton getötet, um sein wertvolles Immobiliengeschäft nicht zu gefährden.«

»Das kannst du nie und nimmer beweisen. Das ist kompletter Blödsinn.« Chance zeigte auf den ramponierten Aktenschrank. »Aber du hast ein schweres Verbrechen begangen. Mehr als eins.«

»Hältst du das etwa für Blödsinn?« Ich hielt die Erkennungsmarken in die Höhe.

Sein Fuß bewegte sich jetzt doppelt so schnell.

»Und das ist noch nicht alles.« Ich war jetzt voll in Fahrt. »Ich habe das Tagebuch von Katherine Heaton gefunden. Ich weiß, dass sie Weißkopf-Seeadler auf Cole Island entdeckt hat. Deshalb hat dein Vater sie umgebracht.«

Chance' Lippen verzogen sich zu einem dünnen, harten Strich. Für einen Moment sprach er kein Wort. Dann: »Du hast recht. Gratuliere.«

Ich war völlig perplex. Chance gab zu, dass sein Vater einen Mord verübt hatte. Und bestätigte sogar, von dem Verbrechen gewusst zu haben.

»Dann weißt du ja schon die ganze Wahrheit«, sagte er. »Und du bist zu schlau, um dich noch einmal austricksen zu lassen. Also was soll's. Ich gebe es zu. Der alte Bastard hat die kleine Heaton getötet.«

»Du weißt es?«

»Er hat mich vor zwei Wochen zu sich gerufen.« Chance blickte zum Schreibtisch hinüber, als stellte er sich vor, sein Vater säße dahinter. »Und mir die ganze Geschichte erzählt. Von den Adlern. Dem Verkauf der Insel. Dass er gezwungen war, ein unbequemes Mädchen zum Schweigen zu bringen.« Chance schüttelte den Kopf. »Es war unglaublich, mit welchem Gleichmut er mir das alles erzählte. Der Tod des Mädchens kümmerte ihn überhaupt nicht.«

»Aber warum musste er sie umbringen?« Meine Stimme überschlug sich. »Sie war erst sechzehn.«

»Cole Island war alles, was meinem Vater noch geblieben war.« Er stieß ein freudloses Lachen aus. »Seine kaufmännischen Fähigkeiten sind eine Katastrophe. 1969 war das Familienvermögen aufgebraucht. Mehr als das. Er steckte bis über beide Ohren in Schulden. Nur unser Name hat uns damals die Gläubiger vom Hals gehalten.«

»Das rechtfertigt keinen Mord.«

»Mein Vater hat behauptet, es sei ein Unfall gewesen.« Chance sah mich nicht an. »Dass er sie nicht töten wollte.«

»Und du hast ihm geglaubt?«

»Nicht eine Sekunde.«

»Warum schützt du ihn dann?«

»Katherine Heaton hätte gar nicht auf der Insel sein dürfen!« Chance schlug mit der Faust auf die Armlehne. »Cole Island war in Privatbesitz. In *unserem* Besitz. Hätte sie von den Adlern berichtet, dann wäre der Verkauf nicht zustande gekommen. Und das durfte mein Vater nicht zulassen. Es stand einfach zu viel auf dem Spiel.«

»Irgendeine Möglichkeit hätte es schon gegeben«, entgegnete ich. »Vielleicht hätte man die Adler umsiedeln können.«

Chance schüttelte den Kopf. »Der Pressewirbel, der entstanden wäre, hätte Candela mit Sicherheit abgeschreckt. Es hätte keinen Vertrag und auch keine Position für meinen Vater gegeben. Die Zukunft unserer Familie hing von diesem Geschäft ab.«

Voller Abscheu schlug ich den Blick nieder. »Es ging also nur ums Geld.«

»Mein Vater wäre gezwungen gewesen, unseren Familiensitz zu verkaufen!«

»Und?«

»Und?« Chance blickte erschüttert auf. »Seit dem Amerikanischen Bürgerkrieg hat immer ein Claybourne in diesem Haus gelebt. Es gehört uns und niemand sonst. Würden wir es je verkaufen, wäre unser Ruf ruiniert.«

Zum ersten Mal erkannte ich Chance' wahres Gesicht. Mir wurde übel.

»Geld ist nicht alles«, sagte ich.

Chance lachte bitter auf. »Bist du schon mal meinem Vater begegnet? Der könnte einen sozialen Abstieg niemals akzeptieren. Der würde lieber sterben, als ein Leben in der Mittelklasse zu führen.«

»Du bist widerlich.« Ich traute meinen Ohren nicht. »Du rechtfertigst, was er getan hat.«

»Hüte deine Zunge!« Chance stieß einen Finger in meine Richtung. »Ich bin nicht mein Vater. Ich habe *nichts* mit ihm gemeinsam.«

»Unsinn! Du hilfst ihm, einen Mord zu vertuschen.«

Chance nickte. »Das alles ist passiert, als mein Vater vierundzwanzig war. Eines Tages wird er sich für seine Taten verantworten müssen. Aber getan ist getan. Ich habe jedenfalls keine Lust, mein Erbe wegen Dingen aufs Spiel zu setzen, die lange vor meiner Geburt passiert sind.«

»Dann bist du genauso wie er«, sagte ich.

»Es schmerzt, wenn *du* das sagst.«

»Fahr zur Hölle!« Mein Blut kochte. »Du hast die ganze Zeit nur mit mir gespielt. Hast so getan, als würdest du dich um mich sorgen. Hast mich das ›hübscheste Mädchen im Saal‹ genannt. Dabei war ich dir von Anfang an völlig egal. Du hast meine Gefühle manipuliert, um dich selbst zu schützen.«

Chance zuckte die Schultern. »Hat doch funktioniert.«

»Du hast mich angelogen.«

»Okay, ich hab dir einen falschen Namen genannt«, sagte er leichthin. »Du hattest den Fingerabdruck meines Fahrers. Was hätte ich denn tun sollen?«

»Warum habt ihr ihn überhaupt auf uns angesetzt?«

»Wir haben einen Maulwurf in der Bibliothek. Er hat meinen Vater darüber informiert, dass ihr euch nach Katherine Heaton erkundigt habt. Mein Vater hat Baravetto dorthin geschickt, um festzustellen, was ihr herausgefunden habt.«

Ein Maulwurf in der Bibliothek? Das konnte nur dieser schmierige Limestone sein.

»Natürlich hat mein Vater so was nicht seinem Sohn anvertraut.« Chance' Kiefermuskeln verhärteten sich. »Er würde mich doch niemals *vor* seinem Fahrer ins Vertrauen ziehen.«

»Aber schließlich hat er dir doch alles erzählt«, sagte ich. »Du bist genauso schuldig wie er.«

»Das hat er erst getan, als er dazu gezwungen war. Als Baravetto ihm Bericht erstattete, ist er nervös geworden. Ich vermute, dass er mich für Manns genug hielt, ein Skelett auszugraben. Sonst hätte er mich bestimmt im Ungewissen gelassen.«

»Mein armer Kleiner«, zog ich ihn auf. »Wird von seinem Papa so wenig beachtet.«

Chance starrte mich finster an. Dann zeichnete sich ein gequältes Lächeln auf seinem Gesicht ab. »Am Anfang hab ich dir die Story von deinem gestohlenen Laptop abgekauft. Ich wusste nicht, was du vorhattest, bis ich den Bericht las.« Er wedelte mit dem Zeigefinger. »Ziemlich clever.«

»Das ist kein Spaß!«, rief ich. »Auf Loggerhead hast du versucht, mich umzubringen!«

»Dich umzubringen? Doch nicht im Ernst. Ich habe hoch über deinen Kopf geschossen.«

»Ja, klar.«

»Das ist wahr. Mein Vater hat mich angewiesen, das Skelett auszugraben. Mehr nicht. Da ihr schon da wart, mussten wir euch verjagen.« Sein nervöser Fuß begann erneut zu wippen. »Ich konnte kaum glauben, dass ihr die Knochen bereits gefunden hattet. Gut, dass wir nicht eine weitere Nacht gewartet haben. Und schönen Dank auch.« Das berühmte Chance-Zwinkern. »So brauchten wir selbst kaum noch zu graben.«

»Du verdammtes Arschloch! Ich bin doch nur noch am Leben, weil du so ein lausiger Schütze bist.«

»Jetzt reg dich wieder ab.« Er lächelte. »Haben dir die Affenknochen gefallen? Die waren meine Idee. Mein Vater hat mir gesagt, wo ich sie herbekomme. Er kennt da Leute im LIRI.«

Spione auf Loggerhead?

»Wen?«

Chance ignorierte meine Frage. »Die Knochen lagen schon in einer Kiste am Anleger bereit, als wir ankamen.« Er lachte. »Ich wäre wirklich gern dabei gewesen, als ihr sie der Polizei gezeigt habt.«

»Du findest das komisch? Du hast Dr. Karsten kaltblütig umgebracht!«

Sein spöttisches Lächeln verschwand. »Was?«

»Keine Spielchen mehr, Chance! Ich weiß, dass du ein Mörder bist. Ich war schließlich auch dort.«

»Ich hab dir doch gesagt, dass ich niemand ermordet habe. Ich habe über eure Köpfe hinweggeschossen. Sei froh, dass *ich* dort draußen gewesen bin. Mein Vater war fuchsteufelswild, dass ich dich hatte entkommen lassen.«

»Ich rede nicht von Loggerhead, sondern von eurem Angriff auf unseren Bunker.«

»Welcher Bunker?« Chance runzelte die Stirn. »Warte mal. Hast du gerade gesagt, dass jemand ermordet wurde?«

Jetzt war ich verwirrt.

»Donnerstagabend. Du und deine Leute, ihr habt Professor Karsten auf Morris Island erschossen.«

»Ich war in meinem ganzen Leben noch nicht auf Morris Island.«

Das war doch Unsinn.

»Außerdem habt ihr Hi und Shelton am selben Abend beim Alten Markt verfolgt.«

»Beim Alten Markt?« Chance stand auf und marschierte zum Fuß der Treppe. »Soll das ein Witz sein? Wovon redest zu da?«

Sein Ton. Sein Ausdruck. Irgendwie glaubte ich ihm, dass er von Karstens Tod wirklich nichts gewusst hatte.

»Am Donnerstagabend haben wir uns mit … einem Freund, einem Erwachsenen, auf Morris Island getroffen«, fuhr ich fort. Ich sah Chance prüfend an. »Dann kamen bewaffnete Männer, die genauso gekleidet waren wie ihr auf Loggerhead.«

»Ich war nicht dabei, ich schwöre es dir!« Chance sah wirklich geschockt aus. »Was ist passiert?«

»Wir sind ihnen entkommen. Unser Freund hielt die Stellung.« Meine Finger krampften sich um das Geländer. »Die Schweine haben ihn erschossen.«

Für einen langen Moment starrte Chance ins Leere. Seine rechte Hand begann zu zittern.

»Davon weiß ich nichts«, sagte er tonlos. »Gar nichts.«

Dann schaute er auf. Sein Blick hart vor Entschlossenheit.

»Gib mir deinen Rucksack!«, forderte er.

»Was?«

»Deinen Rucksack!« Er trat einen Schritt zurück, damit er mich besser sehen konnte. »Du hast Heatons Notizbuch gefunden. Ich wette, du hast es dabei. Ich will es haben. Ebenso den Bericht über den Fingerabdruck. Und alles andere, was du aus dem Aktenschrank geklaut hast. Das Spiel ist aus.«

Ich Idiotin. Warum habe ich das Notizbuch überhaupt mitgenommen?

»Dein Vater hat Katherine getötet«, sagte ich. »Und vielleicht auch den Mord an Karsten veranlasst. Sein Verschwinden wird bald bemerkt werden. Die Polizei wird Ermittlungen aufnehmen. Irgendwann wird die Wahrheit ans Licht kommen, egal, was du jetzt tust.«

Chance schüttelte den Kopf. »Wird sie nicht. Wenn ich die Beweise, inklusive des Skeletts vernichte, wird niemand an der Vergangenheit rühren. Du musst die Sache einfach vergessen.«

»Dein Vater hat versucht, mich und meine Freunde umzubringen!«

»Ich werde dafür sorgen, dass er nichts mehr unternimmt!« Seine Stimme drückte das Selbstvertrauen aus, das seinem Gesicht fehlte. »Aber ich werde den Namen meiner Familie nicht für ein Verbrechen opfern, das vier Jahrzehnte zurückliegt. Und ich werde es nicht zulassen, dass mein Vater ins Gefängnis kommt.«

Die Lage war aussichtslos. Chance würde mir niemals helfen.

Meine Augen suchten nach einem Fluchtweg. Fanden keinen. Die Treppe war der einzige Weg, der nach unten führte.

Nimm den Kampf auf!

Ich schloss die Augen. Konzentrierte mich mit jeder Faser meines Körpers auf meine Kräfte.

Doch es ging nicht. Ich konnte den Schub nicht auslösen.

»Tory!«

Meine Augen öffneten sich. Chance warf mir einen bohrenden Blick zu.

»Den Rucksack! Jetzt!« Er rang sich ein müdes Lächeln ab. »Lass uns die Sache friedlich zu Ende bringen.«

Nur überleben. Und neue Kräfte sammeln.

Ich trottete die Treppe hinunter. Chance streckte eine Hand aus. Ich händigte ihm meinen Rucksack und die Erkennungsmarken aus. Was blieb mir anderes übrig?

»Gut.« Chance nickte. »Jetzt verschwinde aus meinem Haus und kein Sterbenswort! Das wird unser kleines Geheimnis bleiben.«

Er warf mich einfach raus. Machte sich nicht mal mehr die Mühe, mich zum Ausgang zu begleiten. Er wusste, dass er gewonnen hatte.

Ich ging zur Tür.

Drehte mich noch mal um.

Chance winkte höhnisch mit der ganzen Hand.

Ich floh, so schnell ich konnte.

KAPITEL 65

Die kleine Brennan lief direkt an seinem Bentley vorbei.

Hollis Claybourne hätte fast seine Zigarre verschluckt. Er ließ seine Fingerknöchel knacken. Die Adern in seiner überdimensionalen Nase pulsierten.

Das kleine Miststück war in seinem Haus gewesen!

Seine Gedanken rasten. Sollte er ihr gleich nachsetzen? Das Mädchen war erst einen halben Block weiter. Er konnte dieses Problem selbst aus der Welt schaffen.

Nein. Zu gefährlich. Er konnte es nicht riskieren, sie sich am helllichten Tag zu schnappen.

Das soll der Junge übernehmen.

Und ich sollte auch gar nicht hier sein, dachte er. Ich brauche ein Alibi.

Hollis Claybourne schlug mit der Faust gegen die Scheibe, die ihn vom Fahrer trennte.

»Die Pläne haben sich geändert«, sagte er. »Zurück zum Senat.«

»Zurück? Da kommen wir doch gerade her.«

»Sofort, du Schwachkopf!«

Hollis bereute es, Baravettos dämlichen Neffen eingestellt zu haben, aber er brauchte Leute, denen er vertrauen konnte. Seine gesamte politische Karriere war in Gefahr.

Als der Bentley in der Einfahrt zurücksetzte, riss Claybourne sein Handy aus der Jacketttasche und tippte eine Kurzwahlnummer ein.

Zwei Signale, dann ein »Ja«.

»Die kleine Brennan!«, bellte Claybourne. »Jemand muss sich sofort um sie und ihre Freunde kümmern. Ich bin in Columbia.«

Er hörte einen tiefen Atemzug. Kam einer Entgegnung zuvor.

»Und keine Fehler mehr!«

KAPITEL 66

»Er lügt«, sagte Shelton. »Er muss lügen.«

Ben nickte bestätigend.

Hi rutschte unruhig auf seinem Platz hin und her.

Wir vier hatten uns erneut auf der *Sewee*, am Anleger von Morris, versammelt. Keiner von uns wusste, was wir jetzt tun sollten. Vor einer Stunde hatte ich mich gedemütigt aus dem Anwesen der Claybournes davongeschlichen.

Der Weg durch die Stadt war mir endlos vorgekommen.

Die anderen Virals waren erleichtert gewesen, mich schließlich am Yachthafen zu sehen. Dann erzählte ich ihnen von meinem Fiasko. Während unserer Fahrt über das Hafenbecken sprach niemand von uns ein Wort.

»Ich glaube, dass Chance die Wahrheit gesagt hat«, sagte ich mit sanfter Stimme.

»Aber er hat zugegeben, dass sein Vater Katherine Heaton getötet hat«, entgegnete Shelton. »Er hat sogar zugegeben, ihre Knochen gestohlen und auf uns geschossen zu haben!« Er drehte die Handflächen nach oben. »Wer sonst hätte Dr. K umbringen sollen?«

»Chance würde niemals einen Mord gestehen«, sagte Ben. »Dazu fehlt ihm der Mumm.«

»Aber warum hat er Tory gehen lassen?«, fragte Hi. »Wenn er uns schon im Bunker ins Jenseits befördern wollte, warum hat er Tory dann nicht fertiggemacht, als sie bei ihm in der Falle saß?«

»Weil er Angst hatte, geschnappt zu werden«, sagte Shelton. »Er musste damit rechnen, dass wir wussten, was Tory vorhat. Außerdem hat er ihr alle Beweisstücke abgeknöpft. Warum hätte er sie nicht gehen lassen sollen?«

»Was hätte ich denn tun sollen? Ihn zusammenschlagen?«, fragte ich kleinlaut. »Der ist doppelt so groß wie ich.«

Trotzdem war mir die Sache wahnsinnig peinlich. Wie hatte ich nur so dumm sein können, ihm Katherine Heatons Notizbuch auszuliefern?

»Warum hast du nicht versucht, einen Schub zu bekommen?«, fragte Hi. »Beim Tanzkurs hast du Jason schließlich fast k.o. geschlagen, und so viel größer als der ist Chance auch nicht.«

»Ich hab's ja versucht, aber es ging nicht!« Ich schüttelte frustriert den Kopf. »Kurz bevor er aufgetaucht ist, hatte ich einen Schub. Sonst hätte ich die Erkennungsmarken in Claybournes Aktenschrank nie gefunden. Doch als der Schub vorbei war, konnte ich ihn nicht wieder aktivieren.«

»Du hast das einzig Richtige getan«, sagte Ben. »Dir blieb keine andere Wahl.«

»Aber was machen wir jetzt?«, fragte Hi. »Bestimmt hat Chance es nach wie vor auf uns abgesehen.«

»Ich glaube wirklich, dass er die Wahrheit gesagt hat«, entgegnete ich. »Er hat nicht versucht, uns umzubringen.«

»Tory«, begann Hi. »Ich weiß, dass du diesen Typ …«

»Überleg doch mal!«, unterbrach ich ihn. »Chance hat zugegeben, die Knochen ausgetauscht zu haben. Sein Vater hat ihm gesagt, wo das Grab liegt. Aber wie hätte er denn unseren Bunker finden sollen?«

»Er ist uns gefolgt«, schlug Shelton vor. »So wie Karsten.«

Ich schüttelte den Kopf. »Ben und mir ist damals niemand von Loggerhead aus gefolgt. Da bin ich ganz sicher. Und Karsten hat gesagt, dass er dir und Hi von Morris aus nachgegangen ist. Er hat uns versichert, dass er niemand sonst gesehen hat. Das passt doch nicht zusammen.«

Hi kratzte sich am Kinn. »Dann müssen die Killer den Bunker auf einem anderen Weg gefunden haben.«

»Aber wie?«, fragte ich. »Von außen ist der doch überhaupt nicht zu erkennen.«

»Jetzt ganz ehrlich!« Ben sah auffordernd in die Runde. »Habt ihr mal irgendjemand von dem Bunker erzählt?«

»Nein.«

»Nie.«

»Auf keinen Fall.«

»Ich auch nicht«, sagte Ben. »Aber dann habe ich auch keine Erklärung.«

»Wir müssen herausfinden, wer unseren Bunker ausfindig gemacht hat«, sagte ich. »Und wie sie davon erfahren haben. Sonst sind wir nicht sicher.«

»Ohne Beweisstücke können wir sowieso nichts ausrichten«, sagte Shelton.

»Aber wir dürfen die Claybournes nicht gewinnen lassen«, erwiderte ich.

»Nein, auf keinen Fall«, stimmte Ben zu.

»Okay, Tory, du bist hier der Boss.« Hi salutierte. »Was jetzt?«

»Chance hat gesagt, dass er alle Beweisstücke vernichten wird«, antwortete ich. »Das Notizbuch, die Erkennungsmarken, die Knochen, einfach alles.«

»Das heißt also, dass er immer noch im Besitz der Knochen ist«, überlegte Hi.

»Genau!«

»Ich weiß schon, worauf das hinausläuft«, brummte Shelton.

»Wir müssen die Sachen zurückerobern«, sagte ich. »Wenn wir Katherines Knochen finden, dann haben wir gewonnen.«

»Fragt sich nur, wo er sie versteckt hat«, sagte Ben.

»Na, zu Hause, wo sonst?«

»Ich weiß, worauf das hinausläuft«, wiederholte Shelton und ließ seinen Kopf auf die Brust fallen. »Immer wenn ich denke, wir haben mal einen ruhigen Abend, will Tory irgendeine Festung einnehmen.«

»Nur Mut!«, entgegnete ich mit verschmitztem Lächeln. »Diesmal spielen wir nach unseren Spielregeln. Wir zeigen den Claybournes, was passiert, wenn man sich mit den Virals einlässt.«

KAPITEL 67

»Oh nein!«

Ich schob den Stein wieder an seinen Platz und trat von der Tür zurück. »Der Schlüssel ist weg.«

Es war zwei Uhr morgens. Komplett in Schwarz gekleidet wie echte Einbrecherprofis, kauerten wir neben dem Seiteneingang zur Residenz der Claybournes. Der Vollmond beleuchtete den schmalen Pfad. Wir konnten nur hoffen, dass die hohe Hecke uns gänzlich vor den Blicken neugieriger Nachtschwärmer verbarg, die zufällig auf dem Bürgersteig vorbeispazierten.

»Chance ist ja nicht blöd«, flüsterte Hi. »Der kann sich schon denken, wie du letztes Mal hier reingekommen bist.«

Offenbar mussten wir uns einen anderen Weg suchen, um ins Haus zu gelangen.

»Wir klettern oben drüber«, sagte ich. »Das ist die einzige Möglichkeit.«

Shelton spähte zur drei Meter hohen Mauer hinauf, die mit eisernen Dornen besetzt war. »Du bist verrückt.«

»Seil!« Ich streckte meine geöffnete Hand aus.

Ben zog ein doppelt geflochtenes Nylonseil aus seiner Tasche. Es war die Ankerleine der *Sewee*. Ich verknotete die Enden und knüpfte eine weite Schlinge, die wie ein Lasso aussah.

»Ich mach das!« Ben warf die Schlinge einer Dornenspitze entgegen, die sich direkt über unseren Köpfen befand, verfehlte sie aber. Zwei weitere Versuche schlugen ebenfalls fehl.

»Soll ich?«

Ben gab mir das Seil.

Ich ließ das Lasso einmal über meinem Kopf kreisen, streckte dann meinen Arm und ließ es los. Das Seil kreiste in der Luft und legte sich um eine Dornenspitze herum. Ich zog die Schlinge fest zu.

»War im Cowboy-Camp«, sagte ich. »Silbermedaille im Lassowerfen.«

»Wenn ich versuche, da hochzuklettern, wecke ich ganz Charleston auf«, flüsterte Hi. »Ich glaube, ich schaff das nicht.«

»Macht nichts«, sagte ich. »Ben?«

Ben umfasste das Seil entschlossen mit beiden Händen.

»Wartet!« Ich schaute die anderen an. »Ohne besondere Kräfte wird das nichts. Wir brauchen einen Schub.«

»Das geht nicht auf Kommando«, sagte Shelton. »Bei mir klappt das nur, wenn ich tierische Angst habe.«

»Die Bullen!« Hi warf sich hin.

Wir anderen lagen im nächsten Augenblick neben ihm.

»Verdammte Scheiße«, jammerte Shelton. Dann färbten sich seine Augen golden.

Hi stand auf und wischte sich die Erde vom Bauch. »Kannst dich später bei mir bedanken.«

Er kniff die Lider zusammen. Als er sie wieder öffnete, durchdrangen zwei weitere Goldaugen die Dunkelheit.

Shelton stieß ihn in die Seite. »Wie machst du das so einfach?«

»Ich denke daran, wie verrückt das alles ist. Bingo. Wolfszeit!« Hi zuckte die Schultern. »Klappt allerdings nicht immer.«

Ich war dran.

Ich schloss die Augen und dachte an meinen Zorn. Rief

mir den Mord an Katherine in Erinnerung. Den Überfall auf unseren Bunker. Das Experiment an Cooper.

Doch nichts geschah. Kein Schub.

Dann dachte ich an Chance. Sein Zwinkern. Sein Lächeln. Wie er mich beim Tanzen an sich gedrückt, meine Hand berührt, mich auf die Wange geküsst hatte.

Mich zum Narren gehalten hatte!

Die Wut ergriff wie ein Feuer von mir Besitz.

Funken explodierten in meinem Gehirn.

Mein Blick wurde schärfer. Ich hörte Nacktschnecken durch die feuchte Erde kriechen und weit entfernte Wellen an die Kaimauer schlagen. Meine Nase las die Luft wie eine Straßenkarte.

Bernsteinfarbenes Licht loderte in mir auf.

»Es geht nicht!« Ben ballte die Fäuste. »Ich schaff's einfach nicht!«

»Ben?«

Als er sich umdrehte, versetzte ich ihm eine schallende Ohrfeige.

Die Kraft meines Schlags schleuderte ihn zur Seite.

Er packte mich an beiden Armen. Während sich seine Nägel in mein Fleisch bohrten, flammte ein gelbes Licht durch seine Augen.

Ich hielt die Luft an.

»Danke.« Ben sprach durch die Zähne. »Gut gemacht.«

»Gern geschehen. Du kannst mich jetzt loslassen.«

Tat er.

Ben griff um das Seil und zog sich mit raschen Schritten die Mauer hinauf. Oben angekommen griff er mit beiden Händen um je eine Dornenspitze, beugte die Knie und stieß sich ab. Seine Füße schwangen über seinen Kopf hinweg. Seine Handgelenke drehten sich nach oben, und für einen Moment streckte er sich im Handstand, während seine Oberarmmuskeln unter seinem Gewicht anschwollen. Dann drehte er sich um hundertachtzig Grad, stieß sich erneut mit den Händen ab, machte einen Rückwärtssalto und war aus unserem Blickfeld verschwunden.

Wir hörten, wie seine Nikes jenseits der Mauer auf dem Boden landeten.

»Wow!« Shelton war beeindruckt.

Ich auch. Das hätte selbst ein Olympiaturner nicht ohne Weiteres hingekriegt.

Metall klirrte, dann schwang das Tor auf. Wortlos schlüpften wir anderen drei hindurch.

Ich lauschte. Nichts als Blätter und Insekten.

Mit raschen, geschmeidigen Bewegungen führte ich die Virals durch den Garten. Der volle Mond tauchte ihn in ein Licht, das meinen hochsensiblen Augen taghell erschien.

Überraschung. Die Hintertür war nicht abgeschlossen. Chance war nicht vorsichtig genug gewesen.

Der Dienstbotengang war so dunkel und verlassen wie letztes Mal. Ich öffnete die Alice-im-Wunderland-Tür einen Spaltbreit und streckte meinen Kopf hindurch. Im großen Foyer war es still wie in einem Grab.

»Netter Schuppen!«, flüsterte Hi.

Sheltons Augen wussten gar nicht, wohin sie zuerst gucken sollten.

Ben war die Ruhe selbst. Wachsam.

Ich schlich voraus. Wir eilten durch die Eingangshalle, huschten zwei Treppen hinauf und befanden uns im nächsten Moment im Arbeitszimmer von Hollis Claybourne.

Ich schnüffelte aufs Geratewohl, doch Hi war mir schon voraus.

»Da lang.« Er zeigte auf Claybournes Schreibtisch.

Unglaublich.

Alles war da. Die Auswertung des Fingerabdrucks. Katherine Heatons Tagebuch. Die Erkennungsmarken. Dr. Karstens Einzahlungsbelege. Die Beweisstücke lagen nebeneinander auf dem Schreibtisch. Wie Abfall, der nur darauf wartete, entsorgt zu werden.

Chance war nachlässig gewesen. Und hatte mich unterschätzt. Pech für ihn. Seine Arroganz würde ihn teuer zu stehen kommen.

Ich ließ die Dokumente in meinem Rucksack verschwinden und steckte mir die Erkennungsmarken in die Hosentasche.

»Okay, lasst uns abhauen!«, zischte Shelton.

»Das reicht nicht«, sagte ich. »Wir müssen Katherines Knochen finden, ehe Chance sie zerstört.«

»Wo willst du denn suchen?«, wisperte Hi. »Diese Bude ist so groß wie ein Flughafen.«

»Wenn du eine alte Villa hättest«, fragte ich, »wo würdest du dann ein Skelett verstecken?«

»Im Keller?«, versuchte sich Hi.

»Genau! Als dieses Haus gebaut wurde, gab es weder Strom noch Kühlschränke. Da wurde alles Mögliche im Keller gelagert.«

Ich schulterte meinen Rucksack. »Wir müssen den Küchentrakt finden. Von dort gibt's mit Sicherheit eine Treppe in den Keller.«

Ben warf einen Blick auf den Gang. »Alles klar.«

Während ich die Treppe hinunterging, durchdrangen meine Augen mühelos die Dunkelheit. Meine Ohren hörten das Ticken zahlreicher Uhren. Ein Mischmasch verschiedenster Aromen stieg mir in die Nase, aber die halfen mir jetzt nicht weiter.

Das Haus schien völlig leer zu sein. Wir begegneten keiner

Menschenseele. Ich hoffte inständig, dass sich daran nichts änderte.

Im Erdgeschoss strömten unzählige Essensgerüche auf mich ein.

»Da rüber.« Wir huschten ins Speisezimmer, durchquerten einen kurzen Flur und gelangten zu einer großen weißen Tür. Dahinter tat sich eine riesige Küche auf.

Der graue Boden und die Wandkacheln reflektierten das Mondlicht, das durch die beiden Erkerfenster fiel. Moderne Küchengeräte aus Edelstahl umgaben eine Kochinsel, groß genug, um einen Elch zu zerlegen.

»Pst!« Shelton zeigte auf eine Tür in der äußersten Ecke, die leicht zu übersehen war.

Meine Finger schlossen sich prüfend um den Knauf.

Er drehte sich in meiner Hand.

KAPITEL 68

Wir eilten einen schmalen Korridor entlang, bis wir an eine Gittertür kamen. Durch die Gitterstäbe hindurch sahen wir uralte Treppenstufen, die im Dunkel verschwanden. Ein modrig-würziger Geruch schlug uns entgegen.

»Da müssen die Kellerräume sein«, sagte ich.

Die Scharniere kreischten, als wir die Gittertür öffneten. Aus Angst, noch mehr Lärm zu machen, ließen wir sie weit offen stehen, nachdem wir hindurchgetreten waren.

Mit tastenden Schritten traten wir auf die stockfinstere Treppe. Selbst mein Wolfsblick hätte ein paar zusätzliche Pixel gebrauchen können.

Die Stufen schienen kein Ende zu nehmen. Als ich endlich den Boden erreicht hatte, war meine Hand, die stets an der Wand geblieben war, eiskalt geworden. Ich zitterte.

Die Dunkelheit war undurchdringlich. Ein Geruch nach feuchten Steinen, uraltem Staub und rostigem Eisen nahm mich gefangen. Ich atmete tief ein, um den unverwechselbaren Hauch des Todes zu identifizieren, konnte ihn aber nicht aufspüren.

Ben gab mir eine Taschenlampe. Ich knipste sie an. Die anderen taten dasselbe.

Vier fahle Lichtkegel wanderten durch das Dunkel.

Wir standen auf der Schwelle zu einer riesigen unterirdischen Höhle, die von Betonsäulen getragen wurde. Genau in der Mitte standen sechs Stühle mit hoher Lehne um einen runden Eichentisch. Auf den Anrichten zu beiden Seiten befanden sich Kristallgläser und verschiedene Weinutensilien. Hinter dem Tisch erstreckten sich zwei Reihen mächtiger Holzfässer.

Ich ließ den Strahl meiner Taschenlampe durch den Raum wandern.

Zu unserer Rechten und Linken türmten sich hohe Weinregale, zwischen denen nur schmale Gänge hindurchliefen. Das Ganze erinnerte an eine Bibliothek, die mit Tausenden von Flaschen bestückt war.

Ich leuchtete den Gang hinunter. Aber der Lichtstrahl war nicht stark genug, um die nächste Wand zu erreichen.

»Die Flaschen würden reichen, um die ganze Welt besoffen zu machen«, sagte Hi. »Das müssen doch mindestens zehntausend sein.«

»Konzentration«, mahnte Ben. »Wir müssen die Knochen finden, und dann nichts wie weg hier!«

»Wir verteilen uns«, sagte ich. »Die Knochen müssen irgendwo hier sein. Ben, du checkst mit Hi die Gänge auf der rechten Seite, Shelton und ich die auf der linken.«

»Meine Taschenlampe ist ausgegangen.« Sheltons Stimme klang panisch.

»Benutz dein iPhone«, entgegnete ich. »Das strahlt hell genug, solange der Schub anhält.«

Ich trat einen Schritt nach links und schnüffelte wie ein Spürhund, fest entschlossen, die Geruchsspur der Knochen ausfindig zu machen.

»Wie abgedreht ist das denn?« Shelton war direkt hinter mir. »Hier stehe ich im Weinkeller von Hollis Claybourne und versuche, ein Skelett zu erschnüffeln. Vor zwei Wochen war meine Fantasie noch damit beschäftigt, das perfekte Baseballteam zusammenzustellen.«

Shelton hatte recht. Unsere Welt war total aus den Fugen

geraten. Für einen Moment fragte ich mich, ob das Leben je wieder normal werden würde.

Ich kannte die Antwort. Unser Wesen hatte sich fundamental geändert. Es gab kein Zurück mehr.

»Los jetzt«, sagte ich. »Wir suchen abwechselnd die Reihen ab, bis wir das Ende des Kellers erreicht haben.

»Alles klar«, erwiderte Shelton. »Aber wenn wir hier raus sind, werde ich eine offizielle Beschwerde wegen der Qualität unserer Taschenlampen einlegen.«

Wir prüften die Reihen mit größter Sorgfalt, ohne etwas zu entdecken.

Hatte ich mich geirrt?

Nein. Und ich würde dieses Haus nicht ohne Katherines Knochen verlassen.

»Hey, kommt mal hierher!«

Hi stand neben einem Tisch und richtete den Strahl seiner Taschenlampe auf ein stehendes Holzfass. »Ich bin zwei Mal daran vorbeigegangen, ehe ich den Geruch bemerkt habe.«

Mein Lichtkegel erfasste ein Brecheisen, das an einer der Säulen lehnte. Ben nahm es sich und hebelte den Deckel der Tonne auf.

Der plötzliche Geruch des Todes nahm mir fast die Luft zum Atmen.

In der Tonne lagen menschliche Knochen sowie ein Schädel mit einem kleinen runden Loch in der Stirn.

»Katherines Skelett!«

Ich war total aus dem Häuschen. Hollis Claybourne war geliefert!

Quietsch.

Die feinen Härchen auf meinem Nacken und meinen Armen stellten sich auf.

Während ich herumfuhr und zur Treppe starrte, flammten sämtliche Lichter des Kellers auf.

Ich zwinkerte, doch das grelle Licht zwang mich, die Augen zu schließen.

Mein Schub verflüchtigte sich.

Als ich die Augen wieder öffnete, stand Chance am Fuß der Treppe. Er trug eine kurze Sporthose und ein weißes T-Shirt. Seine Haare waren zerzaust. Es war offensichtlich, dass er gerade erst aufgewacht war.

Und sich bewaffnet hatte.

»Ihr Bastarde!« Die Pistole in seiner Hand zitterte. Eine Sig Sauer 9 mm. Schimmernd. Tödlich. »Ihr konntet es einfach nicht auf sich beruhen lassen.«

Mir blieb das Herz stehen. Chance' Augen hatten einen wilden Ausdruck.

»Alle da rüber!« Er zeigte mit seiner Pistole in Richtung Tisch. »Sofort!«

Wir hoben die Hände und gehorchten. Vermieden jede rasche Bewegung.

»Handys auf den Boden!«

Wir gehorchten erneut. Er kickte sie alle gegen die Wand.

Ich warf den anderen einen verstohlenen Blick zu. Der goldene Schimmer in ihren Augen war verschwunden. Aus Wölfen waren lahme Enten geworden.

»Ich kann euch alle erschießen! Niemand weiß, dass ihr hier seid. Niemand wird je eure Leichen finden.«

Chance richtete die Pistole auf mich.

»Du hättest nicht zurückkommen dürfen, Tory. Ich dachte, du bist klug genug, um zu wissen, wann du verloren hast. Aber ich habe mich getäuscht.«

»Chance …«

»Halt's Maul! Halt einfach dein blödes Maul!« Seine Augen flackerten, als wäre er auf Crystal Meth. Ein Schweißfilm ließ sein Gesicht glänzen. »Ich werde meinen Fehler nicht wiederholen. Mein Vater wird nicht recht behalten.«

Chance kam auf mich zu. Seine Hand krampfte sich so heftig um den Griff der Pistole, dass seine Fingerknöchel weiß wurden.

Das Herz schlug mir bis zum Hals.

Was sollte ich tun? Weglaufen? Versuchen, ihn zur Vernunft zu bringen? Versuchen, ihn zu überwältigen?

Chance sog die Luft durch seine Nasenlöcher. Stählte sich für den Mord, den er gleich begehen würde.

Das war das Ende.

Doch zu meiner Verwunderung senkte er die Waffe.

»Nein«, flüsterte er. »Ich kann nicht kaltblütig vier Menschen töten. Ich bin nicht mein Vater.«

Niemand rührte sich vom Fleck.

Ich wollte gerade etwas sagen, als die Tür erneut quietschte.

»Chance?« Hannahs Stimme hallte die Stufen hinunter. »Bist du im Weinkeller?«

»Hannah!«, rief ich. »Hier unten!«

Chance hob seine zitternde Hand. »Nein! Nicht …«

»Hannah! Wir brauchen Hilfe!«

Leichte Schritte eilten uns entgegen.

Chance machte eine halbe Drehung und verbarg die Pistole hinter seinem Rücken.

»Was ist hier los?« Hannah trug weiche Pantoffeln und ein kurzes Nachthemd aus Seide. Trotz der Gefahr, in der wir uns befanden, wunderte ich mich darüber, dass sie hier die Nacht verbrachte. Was sagten ihre Eltern dazu?

»Die Inselleute sind in unser Haus eingebrochen.« Chance war jetzt in Schweiß gebadet. »Irgendein dummer Streich …«

»Hör nicht auf ihn!«, rief ich. »Sein Vater ist ein Mörder! Wir haben die Beweise, doch Chance will sie zerstören.«

»Schau her!« Hi hob Katherines Schädel aus der Tonne.

»Er hat eine Pistole!«, rief Shelton.

»Eine Pistole?« Hannah warf Chance einen erstaunten Blick zu. »Was hast du da hinter deinem Rücken?«

Chance starrte Shelton an, streckte aber die Pistole zur Seite.

»Oh mein Gott!« Hannahs Augen weiteten sich erschrocken. »Chance, mein Liebling, was tust du denn da? Gib mir sofort dieses schreckliche Ding!«

»Aber …«

»Sofort!«

Hannah streckte ihm ihre manikürte Hand entgegen. Für einen Moment sah es so aus, als würde Chance sich weigern. Doch dann händigte er ihr seufzend die Pistole aus.

Mein erster Atemzug seit langer Zeit. Es war vorbei. Wir waren gerettet.

Hannah hob die Waffe. Ihre Miene war unergründlich. Dann spannte sie den Hahn, beschrieb mit der Waffe einen großen Bogen und richtete den Lauf direkt auf meinen Kopf.

»Du bist wirklich so dumm, Tory!«

Ihr makelloses Lächeln war voller Bosheit.

»Hol zwei Schaufeln, Schatz! Wir müssen gleich ein paar Leichen vergraben!«

KAPITEL 69

Meine Augen weiteten sich. Die übrigen Virals waren wie erstarrt.

Hannah richtete die Sig weiter auf meinen Kopf. Ich starrte den Lauf an, stellte mir vor, wie die Kugeln in meinen Körper eindrangen.

»Hannah?« Chance hörte sich verwirrt an. »Was machst du da? Nimm die Waffe runter.«

»Das werde ich nicht tun.« Ihre honigsüße Stimme war kalt wie Eis. »Sie wissen viel zu viel. Ich werde die Sache jetzt zu Ende bringen.«

Chance öffnete den Mund, brachte aber keinen Ton heraus.

»Mach den Mund zu, Chance, du siehst aus wie ein Fisch.« Hannahs Blick hatte sich verhärtet. »Meinst du wirklich, ich lasse zu, dass du hier alles verpfuschst?«

»Wovon redest du?«, fragte Chance. »Sei vorsichtig! Du weißt nicht, wie man mit einer Waffe umgeht.«

»Ich weiß mehr, als du glaubst. *Viel* mehr sogar.«

»Du warst es!«, stieß ich keuchend aus. Das Mosaik setzte sich zusammen. »*Du* hast die Killer zu unserem Bunker geführt. *Du* hast Karsten erschossen!«

»Mach dich nicht lächerlich!« Hannah kicherte. »Ich habe niemand getötet. Baravetto hat den dämlichen Wissenschaftler erschossen. Ich habe nur zugesehen.«

»Baravetto hat jemand erschossen?« Chance sah aus, als hätte er einen Schlag in die Magengrube bekommen. »Was hast du mit meinem Fahrer gemacht?«

»Chance, Chance.« Hannah schüttelte den Kopf. »Manchmal bist du wirklich wie ein Kind. Irgendjemand muss doch das Chaos beseitigen, das dein Vater angerichtet hat. Und für solche Sachen, Schätzchen, bist du einfach zu sensibel.«

»Wie hast du uns gefunden?« Ben konnte nur mit größter Mühe seine Wut unterdrücken. »Wie hast du von unserem Bunker erfahren?«

Hannah warf mir einen Blick zu, der alles sagte.

»iFollow, nehme ich an. Hannah und ich sind beide in Jasons Gruppe. Wir haben das gemacht, um uns wegen des Bio-Referats besser austauschen zu können. Ich habe mich nie ausgeloggt. Das GPS hat also ständig angezeigt, wo ich mich befinde.«

»Richtig erkannt. Nur leider zu spät.« Hannah gestikulierte mit ihrer Sig. »Leg deinen Rucksack auf den Tisch!«

Ich nahm den Rucksack ab und stellte ihn auf den Boden.

»Zurück, ihr alle!«

Wir machten ein paar Schritte nach hinten. Hannah hob den Rucksack auf und zog sich mit ihm zur Treppe zurück.

»War ganz schön schwierig, eurer Spur zu folgen«, sagte Hannah. »Auf Morris gibt es kaum Empfang, ich hab also immer wieder die Verbindung verloren. Aber schließlich haben wir es geschafft.« Erneutes Lächeln. »Durch iFollow wusste ich auch, dass ihr heute Nacht hier seid.«

Chance machte einen Schritt auf Hannah zu. Sie richtete die Pistole auf ihn. Er blieb abrupt stehen.

»Ich verstehe nicht ...« Sein Blick war auf die Mündung der Waffe fixiert. »Wie hast du von den Geschäften meines Vaters erfahren?«

»Ich habe mit angehört, wie Hollis dir von Cole Island und Katherine Heaton erzählt hat.« Ihr Blick verfinsterte sich. »Ich hab auch gehört, wie er dir sagte, was jetzt zu tun ist.

Aber da hast du wohl nicht richtig zugehört.« Hannah wedelte mit ihrem Zeigefinger. »Irgendjemand muss ja schließlich dafür sorgen, dass unsere Zukunft nicht ruiniert wird.«

»Ich hatte alles unter Kontrolle!«, rief Chance.

Hannah warf einen mitleidigen Blick in meine Richtung. »Ganz ehrlich, Chance. Du hast doch wohl nicht geglaubt, dass sich schon alles regelt, wenn du ein bisschen mit diesem Mädchen rumflirtest.«

»Du hättest dich überhaupt nicht in unsere Familienangelegenheiten einmischen sollen.« Auf Chance' Stirn schwoll eine Ader.

»Was? Sollte ich das etwa dir überlassen? Du hast doch nicht den Mumm, das zu tun, was getan werden muss. Sich so zu verhalten wie dein Vater in all den Jahren.« Hannah hielt ihm die Pistole direkt vors Gesicht. »Du bist schwach. Ich nicht!«

»So kannst du nicht mit mir reden!« Die Ader pochte heftig. »Von solchen Dingen verstehst du nichts.«

»Du armer Tölpel! Ich verstehe mehr von diesen Dingen, als du jemals verstehen wirst. Frag deinen Vater.«

Chance erstarrte. »Was soll das heißen?«

Die Blicke des Paares bohrten sich ineinander. Sie hatten keine Augen mehr für uns. Ich schaute mich rasch nach irgendwas Nützlichem um. Erblickte das Brecheisen, das neben der Tonne mit den Knochen lag.

Mit behutsamen Schritten bewegte ich mich unmerklich in seine Richtung.

»Glaubst du etwa, ich könnte die Leute deines Vaters ohne seine Erlaubnis befehligen?« Hannahs Stimme war voller Verachtung. »Mein Gott, wie dämlich du manchmal bist.« Hannah verschränkte die Arme. »Ich bin selbst zu Hollis gegangen, mein Lieber. Habe ihm gesagt, dass du nicht in der

Lage bist, diese … Situation zu meistern. Er war ganz meiner Meinung.«

»Wie kannst du es wagen!«, explodierte Chance. »Du hast kein Recht …«

»Wir konnten es nicht zulassen«, schnitt sie ihm das Wort ab, »dass durch deine Schwäche die Zukunft der Claybournes aufs Spiel gesetzt wird. Oder mein Platz in dieser Familie.«

Hannahs Blick wanderte zu uns herüber.

»Diese Wichtigtuer haben Dinge gesehen und gehört, von denen sie besser nichts erfahren hätten.« Sie lächelte zur Seite. »Aber keine Sorge, Chance. Ich werde die Drecksarbeit übernehmen.«

Mein Hirn raste.

Ich muss Zeit gewinnen!

»Baravetto hat Dr. Karsten getötet«, sagte ich. »Warum? Ihr hättet ihn laufen lassen können.«

Hannah zuckte die Schultern. Warum sollte sie mir nicht antworten? Wir würden sowieso gleich sterben.

»Wir konnten es nicht zulassen, dass eine so glaubwürdige Person wie Karsten zur Polizei geht. Und Karsten wusste zu viel über andere Dinge. Es war ein großes Glück, dass wir euch alle zusammen in eurem Versteck gefunden haben.«

Was konnte ich noch sagen?

»Das Parvovirus-Experiment …«, warf ich in den Raum.

Hannahs Augen wurden riesengroß. »Wer hat dir das erzählt? Nicht mal Chance weiß etwas davon.«

»Schau in meinem Rucksack nach«, schlug ich vor. »Da liegen die Einzahlungsbelege. Candela Pharmaceuticals hat Karstens illegale Experimente finanziert. Wir wissen alles darüber.«

Hannah zuckte erneut die Schultern. »Stimmt. Hollis hat

Karsten dafür bezahlt, ein Medikament gegen das Canine Parvovirus zu entwickeln. Das wäre für Candela ein Riesengeschäft geworden.«

Sie wandte sich an Chance. »Dein Vater ist wirklich ein herzloser Bastard. Wäre Karsten nicht in der Lage gewesen, ein Medikament herzustellen, wollte er ihn dazu bringen, ein Designer-Virus zu entwickeln. Hört sich das nicht sehr elegant an? Ein Designer-Virus?«

»Was heißt das?«, fragte ich.

»Hollis hätte mit Absicht eine neue Krankheit in Umlauf gebracht, die nur von einem Candela-Produkt hätte geheilt werden können. Das sollte ein Virus sein, das Hunde infiziert, damit er den Hundebesitzern seine neuen Medikamente andrehen kann. Der Mann ist wirklich ein Geschäftsgenie.«

»Das ist verabscheuungswürdig. Darauf hätte sich Karsten niemals eingelassen.«

»Ach, wer weiß?« Hannah verscheuchte das Thema wie eine lästige Fliege. »Karsten hat einen Fehler gemacht und den Preis dafür bezahlt. Genau wie ihr.«

Ich drehte mich zu Chance um. »Du musst sie daran hindern!«

»Er wird euch nicht helfen.« Hannahs Augen verengten sich. »Und bleib, wo du bist, Tory. Ich hab beim Tanzkurs gesehen, was für erstaunliche Kräfte du hast. Du hast Jason fast k.o. geschlagen.«

»Hannah, gib mir die Pistole«, sagte Chance mit entschlossener Stimme. »Ich weiß nicht, was für eine Gehirnwäsche mein Vater bei dir angestellt hat, aber er soll dafür bezahlen. Ich werde zur Polizei gehen.«

»Gehirnwäsche?«, schrie Hannah. »Hältst du mich für dumm? Glaubst du, die hübsche, nette Hannah könnte so was nicht allein in die Hand nehmen?«

Sie hielt ihm erneut die Pistole vor die Nase. »Ich bin *nicht* dumm, Chance. Niemand verleitet mich zu irgendetwas. Ich nehme mir nur, was mir gehört.«

»Und was soll das sein?« Chance' Stimme war eiskalt. »Du bist ein Nichts. Zwischen uns ist es aus. Du wirst nie wieder einen Fuß in dieses Haus setzen.«

Hannah lachte. »Es ist so niedlich, wenn du glaubst, dass du so etwas entscheiden kannst.«

Chance verschlug es die Sprache.

Ich bewegte mich noch ein kleines Stück näher an das Brecheisen heran.

»Dein Vater und ich haben eine Vereinbarung getroffen, mein Süßer. Er hat *mir* seine Geschäfte anvertraut, nicht dir. In seinen Augen bin ich mehr eine Claybourne als du.«

»Du hast den Verstand verloren«, erwiderte Chance. »Du bist *keine* Claybourne.«

»Aber ich *werde* eine sein«, entgegnete Hannah. »Das hat mir dein Vater versprochen. Ich werde in diese Familie einheiraten und deine Frau werden. So wie wir es uns immer erträumt haben.«

Ihr Gesicht verhärtete sich.

»Das ist nicht mehr deine Entscheidung.«

KAPITEL 70

»Du hast den Verstand verloren!« Chance' Stimme zitterte vor Wut. »Ich werde dich niemals heiraten. Nicht nachdem, was heute passiert ist. Ganz egal, was mein Vater sagt.«

»Du tust, was ich dir sage!«

Hannahs Stimme war so schrill, dass Chance instinktiv zurückwich.

Hannah verlor völlig die Kontrolle. Sie konnte uns jeden Augenblick erschießen.

Ich erreichte die Tonne. Meine Finger berührten das Brecheisen.

»Mach dir keine Sorgen, Liebling.« Hannahs Gesichtszüge glätteten sich wieder. »Wir stehen das hier zusammen durch. Ich verspreche es dir. Und wenn diese Störenfriede erst mal verschwunden sind, vergessen wir die ganze Angelegenheit.« Sie zauberte ihr süßestes Lächeln hervor. »Ich werde dir eine perfekte Frau sein, du wirst sehen.«

Hannah und Chance sahen sich tief in die Augen. Für einen Moment existierten wir nicht mehr. Höchste Zeit zu handeln.

Ich muss einen Schub auslösen.

Ich schloss die Augen und konzentrierte mich auf mich selbst.

Tory Brennan, vierzehn Jahre alt. Groß gewachsen, schlank, sommersprossig. Rote Haare, smaragdgrüne Augen.

Ich fügte persönliche Eigenschaften hinzu. Eigensinnig. Intelligent. Unbekümmert. Loyal.

Ich versank in Erinnerungen. Spielfilme und Popcorn mit

Mom. Meine erste unbeholfene Begegnung mit Kit. Bücher von Tante Tempe, die ich am Strand gelesen hatte.

Mein Selbstbildnis vervollständigte sich.

Dann schob ich es beiseite und konzentrierte mich auf den anderen Teil meines Bewusstseins. Auf meine fundamentalsten Bedürfnisse, den Kern meines Wesens, der in meinen Genen begründet lag.

Ich suchte die Wölfin in mir.

Meine Gedanken wurden diffus.

Ein Tunnel öffnete sich.

An seinem Eingang wartete jemand auf mich. Coop begrüßte mich enthusiastisch.

Mein Bewusstsein nahm Verbindung zu dem Wolfshund auf.

Coop bellte ein Mal, drehte sich um und jagte davon. Ich folgte ihm, bis in die Tiefen meiner Seele hinab.

Zeit und Raum verschwammen. Meine grauen Zellen wurden von seltsamen Eindrücken beherrscht. Meiner Zunge, die begierig das kühle Wasser eines Waldbachs aufschleckte. Meinen Zähnen, die das Fleisch eines noch warmen Kadavers in Stücke rissen. Meiner Kehle, aus der ein Heulen drang, das ich zum mondhellen Himmel emporschickte.

KLICK.

Ein Stromstoß durchzuckte meinen Körper. Die Welt trat in allen Einzelheiten deutlich hervor. In meinen Augen loderte ein goldenes Feuer.

Der Schub.

Ich schrie in meinem Kopf.

Virals! Ein Schub! Jetzt!

Die Jungs zuckten zusammen, als sie meine Nachricht erhielten. Ich spürte ihre Gedanken, wie weit entfernte Stimmen, die über einen See schallen.

Mit aller Kraft erneuerte ich meine Botschaft.

Ein Schub! Jetzt!

Ben griff sich an den Kopf. Shelton sank auf die Knie. Hi keuchte.

Alle drei sahen mich an.

Mit glühenden Augen.

Fragt mich nicht, wie ich das gemacht habe, aber ich hatte ihren Schub ausgelöst.

Jetzt waren wir *eine* Kraft. Jetzt konnten wir zurückschlagen.

Hannahs Gesicht drehte sich in unsere Richtung. Danach die Pistole.

Sie schnappte nach Luft.

»Was ist mit euren Augen?« Sie blickte uns ungläubig an. »Ihr alle! Was macht ihr da?«

Lenkt sie ab!

Hi rannte los, zwischen den Weinregalen hindurch.

»Stopp!«

Hannah machte einen Satz nach vorn und feuerte mit der Pistole hinter ihm her.

Peng! Peng! Peng!

Flaschen explodierten um Hi herum. Ein rauchiger Geruch erfüllte die Luft.

Hi stolperte, stürzte und blieb liegen. Unter seinem Bauch breitete sich ein roter Fleck aus.

Chance stand stocksteif da, wie paralysiert.

»Hi!«, schrie Shelton.

Ich griff nach dem Brecheisen. Es war federleicht. Ich schwang es mit beiden Händen über dem Kopf wie das Lasso und ließ es mit einem Knurren in Hannahs Richtung sausen.

Hannah sprang schreiend zur Seite. Das Eisen krachte ins

Weinregal hinter ihrem Rücken. Flaschen gingen zu Bruch. Der Duft nach Wein vermischte sich mit dem Geruch von Schwefel und Rauch.

Ben rannte auf Chance zu und riss ihn an der Schulter zu Boden. Am Treppenabsatz rappelte er sich auf und schlug mit der Faust auf die Lichtschalter. Im nächsten Augenblick war alles dunkel.

Hannah kniete auf einem Bein und schoss zwei Mal in Bens Richtung.

Peng! Peng!

Funken sprühten, als die Kugeln von der Wand abprallten.

Verteilt euch!

Ich lief nach links, dem Ende des Kellers entgegen.

Peng! Peng!

Die Kugeln sausten an mir vorbei, als Hannah blindlings in meine Richtung feuerte. Ich rannte einen Gang hinunter, hielt plötzlich inne.

Denk nach! Sackgasse.

Plötzlich hörte ich Geräusche wie von einem Zweikampf. Shelton? Ben? Ich machte auf dem Absatz kehrt, um meinen Freunden zu Hilfe zu eilen.

Erstickte Geräusche drangen durch das Dunkel.

»Gib mir die Pistole!«, keuchte Chance. »Ich lasse nicht zu, dass du jemand erschießt!«

»Nein!«, ächzte Hannah. »Lass los!«

Irgendwas prallte hart gegen die Wand. Ich schob mich mit größter Vorsicht nach vorn.

Peng!

Hannah schrie.

Virals, zurück an den Tisch! Chance braucht Hilfe!

Ich ging hinter einem Weinfass in Deckung. Lichter flammten auf. Ich erstarrte, zog meinen Kopf ein. Doch es waren nur die Lampen, die über dem Holztisch hingen. Der Rest des Kellers lag im Zwielicht.

Ich hörte ein Schluchzen.

Ich spähte über das Fass hinweg. Zwischen dem Tisch und mir stand eine Anrichte. Die Treppe lag etwa sechs Meter weiter und war im Halbdunkel nur schwer auszumachen. Chance lag auf der ersten Stufe. Ein Fleck färbte sein T-Shirt zunehmend dunkel. Hannah beugte sich über ihn und schluchzte hysterisch.

In der Hand hielt sie immer noch die Sig Sauer.

Chance fasste sich an die Seite und betrachtete ungläubig seine blutigen Finger. Dann verdrehte er die Augen, ließ die Hand sinken und rührte sich nicht mehr.

»Nein!«, schrie Hannah.

Ich war wie betäubt. Chance war verletzt, vielleicht tot. Und Hannah hatte immer noch die Pistole.

Virals! Irgendjemand muss sie ablenken!

Es dauerte eine Sekunde, dann sprang Ben im Nebengang auf und rannte auf die offene Fläche zu.

Hannah hob ihren Kopf. Ihr Gesicht war bleich, die Haare hingen ihr wirr ins Gesicht.

»Du bist schuld!«, schrie sie und zielte mit beiden Händen auf Ben.

Peng! Peng! Peng!

Ben hechtete zwischen die Regale. Hannah setzte ihm nach.

Als sie an einem Gang vorbeilief, schoss Shelton hinter ihr hervor.

»Hier, du Miststück!« Mit diesen Worten ließ Shelton eine Flasche auf ihren Kopf zufliegen.

Hannah ließ sich blitzschnell auf die Knie fallen. Das Flugobjekt sauste über ihren Kopf hinweg und zerschellte klirrend. Shelton flitzte quer durch den Raum und flüchtete zwischen die Regale.

Hannah kam auf die Beine und gab zwei Schüsse ab.

Peng! Peng!

Zwei Mal daneben. Wein ergoss sich über den Fußboden.

»Ihr miesen kleinen Ratten!«, schrie sie frustriert. »Ich bring euch alle um.« Sie machte zwei Schritte in Sheltons Richtung.

Ein breiter Schatten legte sich über ihr Gesicht.

Ihre Augen schossen nach oben.

Zu spät.

Von der Spitze des nächsten Regals sprang Hi auf sie herab wie ein plumper Zeppelin.

Hannah taumelte zurück, ihre Augen so groß wie Frisbees.

Hi erwischte sie an der Schulter, riss sie um und krachte dann selbst gegen die Wand.

Die Waffe schlitterte über den Boden.

Hi schüttelte benommen den Kopf.

Hannah erholte sich schneller. Mit wenigen Schritten war sie bei der Pistole und riss sie an sich. Sie stand Hi gegenüber, mit dem Rücken zum Tisch. Und zu mir.

Für Hi gab es kein Entrinnen.

Hannah hob die Waffe.

Ich sprang über ein Fass hinweg, landete auf einem Schränkchen und erreichte mit dem nächsten Satz den Tisch. Ich langte in die offene Tonne und schnappte mir einen von Katherines langen Knochen.

Hannah fuhr herum. Sie war cirka zweieinhalb Meter von mir entfernt.

Ich nahm alles wie in Zeitlupe wahr.

Zwei Schritte. Dann stieß ich mich von der Tischkante ab.

Hannah feuerte zwei Mal.

Peng! Peng!

Ich drehte mich in der Luft.

Die Kugeln pfiffen wenige Zentimeter an meinem Kopf vorbei.

Ich landete auf dem Boden, rollte zur Seite und kam unmittelbar vor ihr auf die Beine.

Sie riss die Waffe hoch. Richtete sie auf mein Gesicht.

Spannte den Hahn.

Leer.

Blitzartig fegte ich die Pistole mit einer Hand zur Seite und schwang Katherines Oberschenkelknochen mit der anderen. Der Gelenkkopf krachte gegen Hannahs Schläfe.

Ihr Blick verschwamm.

Ich griff mit beiden Händen um den Schaft und ließ den Knochen nun wie einen Baseballschläger durch die Luft sausen. Ein hässliches dumpfes Geräusch war zu hören. Dann brach Hannah bewusstlos zusammen.

Ich ließ meine makabre Waffe fallen und sank auf die Knie. Meine Brust hob und senkte sich heftig, Tränen liefen mir über die Wangen. Ich konnte nicht glauben, was ich da gerade getan hatte.

KLACK.

Mein Schub wurde schwächer und verschwand. Ich war zu erschöpft, um mir darüber Gedanken zu machen.

»Nicht schlecht, Tor.« Hi lehnte an der Wand. Auch in seinen Augen war das Feuer erloschen. »Du hättest echt in *Matrix* mitspielen können. Aber eine wahre Superheldin wäre gleich *drei Schüssen* ausgewichen.«

Shelton und Ben kamen hinter ihren Regalen hervor. Auch ihre Augen sahen wieder normal aus.

»Gut gemacht.« Ben hob den Oberschenkelknochen auf.

»Ziemlich poetische Art, um Gerechtigkeit walten zu lassen, wurde ich sagen.«

»Hiram!«, rief Shelton plötzlich. »Blutest du nicht? Ich dachte, die Kugel hätte dich getroffen!«

»Rotwein! Als ich gemerkt habe, dass der unter meinem Bauch hervorlief, habe ich mich tot gestellt.« Dennoch stöhnte er, als Shelton seinen Bauch tätschelte. »Das Springen von Regalen werde ich aber in Zukunft vermeiden. War ein saublöder Einfall von mir.«

Shelton klopfte Hi auf die Schulter. »Wieso? War 'ne echt coole Flugeinlage.«

Hi kicherte. »Man soll sich eben nicht mit Superman anlegen.«

Ich blickte zu Chance hinüber. Er hatte zwar gegen uns gearbeitet, schließlich aber doch versucht, uns zu retten. So wie Karsten.

Ben legte Chance zwei Finger an den Hals. »Ich spüre seinen Puls.«

»Ich rufe einen Arzt!« Ich schnappte mir mein Handy aus dem Haufen, der an der Wand lag.

»Kein Netz!« Ich lief der Treppe entgegen. »Shelton und Hi, ihr bleibt bei Chance! Ben fesselt Hannah und stellt die Beweise sicher. Ich rufe jetzt einen Krankenwagen.«

»Und die Polizei«, ergänzte Shelton.

»Und die Polizei«, bestätigte ich.

Ich flitzte die Stufen hinauf und eilte den schmalen Korridor entlang.

Als ich im Laufschritt die Küche durchquerte, schloss sich plötzlich ein Arm um meinen Hals und riss meinen Kopf so heftig zurück, dass mir die Luft wegblieb. Der Lauf einer Pistole zwang mein Kinn nach oben.

»Warum so eilig?« Die raue Stimme sprach direkt in mein

Ohr. »Scheint so, als müsste man wieder mal alles selbst erledigen.«

Baravetto zerrte mich in eine Ecke, die man vom Fenster aus nicht erkennen konnte.

»Man sollte Kindern eben keine Männerarbeit überlassen.«

Die Pistole wanderte an meine Schläfe.

KLICK.

Mein Ellbogen krachte in seine Rippen.

Baravetto ließ stöhnend die Luft entweichen. Der Arm um meinen Hals lockerte sich ein wenig. Ich beugte das Knie und trat mir voller Wucht nach hinten, genau zwischen seine Beine.

Baravetto schrie auf und ging in die Knie.

Ich schnappte mir ein Nudelholz, das an der Wand hing.

Rums!

Baravetto ging zu Boden. Sicherheitshalber zog ich ihm noch mal eins über den Schädel.

KLACK.

Mir war schwindelig. Sterne tanzten mir vor den Augen.

Ich stolperte ins Freie, wartete auf Netzempfang.

Piep!

Ich wählte die 911. Eine Stimme fragte, ob es sich um einen Notfall handelte.

»Einen Krankenwagen!«, krächzte ich. »Terroristen haben die Villa der Claybournes überfallen!«

Dann sank ich ohnmächtig ins Gras.

KAPITEL 71

»Tory!« Hi rüttelte an meiner Schulter. »Bist du okay?« Zwinker.

Zwinker. Zwinker. Zwinker.

»Was ist?« Mehr brachte ich nicht heraus.

Ich lag unter einer riesigen Magnolie, etwa zehn Meter von der Küchentür entfernt. Alle Fenster des Hauses waren erleuchtet. Irgendwo hinter der Gartenmauer blinkten rote und blaue Lichter.

»Wir haben ewig nach dir gesucht!« His Gesicht war so weiß wie ein Froschbauch. »Halte durch. Ich hol einen Arzt und sag allen, dass du okay bist.«

»Warte!« Ich setzte mich auf und versuchte, meine Gedanken zu ordnen. »Erzähl mir erst mal, was passiert ist.«

»Die Polizei ist hier.« Hi half mir auf die Beine. »Wir haben Baravetto in der Küche gefunden und uns riesige Sorgen um dich gemacht. Es wusste ja niemand, wo du bist.«

»Ich bin in Ohnmacht gefallen.« Dann kehrten mit einem Schlag alle Erinnerungen zurück. »Chance! Wie geht's ihm?«

»Er ist … okay.« Hi runzelte die Stirn. »Ich meine, er lebt, wenn du das meinst.«

»Aber?«

»Die Kugel hat ihn nur gestreift. Er wird sich … schon wieder erholen«, sagte er zögerlich.

»Aber?«, bohrte ich weiter.

»Aber er ist nicht ansprechbar. Starrt nur vor sich hin. Ich denke, die ganze Situation hat ihm sehr zugesetzt.«

Ganz zu schweigen von dem, was Hannah gesagt hat, dachte ich. *Und getan.*

»Wie lange war ich weggetreten?«

»Vielleicht dreißig Minuten«, antwortete Hi. »Die Bullen waren schnell da, nachdem du nach oben gelaufen bist. Die haben geglaubt, das Gebäude sei angegriffen worden oder so was. Bis eben hatten die uns in Handschellen gelegt.«

»Haben sie Hannah verhaftet? Und Baravetto?«

Hi nickte. »Als die Sanitäter sie wach gemacht haben, ist Hannah total ausgeflippt und hat alle wütend beschimpft.« Er lächelte. »Vor allem dich.«

War ja klar.

»Sie hat völlig die Kontrolle über sich verloren«, fuhr Hi fort. »Hat im Grunde alles zugegeben. Deswegen haben sie uns auch laufen lassen.«

Um so besser, dachte ich. *Soll sie sich doch selbst ins Gefängnis quatschen.*

»Baravetto war bewusstlos, als wir ihn gefunden haben«, sagte Hi. »Was hast du eigentlich mit dem gemacht?«

»Ich hab ihm in die Eier getreten und dann mit dem Nudelholz eins übergebraten. Das heißt zwei Mal.«

»Hätte keinen Besseren treffen können. Übrigens hat Hannah Baravetto beschuldigt, Karsten getötet zu haben. Sie hat den Bullen sogar verraten, wo sie die Leiche finden können.«

»Was hat sie sich denn *dabei* gedacht?«

»Glaub mir, die hat gar nichts mehr gedacht. Hannah ist völlig hysterisch geworden. Hat rumgebrüllt wie eine Irre und sich immer tiefer in die Scheiße geritten.« Hi stieß einen Pfiff aus. »Die wird ihr loses Mundwerk noch ihr Leben lang bereuen.«

»Wenn sie Karstens Leiche finden, haben sie genug in der Hand, um Hannah und ihre Komplizen zu verurteilen.«

»Sie haben Baravettos Pistole an sich genommen. Ist vermutlich die Tatwaffe.«

»Perfekt. Ich wünsche den beiden eine schnuckelige Gefängniszelle.«

»Den alten Claybourne könnte es genauso treffen«, sagte Hi. »Wenn Hannah sich beruhigt hat, wird ihr Verteidiger bestimmt einen Deal aushandeln. Und die Polizei ist sowieso an dem dickeren Fisch interessiert.«

»Hast du ihnen die Beweisstücke ausgehändigt?«

»Klar, alle. Die Adlerfotos, die Unterlagen über den Verkauf von Cole Island, Katherines Skelett, die Analyse des Fingerabdrucks und Katherines Notizbuch. Aber wir konnten die Erkennungsmarken nicht finden.«

Ich kramte in meiner Hosentasche. »Die sind hier.«

»Wir haben die ganze Story einem gewissen Detective Borken erzählt.«

»Was?« Ich setzte mich ruckartig auf.

»Keine Sorge«, beruhigte mich Hi. »Wir haben weder Karstens Experiment erwähnt, noch, was mit uns passiert ist.«

»Hast du ihm die Einzahlungsbelege gegeben?«, fragte ich ängstlich.

»Aber nein. Wir wollen doch nicht, dass irgendjemand von Karstens geheimem Parvo-Experiment erfährt.«

Ich atmete erleichtert aus. »Wie gut, dass ihr daran gedacht habt.«

Ich dachte an Hannahs Behauptung, dass Claybourne Dr. Karsten dazu bringen wollte, ein künstliches Virus zu schaffen, das Hunde infiziert. Ich wollte das einfach nicht glauben.

Hi erriet meine Gedanken. »Karsten hat Claybournes Geld dazu benutzt, um nach einem wirksamen Medikament gegen das Canine Parvovirus zu suchen. Er hätte niemals eine neue Krankheit in Umlauf gebracht. Da bin ich ganz sicher.«

Ich nickte in der Hoffnung, dass Hi recht hatte.

»Und unsere Superkräfte, den Einbruch im Labor, Coops Virus, unsere Krankheit, die Schübe – das alles habt ihr verschwiegen?«

Hi lächelte. »Na klar. Niemand weiß etwas von den Virals und wozu sie imstande sind.«

»Das muss auch so bleiben.«

»Was ist mit Chance und Hannah?«

»Ich glaube nicht, dass sie die Situation wirklich durchschaut haben«, sagte ich. »Im Keller ist alles so schnell gegangen. Und wenn sie uns beschuldigen, magische Kräfte zu haben, machen sie sich nur lächerlich.«

»Das will ich auch hoffen«, entgegnete Hi. »Ich lege nämlich nicht den geringsten Wert darauf, wie eine Laborratte untersucht zu werden. Wenn die Leute erst wissen, was wir für Fähigkeiten haben …«

»Wir werden das niemand erzählen«, sagte ich. »Niemals. Nicht mal unseren Eltern.«

»Einverstanden!« Hi warf einen Blick zum Haus hinüber. »Bist du bereit, Rede und Antwort zu stehen?«

»Wieso?«

Hi schnaubte. »Ich vergaß, dass du ohnmächtig warst. Unsere Eltern sind angekommen. Sie stehen am Eingangstor.«

Mein Stöhnen sprach Bände.

»Tory!« Kit rannte die Einfahrt hinauf. »Bist du okay?« Im nächsten Moment drückte er mich mit einer Heftigkeit an sich, die ich von ihm nicht gewohnt war.

»Ja, mir geht's gut«, antwortete ich. »Aber ich muss dir wohl ein paar Dinge erklären.«

Shelton und Ben standen in der Nähe und redeten mit ihren Eltern. Ben blickte über die Schulter seines Vaters hinweg und verdrehte die Augen. Shelton winkte, während er von einem Ohr zum anderen grinste. Alle waren in Sicherheit und mussten nun die Fragen ihrer Eltern über sich ergehen lassen.

»Was hattet ihr überhaupt im Haus der Claybournes zu suchen?«, wollte Kit wissen. »Wer ist der Mann in Handschellen? Was geht hier eigentlich vor?«

»Ich werde dir alles erklären, Kit. Versprochen.« Ich holte tief Luft. »Aber erst mal musst du wissen, dass Dr. Karsten ermordet wurde.«

»Dr. Marcus Karsten? Ermordet?« Kit war geschockt. »Woher weißt du das?«

»Wir haben von Anfang an die Wahrheit gesagt. Wir hatten wirklich das Skelett von Katherine Heaton gefunden. Doch dieser Mann da«, ich zeigte auf Baravetto, der in diesem Moment in einen Streifenwagen geschoben wurde, »hat gemeinsam mit Chance Claybourne die Knochen aus der Grube gestohlen, die wir ausgehoben hatten.«

»Aber warum?«

»Weil Hollis Claybourne sie 1969 getötet hat.«

Kit starrte mich entgeistert an.

Ich fuhr fort.

»Karsten ist uns vor ein paar Tagen heimlich nach Morris gefolgt, ums uns wegen des Einbruchs in sein Labor zur Rede zu stellen. Er hat immer noch geglaubt, dass wir das waren.«

Kit runzelte die Stirn.

»Aber Karsten hat uns das Leben gerettet«, fügte ich rasch hinzu. »Der Mann mit den Handschellen wollte uns töten, damit die Wahrheit über Katherine Heaton niemals ans Licht kommt. Karsten hat sich geopfert, damit wir entkommen konnten.«

»Wer ist die junge Frau, die ebenfalls festgenommen wurde?«, fragte Kit.

»Das ist Chance' Freundin, Hannah Wythe«, antwortete ich. »Sie war maßgeblich an Karstens Ermordung beteiligt. Auch uns wollte sie heute Nacht erschießen, hat aber versehentlich Chance getroffen. Hab schon gehört, dass es ihm den Umständen entsprechend gut geht.«

Für eine geraume Zeit sprach Kit kein einziges Wort. Dann: »Ich verstehe nur Bahnhof.«

Ich stöhnte. »Ich werde dir schon noch alles ganz ausführlich erzählen«, versprach ich, »aber nicht jetzt. Ich wurde gejagt und beschossen und war gezwungen, zwei Leute bewusstlos zu schlagen. Jetzt kann ich nicht mehr.«

»Verstehe.« In seinen Augen sah ich Hunderte von Fragen, doch er hielt sie zurück. »Der Detective hat gesagt, ich kann dich mit nach Hause nehmen, aber wir sollen später noch mal aufs Revier kommen und eine Aussage machen. Ihr habt wirklich ein Riesenchaos angerichtet.«

Kit hatte recht.

Vier Krankenwagen und ein Dutzend Polizeiautos standen an der Straße. Sogar die Feuerwehr war vorsorglich erschienen, und ständig kamen neue Fahrzeuge hinzu.

Was für ein Skandal für das Anwesen der Claybournes.

Als ich die Einfahrt hinunterging, sah ich eine vertraute Gestalt auf der Krankentrage sitzen. Es war Chance, der ins Leere starrte.

»Kit, warte mal kurz.«

Ich ging zu ihm.

»Hey«, sagte ich sanft. »Ich bin's, Tory.«

Keine Reaktion, kein Zwinkern, gar nichts.

»Du bist wirklich ein Dreckskerl«, sagte ich. »Aber du hast versucht, mein Leben zu retten, und dafür danke ich dir.«

Chance' Augen blieben leer, sein Gesicht ausdruckslos.

Kopfschüttelnd stapfte ich zu Kit zurück.

Die warme Nacht war vom Zirpen der Zikaden erfüllt. Hoch über uns gurrte leise eine Taube.

Ich gähnte.

Höchste Zeit, nach Hause zu fahren.

EPILOG

Die Sonne stand im Zenit, als Ben die *Sewee* vor Turtle Beach ankerte. Ich ließ mich über die Bootsseite fallen, begierig darauf, ins Wasser zu kommen.

Eine sanfte Brise strich mir durch die Haare. Der Geruch von Sand und Salz vermischte sich mit dem Duft der Myrtensträucher und Palmettopalmen.

Wir waren nach Loggerhead Island zurückgekehrt.

Nach zwei Wochen Hausarrest war es ein unbeschreibliches Gefühl, wieder in der freien Natur zu sein. Kit hatte mir die Strafe aufgebrummt, nachdem ich die miesen Schulnoten gebeichtet hatte, die sich in letzter Zeit angehäuft hatten. Dabei wusste er noch längst nicht alles.

Die Nachrichtenlage war äußerst unterhaltsam. Hollis Claybourne war auf den Stufen des Senats festgenommen und des Mordes an Katherine Heaton und Marcus Karsten sowie zig anderer Verbrechen angeklagt worden.

Hannah und Baravetto würden sich wegen der Ermordung des Wissenschaftlers und vierfachen Mordversuchs verantworten müssen. Baravettos Neffe, Claybournes anderer Handlanger, war ebenfalls festgenommen worden. Gerüchte besagten, dass Hannah nun doch gegen ihre Komplizen aussagen würde. Karstens Leichnam war nicht gefunden worden. Hannah zufolge hatte man ihn ins Meer geworfen. Sein Auto entdeckte man auf einem Langzeit-Parkplatz am Flughafen von Charleston. Einer der drei musste es in der Nacht seines Todes von Morris dorthin gefahren haben.

Chance wurde der Leichenschändung und Behinderung der Justiz angeklagt, konnte also mit einer verhältnismäßig milden Strafe rechnen.

Doch in seinem Fall musste sich der Bezirksstaatsanwalt in Geduld üben. Chance blieb unansprechbar, und niemand konnte sagen, ob er die psychiatrische Klinik, in die man ihn eingewiesen hatte, je wieder würde verlassen können.

Ich watete an Land, wie benommen vom fantastischen Anblick, der sich mir bot. Wie ich schon sagte: Turtle Beach ist der schönste Strand der Welt. Ich spürte den Sand zwischen meinen Zehen, zog die Arme durch das kühle Wasser und dachte wieder einmal, dass ich diese Palmettopalmen-Oase über alles liebte.

Früher am Tag hatte bereits ein anderes Ereignis stattgefunden. Nachdem eine DNA-Untersuchung der Knochen ergeben hatte, dass es sich tatsächlich um die sterblichen Überreste von Katherine Heaton handelte, waren diese am Morgen auf dem Holy-Cross-Friedhof begraben worden.

Eine einsame, kleine Trauergemeinde hatte sich eingefunden. Ein uralter Pfarrer. Detective Borken. Sylvia Briggerman in Begleitung einer Krankenschwester. Abby Quimby. Einige Eltern von Morris Island. Und, natürlich, die Virals.

Ich hatte die Erkennungsmarken von Francis Heaton auf eine Kette gezogen und in den Sarg gelegt.

Ruhe in Frieden, Katherine.

»Tory!«, brüllte Hi vom Boot hinunter. »Hilf mir doch mal mit dieser Promenadenmischung!«

Hi versuchte vergeblich, Coop über den Bootsrand zu hieven. Aber der mittlerweile gut fünfzig Pfund schwere Welpe war offenbar überhaupt nicht scharf darauf, nass zu werden.

Lachend watete ich zur *Sewee* zurück. Coop japste, erlaubte mir aber, ihn auf den Arm zu nehmen, und leckte mir sogar mein Gesicht ab.

»Komm, mein Junge.«

Ich trug ihn ein paar Meter, bevor ich ihn im knietiefen Wasser absetzte. Kläffend lief er an den Strand und schüttelte sein triefendes Fell so wild, dass die Tropfen in alle Richtungen spritzten. Dann hob er die Nase und verschwand im Unterholz.

Nachdem wir uns alle am Strand versammelt hatten, schauten wir uns um. Doch vom Wolfshund war nichts mehr zu sehen.

»So was von undankbar.« Shelton sah enttäuscht aus. »Der Kleine hat sich nicht mal mehr umgedreht.«

Plötzlich war wildes Gebell zu hören. Im nächsten Moment stürmten vier ausgelassene Tiere aus dem Gestrüpp, machten Luftsprünge und rannten sich gegenseitig über den Haufen. Eine Wölfin, ein Deutscher Schäferhund und zwei Wolfshunde. Viere Schwänze wedelten aufgeregt wie Signalflaggen.

Dann blickte uns Whisper eindringlich an, stellte sich vor ihren Welpen und sträubte das Fell. Ein Knurren drang aus ihrer Kehle.

Ben zog sich ins Wasser zurück. »Hört sich nicht gerade freundlich an.«

»So endet diese Geschichte«, sagte Hi melodramatisch. »Die zornige Wölfin reißt uns in Stücke. Super Idee, Tor.«

Während wir regungslos dastanden, stupste Coop seine Mutter in die Flanke. Whisper senkte den Blick. Coop bellte, löste sich von ihr und trippelte zu mir herüber.

Whisper blieb angespannt, ließ ihren Sohn aber gewähren.

Ich kniete mich auf ein Bein. Coop legte mir seine Pfoten auf die Schultern und leckte meine Wangen. Ich vergrub mein Gesicht in seinem Fell.

Whisper setzte sich hin. Legte den Kopf auf die Seite. Stellte die Ohren auf.

Ich atmete erleichtert aus. Coop verbürgte sich für seine zweibeinigen Gefährten. Seine Mama blieb offenbar skeptisch, akzeptierte dies aber.

Ich lächelte ihn glücklich an, sagte jedoch: »Jetzt geh wieder zu deiner Familie, mein Kleiner.«

Coop kläffte, drehte sich einmal um die eigene Achse und rannte zu seinem Rudel zurück. Die Tiere jagten in den Wald und waren verschwunden.

Wir blieben noch eine Weile stehen und hofften auf ihre Rückkehr. Vergeblich. Ich wollte jedoch immer noch nicht umkehren.

»Hier hat er es besser«, sagte Ben. »Jede Menge Platz und niemand, der ihm was Böses will. Er wird hier glücklich sein.«

Ich nickte, konnte meine Traurigkeit aber nicht abschütteln. Wahrscheinlich würde ich Cooper kaum jemals wiedersehen. Er würde mich vergessen.

»Lasst uns zurückfahren«, sagte Hi. »Ich hab immer noch Hausarrest und musste hart um eine Sondergenehmigung kämpfen.«

»Okay«, antwortete ich widerwillig.

Blätter raschelten, dann stürmte Coop plötzlich aus dem Unterholz. Der Rest seiner Familie war ihm dicht auf den Fersen. Er lief direkt auf mich zu und setzte sich neben mich in den Sand.

Wau! Wau!

»Ist ja schon gut.« Ich kraulte seinen Nacken. »Jetzt ist deine Mama für dich zuständig.« Ich stieß ihn sanft zu seinem Rudel zurück.

Doch er drehte sich sofort wieder um, lief ins Wasser und platschte dem Boot entgegen. Ich watete durchs flache Wasser hinter ihm her.

»Cooper!« Ich legte meinen Arm um seinen Hals und kniete mich hin. »Was machst du denn, Junge? Willst du nicht bei deiner Familie sein?«

Seine Zunge schlappte über mein Gesicht. Dann zog er seinen Kopf zurück und schwamm der *Sewee* mit entschlossenen Bewegungen entgegen.

»Was tut er da?«, fragte Hi. »Will er nach England schwimmen?«

Ich blickte zum Ufer zurück.

Coops Familie wartete dort, wo die Bäume begannen. Als ich sie ansah, gab Whisper ein scharfes Bellen von sich.

Inzwischen hatte Coop fast das Boot erreicht.

Ich traf eine Entscheidung. Kit würde sich damit abfinden müssen.

»Helft mir, ihn ins Boot zu bekommen!«, rief ich. »Coop hat eine Wahl getroffen. Er gehört jetzt zu *unserem* Rudel.«

Ben und Hi hievten den triefenden Welpen an Bord. Der schüttelte sich sogleich und versorgte alle mit einem salzigen Sprühregen.

Ich sprang ebenfalls an Bord und drückte Coops schmalen, nassen Körper an mich. Am Ufer trabte Whisper mitsamt ihrer Familie wieder ins Dickicht hinein.

»Sind wir das wirklich?«, fragte Shelton grinsend. »Ein Rudel?«

»Natürlich«, antwortete Hi. »Ein Rudel mit Wahnsinnskräften. Und einem dunklen Geheimnis.«

»Wenn Tory was von mir will, kann sie sich direkt in meinen Kopf einschalten«, sagte Ben. »Also, wenn *das* nicht zusammenschweißt, dann weiß ich auch nicht.«

»Wir sind ein Rudel!«, bestätigte ich und strich Coop über das Fell. »Unsere mutierte DNA verbindet uns miteinander.«

»Wir sind Virals!« Hi drehte eine Handfläche nach oben und streckte den Arm aus. »Eine Familie.«

»Virals.« Shelton schlug ein.

»Virals.« Bens Hand legte sich auf die beiden anderen.

»Virals.« Meine Hand senkte sich auf Bens.

Ich grinste und rief in den Wind.

»Und wehe dem, der sich mit den Virals anlegt!«

Die anderen stießen ein lautes Heulen aus.

Auch Coop.